GOLDMANN

A. J. Quinnell ist das Pseudonym eines weltbekannten amerikanischen Autors. Außer »Der blaue Ring« liegen von Quinnell als Goldmann-Taschenbücher vor:

Operation Cobra. Roman (8829)
Die Spur des Söldners. Roman (42051)

Blutzoll – Der Treffer.
Zwei Romane in einem Band (11997)

A. J. QUINNELL

DER BLAUE RING

ROMAN

Aus dem Amerikanischen
von Alfons Winkelmann

GOLDMANN VERLAG

Deutsche Erstveröffentlichung 9/95
Titel der Originalausgabe: The Blue Ring
Originalverlag: Chapmans Publishers, London

Für
Agnes Kwok Sheung Wah

Umwelthinweis:
Alle bedruckten Materialien dieses Taschenbuches
sind chlorfrei und umweltschonend.
Das Papier enthält Recycling-Anteile.

Der Goldmann Verlag
ist ein Unternehmen der Verlagsgruppe Bertelsmann

Umschlagentwurf: Design Team, München
Umschlagfoto: Eckebrecht/Bavaria-Verlag, Gauting
Satz: Uhl + Massopust, Aalen
Druck: Elsnerdruck, Berlin
Verlagsnummer: 42730
Redaktion: Ute Thiemann
Herstellung: Peter Papenbrok
Made in Germany
ISBN 3-442-42730-4

3 5 7 9 10 8 6 4 2

Prolog

Hanne Andersen öffnete die Augen. Sie wußte nicht, wo sie war. Dafür registrierte sie sehr rasch einige andere Dinge: den dumpfen Schmerz in ihrem Kopf, den trockenen sauren Geschmack in ihrem Mund, die Tatsache, daß sie weder Arme noch Beine bewegen konnte, die rissige, schmutzige Decke über sich. Schmerzvoll drehte sie den Kopf, erst zur einen Seite, dann zur anderen. Sie befand sich in einem kleinen, schachtelähnlichen Raum ohne Fenster, nur mit einer grauen schweren Metalltür. Hand- und Fußgelenke waren an den vier Ecken des Betts festgebunden. Sie trug noch immer dasselbe feuerrote Kleid, das sie am Abend zuvor angezogen hatte. Kaltes Entsetzen lähmte sie, während sie versuchte, sich daran zu erinnern, was geschehen war.

Sie erinnerte sich an Philippe, der sie von ihrem Hotel abgeholt hatte, an das laute Restaurant und die vielen Drinks, angefangen mit Wein und weiter zu Tequila-Slams. Danach wurde es etwas vage, etliche Bars und anschließend ein sehr schäbiger Nachtclub in der Rue Saint Sans. Sie erinnerte sich daran, daß sie viel gelacht hatte und daß Philippe auch gelacht hatte, als sie sich die Sex-Show ansahen, die Hanne sowohl angewidert als auch erregt hatte. Danach war alles eine gähnende Leere.

Eine Stunde verstrich, ehe sie hörte, wie sich der Schlüssel im Schloß der Metalltür drehte. Philippe trat ein, stellte sich neben das Bett und sah auf sie herab. Er trug denselben dunkelblauen Anzug mit weißem Seidenhemd und kastanienbrauner Krawatte, den er schon am Abend zuvor getragen hatte, nur daß jetzt alles zerknittert war. Sein herbes, gutaussehendes Gesicht war von schwarzen Stoppeln bedeckt.

Ihre Stimme war ein Krächzen. »Wo bin ich, Philippe? Was ist geschehen?«

In seinen Augen funkelte kein Lachen mehr, sein Gesicht wurde nicht mehr von einem Lächeln erhellt; da war nur ein höhnisches Grinsen. Sein Blick glitt an ihrem Körper herab, und er zog das rote Kleid hoch. Sie trug ein hauchdünnes weißes Spitzenhöschen. Er sah es an, brummte etwas auf Französisch, und obgleich sie diese Sprache erst seit zwei Monaten erlernte, verstand sie die Worte.

»Wie schade ... wie ausgesprochen schade ... aber Befehl ist Befehl.« Wieder grinste er höhnisch. »Aber ein kleines bißchen wird nicht wehtun.«

Er ließ eine Hand unter das Gummiband ihres Höschens und in ihren Schritt gleiten. Sie versuchte, die Beine zu schließen, aber sie waren weit gespreizt festgebunden. Sie kreischte.

Er sagte: »Schlag soviel Krach, wie du willst. Niemand kann dich hören.«

Als er versuchte, einen Finger in sie hineinzustoßen, verkrampfte sie sich unwillkürlich, und ihre Blase entleerte sich. Angewidert zog er die Hand weg, richtete sich auf und verließ den Raum. Fünf Minuten später kehrte er zurück. Er trug ein metallenes Tablett. Darauf lagen eine Spritze, etwas Watte und eine Flasche mit einer farblosen Flüssigkeit. Er stellte das Tablett neben ihren Kopf und setzte sich auf die Bettkante. Wortlos schob er den Ärmel ihres Kleids hoch, öffnete die Flasche und tränkte die Watte mit der Flüssigkeit.

Er rieb den Wattebausch grob über die Innenseite ihres Armes und hielt dann die Spritze hoch. »Sieh es dir an«, sagte er mit einem heiseren Flüstern. »Das ist dein Freund. Er wird dafür sorgen, daß du dich gut fühlst... sehr gut. Er wird dir deine Furcht und deine Kopfschmerzen nehmen. In den kommenden Tagen wird dich dein Freund viele Male besuchen.«

Ihr Körper zuckte, als die Nadel in die Vene traf. Sie schrie. Wieder grinste er höhnisch. Innerhalb von Minuten fingen ihr Körper und ihr Bewußtsein zu glühen an. Ihre Kopfschmerzen und ihre Furcht verschwanden. Sie vernahm seine Stimme, als schwebe sie in der Nähe der Decke.

»Bald wird eine Frau kommen und dich waschen. Sie wird dir Suppe bringen. Später werde ich wiederkommen... mit deinem Freund.«

Jens Jensens Büro war gleichfalls sehr klein, ohne Fenster, und es brauchte dringend einen Anstrich. Als niederer Dienstgrad bei der Vermißtenstelle der Kopenhagener Polizei stand ihm nichts Größeres zu. Klein, rotgesichtig und etwas untersetzt, sah er eher wie ein Bankangestellter als wie ein Polizist aus. Er trug einen konservativen grauen Anzug, ein cremefarbenes Hemd, eine blaue Krawatte und schwarze Krokodillederschuhe. Er seufzte frustriert, als er den Bericht zu Ende gelesen hatte, den er an jenem Morgen von der Marseiller Polizei erhalten hatte. Dann wallte Zorn in ihm auf. Er klappte die Akte zu, stand auf, ging aus seinem Büro und marschierte den Korridor hinunter.

Das Büro von Hauptkommissar Lars Pedersen war geräumig, tapeziert und bot eine wundervolle Aussicht über den Tivoli. Der Kommissar war mager, hatte graues Haar, ein scharfgeschnittenes Gesicht und sah sehr wie ein Polizist aus. Er blickte auf, als Jens Jensen in den Raum fegte, und bemerkte den Ausdruck auf dem Gesicht seines Untergebenen. »Was ist denn?« fragte er.

Wortlos legte Jensen die Akte vor ihn hin, trat daraufhin beiseite und sah sich die Aussicht an.

Pedersen hatte vor kurzem einen Kurs im Schnellesen gemacht, und er benötigte gerade vier Minuten, um das Wesentliche des detaillierten Berichts zu erfassen. »Also?« fragte er.

Jensen drehte sich zu ihm um. Grimmig sagte er: »Also ist sie dieses Jahr die vierte. Zwei in Spanien, eine an der französischen Riviera und eine in Rom. Und es ist erst Mitte Mai. Die Schweden haben weitere drei und die Norweger zwei Fälle... alle in Urlaubsländern am Mittelmeer... nicht eine wurde gefunden.« Seine Stimme war angespannt vor Ärger. »Es folgt immer dem gleichen Muster: alleinstehende Skandinavierinnen, entweder im Urlaub oder bei Studienaufenthalten in den betreffenden Ländern.« Er zeigte auf die Akte. »Hanne Andersen, neunzehn Jahre alt, sehr attraktiv, studiert Französisch an einem privaten Institut in Marseille. Wurde zuletzt am vierten September um zehn Uhr abends in ihrem kleinen Hotel gesehen. Sie ist in einen schwarzen Renault gestiegen, den ein junger Mann fuhr, der französisch ausgesehen hat, was das auch bedeutet. Mehr wissen wir nicht.«

Pedersen überlegte. »Und alle sind attraktiv oder hübsch gewesen?«

»Ja«, bestätigte Jensen. »Sie haben meinen Bericht und die Fotos gesehen... und Sie haben auch meine Empfehlungen gelesen.«

Pedersen seufzte und schob die Akte von sich weg, als wolle er sie abtun. »Ja, ja. Sie möchten eine Sonderkommission einrichten. Sie haben diese Theorie eines modernen, organisierten Mädchenhändlerrings.«

Jens Jensen war fünfunddreißig Jahre alt. Wären da nicht sein aufbrausendes Temperament und seine Unfähigkeit gewesen, seinen Vorgesetzten uneingeschränkten Respekt entgegenzubringen, so hätte er sehr wohl früher in der Polizei aufsteigen können. Er tröstete sich mit der Liebe zu exotischen Biersorten und einer Leidenschaft für Schiffe darüber hinweg. Aber jetzt brach sein Ärger aus.

»Theorie!« knurrte er. »Ich bin seit vier Jahren bei der Vermißtenstelle. Ich habe mit den Kollegen in Stockholm und Oslo gesprochen. Ich bin nach Paris, Rom und Madrid gefahren, zu einem verdammt lausigen Spesensatz.« Er ging vor dem Schreibtisch des Hauptkommissars auf und ab, während sein Ärger wuchs. »Ich bin der arme Hund, der den Eltern dieser Mädchen sagen muß, daß wir einen Scheißdreck dagegen unternehmen können.« Er schlug mit der Handkante auf die Akte. »Heute nachmittag kommen Herr und Frau Andersen in mein lausiges kleines Büro, um sich vor meinen lausigen, fünfzig Jahre alten Schreibtisch zu setzen und sich von mir anzuhören, daß ihre Tochter verschwunden ist. Und daß sie jetzt wahrscheinlich ein Junkie ist und ihren Körper für irgendeinen Spaghetti-Zuhälter zu Markte trägt.«

Pedersen seufzte erneut und erwiderte mit geduldiger Stimme: »Jens, Sie kennen das Problem. Es läuft immer aufs Geld hinaus. Allein in Kopenhagen haben wir vierhundert Vermißtenmeldungen pro Jahr. Unser Etat ist begrenzt, und er wird Jahr um Jahr begrenzter. Die Kosten für die Sonderkommission, die Sie haben möchten, wurden auf etwas über zehn Millionen Kronen pro Jahr veranschlagt. Die Finanzabteilung wird da nicht zustimmen. Es ist nicht kosteneffektiv. Nicht für ein Dutzend Mädchen im Jahr… lassen Sie's gut sein.«

Jens Jensen drehte sich um und ging zur Tür, wobei er über die Schulter hinweg sagte: »Also werde ich Herrn und Frau Andersen zur Finanzabteilung schicken.« An der Tür drehte er sich um und sah seinen Boß an. »Vielleicht können die ihnen das mit dem Etat erklären… und die Sache mit dem ›Blauen Ring‹.«

1

Es war ein heißer Abend Ende September auf der kleinen Mittelmeerinsel Gozo, als Pater Manuel Zerafa seinen alten verbeulten Ford zum Haus auf dem Hügel lenkte. Es war ein sehr altes, umgebautes Bauernhaus, das einen herrlichen Ausblick über die Insel und das Meer bis hin zu der winzigen Insel Comino und der großen Insel Malta bot. Er schwitzte leicht, als er die alte Metallglocke zog, die in eine hohe Steinmauer gesetzt war. Nach einer Minute öffnete sich die Pforte. Ein großer, breitschultriger Mann stand vor ihm. Er hatte kurzgeschnittenes graues Haar über einem kantigen Gesicht, das schon viel mitgemacht hatte, eine lange Narbe auf einer Wange, eine weitere am Kinn, noch eine an der rechten Stirnseite. Der Mann trug lediglich eine Badehose. Sein Körper war hochgewachsen, fest und tief gebräunt. Er trug ebenfalls Narben, eine vom rechten Knie bis fast hinauf zur Lende, eine weitere von der rechten Schulter bis zur Taille. Der kleine Finger der linken Hand fehlte. Pater Zerafa wußte, wie der Mann zu einigen seiner Narben gekommen war. Pater Zerafa bekreuzigte sich im Geiste. »Hallo, Creasy. Ist verflixt heiß, und ich brauche ein kaltes Bier«, begrüßte er den Mann.

Der Mann trat beiseite und bat ihn herein.

Sie setzten sich unter einen Bambusbaldachin, der von Ranken und Mimosen bedeckt war. Der Swimming-Pool lag vor ihnen, blau, kühl und einladend. Dahinter breitete sich das atemberaubende Panorama aus. Wieder einmal ging es

Pater Zerafa durch den Sinn, daß er, selbst wenn er hundert Jahre hier säße, dieser Aussicht niemals müde würde.

Der große Mann holte zwei eisgekühlte Biere und sah den Priester dann fragend an. Sie waren sehr alte Freunde, und obgleich der Priester gelegentlich auf ein kaltes Bier hereinschaute, wußte der Mann, daß dies hier kein reiner Höflichkeitsbesuch war.

»Es geht um Michael«, fing der Priester an.

»Was ist mit Michael?«

Der Priester trank einen Schluck Bier und sagte: »Es ist Donnerstag, und ich weiß, daß er heute mit George Zammit auf Malta ist. Wann wird er zurückkommen?«

Creasy blickte auf seine Uhr. »Er hätte die Sieben-Uhr-Fähre kriegen sollen, also wird er in einer halben Stunde zurücksein. Wieso?«

»Es geht um seine Mutter.«

Creasy sah erstaunt aus. »Seine Mutter?«

Der Priester seufzte und sagte entschieden: »Ja, seine Mutter. Sie liegt im St.-Lukas-Hospital und stirbt an Krebs. Offensichtlich hat sie nur noch wenige Tage zu leben.«

»Und?«

Mit noch entschiedenerer Stimme erwiderte der Priester: »Und sie möchte Michael sehen, ehe sie stirbt.«

»Warum?«

Der Priester hob die Schultern. »Ich habe einen Anruf von Pater Galea erhalten, der die Kranken und Sterbenden im St. Lukas seelsorgerisch betreut. Sie hat sich bei ihm nach ihrem Sohn erkundigt. Sie hat ihn gefragt, ob er noch immer in dem Waisenhaus sei. Sie hat ihm gesagt, sie wolle ihn noch einmal sehen, ehe sie stirbt.«

Creasys Stimme war so kalt wie ein Eiswürfel. »Sie hat ihn

kaum angesehen, als er geboren wurde. Sie hat ihn ausgesetzt... Sie wissen, wie sie das getan hat. Sie haben es mir erzählt.«

»Ja, ich habe es Ihnen erzählt.«

»Erzählen Sie's mir nochmal.«

Der Priester seufzte.

»Erzählen Sie's mir nochmal, Pater!«

Der Priester sah ihn an und sagte: »In der Nacht läutete die Glocke am Waisenhaus der Augustinerinnen auf Malta. Eine der Schwestern öffnete. Auf der Türschwelle lag ein Körbchen, bedeckt mit einem Tuch. Ein Wagen fuhr davon. In dem Wagen sah die Schwester das Gesicht einer Frau und das Gesicht eines Mannes... offensichtlich das Gesicht von Michaels Mutter und das Gesicht ihres Zuhälters.«

Es folgte ein langes Schweigen, während die Männer die Aussicht betrachteten, und dann sagte der Priester ruhig: »Verstehen Sie doch, Creasy. Ich muß Michael sagen, daß sie ihn sehen möchte. Das ist meine Pflicht.«

»Sie haben Michael gegenüber eine Pflicht«, erwiderte Creasy schroff. »Sie haben ihn im Waisenhaus großgezogen, bis ich ihn adoptiert habe. Er hat seine Mutter nie kennengelernt, aber Sie und ich, wir beide wissen, daß ihm allein der Gedanke an sie verhaßt ist. Seine Mutter war eine Hure, mehr interessiert daran, Geld zu machen, als an ihrem eigenen Fleisch und Blut. Sie wissen ebenfalls, daß Michael die Hölle durchlebt hat. Warum es schlimmer machen?«

Wieder senkte sich Schweigen herab. Das Glas des Priesters war leer. Er blickte zu dem Mann auf und sagte: »Holen Sie mir noch ein kaltes Bier. Wenn Sie zurückkommen, werd' ich's Ihnen sagen.«

Er sprach in einem Tonfall, den nur wenige Leute Creasy

gegenüber anzuschlagen wagten. Lange sah ihn Creasy aus zusammengekniffenen, schiefergrauen Augen an. Dann hob er die Schultern, stand auf und ging in die Küche.

Als er das frische Bier vor sich stehen hatte, begann der Priester mit ruhiger Stimme zu reden. Er erinnerte Creasy an die Zeit vor zwei Jahren, als sie zusammen auf den Kirchenstufen gesessen und einem Fußballspiel zwischen dem Waisenhaus und dem Ort Sannat zugesehen hatten. Damals war Michael siebzehn und der talentierteste und harmonischste Spieler auf dem Platz gewesen. Pater Zerafa leitete das Waisenhaus und trainierte das Fußballteam. Creasy hatte das Spiel genau verfolgt und sich über Michael erkundigt. Wollte jede Einzelheit wissen. Der Priester hatte erklärt, daß Michaels Mutter eine Prostituierte im maltesischen Rotlichtviertel von Gzira gewesen war. Michael war von einem ihrer Kunden gezeugt worden, höchstwahrscheinlich einem Araber, der Michael sein dunkles Aussehen geschenkt hatte. Sie hatte das Kind nach der Geburt ausgesetzt, und es war im Waisenhaus von Gozo großgezogen worden. Zwei Adoptionsversuche waren fehlgeschlagen, dann hatte ihm Creasy beim Fußballspielen zugesehen. Pater Zerafa war über die Adoption erstaunt gewesen, denn Creasys Frau und die vierjährige Tochter waren nur wenige Monate zuvor bei dem Bombenattentat auf die Pan Am 103 über Lockerbie umgekommen.

Creasy war ein legendärer Söldner, der sich zurückgezogen hatte. Der Priester wußte, daß Michaels Adoption ein zynisches Arrangement gewesen war, um einen jungen Mann an sich zu binden und ihn nach seinem eigenen Vorbild zu trainieren. Dafür hatte er eine Scheinehe mit einer gescheiterten englischen Schauspielerin eingehen müssen, die später von Terroristen umgebracht worden war. Er und Michael hatten sich daraufhin auf ihren persönlichen Rachefeldzug begeben, und dabei hatten sie ein Band zwischen sich geschmiedet, das so eng war, wie es zwei Menschen nur zustande brachten.

An all dies erinnerte der Priester Creasy. Und auch an die eigene Mittäterschaft dabei, die Adoption zu arrangieren, denn er hatte gewußt, was dahintersteckte. Er hatte zugesehen, wie Creasy Michael zu einer ausgezeichnet funktionierenden Tötungsmaschine gemacht hatte, hatte gewartet, während sie in den mittleren Osten gereist waren und ihre Rache geübt hatten. Er hatte sie nach Gozo zurückkehren sehen und das außergewöhnliche Band zwischen ihnen beiden bemerkt.

»Michael ist ein Mann«, sagte der Priester ruhig. »Sie haben ihn zu einem gemacht. Er muß seine eigene Entscheidung treffen. In seiner Kindheit habe ich für ihn Entscheidungen getroffen, und in seiner Jugend haben Sie für ihn Entscheidungen getroffen. Diese Entscheidung muß er selbst treffen.«

2

»Ich kenne dich«, sagte Michael. »Du bist die Frau auf der Mauer.«

Sie lächelte. Ein Lächeln auf dem Gesicht eines Totenschädels. Er wußte, daß sie erst achtunddreißig Jahre alt war, aber er sah auf eine alte Frau. Eine Frau ohne Haar, nach Wochen der Chemotherapie. Eine Frau, deren gelbe Haut sich straff über den Knochen und den eingefallenen Wangen spannte. Aber er konnte sich an das Gesicht erinnern, das er in seiner Jugend fast jede Woche gesehen hatte. Ein damals hübsches Gesicht, umrahmt von schwarzem, üppigem Haar. Als er sehr klein war, war es das Gesicht einer jungen Frau gewesen, fast eines Mädchens. Über die Jahre seines Heranwachsens hinweg war das Gesicht kaum wahrnehmbar gealtert, war jedoch stets hübsch geblieben. Jetzt war es das Gesicht einer Toten.

»Du hast auf der Mauer gesessen«, sagte er nachdenklich. »Jeden Sonntag. Wenn wir um elf Uhr morgens zur Kirche gegangen sind, hast du stets auf der Mauer gesessen, die auf der anderen Straßenseite vom Waisenhaus stand; und wenn wir eine Stunde später von der Kirche zurückkamen, hast du noch immer dort gesessen. Wir haben dich immer aus dem Waisenhaus heraus beobachtet und uns gefragt, wer du wohl sein mochtest. Du bist stets Punkt halb eins gegangen, den Hügel hinab zum Hafen.«

Sie lächelte erneut. »Ja, um die Ein-Uhr-Fähre zu bekommen.«

»Warum?«

»Ich bin gekommen, um meinen Sohn zu sehen… um ihn aufwachsen zu sehen.«

»Warum hast du mich nie angesprochen?«

»Ich konnte es nicht. Ich hatte dich den Priestern übergeben. Ich konnte dich nicht zurücknehmen.«

»Warum hast du mich den Priestern übergeben?«

»Ich hatte keine Wahl. Überhaupt keine Wahl.«

Er zog den Stuhl näher an die sterbende Frau. Seine Stimme wurde eisig. »Sag mir, warum hast du keine Wahl gehabt?«

3

Zwei Prostituierte, der alte, gebeugte Priester und Michael standen am Grab. Die beiden Totengräber, die Jeans-Shorts und schmutzige weiße T-Shirts trugen, senkten den Sarg in die Grube hinab. Die Prostituierten bekreuzigten sich, der Priester stimmte Gebete an, und Michael warf einen Erdklumpen auf den Sarg. Dann gingen sie davon; die Prostituierten nach Gzira, der Priester in seine Kirche und Michael nach Gozo.

»Ohne mich«, erklärte Creasy.

Sie saßen unter den Ranken und Mimosen und aßen scharfes Lammcurry. Creasy hatte es zwei Tage zuvor gekocht, und es war zu einem vollmundigen, würzigen Paradebeispiel einer indischen Spezialität herangereift. Es gab eine breite Palette von Beilagen sowie, natürlich, *Popadums.* Creasy war stolz auf seine Currys. Michael war ein begeisterter Abnehmer.

Michael zerkaute ein *Popadum,* spießte ein Stück Banane auf eine Gabel und steckte sie in den Mund, um damit die Schärfe des Currys etwas zu mildern. »Ich habe gedacht, wir seien ein Team«, bemerkte er.

»Deine biologische Mutter war eine Hure«, entgegnete Creasy. »Sieh dem ins Auge. Sie hat dich am Tag nach deiner Geburt ausgesetzt. Eine Frau, die das tun kann, ist in meinen Augen kein Mensch.«

»Sie hatte keine Wahl.«

»Das sagen sie alle.«

Michael trank einen Schluck kaltes Bier. Er fürchtete sich

nicht vor Creasy, obgleich Creasy der härteste Mann war, den er jemals kennengelernt hatte oder vielleicht je kennenlernen würde.

»Du hast mich Rache gelehrt«, sagte er. »Du hast mich Gerechtigkeit gelehrt.«

Creasy seufzte. »Ok, also sie hat dir gesagt, daß sie zur Prostitution gezwungen wurde. Daß sie in die Drogensucht gezwungen wurde und gezwungen wurde, dich fortzugeben. Das war vor zwanzig Jahren, und selbst wenn's stimmt – und ich bezweifle es –, was kannst du tun? Prostituierte sind von Natur aus notorische Lügnerinnen.«

Michael blickte auf seinen Teller hinab. Ruhig fragte er: »Ist Blondie eine notorische Lügnerin?«

Creasy seufzte erneut und schüttelte den Kopf. »Nein, Blondie sagt stets die Wahrheit. Und sie wird dir auch sagen, du sollst diese ganze dumme Idee vergessen.«

Michael aß den letzten Rest Lammcurry und sagte fast beiläufig: »Übrigens, mein Vater war ein Araber. Er war derjenige, der meine Mutter zur Drogenabhängigen gemacht und sie in die Prostitution verkauft hat.«

»Hat sie dir das erzählt?«

»Ja, und noch eine ganze Menge mehr.« Der junge Mann sah auf. Sein Blick war trotzig. »Sie ist jede Woche gekommen, um mich zu sehen... jeden Sonntag. Sie hat auf der Mauer in der Nähe des Waisenhauses gesessen und mir beim Kirchgang zugesehen und wie ich zurückgekommen bin.« Wehmut stahl sich in seine Stimme. »Es muß ihr das Herz gebrochen haben, nicht mit mir reden zu können.«

»Sie war eine Hure.«

Michaels Stimme wurde mit einem Schlag so scharf wie eine Rasierklinge. »Blondie war eine Hure und besitzt noch immer ein Bordell; aber Blondie ist eine gute Freundin von dir, und du bewunderst sie.«

»Blondie ist was anderes.«

Michael stand auf, streckte sich und machte sich daran, das Geschirr zusammenzuräumen. »Vielleicht«, sagte er. »Aber morgen fahre ich nach Brüssel, um mit ihr zu reden. Sie ist schon lange Zeit im Geschäft, vielleicht weiß sie etwas. Vielleicht kann sie mir die richtige Richtung weisen.«

»Vielleicht wird sie dir sagen, du sollst dich nicht wie ein Narr aufführen. Vielleicht wird sie dir sagen, daß es Huren und Huren gibt... und daß eine Hure, die ihr Kind am Tag nach der Geburt im Stich läßt, von eben jenem Kind neunzehn Jahre später keinen Gedanken an Mitleid verdient.«

Michael warf ihm einen streitsüchtigen Blick zu. Einen Blick, bei dem Creasy klar wurde, daß er nicht mit einem Kind redete; er redete mit einem neunzehnjährigen Mann, der über seine Jahre hinaus erfahren war. Creasy wurde ebenfalls klar, daß er Michael nicht allein auf einen verrückten Rachefeldzug ziehen lassen konnte. Es kam ihm auch in den Sinn, daß er selbst Michael benutzt und in einem gewissen Sinn Michael zum Instrument der eigenen Rache gemacht hatte. Er traf eine Entscheidung. »Ok, Michael. Du möchtest dich wie ein Narr aufführen und diese sogenannte Pflicht erfüllen... dann gehe ich mit dir und halte dich bei der Hand.«

Michael reagierte sehr ruhig. »Ich brauche dich nicht«, erklärte er. »Du hast mich gut ausgebildet. Ich kann's allein tun.«

Creasy blickte auf die rohe hölzerne Tischplatte hinab. Sein Gesicht war düster, und diese Stimmung spiegelte sich in seiner Stimme wider: »Michael – in gewisser Weise verspüre ich eine große Schuld. Du hast keine Kindheit gehabt. Ich habe dich aus einem Waisenhaus geholt und dich zu einem Soldaten gemacht. Du warst siebzehn. Du hättest in der Lage sein sollen, wie jeder andere Teenager zu leben, aber dazu hattest du niemals Gelegenheit. Jetzt bist du neunzehn Jahre alt und wirkst wie vierzig... aber das ist die Vergangenheit... daran ist nichts mehr zu ändern. Aber vielleicht läßt du mich dir bei dieser dummen Sache helfen, die du da tust? Wie dem auch sei, es wird guttun, Blondie wiederzusehen, und Maxie und Nicole... und ich schätze, ich muß zwischen dir und Christine den Anstandswauwau spielen.«

Michael lächelte ihn beinahe liebevoll an. »Irgendwie sehe ich dich nicht in der Rolle des Anstandswauwaus. Ja, komm mit... aber, Creasy, versteh mich recht: das ist meine Show.«

Creasy seufzte und nickte.

Sie landeten um acht Uhr abends in Brüssel. Sie hatten lediglich Handgepäck bei sich und traten innerhalb von fünfzehn Minuten aus dem Zollgebäude heraus. Michael sah weit älter als neunzehn aus: zwei Meter groß, pechschwarzes Haar, kurzgeschnitten; ein langes, hageres Gesicht über einem langen, hageren Körper. Er trug schwarze Jeans, ein crèmefarbenes Hemd mit offenem Kragen und eine schwarze Bomberjacke aus Leder. Creasy schritt neben ihm in seinem merkwürdigen Gang; die Außenseite seiner Füße setzte zuerst auf dem Boden auf. Ein Bär von einem Mann mit kurzgeschnittenem grauen Haar und einem vernarbten Gesicht von der Farbe blassen Mahagonis. Er trug dunkelblaue Hosen, ein helles Oxford-Baumwollhemd, einen schwarzen Kaschmirpullover und ein Tweed-Jackett. Ein Beobachter, der nur seine Kleidung betrachtete, hätte geschlossen, daß er ein englischer oder schottischer Landedelmann war; aber ein

Blick auf das Gesicht hätte derlei Gedanken verscheucht. Dies war ein harter Mann in schlechter Stimmung.

Als sie auf den Taxistand zugingen, blieb Creasy jäh mit einem gepreßten Aufstöhnen stehen. Michael drehte sich zu ihm um und sah den Schmerz auf seinem Gesicht. Es war nicht das erste Mal. Über die vergangenen Monate hinweg war jener kurze, stechende Schmerz mehrmals aufgetreten. Jedesmal hatte ihn Creasy abgetan und irgend etwas von Verdauungsstörungen gemurmelt.

»Geht's dir gut?« fragte Michael.

»Sicher. Laß uns gehen.«

Sie stiegen in ein Taxi, und Michael wies den Fahrer an: »Das Pappagal, Rue d'Argens.«

Der Fahrer wandte überrascht den Kopf um. »Sie wissen, was das für ein Haus ist?«

»Ja, ein Nobelbordell.«

Der Fahrer legte den ersten Gang ein und fuhr los, wobei er über die Schulter sagte: »Sie verschwenden nicht viel Zeit.«

Michael grinste Creasy an, drehte sich daraufhin um und blickte aus dem Fenster, nahm die Umgebung in sich auf und erinnerte sich an das letzte Mal vor fast zwei Jahren, als er in Brüssel gewesen war und auf derselben Strecke in einem Taxi gesessen hatte. Damals mit Creasy und Leonie. Er hatte sie wie eine Mutter geliebt. Er entsann sich der Tränen, die er vergossen hatte, als sie getötet worden war. Er entsann sich, wie Creasy ihm in dem Zimmer in Guidos *Pensione* in Neapel ein Taschentuch zugeworfen und ihm mit ausdrucksloser Stimme gesagt hatte: »Trockne dir die Tränen. Du bist jetzt ein Mann. Es ist Zeit für Rache.«

Eine halbe Stunde später drückte Michael den Klingelknopf eines unscheinbaren Gebäudes in einer unscheinbaren Seitenstraße nur wenige Blocks vom Sitz der EG entfernt. Sie hörten das Klicken der winzigen Klappe, die in die Türe eingelassen war, und wußten, daß sie jetzt von drinnen gemustert wurden. Wenige Sekunden später öffnete sich die Tür. Es war Raoul; groß, skelettartig und mit einem Gesicht, das dunkel genug war, um starke Männer das Fürchten zu lehren. Er trat an ihnen vorbei und sah achtsam die Straße in beide Richtungen hinauf und hinab, dann nickte er. Sie schritten in einen plüschverzierten, mit Teppich ausgelegten Flur, ließen ihre Taschen fallen und schüttelten dem großen Mann die Hand.

»Wie lange werdet ihr bleiben?«

»Ein paar Tage«, antwortete Michael.

Raoul hob ihre Taschen auf. »Blondie ist in der Bar. Ich bringe eure Sachen nach oben.«

Sie gingen den Korridor hinunter, öffneten eine Tür und traten hindurch. Es war ein opulenter Raum: dicker, kastanienbrauner Teppich, Kristallüster, Samttapeten, eine kleine Mahagoni-Bar, tiefe Ledersitzbänke und -sessel. In den Sesseln saßen vier sehr schöne und elegant gekleidete junge Frauen. An der Bar saß das genaue Gegenteil: eine alte Frau in einem knöchellangen goldfarbenen Brokatgewand. Sie hatte ebenholzschwarzes Haar, ein Gesicht mit einer dicken Schicht Schminke und einem roten Schlitz als Mund. An ihren Ohren, am Hals und an beiden Handgelenken sowie an jedem ihrer Finger funkelten blauweiße Diamanten. Ihr Alter war unbestimmbar, aber Michael und Creasy wußten, daß sie Mitte Siebzig war.

Das Rot ihres Mundes wurde breiter, als sie die beiden erblickte. Sie glitt von ihrem Barhocker wie eine achtzehnjährige Kokotte; ihre Arme breiteten sich aus. Sie umarmte zunächst Creasy und dann Michael, der die Steife ihres Korsetts fühlen konnte. Sie hielt Michael auf Armeslänge vor sich, sah zu seinem Gesicht auf und strich ihm mit einer Hand über die Wange, wobei sie in ihrem Englisch mit dem schweren italienischen Akzent sagte: »Du bist schön geworden ... Früher warst du ... einfach nur gutaussehend.«

Creasy kicherte. Michael lächelte und fühlte sich unter den interessierten Blicken der vier schönen jungen Frauen leicht verlegen.

»Das Geschäft geht anscheinend schlecht«, bemerkte Creasy.

Blondies Lächeln schwand.

»Ist nicht großartig«, erwiderte sie. »Aber die Nacht ist noch jung. Was möchtet ihr denn zu trinken haben?«

Als sie sich auf die Barhocker setzten, stöhnte Creasy erneut auf, und seine linke Hand wanderte zur Mitte seiner Brust. Blondie und Michael tauschten einen Blick aus.

»Was ist los?« fragte die alte Frau scharf.

Creasy schüttelte abwehrend den Kopf. Sie sah Michael an, der die Schultern hob und sagte: »Er hat diese Schmerzen über die vergangenen paar Wochen gehabt ... Er sagt, es sei nichts, aber sie kommen häufiger.«

Sofort veränderte sich die Atmosphäre. Blondies Gesicht war sehr ernst geworden. Sie redete in Schnellfeuer-Französisch auf Creasy ein. Er nickte widerstrebend. Michael verstand diese Sprache nicht, aber er sah den echten Ärger und die Besorgnis auf ihrem Gesicht. Abrupt wandte sie sich Michael zu und sprach auf Englisch mit ihm.

»Das ist diesem Narren, der dein Vater sein will, schon

früher mal passiert. Er hat soviel Metall in sich, daß man daraus genügend Blechdosen für eine ganze Baked-Beans-Fabrik recyceln könnte. Manchmal bewegt sich dieses Metall.«

Mit einem Schlag wurde sie zur Mutter, Geliebten, Managerin und zum Wirbelsturm, alles auf einmal. Sie schnippte mit den Fingern, und Raoul reichte ihr das Telefon. Sie wählte eine Nummer und sprach in demselben schnellen Französisch wie zuvor in den Hörer. Creasy versuchte, Einwände zu erheben, aber sie schnitt ihm mit einem Blick das Wort ab, der eine Eiche hätte verdorren lassen können. Michael sah erstaunt zu. Blondie legte den Hörer auf, wandte sich an Michael und gab ihm ihre Anweisungen.

»In ein paar Minuten wird ein Krankenwagen hier sein. Du wirst sicherstellen, daß Creasy da mit Pyjama, und was er sonst noch in einem Krankenhaus brauchen wird, einsteigt. Ein Top-Chirurg erwartet ihn in einer Privatklinik... Sie ist sehr gemütlich, mit hübschen Schwestern. Der Chirurg wird das Stück Schrapnell herausholen, das sich seinen Weg zum Herzen dieses Idioten bahnt.« Sie bedachte Creasy mit einem weiteren laserscharfen Blick. »Ich werde nie verstehen, wie ein Mann von deiner Intelligenz so dumm sein kann, wenn es um den eigenen Körper geht.«

Creasy hustete gereizt und murmelte verkniffen: »Du weißt, ich hasse Krankenhäuser.«

Blondie lächelte. »Ich hab's dir gesagt... das hier ist exklusiv, und die Schwestern sind süß.« Sie wandte sich wieder an Michael, und ihr Tonfall erlaubte keinen Widerspruch. »Du wirst ihn dorthin bringen, Michael. Und sag diesem Chirurgen, er soll Creasy vom Scheitel bis zu den Zehenspitzen röntgen. Wenn er irgendwelches Metall in ihm findet, das herausgenommen werden muß, dann soll er's jetzt tun.«

Creasy hustete erneut, sah Blondie an und meinte: »Du bist dir sicher, daß der Bursche weiß, was er tut?«

Sie lächelte ihn an. »Man sagt, er sei einer der besten in Europa.«

»Muß ein Vermögen kosten«, brummte Creasy.

Sie lächelte und schüttelte den Kopf. »Seine Frau ist vor fünf Jahren gestorben. Er kompensiert seinen Kummer durch harte Arbeit. Er hat nicht vor, seine Frau zu ersetzen, aber er ist ein viriler Mann. Gewöhnlich kommt er einmal die Woche hierher. Alle meine Mädchen lieben ihn.« Sie zuckte sehr italienisch mit den Achseln. »Und auf seine Weise liebt er sie ebenfalls ... Sein Name ist Bernard.«

Bernard Roche war ein guter Chirurg. Er war zehn Jahre lang in der französischen Armee gewesen und hatte seine Assistenzzeit in Algerien während des Unabhängigkeitskriegs abgeleistet. Er erkannte Creasy wieder.

Er sah ihm ins Gesicht, richtete sich im Sessel auf und sagte: »Erstes REP... Ich habe Ihnen einen gebrochenen Arm gerichtet. Etwa zwei Wochen, ehe ihr Burschen eure Kaserne gesprengt habt und aus Zeralda wegmarschiert seid und dabei Edith Piafs *Je ne regrette rien* gesungen habt.«

Creasy sah ihn mißtrauisch an und meinte: »Da müssen Sie in den Windeln gewesen sein.«

Der Chirurg lächelte. »Ihnen gerade entwachsen. Ich war dreiundzwanzig. Sie waren eine Legende. Als ich Ihnen den Gips angelegt habe, haben mir die Hände gezittert. Damals hatten Sie einen Freund ... einen Italiener namens Guido irgendwas ... Er hat mir gesagt, wenn ich Sie nicht wieder in einen perfekten Zustand bringe, werde er mich bis zum Hals im Wüstensand vergraben und ein Kamel darauf abrichten, mir in den kommenden tausend Jahren täglich ins Gesicht zu pissen.«

Creasy lächelte ihn an. »Der Arm ist wieder so gut wie neu. Ich habe Schmerzen von einer alten Verwundung.«

Der Chirurg erhob sich. Zu Michael sagte er: »Gehen Sie, trinken Sie irgendwo was, und kommen Sie in einer Stunde zurück.«

Michael trank eine halbe Flasche Rotwein in einem Bistro gegenüber dem Krankenhaus. Das Bistro sah eher wie ein Privathaus aus. Bei seiner Rückkehr empfing ihn der Chirurg mit ernstem Gesicht.

»Es war knapp«, erklärte er. »Die Legende hätte innerhalb der nächsten Woche sterben können. Warum haben solch harte Männer so eine Angst vor Krankenhäusern und Ärzten?«

Michael hob die Schultern. »Haben Sie operiert?«

Bernard schüttelte den Kopf. »Nein, in etwa zwei Stunden. Werfen Sie doch mal einen Blick drauf.«

Sie gingen zu einer Wand hinüber, an der eine Reihe von Röntgenaufnahmen vor einem Leuchtkasten hing. Bernard deutete auf die erste. Deutete auf einen kleinen dunklen Schatten. »Ein Granatsplitter«, erklärte er, »eingefangen in Dien Bien Phu, Vietnam, Anfang der Fünfziger. Er hat drei Jahrzehnte damit verbracht, sich seinen Weg durch die Muskeln zum Herzen zu bahnen. Wir haben ihn gerade rechtzeitig erwischt.« Er wies auf das nächste Röntgenbild und einen weiteren dunklen Schatten. »Das Fragment einer Kugel... Offensichtlich im Kongo eingefangen... sehr nahe an der Milz... Das werde ich ebenfalls herausnehmen.« Er deutete auf das nächste Röntgenbild. Ein weiterer dunkler Schatten.

»Das ist eine Stahlklammer, die ein italienischer Arzt benutzt hat, um einen kleinen Knochen in seiner Schulter mit dem Schlüsselbein zu verbinden... Das war in Laos. Diese Klammer hätte etwa sechs Monate später herausgenommen werden sollen, ist aber irgendwie vergessen worden... ich kann's ebensogut jetzt tun... Ich muß diese Klammer vielleicht ersetzen, aber ich werd's nicht tun, bis ich nicht sehe, wie die beiden Knochen zusammengewachsen sind.«

Michael hatte genau zugehört. Er fragte: »Vielleicht lassen wir die besser in Ruhe?«

Bernard schüttelte den Kopf. »Sie wird ihm im späteren Leben schwere Arthritis verursachen. Besser, sie kommt jetzt 'raus.«

Michael lächelte in sich hinein. »Einverstanden. Machen Sie es in einem Aufwasch. Wie lange wird er im Krankenhaus bleiben müssen?«

Bernard überlegte einen Augenblick und erwiderte dann: »Wenigstens zehn Tage.«

Michael nickte zufrieden. »Das ist perfekt.«

»Unternimm nichts, bis ich hier 'raus bin«, sagte Creasy nachdrücklich.

Michael hob die Schultern. »Schön«, erwiderte er, »ich werde einfach ein paar Nachforschungen anstellen und ein wenig herumstreunen. Ich meine, du wirst wenigstens zehn Tage außer Gefecht sein, und es hat keinen Zweck, daß ich in der Zwischenzeit auf der faulen Haut liege.«

Creasy sah ihn durchdringend an. »Leg' diese Sache mit deiner Mutter ein wenig auf Eis«, sagte er schließlich, »zumindest, bis ich hier 'rauskomme. Aber versuch herauszufinden, was Blondie Sorgen macht.«

»Blondie?« fragte Michael neugierig.

Creasy nickte.

»Ja. Irgend etwas macht ihr Sorgen. Ich kenne sie seit vielen Jahren, und ich bin mir sicher. Ich glaube nicht, daß sie mit mir darüber sprechen wird. Ihr gefällt ihre Unabhängigkeit... Aber irgend etwas stimmt nicht. Sperr die Ohren weit auf und versuche, irgend etwas in Erfahrung zu bringen.«

Blondie lächelte Michael über den Küchentisch hinweg an. »Creasy ist also für die nächsten Tage im Krankenhaus eingesperrt... Wurde auch Zeit.« Sie beugte sich vor und flüsterte verschwörerisch: »Also erzähl mir. Warum bist du hier?«

Er trank einen Schluck Wein und erklärte schließlich: »Ich bin hergekommen, um dich um Rat zu bitten, und vielleicht um deine Hilfe.«

»Schieß los.«

Also erzählte er es ihr. Sie kannte das Gerippe der Geschichte und war Teil davon gewesen, aber er füllte es mit Fleisch und ging bis ganz zum Anfang zurück: seiner Adoption durch Creasy und die tote englische Schauspielerin, Leonie, die sie kennengelernt und gemocht hatte. Ihre Rache an den Terroristen, die die Bombe in der Pan Am 103 versteckt hatten; sein tiefsitzender Haß auf seine unbekannte biologische Mutter, die ihn nur einen Tag nach seiner Geburt ausgesetzt hatte. Er erzählte, wie Pater Manuel Zerafa ihm gesagt hatte, daß seine Mutter im Sterben liege und ihn noch einmal sehen wollte. Er erzählte ihr von seiner Entscheidung, sie zu sehen. Erzählte ihr von der kahlen Frau mit dem zerstörten Gesicht, die in dem Krankenhausbett gelegen hatte. Erzählte ihr von der Frau, die während seiner Kindheit jeden Sonntag auf der Mauer gesessen hatte. Schließlich erzählte er ihr von dem Grund, weshalb die Frau auf der Mauer keine andere Wahl gehabt hatte, als ihn am Tag nach seiner Geburt auszusetzen. Dann erzählte er ihr von seinen Plänen, und erneut bat er um ihren Rat und eventuell um ihre Hilfe.

Lange Zeit hielt sie gedankenverloren den Kopf gesenkt, dann blickte sie zu ihm auf und sagte ruhig: »Diese Leute, die du suchst. Diese Leute, die deine Mutter gezwungen haben, dich auszusetzen. Diese Leute, die der Abschaum der Erde sind. Sie sind schon lange hier. Viele Jahrzehnte. Sie sind sehr mächtig und haben Verbindungen in vielen Ländern, sowohl politisch als auch finanziell.«

»Du kennst diese Leute, Blondie?«

»Ich habe von ihnen gehört. Sie haben in der Vergangenheit versucht, mit mir ins Geschäft zu kommen, aber ich habe mit diesem Dreck nichts zu tun. Ich habe es nicht nötig. Meine Mädchen arbeiten für mich, weil sie es wollen. Ich kümmere mich um sie. Ich sorge für ihr Geld, und wenn die Zeit kommt, stelle ich sicher, daß sie das Geschäft in einem besseren Zustand verlassen, als sie darin eingetreten sind.«

Er lächelte und fragte: »Wie Nicole?«

Sie nickte ernst. »Genau wie Nicole. Du wirst sie natürlich sehen ... und Maxie.« Sie lächelte. »Und ihre jüngere Schwester.«

Michael erwiderte das Lächeln.

»Natürlich. Morgen abend gehe ich zum Essen hin. Warum kommst du nicht mit?«

Traurig schüttelte sie den Kopf.

»Es ist im Augenblick nicht gut für mich, nicht im Pappagal zu sein.«

»Hast du Probleme?«

»Nur kleinere, aber ich muß hier sein.«

»Kann ich irgendwas tun?«

Sie schüttelte den Kopf, streckte die Hand aus und berührte ihn an der Wange. »Du hast eigene Probleme. Diese Leute, die du suchst, sind gefährlich. Sie töten, ohne darüber nachzudenken, und sie schützen ihre Interessen mit List und Grausamkeit.«

»Wer sind sie, Blondie?«

»Sie kommen und gehen. Verschiedene Gesichter, aber aus derselben Gegend. Sie operieren in Südeuropa, im mittleren Osten und in Nordafrika. Ich habe einen Namen gehört, bin mir jedoch nicht sicher, ob er irgendwas bedeutet.«

»Was für einen Namen?«

»Ich habe gehört, sie werden ›Der blaue Ring‹ genannt.«

»Gehören sie zur Mafia?«

Sie schüttelte den Kopf. »Sie sind schlimmer als die Mafia.«

Michael schwenkte den Wein in seinem Glas. »Wo soll ich mit der Suche anfangen?«

Sie überdachte die Frage eine lange Zeit, stand dann auf und sagte: »Warte.«

Fünf Minuten später kehrte sie zurück. Sie hielt eine weiße Visitenkarte in den Händen. Sie legte sie zwischen sie beide auf den Tisch und erklärte: »Vor etwa sechs Monaten ist ein Mann hergekommen und hat eines meiner Mädchen gebucht. Aber er wollte nicht mit ihr schlafen, wie sich herausstellte. Er wollte reden. So was kommt vor, sogar für dreihundert Dollar die Sitzung. Einige möchten über ihre Phantasien reden, ohne etwas zu tun, einige möchten über sich selbst reden.« Sie tippte auf die Karte. »Dieser Mann wollte über nichts dergleichen reden. Er wollte Fragen stellen. Er erkundigte sich über den modernen Mädchenhandel. Mein Mädchen fand ihn nett und sympathisch. Er hat ihr gesagt, er sei Schriftsteller und würde für ein Buch recherchieren. Am Ende seiner Stunde schlug sie vor, er solle mir mir reden. Während des Gesprächs erwähnte er den ›Blauen Ring‹. Am Ende gestand er, er sei kein Autor.« Sie tippte erneut auf die Karte. »Vielleicht sollten du und Creasy damit anfangen, mit diesem Mann zu reden.«

Michael hob die Karte hoch und las: »Jens Jensen, Kriminalpolizei (Vermißtenstelle) Kopenhagen, Dänemark.«

4

Michael wurde kurz nach Mitternacht von einem leisen Klopfen an der Tür geweckt. Er stieg aus dem Bett, tappte zur Tür, schloß sie auf und öffnete sie. Raoul stand da, ein silbernes Tablett in der Hand. Darauf waren eine Flasche Hennessy Extra und zwei Gläser.

»Ich habe gedacht, wir könnten uns einen Drink genehmigen. Ich hoffe, ich habe dich nicht aufgeweckt«, sagte er.

Michael gähnte und erwiderte lächelnd: »Hast du, aber genehmigen wir uns trotzdem einen Drink.«

Er war verwirrt, weil Raoul ein wortkarger Mann war, der für Gespräche, Geselligkeit oder gesellschaftliches Leben nichts übrig hatte. Sie setzten sich an den kleinen Tisch, und Raoul schenkte beide Gläser großzügig voll. Michael musterte ihn. Er war ein Mann Mitte Vierzig, mit einem Gesicht gesegnet, mit dem er mühelos kleine Kinder, alte Damen und Kunden erschrecken konnte. Er arbeitete seit über zehn Jahren für Blondie und war eine Kombination aus Barkeeper,

Rausschmeißer, Faktotum und stillem Teilhaber. Blondie war der einzige Mensch in seinem Leben, der ihm etwas bedeutete. Er eröffnete das Gespräch. »Wie geht's Creasy?«

»Creasy geht's gut«, antwortete Michael. »Dieser Chirurg versteht sein Fach wirklich. Er hat eine große Menge Metall aus Creasys Körper geschürft.« Michael lächelte bei der Erinnerung. »Er hat ihn außerdem mit Morphium abgefüllt... Es ist ein sehr glücklicher Creasy, der da im Bett liegt, und er wiegt gut ein halbes Kilo weniger.«

»Wie lange wird er dort bleiben müssen?« fragte Raoul.

Michael hob die Schultern. »Der Arzt sagt, zehn Tage... aber wie ich Creasy kenne, wird er sich in der Minute entlassen, da er gehen kann... Ich schätze vier bis sechs Tage.«

Raoul nickte ernst. »Dann wird es einige Wochen oder noch mehr warten müssen, schätze ich, eben bis er sich völlig erholt hat.«

»Was wird warten müssen?«

»Du weißt es nicht?«

«Was weiß ich nicht?«

Raoul sah verwirrt aus. »Ihr seid nicht hier, weil Blondie euch angerufen hat?«

Michael schüttelte den Kopf.

»Sie hat uns nicht angerufen... Was ist los?«

Raoul war durcheinander. Er rieb sich mit den Handflächen über das Gesicht, seufzte und sagte schließlich: »Blondie hat ein Problem. Ich dachte, sie hätte Creasy davon geschrieben. Ich habe ihr das vorgeschlagen, aber sie hat es offensichtlich nicht getan.«

»Nicht, daß ich wüßte. Erzähl mir von ihren Problemen.«

Raoul dachte einen Augenblick nach und sagte dann: »Wir haben hier in Belgien nicht die Mafia, aber wir haben etwas

Ähnliches. Wir nennen sie *Les hommes de la nuit*. Es gibt mehrere Banden, aber vor kurzem hat eine die Vorherrschaft übernommen. Sie hat ihren Namen von ihrem Anführer, Lamonte. Sie haben ihre Finger in Drogen, Prostitution, illegalem Glücksspiel, Schutzgelderpressung und Nötigung. Blondie hat keinerlei Verbindung zu irgendeiner kriminellen Gruppe oder zu irgendwelchen Zuhältern. Du weißt, sie behandelt ihre Mädchen sehr gut.«

Michaels Stimme verriet sein Interesse. »Erzähl weiter.«

Raouls Gesicht verdüsterte sich. »Lamontes Bande hat vor kurzem Edelbordelle für Schutzgeld anvisiert. Es gibt viele solche Bordelle in Brüssel. Sie bedienen die riesige Schar Beamter, die für die EG arbeiten, und auch die Geschäftsleute, die auf das Wohlwollen dieser Beamten angewiesen sind und sie oft in Bordelle wie das Pappagal einladen. Die meisten Bordellbesitzer haben den Schwanz eingekniffen und zahlen jetzt Schutzgeld. Aber nicht Blondie. Sie weigert sich.«

»Was haben sie also getan?«

Raoul hob die Schultern »Sie sind clever. Sie haben keine Bomben gelegt, auch kein Feuer oder etwas ähnlich Offensichtliches. Aber jede Nacht lauern Lamontes Männer draußen auf der Straße. Die drohen unseren Kunden mit Erpressung und Gewalt und geben ihnen, wie gewöhnliche Schlepper, die Karten von Bordellen, über die sie die Kontrolle haben.«

»Und das Ergebnis?«

Raoul spreizte die Hände. »Das Geschäft ist um mehr als die Hälfte zurückgegangen. Blondie kann noch nicht mal ihre Unkosten decken. Sie bezahlt die Minimallöhne der Mädchen aus eigener Tasche.«

Mehr als eine Minute lang herrschte Schweigen, während

Michael nachdachte. Dann sagte er: »Sie hätte es Creasy sagen sollen. Sie hätte deinem Rat folgen sollen.«

Raoul nickte. »Aber sie wird's nicht tun. Sie hat ihren Stolz.« Sein dunkles Gesicht nahm einen entschuldigenden Ausdruck an, und sein Tonfall wurde vertraulicher. »Michael, du mußt verstehen, daß ich etwas tun möchte. Blondie ist wie eine Mutter für mich. Aber ich bin nicht wie du oder Creasy. Sicher, ich sehe wie ein harter Bursche aus, und ich kann Leute mit einem einzigen Blick einschüchtern.« Er tippte auf eine Stelle unter der Achselhöhle, wo sich sein Anzug kaum merklich beulte. »Und ja, ich trage eine Schußwaffe, aber sie ist nicht geladen. Es ist ein Übereinkommen, das wir mit der Polizei haben. Sie dient nur dazu, unliebsame Kunden zu erschrecken.« Er hob erneut die Schultern. »Ich bin kein passender Gegner für Lamonte oder seine ›Soldaten‹. Also müssen wir darauf warten, daß Creasy aus dem Krankenhaus kommt... Ich hoffe, rechtzeitig.«

Michael schüttelte den Kopf. »Wir werden auf nichts warten. Ich werde selbst mit Lamonte ein kleines Wörtchen reden.«

Raoul sah leicht überrascht aus und murmelte: »Vielleicht solltest du auf Creasy warten.«

Wieder schüttelte Michael den Kopf.

»Ich werd's selbst erledigen... Keine Sorge, Raoul. Ich bin dazu fähig.«

Raoul sah dem jungen Mann ins Gesicht und in die eiskalten Augen. »Wenn du willst, werde ich dir Rückendeckung geben... Ich werde mir Kugeln für meine Waffe besorgen und auf die Polizei scheißen.«

Michael grinste und schüttelte den Kopf.

»Es wäre eine Ehre für mich, wenn du mir Rückendeckung

geben würdest, aber dein Platz ist hier, um auf Blondie achtzugeben. Aber besorg dir Kugeln für deine Waffe und scheiß auf die Polizei.«

»Und wer wird dir Rückendeckung geben?«

Michaels Grinsen wurde breiter. »Maxie MacDonald wird mir Rückendeckung geben. Ich werde morgen abend in seinem Bistro essen. Er kennt die Stadt und wird alles über Lamonte wissen.«

Raoul grinste nun ebenfalls. »Ja«, sagte er. »Maxie wird es genießen, mal wieder zum Einsatz zu kommen. Er ist schon zu lange im Ruhestand… Und Blondie wird nichts erfahren?«

»Blondie wird nichts erfahren. Später jedoch, wenn das Geschäft wieder normal läuft, errät sie es vielleicht.«

Wieder grinste Raoul. »Soll sie doch!«

5

Michael aß *moules marinières*, gefolgt von *coq au vin*, und trank eine halbe Flasche des Hausweins. Während er aß, führte Maxie verschiedene Telefonate. Nachdem die meisten anderen Gäste gegangen waren, brachte Maxie eine etikettenlose Flasche alten Cognacs und zwei Gläser herüber. Der vierschrötige Ex-Söldner erklärte, daß Jacques Lamonte Mitte Vierzig war. Er hatte sich mit Gewalt seinen Weg zur Spitze der belgischen Verbrecher-Hierarchie gebahnt. Er war verwegen und skrupellos. Außerdem war er schwul und besaß mehrere Nachtclubs, die die Schwulenszene von Brüssel bedienten. Er wohnte in einem prächtigen Haus in einem erstklassigen Vorort am Stadtrand. Sein Heim war extrem gut bewacht, und er ging nirgendwo ohne seine Leibwächter hin, alle gut bewaffnet. Zögernd schlug Maxie vor, daß Michael warten solle, bis Creasy aus dem Krankenhaus gekommen und wieder voll einsatzfähig sei.

Michael schüttelte den Kopf und erklärte: »Maxie, du weißt, wie nahe Creasy Blondie steht. Ich habe das Gefühl, er wird so wütend darüber, daß so jemand wie dieser Zuhälter sie bedroht, daß er ihn töten wird. Das könnte Komplikationen verursachen. Also werde ich dem Burschen einen höllischen Schrecken einjagen, und Creasy braucht überhaupt nichts davon zu wissen.«

Maxie blickte dem jungen Mann in die Augen und sagte: »Meine Schwägerin liebt dich, aber manchmal, Michael, kannst du abscheulich sein. Du möchtest das für Blondie tun, während Creasy außer Gefecht ist. Du willst beweisen, daß du ein ganzer Mann bist.«

Michael wollte etwas entgegnen, aber Maxie hielt eine Hand hoch, lächelte und sagte: »Schon ok. Ist kein Problem. Ich kann's verstehen. Du mußt dich auf eigene Füße stellen und aus Creasys Schatten heraustreten. Ich bin sicher, du wirst die Sache schon schaukeln.«

»Ja. Wohin geht Lamonte abends?«

»Er ist fast stets in einem seiner Clubs, gewöhnlich im Black Cat. Ist auf der Rue Lafitte. Er geht dorthin, um junge Männer aufzugabeln.«

Lucette kam herein und setzte sich zu ihnen. Sie lächelte Michael an und fragte: »Wirst du mich heute abend ausführen?«

»Ja, mit der Erlaubnis deiner Schwester. Ich möchte den heutigen Abend genießen, weil ich morgen schwul werde.«

Es gab immer einige Gäste, die kein Ende finden konnten. Um elf Uhr sah Nicole die Ungeduld in den Augen ihrer Schwester und sagte: »Dann geh los. Weck uns nicht auf, wenn du nach Hause kommst.«

»Ich werde euch nicht aufwecken, wenn ich nach Hause komme«, erwiderte Lucette lächelnd.

Zunächst gingen sie in eine kleine Bar um die Ecke. Sie saßen in einer schummrigen Nische. Michael bestellte Champagner, und sie tranken händchenhaltend.

»Möchtest du in eine Disco?« fragte er.

Sie drückte seine Hand und schüttelte den Kopf. »Nein.«

»Möchtest du nach Hause gehen?«

»Nein.«

»Wohin möchtest du dann?«

»Ich möchte in ein großes warmes Bett. Ich möchte die ganze Nacht in diesem Bett bleiben, und ich möchte zusehen, wie du am Morgen die Augen öffnest. Ich möchte die Lust darin sehen, weil ich in dem Augenblick, da sie sich öffnen, mir dir etwas sehr Schönes tun werde.«

Das große Bett stand in einem kleinen Luxushotel gleich um eine weitere Ecke. Ein Hotel, das für solche Buchungen bereitstand. Sie hatten sich zuvor nur einmal geliebt – ein Jahr war es etwa her –, aber er erinnerte sich, wie sensibel ihr Körper reagierte.

Sie stand neben dem Bett, während er sie ganz langsam auszog.

Zunächst den blaßgrünen Mohairpullover, dann die weiße Baumwollbluse. Sie trug keinen BH. Ihre Brüste waren klein und fest und bildeten ein Dreieck mit der weichen Spitze ihres Kinns. Er löste den Gürtel ihres schwarzen Wollrocks, und er fiel auf den Teppich. Jetzt trug sie nur noch einen sehr knappen weißen Slip. Er hob sie hoch und legte sie aufs Bett.

Sie lächelte zu ihm auf und fragte ruhig: »Erinnerst du dich?«

Er nickte, während er sich auszog. Er erinnerte sich. Er erinnerte sich an jedes Wort, das sie zu ihm in der ersten Nacht gesprochen hatte, da er sie geliebt hatte.

Zu Beginn war es eine Katastrophe gewesen. Wie viele junge Männer hatte er angenommen, eine Frau zöge ihr Vergnügen aus dem rein körperlichen sexuellen Akt, und daß es umso besser wäre, je härter er ranging und je länger er durchhielt. Nach fünf Minuten hatte sie ihn unterbrochen, sich von ihm weggeschoben und ihm dann amüsiert ins Ohr geflüstert: »Vielleicht bin ich nicht wie deine anderen Freundinnen. Hast du je eine belgische Freundin gehabt?«

»Nein.«

»Dann sind wir womöglich anders. Vielleicht sind wir die Aristokratie der Freundinnen. Wir sind nervös wie Rennpferde. Allerdings gibt es Wege, mit uns umzugehen.« Sie hatte sich daran gemacht, ihm in allen Einzelheiten zu erklären, wie man mit ihr umging.

Also erinnerte er sich. Er liebte sie sehr langsam, sehr vorsichtig und sehr zärtlich. Am Schluß lag sie mit dem Kopf in seiner Achselhöhle, die Hand auf seiner Brust. Mit einer Stimme so leise wie das Schnurren eines Kätzchens sagte sie: »Ich liebe dich wegen deines Gedächtnisses. Ich liebe dich, weil du glaubst, du bist so zäh, wüst und hart... Aber du bist bloß ein kleiner Junge.«

Er starrte zum Baldachin des Himmelbetts hinauf und fragte dann: »Siehst du mich wirklich als einen Jungen?«

Sie rutschte so hin, daß ihr Kopf an seiner Schulter ruhte und ihre Lippen dicht an seinem Ohr waren. »O ja. Du glaubst, deine Jugend sei an dir vorübergegangen. Jeder glaubt das. Meine Mutter und Maxie sagen, daß du den Verstand eines Vierzigjährigen hast... Es stimmt nicht.«

»Nein?«

»Nein. Du bist neunzehn Jahre alt, aber für mich bist du sogar noch jünger. Ich rede nicht von deinem Verstand oder deinem Körper. Ich spüre bloß dein eigentliches Wesen in meinen Armen... Ich spüre einen kleinen Jungen.« Beide Arme hatten ihn jetzt umfangen und zogen ihn nahe heran. Sie wartete auf eine Antwort, doch er schwieg. Sie hob den Kopf und sah ihm in dem schummrigen Licht ins Gesicht und in die Augen. Diese waren unendlich traurig.

»Du mußt die einzige sein, die mich als Jungen sieht«, murmelte er. »Manchmal fühle ich mich tausend Jahre alt.« Sein Lächeln war zur Hälfte bitter und zur Hälfte amüsiert. Er küßte sie. »Aber du bist so klug. Ich bin ein Junge, aber ich muß ganz dringend ein Mann werden. Ich muß auf eigenen Füßen stehen können.«

»Deshalb willst du dir Lamonte auf eigene Faust vornehmen?« fragte sie.

Er nickte bedächtig. »Und mehr. Ich habe dir vom ›Blauen Ring‹ erzählt... ich werde ihn auf eigene Faust verfolgen, während sich Creasy erholt. Zumindest werde ich die Reise anfangen und meinen Kurs abstecken.«

Sie wollte ihm sagen, er solle wachsam und vorsichtig und geduldig sein, aber sie besaß die Weisheit, ihn statt dessen zu küssen und zu schweigen. Sie ließ eine Hand über seinen Körper wandern und spürte eine Narbe, die sie zuvor noch nicht gesehen hatte. »Was ist passiert?« fragte sie.

»Jemand hat auf mich geschossen.«

»Hast du ihn getötet?«

»Ich erinnere mich nicht.«

Sie lächelte. »Genau das sagt Maxie auch immer über seine Vergangenheit.« Sie glitt hinunter und küßte die Narbe, dann seine Lippen. »Wirst du morgen wirklich schwul werden?« fragte sie.

»Ja, aber nur vorübergehend.«

Sie blickte auf ihn herab, und ihr blondes Haar fiel ihm übers Gesicht. »Anschließend«, murmelte sie, »komm zu mir zurück. Ich werde deine Gene wieder richten.«

6

Das Black Cat war dunkel und gefährlich, eine Mischung aus diskreten Spotlights, Chrom und schwarzem Leder. Die beiden Rausschmeißer am Eingang waren schwul und bösartig. Michael bezahlte seine fünfzig Francs Eintritt und ging in die Bar. Er trug ausgefranste Jeans mit einem Nietengürtel, ein olivgrünes Seidenhemd und einen Goldring im linken Ohr.

Er bestellte einen *Crème de menthe frappé* und ließ seinen Blick durch den Raum schweifen. Etwa sechzig Männer von Fünfzig bis Siebzehn. Keine einzige Frau weit und breit. Der Barkeeper hatte purpurfarbenes Haar, das ihm bis auf die Schultern reichte.

Lamonte saß mit zwei Männern an einem Ecktisch. Michael erkannte ihn von Maxies Beschreibung wieder. Er war Mitte Vierzig, ein sonnengebräunter, gutaussehender Mann, der einen dunklen Geschäftsanzug trug. Michael blickte ihm in die Augen, wandte sich dann ab und unterhielt sich mit dem Barkeeper über das Wetter. Als er einen dritten *Crème de menthe frappé* bestellte und bezahlen wollte, gab ihm der Barkeeper den Drink und winkte ab. Mit einem Augenzwinkern sagte er: »Geht auf den Boß« und deutete auf Lamontes Tisch.

Fünf Minuten später setzte sich Lamonte selbst auf den Hocker neben Michael, lächelte entwaffnend und sagte: »Ich habe dich hier noch nie gesehen.«

»Muß wohl Weihnachten sein«, erwiderte Michael.

Eine halbe Stunde später verließen sie den Club. Lamonte hatte einen Mercedes 600, ausgestattet mit Mini-Bar, Telefon und einem Mini-Fernseher. Er und Michael saßen im Fond. Einer der Leibwächter fuhr, der andere saß schweigend neben ihm. Lamonte öffnete den winzigen Kühlschrank in der Mini-Bar, holte eine Flasche Veuve Cliquot heraus, entkorkte sie und schenkte zwei Gläser voll. Sie prosteten einander zu. Mit der freien Hand tastete Lamonte nach Michaels Penis.

»Er braucht seine Zeit«, erklärte Michael mit einem Lächeln. »Aber wenn er steht, dann steht er.«

Lamonte grinste, beugte sich vor und küßte Michael auf den Mund, wobei er mit der Zunge forschte. Michael spielte seine Rolle.

Am Haus warteten zwei weitere Leibwächter. Einer am Haupteingang und einer an der Vordertür, der sie einließ. Sie gingen schnurstracks auf die Treppe zum Schlafzimmer zu, in der Hand ihre Gläser mit Champagner. Lamonte trug die halb geleerte Flasche.

»Zuerst das Geld«, waren Michaels erste Worte, als sie das opulente Schlafzimmer mit dem riesigen Bett unter dem seidenen Baldachin betraten.

Lamonte holte seine Brieftasche heraus und zählte fünfhundert Francs ab. Michael steckte das Geld in die Gesäßtasche seiner Jeans. Als das erledigt war, zog Lamonte sich aus und schmiegte sich drängend an ihn heran, gierig auf das, was er sich gekauft hatte. Er streckte die Hand aus, um Michaels Gesicht näher heranzuziehen. Michael küßte ihn, und dann trafen die versteiften Finger seiner rechten Hand in einer blitzschnellen Bewegung auf eine Stelle genau unterhalb von Lamontes Brustkorb. Als Lamonte auf den weichen Teppich sank, rammte ihm Michael sein rechtes Knie ins Gesicht, brach ihm dabei die Nase und schlug ihm vier Schneidezähne aus.

Lamonte erwachte fünf Minuten später. Er lag auf dem großen Bett, nackt und schmerzgepeinigt. Seine Daumen waren zusammengebunden. Er blickte in Michaels Augen hinauf. Schwarze Augen, und sehr kalt. Sie sahen ihn desinteressiert an, als betrachteten sie ein langweiliges Ding. Als die Stimme ertönte, war es im Plauderton, vielleicht die Stimme eines jungen Mannes, der mit seinem Onkel sprach. Es war eine Stimme ohne jegliche Bedrohung und, unter den gegebenen Umständen, umso entsetzlicher. »Haben Sie eine Religion?«

Lamonte hatte es die Sprache verschlagen. Sein Gesicht war eine Maske der Qual, sein Körper bebte vor Furcht.

»Wenn Sie eine haben«, fuhr die Stimme fort, »ist es jetzt an der Zeit, zu Ihrem Gott zu beten. Jetzt ist es an der Zeit zu bereuen. Jetzt ist es an der Zeit, Ihr Leben zu überdenken.«

Lamonte holte tief Luft, um um Hilfe zu schreien. Der Laut kam nie. Michael schlug ihm mit der rechten Hand über den Mund und schlug ihm drei weitere Zähne aus. Als Lamonte wieder aus den Wellen übelkeiterregenden Schmerzes auftauchte, blickte er abermals in die kalten schwarzen Augen und hörte abermals jene freundliche Stimme.

»Hoffen Sie nicht auf Ihre Leibwächter, Lamonte. Sie wären tot, bevor sie durch die Tür wären. Sie halten sich für einen hartgesottenen Kerl, aber in diesem Geschäft sind Sie ein blutiger Anfänger. Ich hab' Sie so einfach hierhergebracht, als hätte ich ein Baby aus einem Kinderwagen gehoben. Ich werde Sie am Leben lassen, aber ich will, daß Sie sich einen Namen in Ihr Gedächtnis einbrennen. Den Namen einer Frau, die Blondie genannt wird. Sie haben sie bedroht. Ich habe Sie sicher erschreckt, aber Sie können sich ganz sicher sein, daß Sie Glück gehabt haben. Es gibt einen weiteren von Blondies Freunden, der hätte Sie zur Hölle geschickt. Ich werde ein wenig großzügiger sein. Wenn Sie aus dem Krankenhaus kommen, werden Sie in die Rue d'Argens gehen und sich bei Blondie entschuldigen. Sonst werde ich wiederkommen, und dann werde ich nicht mehr so großzügig sein.« Er streckte die Arme aus und legte dem Belgier die linke Hand über den Mund. Mit der rechten Handkante schlug er Lamonte auf den linken Unterarm und brach ihm den Knochen.

7

Zehn Tage später klingelte es an der Tür des Pappagal. Raoul kam aus der Bar, ging den Korridor hinunter, öffnete das Guckloch und spähte hindurch. Er erkannte den Mann wieder, der draußen stand. Er bemerkte die Jacke, die ihm über den Schultern hing, sah den weißen Gips am linken Arm des Mannes. Raoul öffnete die Tür.

Der Mann sagte mit leiser, heiserer Stimme: »Ich möchte mit Madame Blondie sprechen.«

»Warten Sie hier!«

Es nieselte leicht. Der Mann stand dort und wurde langsam naß.

Raoul ging in die Bar zurück und sagte zu Blondie: »Lamonte ist draußen. Er möchte mir dir reden.«

Ihr Gesicht wurde hart vor Zorn. »Ich habe ihm nichts zu sagen. Nicht jetzt. Niemals!«

Raoul lächelte. »Du mußt kein Wort mit ihm sprechen. Ich glaube, er möchte dir etwas sagen.«

8

Jens Jensen war ein guter Polizist. Er besaß alle nötigen Instinkte. Er hatte eine feine Spürnase. Er wußte, wann er verfolgt wurde. Er konnte es in seinem Stiernacken spüren, ein Kribbeln auf der Haut. Er trug sein Mittagessen durch den Park zu einer Bank und setzte sich in die Sonne. Als er den ersten Bissen seines Salami-Sandwichs nahm, setzte sich ein junger, dunkelhäutiger, dunkelhaariger Mann neben ihn.

»Was wollen Sie?« fragte Jens.

»Ich möchte mit Ihnen über den ›Blauen Ring‹ sprechen.«

9

Jens Jensen entschuldigte sich gleich, als er Michael durch die Tür seiner Wohnung im Vesterbro-Viertel von Kopenhagen bat.

»Es ist ein bißchen eng«, sagte er. »Wir werden bei der dänischen Polizei nicht gerade überbezahlt.«

Die Wohnung war klein, doch sehr behaglich und gemütlich. Ein wirkliches Heim. Michael schüttelte Jens' Frau Birgitte die Hand, eine schlanke attraktive Frau Ende zwanzig. Dann schüttelte er feierlich Lisa, ihrer sechsjährigen Tochter, die Hand.

Die Wohnung mochte klein sein, aber das Mahl war riesig. Sie fingen mit Räucherlachs auf Toast an. Oben auf dem Lachs waren Rührei, Spargel und Kresse. Dann gingen sie zum Hauptgang über, der aus glasiertem Schinken mit Gemüse und ofengebackenen Kartoffeln bestand. Zum Nachtisch hatte Birgitte ein köstliches Sherry-Mousse mit Haselnüssen und Schokolade zubereitet. Seit Michael Brüssel verlassen hatte, hatte er kaum etwas gegessen, und er verschlang das Essen buchstäblich, zumeist in Schweigen, während er einer typischen Familienunterhaltung zuhörte: Jens beklagte sich über seinen Boß; Birgitte, die Lehrerin war, beklagte sich über ihre Schüler; und Lisa beklagte sich über ihre Lehrer. Aber es war eine Unterhaltung in guter Stimmung, und Michael kam zum Schluß, daß sie eine sorgenfreie und glückliche Familie wären.

Nach dem Essen ging Lisa zu Bett, und Birgitte räumte den Tisch ab und verschwand in der Küche. Michael und Jens sprachen über den ›Blauen Ring‹. Jens war sich ziemlich sicher, daß dieser von drei Zentren aus operierte: Marseille, Mailand und Neapel. Er hatte gehört, daß es einen starken arabischen Einfluß innerhalb des Rings gebe und daß aus diesem Grund vielleicht Marseille das Hauptzentrum sei.

»Dann werde ich dort anfangen«, sagte Michael. »Ich werde morgen hinfliegen. Haben Sie irgendwelche Kontakte dort?«

Jens nickte. »Ja, einen guten. Er ist dort mein Amtskollege, ein Mann namens Serge Corelli... Er ist Halb-Araber.«

Michael lächelte leise. »Ich auch«, sagte er.

Jens hob fragend eine Braue, und aus einem Impuls heraus erzählte ihm Michael von seiner Vergangenheit, wobei er detailliert seine Kindheit im Waisenhaus beschrieb. Inzwischen war Birgitte aus der Küche zurückgekommen und hatte sich dazugesetzt. Sowohl sie als auch Jens hörten fasziniert zu, als Michael seine Lebensgeschichte erzählte. Er fühlte sich seltsam entspannt bei diesen beiden Menschen. Er erzählte ihnen, wie ihn Creasy adoptiert hatte, und berichtete kurz, was er und Creasy aus Rache getan hatten. Schließlich erzählte er ihnen, wie er die Geschichte seiner Mutter kurz vor deren Tod gehört hatte.

Nachdem er fertig war, folgte ein langes Schweigen, dann griff Birgitte über den Tisch, legte ihre Hand über die seine und sagte leise: »Ich verstehe, wie Sie sich fühlen.«

Jens nickte. »Und warum Sie sie suchen. Aber es ist eine lange Zeit her, und es werden vielleicht nicht dieselben Leute sein.«

»Das spielt keine Rolle«, entgegnete Michael kalt. »Sie kommen aus derselben Jauchegrube. Sie praktizieren denselben Schmutz.«

Birgitte ging zum Kaffeekochen in die Küche, und Jens

sagte sehr sanft zu Michael: »Das sind eiskalte und gefährliche Leute, Michael, und sie kennen keine Gnade.« Er machte eine Geste, als wolle er sich entschuldigen, und fuhr fort: »Sie sind ein junger Mann von begrenzter Erfahrung. Dieser Mann, Creasy, von dem Sie gesprochen haben. Wird er Ihnen nicht helfen?«

»Natürlich. Aber im Moment ist Creasy im Krankenhaus, und dort wird er noch wenigstens eine Woche bleiben. Inzwischen werde ich auf Position gehen, und er kann später nachkommen.«

»Ich hoffe es«, sagte Jens. »Schließlich sind Sie ein junger Mann, und gegen eine Organisation wie diese stehen die Chancen nicht sehr gut.«

Michael wurde sehr still. Er saß Jens gegenüber am Tisch, die Augen immer noch kalt. »Haben Sie eine Ausbildung bei der Polizei gehabt – Handfeuerwaffen, unbewaffneter Zweikampf und so was?«

»Natürlich, und ich bin verdammt gut gewesen und bin es immer noch.« Jens tätschelte seinen leichten Bauch und grinste. »Obgleich ich nicht ganz so fit bin, wie ich sein sollte.«

Birgitte kam gerade mit einem Tablett aus der Küche, als sie Michaels Worte hörte. Sie blieb stehen und hätte fast den Kaffee verschüttet, als Michael sagte: »Jens, Sie sorgen sich um meine Fähigkeiten. Wenn ich wollte, könnte ich Sie innerhalb von drei Sekunden töten. Wenn drei von Ihnen hier um den Tisch säßen, alle gut ausgebildet, könnte ich Sie alle innerhalb von zehn Sekunden töten.«

Sehr ruhig fragte Jens: »Sie tragen eine Schußwaffe?«

»Nein.«

»Ein Messer?«

»Nein.»

»Überhaupt keine Waffe?«

Wortlos hielt Michael beide Hände hoch.

Es folgte ein Schweigen, und dann fragte Jens: »Haben Sie schon mal getötet?«

»Ich kann mich nicht erinnern«, erwiderte Michael. Und dann lächelte er, und die Spannung wich aus dem Zimmer.

Birgitte trat vor und setzte das Tablett auf den Tisch. Sie schenkte den Kaffee ein und trug dann ihre Tasse in die Küche zurück, wobei sie über die Schulter hinweg sagte: »Ich lasse euch jetzt allein. Ich habe einige Tests zu korrigieren.« Sie schloß die Tür hinter sich.

»Ich wünschte, ich könnte mit Ihnen kommen«, sagte Jens. »Mir steht es bis hier oben, in einem Büro zu sitzen, Berichte zu lesen und außerstande zu sein, irgend etwas wegen ihnen zu unternehmen. Ich sehe auf eine endlose Zahl von Fotos ... manchmal kommen die Gesichter in der Nacht zu mir. Allzu oft muß ich mit den Eltern der verschwundenen Mädchen reden – das ist der schlimmste Teil des Jobs. Es ist sogar noch schlimmer, als ihnen mitzuteilen, daß ihre Tochter tot ist. Dann wissen sie wenigstens etwas Genaues und können damit umgehen. Ich wünsche mir zum Teufel nochmal, ich könnte Sie begleiten.«

»Warum tun Sie's nicht?« fragte Michael

Jens' Lächeln war kalt. »Ein guter Witz«, sagte er. »Aber nicht sehr komisch. Unser Etat ist lächerlich gering. Es gibt einfach kein Geld.«

»Ich habe jede Menge Geld«, erwiderte Michael. »Würde man Ihnen nicht einen oder zwei Monate unbezahlten Urlaub geben?«

Jens lehnte sich zurück, und auf seinem Gesicht zeigte sich zuerst Überraschung und dann Nachdenklichkeit.

»Das könnte vielleicht klappen«, sagte er schließlich. »Ist eine riskante Sache... aber es könnte klappen.«

»Fragen kostet nichts«, sagte Michael und winkte dann in Richtung Küche. »Aber was ist mit Birgitte?«

Jens lächelte und schüttelte den Kopf. »Das ist kein Problem. Sie fühlt genauso wie ich. Sie muß sich mit einer Enttäuschung abfinden. Abgesehen davon« – er deutete auf eines der Schlafzimmer – »wird unsere Tochter in zehn oder elf Jahren ans Mittelmeer in Urlaub fahren wollen. Wir haben beide schon Alpträume, daß jemand aus meiner Abteilung an die Tür klopft und uns mitteilt, daß sie verschwunden ist. So etwas könnte geschehen, aber ich würde besser schlafen, wenn ich wüßte, daß ich deswegen etwas versucht hätte.«

Michael trank einen Schluck Kaffee und sagte nachdenklich: »Sie mit Ihrem Wissen und Ihren Kontakten wären sehr nützlich.« Er lächelte. »Und ich würde versuchen, Sie aus der Gefahr herauszuhalten.«

Jens lachte. »Ich bin doppelt so alt wie Sie und halte mich noch immer für einen jungen Mann, und Sie werden mich aus der Gefahr heraushalten? Wenn ich unbezahlten Urlaub bekomme, werde ich zunächst einmal entscheiden müssen, ob ich eine Waffe oder eine Tasche voller Windeln mitnehme.«

Michael lachte ebenfalls. Dann erklärte er eindringlich: »Jens, ich meine das ernst. Sie haben Frau und Kind. Ihre Rolle wäre, mich Ihren Kontakten vorzustellen und mich von Ihrer Erfahrung profitieren zu lassen. Wenn die Zeit für die Drecksarbeit kommt, werden Creasy und ich sie tun.«

»Nun, wir werden sehen«, erwiderte Jens. »Es ist sowieso hypothetisch. Zuallererst werde ich morgen früh zu meinem Boß gehen, und er wird mich möglicherweise mit einem Fußtritt aus seinem Büro befördern.«

»Das würden Sie ihn tun lassen? Ich hätte Sie für hartnäckiger gehalten.«

Wieder lächelte Jens. »Bin ich auch. Aber der Mistkerl unterschreibt meine Gehaltsschecks.«

10

Blondie wuselte in dem komfortablen Zimmer umher, zog Vorhänge gerade, richtete eine Manet-Reproduktion an der Wand aus, arrangierte zum dritten Mal die Rosen um, die sie gekauft hatte, und führte sich ganz allgemein wie eine brütende Glucke auf. Creasy beobachtete sie amüsiert und zugleich liebevoll.

»Na, erzähl mir, was wird Michael unternehmen?« fragte er.

Sie wurde jäh ernst, überlegte eine Weile und antwortete dann: »Michael hat mich gebeten, dir nicht zu sagen, was er vorhat. Michael möchte losgehen und seine Sache erledigen, ohne daß sein Vater über ihm schwebt.«

Creasy knurrte gereizt. »Sag mir, was er tun wird.«

Blondie setzte sich aufs Fußende des Betts und drückte Creasys linkes Fußgelenk. »Michael wird böse auf mich sein, aber ich werd's dir sagen.«

Zunächst erzählte sie ihm von Lamonte und dessen Entschuldigung.

Creasy nickte nachdenklich. »Vielleicht war's besser so«, sagte er. »Ich hätte den Schweinehund womöglich umgebracht. Je älter ich werde, desto weniger Geduld scheine ich für solche Schweine aufbringen zu können. Was hat Michael seitdem unternommen?«

»Das ist es, war mir Sorgen macht«, antwortete Blondie. »Siehst du, die Leichtigkeit seines Erfolgs mit Lamonte ist ihm vielleicht zu Kopf gestiegen. Es ist so einfach zu vergessen, daß er erst neunzehn ist. Seine Kindheit und seine Erfahrungen mit dir lassen ihn um so vieles älter erscheinen. Er ist sich seines Erfolgs zu sicher. Er möchte sich dir gegenüber beweisen.«

»Wo ist er?«

»Er ist gestern abgereist«, antwortete sie. »Er hat nicht gesagt, wohin er wollte. Er hat gesagt, er werde in ein paar Tagen anrufen, um dich wissen zu lassen, wie er vorankommt.«

Creasy seufzte. »Ja, natürlich. Er glaubt, ich stecke hier für eine Woche oder zehn Tage fest.« Er zeigte auf einen Stahlschrank in einer Ecke. »Meine Kleider und Schuhe sind darin. Hol sie mir bitte.«

Blondie setzte zu einem Einwand an, aber dann sah sie ihm in die Augen und ließ es sein. Creasy lächelte sie an. »Sie behalten mich bloß hier, damit sie in ein paar Tagen die Fäden ziehen können. Dein Chirurg Bernard hat gute Arbeit geleistet, aber die Fäden kann ich auch selbst ziehen. Wohin ist Michael deiner Ansicht nach gefahren?«

»Kopenhagen«, sagte sie über die Schulter, als sie seine Kleider holen ging.

11

Lars Pedersen war, innerhalb seiner Grenzen, ein guter Polizist. Aber eine seiner Grenzen war seine mangelnde Phantasie. Er ging stets nach Dienstvorschrift vor. Bei der Polizei schätzte man ihn als kompetent, erfahren und hart arbeitend ein, aber er war nur dann wirklich glücklich, wenn er alle Fakten vor sich hatte.

Er musterte den Mann, der auf der anderen Seite des Schreibtischs saß. Ein vierschrötiger Mann mit kurzgeschnittenem grauen Haar, Augen mit schweren Lidern, einem tief gebräunten Gesicht mit einer Narbe auf der Wange, einer weiteren auf der Stirn, einer dritten auf dem Kinn.

Pedersen schüttelte bedächtig den Kopf. »Tut mir sehr leid, Mr. Creasy. Ich bin nicht dazu befugt, Ihnen betreffs meiner Beamten irgendwelche Informationen zu geben. Ich muß eine offizielle Anfrage durch Interpol bekommen, und ich bezweifle, daß Sie die beschaffen können.«

In der Stimme seines Besuchers schwang ein leichter amerikanischer Akzent mit. »Ich habe Grund zu glauben, daß mein Sohn mit Ihrem Beamten zusammen ist. Sicherlich ist das Grund genug?«

Erneut schüttelte Pedersen den Kopf. »Ich habe Jens Jensen von gestern an zwei Monate unbezahlten Urlaub gegeben. Um offen zu sein, ich weiß nicht, wo er ist. Um noch offener zu sein, ich habe ihm lediglich deshalb Urlaub gegeben, weil er in letzter Zeit eine Menge Streß hatte. Es war nicht einfach. Ich mußte das mit dem Amtsleiter abklären. Aber Jensen ist einer meiner besten Männer, und er hat den Urlaub gebraucht.«

»Ist er verheiratet?«

»Ja.«

»Können Sie mir seine Adresse und Telefonnummer geben?«

Wieder schüttelte Pedersen den Kopf. »Tut mir leid, aber das ist gegen die Vorschriften.«

Ein leises Lächeln huschte über die Lippen des Amerikaners, und er sagte: »Wenn Ihr Amtsleiter Sie anweist, voll mit mir zu kooperieren, würden Sie das tun, wie ich annehme.«

»Natürlich«, antwortete der Däne kalt. »Aber ich halte das für höchst unwahrscheinlich.«

Der Amerikaner stand auf, warf einen Blick auf seine Uhr und sagte: »Ich werde in einer halben Stunde zurücksein.«

Senator James S. Grainger in Washington erwachte vom Läuten seines Telefons neben dem Bett. Er blickte auf seine Uhr, fluchte leise, hob den Hörer und bellte hinein: »Grainger.« Einen Augenblick später saß er aufrecht im Bett und hörte genau zu. Der Mann, der mit ihm von jenseits des Atlantiks sprach, verschwendete wenig Worte, und er seinerseits verschwendete wenig beim Antworten. Er kritzelte einfach die Namen und Nummern auf seinen Notizblock neben dem Bett und sagte: »Ok, Creasy, kein Problem. Ich werde mich gleich mit Bennett vom FBI in Verbindung setzen. Er wird den Burschen zurückrufen und die Sache regeln. Brauchen Sie sonst noch was? ... Ok. Umarmen Sie Michael von mir und lassen Sie es mich wissen, wenn es vorüber ist.«

Grainger legte den Hörer auf, schob sich im Bett höher und stopfte einige weitere Kissen hinter sich. Der Anruf war wie Balsam für seine Seele gewesen, ein Kontakt mit einem fernen Freund, einem Mann, der ein Fremder gewesen und in sein Leben eingetreten war und ihm die Befriedigung der Rache geschenkt hatte, einem Mann, den er bis ins tiefste Innere respektierte. Natürlich war das Gespräch so abrupt wie einsilbig gewesen, aber der Kontakt und die Stimme hatten seine Einsamkeit verscheucht. Er rief sich die Tage mit Creasy ins Gedächtnis zurück. Dem Mann, den er eines Tages an der Bar seines Wohnzimmers trinkend vorgefunden hatte, dem Mann, der ihm gesagt hatte, daß sie zusammen Vergeltung an jenen Menschen üben würden, die ihre Lieben umgebracht hatten. Dem Mann, der gehalten hatte, was er versprochen hatte. Grainger wußte alles über Michael und was er auf jenem Rachefeldzug getan hatte. Er entschied, sich gleich um Creasys Bitte zu kümmern. Er hob den Hörer, blätterte mit dem Daumen sein privates Adreßbuch durch und wählte die Nummer des Direktors des FBI.

Als Creasy wieder ins Büro von Lars Pedersen geführt wurde, wurde er mit Hochachtung und sogar einer Tasse Kaffee empfangen. Vierzig Minuten später sprach er mit Birgitte Jensen in deren Wohnung.

»Marseille«, sagte sie zu ihm. »Sie sind gestern morgen abgeflogen, über Paris.«

»Wissen Sie, wo sie absteigen?«

Sie schüttelte den Kopf und sah besorgt aus. »Nein. Jens hat mir gesagt, er werde mich in vier oder fünf Tagen anrufen. Er schätzt, daß er etwa einen Monat fort sein wird.« Sie hielt inne und sagte zaghaft: »Michael hat uns ein wenig von Ihnen erzählt, Mr. Creasy, und ich weiß, warum sie dort unten hingeflogen sind. Besteht eine große Gefahr?«

Er hob die Schultern und erwiderte unverbindlich: »Ich glaube es nicht, aber ich möchte gern dort sein. Wissen Sie, ob Ihr Gatte irgendwelche Kontakte in Marseille hat?«

»Ja. Er wird sicherlich einen Kollegen von der Vermißtenstelle dort kennen.«

»Kennen Sie dessen Namen?«

»Nein, aber er wird hier im Polizeipräsidium irgendwo in den Akten stehen.«

»Würde es Ihnen etwas ausmachen, Lars Pedersen für mich anzurufen?«

Sie lächelte beim Gedanken daran, den Boß ihres Gatten anzurufen. Eine Minute später sprach Creasy mit Lars Pedersen, und zwei Minuten später hatte er die Information, die er gewollt hatte. Er wandte sich an Birgitte und sagte: »Der Kontaktmann Ihres Gatten ist ein Inspektor Serge Corelli.«

»Werden Sie ihn anrufen?« fragte sie.

Creasy schüttelte den Kopf. »Nein. Es ist besser, daß ich warte, bis ich dort bin. Ich werde morgen früh in Marseille sein. Sobald ich dort eintreffe, rufe ich Sie an und gebe Ihnen Namen und Rufnummer meines Hotels. Wenn Jens anruft, sagen Sie ihm, er solle Michael dazu veranlassen, sofort mit mir Kontakt aufzunehmen und nichts zu unternehmen, bis ich mit ihm gesprochen habe. Wenn Jens heute abend anruft, versuchen Sie, eine Kontaktadresse und -telefonnummer zu erhalten.«

Er ging zur Tür, und beim Öffnen sagte sie: »Ich bin froh, daß Sie dort hinunterfliegen. Mir ist wohler zumute.«

Er drehte sich um und lächelte zum erstenmal. »Machen Sie sich keine Sorgen. Ihr Gatte wird wohlauf sein.«

Er schloß die Tür hinter sich und stand auf dem kleinen Treppenabsatz. Er ging zum Lift, blieb jedoch plötzlich stehen und lehnte sich an die Wand. Schmerz durchzuckte ihn. Es war erst drei Tage her seit seiner Operation. Sie hatten den Metallsplitter herausgenommen, aber der Schmerz war geblieben. Er sog Luft ein und versetzte sich in einen Zustand, in dem der Geist die Materie kontrollierte. Sein Körper würde das tun, was ihm sein Geist befahl. Es war stets so gewesen. Selbst wenn Blut floß. Er dachte erneut über die Frau nach, die er gerade verlassen hatte. Die letzten Worte, die er gesprochen hatte, dienten zu ihrer Beruhigung, aber im Innern hegte er den Verdacht, daß ihr Gatte nicht wohlauf sein könnte. Creasy kannte Marseille gut. Vor vielen Jahren war er dort der französischen Fremdenlegion beigetreten, und das einzige, was jetzt zu seinen Gunsten sprach, war, daß er gute Kontakte in der Stadt hatte. Als er den Knopf drückte, um den Aufzug zu rufen, durchzuckte ihn ein Gedanke: Michael würde Waffen benötigen. Sie waren über Paris nach Marseille geflogen, und Michael wußte, wo er in Paris Waffen bekam.

Creasy machte auf dem Absatz kehrt und klopfte erneut an die Wohnungstür. Nachdem Birgitte geöffnet hatte, sagte er: »Tut mir leid, Sie zu belästigen, aber darf ich rasch in Paris anrufen?«

Sie nickte. »Natürlich.«

Sie verstand Französisch sehr gut, aber die Seite des Gesprächs, die sie hörte, war verwirrend. Nachdem er Anschluß bekommen hatte, sagte Creasy einfach: »Erkennen Sie meine Stimme? ... Gut. Haben Sie kürzlich meinen Sohn gesehen? Haben Sie ihm etwas geschenkt oder verkauft?«

Wenn Birgitte die andere Seite des Gesprächs hätte hören können, hätte sie eine Männerstimme sagen hören: »Ja, zwei kleine Schallgedämpfte. Habe ich was falsch gemacht?«

»Nein. Hat mein Sohn eine Nachsendeadresse hinterlassen?«

»Nein. Er hat vorher angerufen. Ich habe ihn mit einem anderen Burschen am Flugplatz getroffen. Ich schätze, sie sind von dort weitergeflogen.«

»Danke. Wie geht's Ihrem Vater?«

»Wird alt und übellaunig.«

Creasy grinste und sagte: »Grüßen Sie ihn von mir.« Er

legte auf und wandte sich an Birgitte. »Sobald ich mit Ihrem Gatten Kontakt aufgenommen habe, werde ich ihm sagen, er möge Sie anrufen. Machen Sie sich keine Sorgen.«

12

Es hatte nur sechs Tage gedauert, bis Hanne Andersen völlig drogenabhängig war. Sie hatte Philippe nicht wiedergesehen. Nach jenem ersten Mal hatte ein anderer Mann das Tablett mit ihrem Freund darauf gebracht. Er war groß, hatte helles Haar, war Mitte Vierzig und sehr gut aussehend. Während jener sechs Tage war er auch charmant erschienen, hatte sanft und aufmunternd mit ihr geredet. Er sagte ihr, sein Name sei Carlo. Bei der ersten Gelegenheit hatte er sie von ihren Fesseln befreit, und sie war in der Lage, in dem fensterlosen Raum umherzugehen. Er hatte ihr auch einen neuen roten Trainingsanzug gebracht sowie einige Segeltuchschuhe und drei weiße Slips. Er sprach Englisch mit italienischem Akzent. Die einzige andere Person, die sie sah, war die alte Frau, die ihr das Essen brachte und sie zum Klo auf dem Flur führte.

Nach dem sechsten Tag hörten die Injektionen auf. Sie hatten ihr gestattet, die Uhr zu behalten. Es war eine silberne Georg-Jensen, ein Geschenk ihrer Eltern zum achtzehnten Geburtstag und ihr kostbarster Besitz. Bis zum sechsten Tag wußte sie, daß Carlo ihr das Heroin alle sechs Stunden brachte, immer genau dann, wenn sich die ersten Anzeichen der Sucht regten. Zunächst war die Sucht nur minimal gewesen, aber als die Tage dahingingen, wurde sie stärker.

Am sechsten Tag blickte sie immer wieder ängstlich auf ihre Uhr. Die sechs Stunden streckten sich. Nach neun Stunden lag sie zitternd auf dem Bett. Sie sprang auf, als sich der Schlüssel im Schloß drehte. Es war die alte Frau mit dem Tablett. Darauf standen eine Schüssel mit Suppe und eine Schüssel mit Spaghetti.

»Wo ist Carlo?« fragte Hanne mit bebender Stimme.

Die alte Frau ging schweigend durch den Raum, setzte das Tablett auf das Nachttischchen und kehrte zur Tür zurück.

»Wo ist Carlo?« fragte Hanne erneut, und dann wiederholte sie die Frage etwas lauter auf Französisch.

Wortlos schritt die alte Frau über die metallene Türschwelle, und die Tür schlug hinter ihr ins Schloß. Hanne hörte den Schlüssel im Schloß kratzen und den Bolzen an seinen Platz zurückgleiten. Sie saß aufrecht neben dem Bett und griff nach dem Löffel. Ihr zitterte die Hand, und sie konnte die Suppe kaum zum Mund bringen, ohne sie zu verschütten. Die Suppe schmeckte nach nichts, und Hanne warf den Löffel in die Schüssel zurück. Mehrere Minuten lang saß sie zitternd auf dem Bett, starrte die Wand an, dann wälzte sie sich auf den Rücken, zog die Decke über sich und durchlitt die Nacht.

Er kam am siebten Tag um sieben Uhr morgens. Er trug das kleine Metalltablett mit der Spritze. Hanne kauerte in der Ecke auf dem Fußboden, die Knie an die Brust gezogen, die Arme um die Knie geschlungen, die Augen nur halb geöffnet. Er lächelte sie an.

Sie erhob sich wacklig auf die Füße und fragte verdrossen: »Wo sind Sie gewesen?« Sie sah ihn nicht an. Ihr Blick war starr auf das Tablett in seinen Händen gerichtet.

Carlo lächelte und hielt ihr das Tablett hin, als wäre es ein Geschenk an ein kleines Kind. »Hier ist dein Freund«, sagte er.

Sie kam heran, wobei sie den Ärmel ihres Trainingsanzugs hochkrempelte. Carlo setzte das Tablett auf das Nachttischchen. Sie ging gierig darauf zu, aber er hielt die Hand hoch.

»Warte. Erst möchte ich, daß du etwas tust.«

»Was?«

Er lächelte entwaffnend. »Ich möchte, daß du mich küßt.«

Zunächst lag Verwirrung auf ihrem Gesicht. »Was?«

Er lächelte erneut und spreizte die Hände. »Du sollst mich küssen, ist das so schwierig? Bin ich so häßlich?«

Sie wich einen Schritt zurück; auf ihrem Gesicht lag jetzt Beunruhigung. Sie schüttelte den Kopf, als würde sie ihn nach einem Schlag klären wollen. »Nein«, murmelte sie. »Nein.«

Er zuckte mit den Achseln, hob das Tablett auf und ging zur Tür.

»Nein!« rief sie laut. »Gehen Sie nicht! Bitte geben Sie es mir!«

Mit einer Hand drehte er den Türknauf und sagte: »Ich werde es dir geben, wenn du mir einen Kuß gibst.«

Erneut schüttelte sie den Kopf, wie in Verwirrung, und stammelte dann: »Nein … Aber ich brauche es … ich brauche es dringend … Ich fühle mich sehr krank.«

Er drehte den Türknauf und ging hinaus, wobei er über die Schulter hinweg sagte: »Ich werde in einer Stunde wiederkommen. Denk drüber nach.«

Eine Stunde später küßte sie ihn. Er hatte beide Hände hinter ihrem Kopf geschlossen, drückte sie eng an sich, und seine Zunge erforschte ihren Mund. Hanne spürte nichts. Ihre Gedanken waren auf das Tablett auf dem Nachttischchen konzentriert. Das Tablett mit der Spritze.

Anschließend legte sie sich aufs Bett, während er wieder ging. Sie spürte, wie sich die Wärme in ihr ausbreitete, spürte, wie sich die Knoten in ihrem Unterleib lösten, spürte, wie die Anspannung in ihren Armen und Beinen nachließ. Acht Stunden später kehrte er mit dem Tablett zurück. Während der letzten beiden Stunden hatte sie alle zwei oder drei Minuten auf ihre silberne Armbanduhr geblickt. Diese beiden Stunden erschienen ihr wie zwei Jahre ihres jungen Lebens. Diesmal mußte sie ihn küssen und sich von ihm die Brüste und den Unterleib durch den Trainingsanzug streicheln lassen, um die Injektion zu bekommen. Das dritte Mal mußte sie sich den ganzen Körper unter dem Trainingsanzug streicheln lassen. Das vierte Mal trat er nur in einen Bademantel gekleidet ein und sagte ihr, daß sie sich von ihm lieben lassen müsse, um die Injektion zu bekommen. Sie weigerte sich, und er ging mit dem Tablett davon, ließ sie zurück. Sie hämmerte an die Metalltür und schrie ihm in seiner Muttersprache Obszönitäten nach. Er kehrte zwei Stunden später zurück, und sie ließ sich von ihm lieben. Sie lag nackt auf dem Bett und spürte nichts. Ihr Blick wich nicht von dem Tablett einen Meter neben ihrem Kopf.

Und so ging es weiter. Innerhalb einer Woche vollführte sie erniedrigende Akte, deren Existenz sie nicht einmal geahnt hatte. Wenige Tage später kam ein zweiter Mann mit Carlo, ein großer, schlanker, dunkelhäutiger Mann mit einem schwarzen Schnauzbart. Sie benutzten ihren Körper getrennt und gemeinsam. Manchmal tat es weh. Nach zwei Stunden zog sich der dunkelhäutige Mann an und ging. Carlo gab ihr die Injektion und legte sich dann nackt aufs Bett. Er rauchte eine Zigarette und beobachtete Hanne, während Schmerz und Erniedrigung unter dem Einfluß der Droge abebbten.

»Morgen ziehst du in eine andere Stadt», erzählte er ihr fast beiläufig.

»Wohin?« fragte sie benommen.

»Spielt keine Rolle«, antwortete er. »Ist ein anderes Land.« Er lächelte sie an. »Ein hübsches Land.«

Die Neuigkeit sickerte nur langsam in ihr heroingeschwängertes Bewußtsein, dann fragte sie ängstlich: »Werden Sie mitkommen?«

Er schüttelte den Kopf. »Nein, mein Job ist jetzt erledigt.«

Angst stieg in ihr auf. Sie deutete auf die Spritze: »Was ist damit?«

Wieder lächelte er. »Mach dir deswegen keine Sorgen. Irgend jemand wird dort sein, der sie dir gibt.«

Sie versuchte, durch den Nebel in ihrem Gehirn nachzudenken. »Werde ich diese Dinge da tun müssen, ehe man mir sie gibt?«

»Ja«, sagte er. »Aber mit der Zeit wird es dir nicht mehr soviel ausmachen.«

Sie wandte sich ab. Sie wußte, daß sie jetzt eine Sklavin war.

13

Die Sonne ging über dem Fischerhafen unter. Jens Jensen saß auf dem kleinen Balkon der Wohnung und genoß es, das Kommen und Gehen der Boote zu beobachten. Er liebte die See und ihre Schiffe, und er hoffte, einmal in einer der kleinen Städte nördlich oder südlich von Kopenhagen ein Haus oder eine Eigentumswohnung zu besitzen, von wo aus man einen Hafen sehen konnte.

Er ließ die letzten achtundvierzig Stunden, seitdem Michael in sein Leben getreten war, Revue passieren und bewunderte die Gelassenheit und Zuversicht des jungen Mannes. Jens war während seines ganzen Arbeitslebens Polizist gewesen und hatte vieles gesehen und getan. Er hatte bei der Kriminalpolizei gearbeitet, bei der Sitte und der Drogenfahndung. Er war doppelt so alt wie Michael und hatte sich dennoch, seit dem Augenblick, da sie auf dem Kopenhagener Flughafen Kastrup das Flugzeug bestiegen hatten, Michael als Anführer dieser besonderen Operation unterworfen. Seine erste Überraschung hatte er auf dem Flughafen Charles de Gaulle in Paris erlebt, wo sie zwei Stunden auf den Anschluß nach Marseille warten mußten. Michael sagte ihm, sie würden nicht in der Transit-Lounge bleiben, sondern durch den Zoll gehen. Sie waren in ein Café gegangen, hatten sich in eine Ecke gesetzt und beide einen Cappuccino bestellt.

Nach fünf Minuten war ein dünner, dunkelhaariger Mann Ende Vierzig auf den Stuhl neben Michael geschlüpft. Keine Begrüßungsfloskeln wurden ausgetauscht. Der Mann reichte Michael einen kleinen Aktenkoffer und fragte: »Wie geht's Ihrem Vater?«

»Ihm geht's gut«, hatte Michael erwidert. »Und Ihrem?«

»Wird alt und übellaunig.«

Michael lächelte und sagte: »Grüßen Sie ihn von mir.«

Der Mann nickte und sagte ruhig: »Neun – null – neun«, dann verschwand er wieder.

»Wer war das?« hatte Jens gefragt.

»Er wird Korkenzieher Zwei genannt«, erwiderte Michael

mit unbewegtem Gesicht und schmunzelte, als er Jens' verwirrten Blick sah. »Sein Vater wurde Korkenzieher genannt. Er hat das Familienunternehmen übernommen, als sich sein Vater vor ein paar Jahren zurückgezogen hat.«

»Was für ein Unternehmen?«

Michael dachte eine Minute nach und erwiderte dann mit gesenkter Stimme: »Seine Basis ist Brüssel, das früher ein Zentrum für die Rekrutierung von Söldnern und ähnlichen Typen war. Sein Vater kennt meinen Vater seit Jahren. Korkenzieher hat seinen Spitznamen erhalten, weil er in alles auf der Welt eindringen und dann wieder herauskommen konnte. Er konnte fast alles von Waffen bis zu Informationen erhalten. Er hat sein Wissen und sein Geschick an seinen Sohn weitergegeben, der natürlich Korkenzieher Zwei geworden ist. Es ist Korkenzieher Zwei gewesen, der uns den Unterschlupf und die Ausrüstung bereitgestellt hat, die wir bei jener Operation in Syrien vor einigen Jahren benötigt haben.«

Jens' Neugier war geweckt. Er hatte auf den Aktenkoffer auf dem Tisch getippt. »Was ist darin?«

»Die Schlüssel zu einer Wohnung im alten Fischereihafen von Marseille«, hatte Michael erwidert. »Plus einer detaillierten Straßenkarte der Stadt.«

»Das ist alles?«

Michael hatte den Kopf geschüttelt. »Nein, außerdem sind da noch eine Pistole, die sehr effektive Betäubungspfeile verschießt, zwei Klappmesser und zwei Pistolen mit Schalldämpfern sowie jede Menge Munition in Ersatzmagazinen drin.«

Jens hatte den kleinen Aktenkoffer betrachtet, doch bei diesen Worten blickte er abrupt auf und sah den jungen Mann an. »Bist du wahnsinnig?« hatte er gezischt. »Das ganze Zeug willst du durch die Kontrolle tragen?«

Michael nickte und tippte dann auf die Tasche auf der anderen Seite seines Stuhls. »Der Aktenkoffer kommt in meine Reisetasche, die ich einchecke. Die Tasche wird wie üblich durchleuchtet. Der Röntgenschirm wird die Umrisse des Aktenkoffers und die Umrisse seines Inhalts zeigen. Aber nichts davon wird wie eine Waffe aussehen. Die Klappmesser werden wie zwei Eddings aussehen. Die Pistolen und die Munition werden aussehen wie Videokassetten, denn genau darin sind sie auch versteckt. Sie stecken in speziellen, ausgehöhlten, bleiausgekleideten Videokassetten. Selbst wenn die Tasche und der Koffer durchsucht werden, würde es schon einen extrem cleveren Zollbeamten brauchen, um den echten Inhalt zu entdecken. Es ist ein annehmbares Risiko.«

Jens war beeindruckt gewesen, aber noch immer nicht ganz beruhigt. »Das hast du alles über eine offene Leitung von deinem Hotelzimmer in Kopenhagen arrangiert?«

Michael hatte genickt. »Natürlich. Ich habe einen alten Freund angerufen und mich kurz mit ihm unterhalten. Keine Namen, versteht sich, alles über Code-Wörter. Ich weiß nicht, von welcher Marke die Pistolen sind, aber es werden die besten sein: Neun Millimeter, ohne Seriennummer. Du wirst bemerkt haben, daß Korkenzieher Zwei Handschuhe getragen hat – keine Fingerabdrücke auf dem Aktenkoffer oder dessen Inhalt.«

Seine unerschütterliche Zuversicht hatte den Dänen überzeugt, ebenso wie ihre unbehelligte Ankunft auf dem Marseiller Flughafen Marignane. Sie sammelten ihre Taschen ein, gingen durch den Zoll und tranken einen weiteren Kaffee am Flugplatz. Michael holte den Aktenkoffer aus seiner Tasche, stellte die Kombination neun-null-neun ein und öffnete ihn. Jens hatte sich vorgebeugt. Der Inhalt sah genauso aus wie von Michael beschrieben: drei Videokassetten, zwei Eddings, eine dicke Straßenkarte von Marseille und zwei Schlüssel an einem Schlüsselring sowie ein halbes Dutzend Aktenmappen.

Michael hatte die Straßenkarte herausgeholt, sie entfaltet und auf einen Tintenkreis in der Nähe des alten Fischereihafens gedeutet. »Das ist unsere Basis. Dann also los.«

Sie hatten ein Taxi ins moderne Stadtzentrum genommen, waren dann einen halben Kilometer zu Fuß gegangen, hatten wieder ein Taxi genommen und waren bis auf einen halben Kilometer zu ihrer Unterkunft gefahren. Den restlichen Weg gingen sie zu Fuß, wobei sie mehrmals stehenblieben, um sich die Schaufenster anzusehen wie ein paar Touristen.

Erneut war Jens, als erfahrener Polizist, von der Vorsicht Michaels beeindruckt, insbesondere, nachdem sie die Wohnung schließlich erreichten. Sie lag im obersten Geschoß eines dreistöckigen Gebäudes, alt, jedoch in gutem Zustand. Am Eingang hatte Michael zwei Paar dunkelblauer dünner Baumwollhandschuhe aus einer Seitentasche seines Beutels geholt und ein Paar an Jens mit den Worten weitergereicht: »Während wir drinnen sind, tragen wir die hier die ganze Zeit über.«

Die Wohnung bestand aus zwei Schlafräumen, einem Badezimmer, einer kleinen Küche sowie einem Wohn- und Eßzimmer. Sie war spärlich, doch ausreichend möbliert. Jens hatte die Vorhänge zurückgezogen, den Balkon und den Fischereihafen dahinter gesehen und sich sofort heimisch gefühlt. Michael war schnurstracks zum Telefon gegangen, hatte das Unterteil abgeschraubt und ins Innere gespäht. Zufrieden setzte er das Unterteil wieder auf und machte sich daran, in der Wohnung umherzupirschen und dabei Lichtschalter und Kabel zu prüfen.

»Du bist sehr vorsichtig«, hatte Jens bemerkt.

»Das ist mir über viele Monate hinweg eingehämmert worden«, hatte Michael zur Antwort gegeben. »Ich erwarte nicht, irgend etwas zu finden, aber man kann ja nie wissen. Was hättest du gern zum Frühstück?«

»Frühstück?«

»Ja. Um die Ecke ist ein kleiner Supermarkt; ich werde Vorräte für ein paar Tage einkaufen, während du deine alten Knochen ausruhst.«

Jens grinste und klopfte sich auf den leichten Bauch. »Ich werde mitkommen und mir all diese Dickmacher besorgen, die mich Birgitte daheim nicht essen läßt.«

Michael hatte auf das Telefon gezeigt. »Ok, aber zuerst rufst du deinen Kontaktmann an und machst ein Treffen für morgen früh ab. Glaubst du, daß er uns einen Blick in die Akten werfen läßt?«

»Ja, denke schon. Ich habe ihn mehrmals bei Seminaren getroffen, und wir sind gut miteinander ausgekommen.«

»Wieviel wirst du ihm erzählen?«

»Nichts«, hatte Jens geantwortet. »Er wird das verstehen. Ich werde ihm erklären, daß ich in einem privaten Fall unterwegs bin, bei dem ich eine Menge Geld verdiene. Das Unternehmen finanziert die Familie einer Vermißten. Ich werde ihm sagen, daß ich ihm später kurz Bericht erstatten werde. Da sind wir allerdings schon längst verschwunden.«

Michael hatte zustimmend genickt.

Zum Frühstück aß Jens Räucherlachs, Toast, einen halben Camembert, Räucherschinken, Salami sowie eine große Büchse Obstsalat. Michael hatte eine Tasse Tee und ein Stück Toast.

Um neun Uhr waren sie im Büro von Inspektor Corelli. Er war ein großer, grauhaariger, hakennasiger Mann, der einen eleganten grauen Anzug, ein blaßblaues Hemd und eine kastanienbraune Krawatte trug. Er war sehr freundlich. Jens hatte ihm Michael als neuen Assistenten vorgestellt und ihm kurz erklärt, daß sie, um eine wohlhabende Familie zufriedenzustellen, eine Untersuchung vor Ort vornehmen wollten. Corelli hatte verständnisvoll genickt; so was war nicht ungewöhnlich. Er suchte ein leeres Büro für sie und ließ ihnen von einem Assistenten alle Akten bringen, die sie haben wollten. Darüber hinaus hatte der Assistent die Aufgabe, sie mit Kaffee zu versorgen.

Jens hatte sein neuestes Spielzeug mitgebracht, einen kleinen Sanyo-Laptop. Während der nächsten Stunden gingen sie gemeinsam einen großen Stapel Akten durch, und Jens gab alle relevanten Informationen in seinen Computer ein. Sie dankten Corelli für seine Hilfe, und Jens versprach, ihn in einigen Tagen anzurufen und zum Mittag- oder Abendessen einzuladen. Auf Spesen, hatte Jens mit einem Lächeln erklärt. Dann fanden sie ein paar Blocks entfernt ein gutes Restaurant mit Tischen, die weit genug für eine Privatunterhaltung auseinander standen. Michael hatte *Bouillabaisse* bestellen wollen, aber Jens, der die Stadt schon kannte, empfahl ihm, er solle sich dieses berühmte Gericht für ein gleichermaßen berühmtes Restaurant am Stadtrand von Marseille aufheben. Stattdessen aßen beide Steaks und besprachen, was sie an jenem Morgen in Erfahrung gebracht hatten.

Bei dieser Unterhaltung fand Jens mehr über den jungen Mann heraus. Nicht nur, daß er intelligent und äußerst kompetent war, sowohl in Fragen der Kampftechnik als auch der Taktik, sondern auch, daß er völlig skrupellos war. Sein Plan war einfach. Sie wußten aus Corellis Akten, daß der Top-Verbrecher der Marseiller Prostitutions- und Drogenszene ein gewisser Yves Boutin war. Er operierte vom Rotlichtviertel zwischen der Opéra und dem Vieux Port aus. Er besaß Verbindungen zur italienischen Mafia, zum spanischen Untergrund und, den Gerüchten zufolge, auch zu kriminellen Elementen in Nordafrika. Er war mehrmals verhaftet worden, jedoch niemals verurteilt. Sein politischer Einfluß in der Stadt, der Polizei und sogar in Paris war, wie man wußte, sehr stark.

Die Bars und Bordelle, für deren Eigentümer man Boutin hielt oder die seiner Kontrolle unterstanden, waren in Jens' Computer aufgelistet, ebenso wie die Anschrift seiner Villa an der Küste sowie seines Luxusappartements in der Stadt selbst. Er war verheiratet und hatte zwei Kinder: einen vierzehnjährigen Jungen und ein elfjähriges Mädchen. Er hatte zwei jüngere Brüder, beide im Geschäft. Georges, der ältere, leitete die Drogenseite und Claude die Prostitution. Yves selbst war nomineller Kopf einer anscheinend legitimen Baufirma, die eine Menge städtischer Aufträge erhielt. Jens erklärte, daß Marseille eine der korruptesten Städte in Frankreich sei, wenn nicht in ganz Europa. Im Polizeipräsidium hatten sie viele Fotos von Boutin studiert, sowohl offizielle Fahndungsfotos als auch Schnappschüsse mit versteckter Kamera. Außerdem hatten sie ähnliche Fotos von seinen Brüdern, seinen Leutnants und einer Anzahl weniger bedeutender Bandenmitglieder studiert. In den Akten hatte sich noch ein weiteres interessantes Detail gefunden. Er war ganz vernarrt in seine junge Geliebte, eine atemberaubende Blondine namens Denise Defors. Seit fünf Jahren bezahlte er ihr eine Stadtwohnung und verbrachte unter der Woche die meisten Nächte bei ihr. Sie arbeitete nominell als Managerin in seinem Flaggschiff-Nachtclub, dem Pink Panther, das etwa vierzig erstklassige Hostessen und Stripperinnen beschäftigte und ein Edelbordell in der ersten Etage hatte.

Jens und Michael hatten während des Essens über die Akteure dieses kleinen Spiels diskutiert, und dann hatte Jens, während er auf eine große Portion Pavlova einhieb, entdeckt, wie skrupellos Michael sein konnte.

»Ich werde mir eines der Kinder oder die Geliebte holen.«

Jens blickte von seiner Pavlova auf und murmelte mit vollem Mund: »Was?«

»Ist doch offensichtlich«, erwiderte Michael. »Wir müssen eine ernsthafte Unterhaltung mit Monsieur Boutin führen. In den vergangenen Monaten und Jahren hat es eine Anzahl Morde zwischen den Banden gegeben, und Boutin wird sicherlich streng bewacht sein. Ich kann nicht einfach zu ihm hingehen und ihn um einen Plausch über seine Geschäfte bitten. Aber wenn ich jemand habe, der ihm teuer ist, dann wird er ganz sicher reden. Die Frage ist, ein Kind oder die Geliebte?«

»Du meinst: sie entführen?«

»Natürlich.«

»Aber das ist ein Verbrechen.«

Michael schmunzelte. »Machst du Witze? Das wäre mir nie aufgefallen.«

Jens legte den Löffel nieder und blickte den jungen Mann an. »Hör zu, Michael. Ich bin Polizist, um Himmels willen. Ich kann nicht einfach losgehen und Leute entführen, selbst wenn es die Kinder oder die Geliebte eines Gangsters sind.«

»Das wirst du auch nicht«, entgegnete Michael. »Du wirst in der Wohnung bleiben, auf dem Balkon sitzen, guten Wein trinken und die Aussicht bewundern.«

Ein langes Schweigen. Das Gespräch hatte den Dänen eindeutig aus der Fassung gebracht. Er schob sogar den Rest seiner Pavlova beiseite.

»Hast du eine bessere Idee?« fragte Michael.

»Nein. Aber ich habe gedacht, wir würden so was wie Erkundigungen einziehen und uns mit dieser Operation vertraut machen.«

Michael nickte. »Werden wir natürlich. Um genau zu sein, fangen wir schon heute abend damit an. Wir werden als erstes das Pink Panther unter die Lupe nehmen. Inzwischen wäre es hilfreich, wenn wir Informationen darüber hätten, wo Boutins Kinder zur Schule gehen, sowie alles sonstige, was wir herausfinden können. Vielleicht weiß es dein Freund Corelli. Heute abend werden wir auch auskundschaften, zu welcher Zeit die Geliebte den Club verläßt und wie sie nach Hause kommt. Jens, es muß so gemacht werden. Wenn wir einen seiner Brüder oder einen Top-Leutnant nehmen, könnte es nicht so effektiv sein. Boutin ist ein eiskalter Hund.«

»Da ist er nicht der einzige«, murmelte Jens.

Die Worte gingen ungehört über Michael hinweg. Seine Gedanken waren in Brüssel, in jenem kleinen Krankenhaus. Er war durcheinander. Er kam sich vor wie ein flügge werdender Vogel, der aus dem Nest gefallen war und mit den Flügeln schlug, jedoch noch immer rasend schnell hinabsank. Sicher, er war hartgesotten. Hart wie Stahl. Bis zur Perfektion trainiert. Er sah den Dänen an, der ihn seinerseits mit einem Ausdruck des Respekts betrachtete. Morgen, dachte Michael, morgen rufe ich Blondie an und gebe alle Informationen weiter, so daß sie es Creasy erzählen wird. Wenn er aus dem Krankenhaus kommt, wird er hierher kommen und mich tun lassen, was ich zu tun habe, aber sich für den Fall aller Fälle im Hintergrund halten... morgen.

Inspektor Corelli nahm den Anruf kurz nach drei Uhr entgegen. Er hörte Jens zu und sagte: »Warten Sie nur eine Minute.« Er tippte einige Befehle in seinen PC, sah auf den Bildschirm und sagte: »Sie gehen beide auf eine Privatschule, genannt École St. Jean. Ist ein Internat in der Schweiz, etwas außerhalb von Genf. Natürlich sehr exklusiv und teuer. Brauchen Sie sonst noch was?«

Jens sagte: »Nein, vielen Dank. Ich werde Sie in einigen Tagen anrufen.« Er legte den Hörer nieder und wandte sich an Michael. Sie waren wieder in der Wohnung. »Die Kinder sind beide in einem exklusiven Internat in der Schweiz. Sie kommen vielleicht für die Wochenenden nach Hause. Ich kann das überprüfen, falls notwendig.«

Michael schüttelte den Kopf. »Nein, es ist jetzt erst Dienstag. So lange können wir nicht warten. Also wird's die Geliebte. Wir werden sie heute nacht unter die Lupe nehmen... oder vielleicht ist es besser, wenn ich allein gehe?«

»Nein«, erwiderte Jens nachdrücklich. »Ich habe darüber nachgedacht. Ich werde mitgehen. Nichts wird heute nacht passieren.« Er winkte zum Eßtisch hinüber. »Nehmen wir die Waffen mit?« Sie lagen nebeneinander. Zwei schwarze Neun-Millimeter-Berettas.

»Nein«, antwortete Michael. »Der Club wird Rausschmeißer und Türsteher haben, und bei dieser Art von Etablissements filzen sie oft die Kunden.«

»Tun sie in Kopenhagen nicht.«

Michael lächelte. »Dies ist nicht Kopenhagen.«

Inspektor Corelli hatte in seinem Büro gleichfalls eingehängt. Mehrere Minuten lang saß er da und sah nachdenklich auf das Telefon. Dann hob er den Hörer, wählte die Nummer und führte ein dreiminütiges Gespräch, bei dessen Ende er eine detaillierte, fahndungsmäßige Beschreibung von Jens und Michael gegeben hatte.

14

Die Büroräume waren typisch für ein kleines, höchst erfolgreiches Unternehmen. Eine Sekretärin von herber Attraktivität und mittlerem Alter saß im Vorzimmer und arbeitete an einem Computer. Ihr gegenüber standen ein Couchtisch und drei gemütliche Ledersessel. An den Wänden hingen Ölgemälde von Meereslandschaften. Es war sechs Jahre her gewesen, seit Creasy jenes Büro in Marseille zuletzt betreten hatte. Als er durch die Tür trat, blickte die Sekretärin kurz auf und wandte sich dann wieder ihrer Arbeit zu. Doch dann kam die verzögerte Reaktion: Sie setzte sich kerzengerade in ihrem Stuhl auf, und auf ihrem Gesicht zeigte sich ein Ausdruck des Erstaunens.

»Ich dachte, Sie wären tot«, stammelte sie.

»Ja. Bin von den Toten auferstanden, wenn man so will.« Er deutete auf die Tür zum Büro. »Ist er da?«

Die Sekretärin hatte ihre Fassung wiedergefunden. »Ja.

Aber es ist jemand bei ihm.« Sie griff nach dem Telefon. »Ich werde ihm sagen, daß Sie hier sind.«

Er schüttelte den Kopf. »Nein, ich werde warten. Gibt's vielleicht einen Kaffee?«

Sie stand auf und eilte zu einer Kaffeemaschine in der Ecke. Als Creasy den ersten Schluck getrunken hatte, blickte er auf und sagte anerkennend: »Was haben Sie für ein Gedächtnis. Es ist wohl sechs Jahre her, seit ich das letzte Mal hier war, und Sie erinnern sich daran, daß ich weder Milch noch Zucker nehme.«

Sie lächelte bei dem Kompliment und dachte gleichzeitig, daß dies ein Mann war, den man eben nicht so schnell vergaß. Sie fragte sich, wie ihr Boß wohl reagieren würde, wenn er ihn sah.

Das geschah etwa zwei Minuten später. Ein ebenholzfarbener Schwarzer in einem maßgeschneiderten Anzug trat aus dem Büro, gefolgt von Leclerc, der gerade sagte: »Sie werden mein Fax am Dienstag haben, aber glauben Sie mir, die Preise sind endgültig, und das Akkreditiv ist beachtlich.«

In diesem Augenblick fiel Leclercs Blick auf Creasy. Er hielt kurz inne, aber sein Gesicht verriet nichts. Leclerc war stets ein guter Pokerspieler gewesen.

Der Schwarze wurde hinausgeführt, und Creasy stand auf. Leclerc drehte sich um, und die beiden Männer musterten einander schweigend. Leclerc war etwa in Creasys Alter, groß, rotgesichtig und setzte allmählich Fett an. In seinem dunkelblauen Nadelstreifenanzug sah er wie ein Bankier aus. In Wirklichkeit war er ein Ex-Söldner, der eines Tages entdeckt hatte, daß es profitabler war, Waffen zu verkaufen, statt sie selbst zu benutzen. Und noch dazu sicherer. Er war einer der erfolgreichsten Waffenhändler in Europa geworden.

Sechs Jahre zuvor, als Creasy dabei war, eine ganze Mafiafamilie aufs Korn zu nehmen, hatte er sich seine Waffen von Leclerc besorgt. Sie waren keine Freunde; das würden sie niemals sein, aber sie respektierten einander.

Leclerc deutete auf die offenstehende Tür zu seinem Büro, und Creasy ging hindurch, wobei er seine Kaffeetasse mitnahm. Das Büro war luxuriös, doch die Wände waren mit großen Fotos von Waffen verziert, die von Panzern und Panzerfahrzeugen bis hin zu Maschinenpistolen reichten. Leclerc setzte sich hinter den großen Mahagoni-Schreibtisch, und Creasy nahm in einem Sessel davor Platz.

»Ich habe Gerüchte gehört«, sagte der Franzose. »Gerüchte, daß du noch am Leben seist, daß du nicht in jenem neapolitanischen Krankenhaus verreckt bist. Gerüchte, daß das nur eine Finte gewesen sei. Ich habe diesen Gerüchten keinen Glauben geschenkt, aber dann habe ich vor ein paar Jahren weitere Gerüchte gehört. Es hieß, du wärst in Amerika und im Mittleren Osten gesehen worden. Dann hieß es, daß Maxie MacDonald und Frank Miller einen Job für dich erledigt hätten.« Er lächelte leise. »Alte Freunde von dir. Allmählich habe ich den Gerüchten geglaubt.«

»Ja, ich habe meinen Tod vorgetäuscht. Damals schien es eine gute Idee zu sein. Die halbe verdammte Mafia war mir auf den Fersen.«

Leclercs Grinsen wurde breiter. »Kaum überraschend. Du hast deren Top-Familie ausgelöscht. Das Arsenal, mit dem ich dich versorgt habe, war offensichtlich effizient.«

»War es«, räumte Creasy ein. »Und ich bin dir ewig dankbar.«

Leclerc hob anerkennend den Kopf und fragte: »Was kann ich jetzt für dich tun?«

Creasy deutete zum Fenster. »Du kennst diese Stadt besser als jeder andere. Ich brauche einen kurzen Lagebericht über gewisse Elemente aus der Unterwelt. Je nach Ergebnis dieses Lageberichts brauche ich vielleicht einige leichte Waffen. Das Problem besteht darin, wenn ich sie brauche, brauche ich sie heute.«

»Wenn du sie brauchst, bekommst du sie heute. Was willst du wissen?«

»Ich weiß, daß der kriminelle Markt hier weitgehend aufgeteilt ist. Der Mann oder die Männer, die ich suche, werden den Sektor Prostitution und Drogen beherrschen. Wenn es in der Stadt weiße Sklaverei gibt, werden sie darin verstrickt sein oder alles darüber wissen. Ich muß wissen, wo ich diese Leute finden kann.«

Leclercs Antwort kam wie aus der Pistole geschossen. »Dein Mann heißt Yves Boutin. Er kontrolliert mehr oder weniger die gesamte Prostitution in der Stadt und an einem großen Teil der Riviera. Er ist einer von mehreren Bandenführern im Drogenhandel, aber wenn es um Pornos und Nutten geht, ist er der Dreh- und Angelpunkt.« Er fuhr damit fort, Boutin zu beschreiben, seine Familie, seine Brüder, seine Geliebte, seine obersten Leutnants, seine Wohnungen und seine Clubs. Schließlich sagte er: »Er hat sehr gute Verbindungen zu Politikern und zur Polizei.«

Bei diesen Worten beugte sich Creasy vor und sagte eindringlich: »Wie gut sind deine Verbindungen und deine Kenntnisse, was die Polizei betrifft?«

Leclerc lächelte und spreizte die Hände zu einer vielsagenden Geste. »In meinem Geschäftszweig müssen sie perfekt sein. Die Polizei in dieser Stadt ist durch und durch korrupt. Sie ist es stets gewesen, und sie wird es immer sein.«

Creasy beugt sich weiter vor. »Kennst du einen Inspektor Serge Corelli?«

»Ja. Sehr gut.«

»Ist er korrupt?«

Leclerc brach in schallendes Gelächter aus. »Das ist eine Untertreibung. Er ist der Anführer der Meute. Ein sehr, sehr reicher Mann, und er wird mit jedem Tag reicher. Zum Teil dank größerer Spenden von Yves Boutin ... Sie sind praktisch Partner.« Er bemerkte den düsteren Ausdruck auf Creasys Gesicht und fragte: »Was soll das Ganze?«

Creasy war tief in Gedanken, und als er das Wort ergriff, war es keine Antwort auf die Frage. »Wenn ich oder sonstwer zu Serge Corelli ginge und Fragen über Boutin stellte, würde Corelli Boutin informieren?«

Leclerc grinste. »Sofort.«

Ein weiteres Schweigen folgte, und dann sagte Creasy: »Ich werde die Waffen brauchen.«

»Was willst du haben?«

Mit einem Schlag wurde Creasys Stimme brüsk und geschäftsmäßig. »Hast du einen Colt 1911?«

Leclerc nickte. »Immer.«

»Ich brauche drei zusätzliche Magazine.«

Leclerc nickte.

»Und dann brauche ich noch eine Maschinenpistole, klein und leicht zu verstecken. Zum Beispiel eine Ingram 10 mit klappbarem Kolben.«

»Habe ich«, sagte Leclerc, »aber ich habe auch etwas Besseres. Ganz neu. Vielleicht hast du sie noch nicht gesehen.« Er stand auf und ging zu einer der getäfelten Wände des Büros. Er drückte mit der Hand gegen ein Paneel, und es glitt nach rechts. Ein großer Wandsafe zeigte sich. Leclerc drehte am Kombinationsschloß, zog die schwere Tür auf und nahm mehrere Metallkästen heraus. Creasy stand ebenfalls auf und sah zu, als Leclerc diese öffnete. Einer der Kästen enthielt einen Colt 1911. Creasy hob ihn hoch, befühlte den vertrauten Griff und legte die Waffe dann wieder zurück. Darauf blickte er in den nächsten Kasten und fragte: »Was zum Teufel ist das denn?«

Zufrieden erwiderte Leclerc: »Die ist brandneu. Ist eine Mini-Maschinenpistole, hergestellt von Fabrique Nationale. Sie wird FN P90 genannt. Korpus und Magazine sind aus Kunststoff und von den metallenen Komponenten abnehmbar.« Rasch zerlegte er die Waffe. Er benötigte nur Sekunden. Dann setzte er sie wieder zusammen und reichte sie Creasy mit den Worten: »Ist lediglich so lang wie dein Unterarm, aber sie wird auf hundertfünfzig Meter jede kugelsichere Weste durchdringen. Sie ist jedem NATO-Gewehr oder jeder Kompakt-MP überlegen.«

Creasy war beeindruckt. Die Waffe war sehr einfach zu verbergen, wenn man einen Schulterriemen unter einer Jacke oder einem Mantel benutzte.

Es war, als läse Leclerc seine Gedanken. »Ich kann dir einen Schulterriemen und einen Schalldämpfer besorgen. Der ist zwar ein wenig klobig, aber mit einem zweiten Riemen paßt er unter den anderen Arm.«

Creasy nickte. »Ich brauche auch einen Schalldämpfer für den Colt.«

»Kein Problem. Sonst noch was?«

»Vier Splitterhandgranaten und vier Leuchtgranaten. Dann noch eine Schutzbrille gegen die Leuchtgranate und, ja, drei Paar Handschellen.«

»Kein Problem«, erklärte Leclerc, während er sich eine

Notiz auf seinen Block machte. »Ich kann auch eine Übungsstunde mit der MP unten in meinem Lager arrangieren. Da sie leicht ist, hat sie einen ganz schönen Rückstoß.«

Creasy schüttelte den Kopf. »Dazu habe ich keine Zeit. Heute nachmittag werde ich etwas recherchieren, und heute abend geht die Sache ab. Es gibt da noch etwas anderes, das Sie vielleicht vorrätig haben. Erinnern Sie sich, das letzte Mal haben Sie mich mit den Komponenten für eine sehr kleine, aber sehr wirkungsvolle Bombe versorgt, die Plastiksprengstoff benutzt. Dazu gehörten ein winziger Zünder sowie ein kleiner Auslöser. Reichweite bis zu zweihundert Metern.«

»Ich erinnere mich«, antwortete Leclerc. »Und ich erinnere mich, in der Zeitung gelesen zu haben, wozu Sie diese Bombe in Italien verwendet haben. Keine nette Art, einen Mann zur Hölle zu schicken.«

Creasy hob die Schultern. »Er war auch kein netter Mann. Können Sie mir das besorgen?«

Leclerc griff zu einem der Telefone auf seinem Schreibtisch, wählte eine Nummer, lauschte einen Augenblick in den Hörer und sprach dann in schnellem Französisch, hörte wieder zu. Er sah hoch und fragte Creasy: »Möchten Sie sie zusammengebaut oder in Einzelteilen?«

»In Einzelteilen«, antwortete Creasy. »Ich werde sie selbst zusammenbauen.«

Leclerc sprach erneut ins Telefon, schnell und eindringlich. Dann legte er auf und sagte: »Die Einzelteile werden zusammen mit den anderen Sachen um sechs Uhr abends hier angeliefert. Was brauchen Sie sonst noch?«

Einen Augenblick dachte Creasy nach. »Ich brauche einen Unterschlupf und einen guten schnellen Wagen mit grüner Versicherungskarte und allen anderen notwendigen Papieren, um innerhalb von Europa die Grenzen zu überqueren. Er sollte vollgetankt sein und einige hundert Liter zusätzlich in Kanistern im Kofferraum haben. Der Wagen wird womöglich nicht zurückgegeben, also rechne ihn ein. Sowohl der Unterschlupf als auch der Wagen sollten mit leichten Rationen für drei Leute bestückt sein, für drei Tage. Du weißt schon, wie.«

Leclerc machte sich Notizen auf seinen Block. »Kein Problem. Dein Unterschlupf wird ein Appartement im selben Block sein, wo ich mein Penthouse habe. Mir gehört der ganze Block, aber das weiß niemand. Der örtliche BMW-Händler ist einer meiner Freunde. Ich werde mir von ihm einen guten Gebrauchtwagen besorgen und sicherstellen, daß er heute nachmittag durchgecheckt wird.«

Er lehnte sich zurück, sah Creasy durchdringend an und sagte dann ruhig: »Ich werde wiederholen, was ich gesagt habe, als du das letzte Mal hier warst. Wir sind niemals Freunde gewesen. Abgesehen von Guido in Neapel möchte ich bezweifeln, daß du jemals einen echten engen Freund gehabt hast. Du bist nicht der Mann dafür. Aber, wie ich damals gesagt habe, ich schulde dir etwas. Du hast mir in Katanga das Leben gerettet. Das allein wäre schon genug, aber ich schulde dir auch etwas für Rhodesien. Du hast mir geholfen, eine sehr profitable Bestellung an Land zu ziehen.« Er breitete die Arme aus. »Jetzt bist du in meiner Stadt und willst dich offensichtlich mit Boutin anlegen, der eine Menge ›Soldaten‹ hat. Brauchst du Rückendeckung? Ich kenne einige gute Leute, denen man vertrauen kann.«

»Ich weiß das zu würdigen. Aber nein danke… du kennst mich.«

Leclerc nickte langsam. Sie standen beide auf, und der

Franzose sagte: »Alles wird um sechs Uhr hier sein, die Information über Corelli eingeschlossen. Dann können wir deinen Unterschlupf inspizieren und den Wagen holen. Wenn du sonst noch etwas brauchst, ruf mich einfach an. Du hast ja meine Privatnummer.«

»Danke, das werde ich. Nun, was schulde ich dir für das Ganze?«

Leclerc verzog gekränkt das Gesicht. »Bitte, Creasy ... Beleidige mich nicht.«

Sie gaben sich die Hand, und Creasy ging. Leclerc trat ans Fenster und sah auf die Straße vier Etagen unter sich hinab. Er sah den Amerikaner aus dem Vordereingang herauskommen, die Straße überqueren und mit entschlossenen Schritten davongehen. In der Gegend gab es viele Taxen, aber Creasy war nicht die Art von Mann, der nach einem solchen Treffen schnurstracks vor dem Vordereingang in ein Taxi springen würde. Zunächst würde er sich vergewissern, daß er nicht beschattet wurde.

Leclerc drehte sich um, ging zur Tür seines Büros und fragte seine Sekretärin: »Wie viele Aktien habe ich in Boutins Baufirma angelegt?«

Sie tippte einige Befehle in ihren Computer, blickte auf den Bildschirm und antwortete: »Siebzehntausend. Sie sind vergangene Woche um vier Punkte gestiegen und sehen gut aus. Es ist sicher, daß sie nächste Woche den Vertrag für die neue Brücke und Überführung bekommen werden. Ist ein Millionenprojekt.«

»Verkaufen Sie die Aktien, ehe die Börse heute schließt«, wies er sie barsch an.

15

Sie lehnte am Schreibtisch und blickte durch den langen Einwegspiegel. Sie besaß jene Art von Schönheit, die den Verkehr in jeder Hauptstadt der Welt zum Stocken brächte: langbeinig mit festen Brüsten und einer schmalen Taille, die in einen knackigen Po und lange Flanken überging. Ihr aschblondes Haar fiel ihr bis auf die Schultern, ein Kontrast zu dem langen mitternachtsblauen Satinkleid.

Sie blickte durch den Einwegspiegel, der über die gesamte Länge der Bar verlief, und von ihrer Position aus konnte sie das ganze Kellergeschoß des Clubs übersehen. Zu ihrer Rechten befand sich eine kleine Bühne und gleich daneben, etwas erhöht, ein Podest mit einer vierköpfigen Band. Die Wände wurden von verschwiegenen, samtbezogenen Sitzgruppen gesäumt, die ein gebohnertes Tanzparkett umgaben. Die Gäste waren zumeist Geschäftsleute mittleren Alters. Die Mädchen waren durch die Bank schön und trugen ebenfalls Abendkleider. Die Bedienung dagegen trug crèmefarbene Seidenblusen, mit Ausschnitt bis zum Bauchnabel, und sehr kurze schwarze, enganliegende Miniröcke über dunklen Netzstrümpfen und schwarzen, kniehohen Lacklederstiefeln.

Die Frau wandte den Kopf und sah die beiden Männer, die durch die Tür gebeten wurden. Der eine war blond und hellhäutig und etwas untersetzt. Sie schätzte, daß er auf die Vierzig zuging. Der andere war wesentlich jünger, mit pechschwarzem Haar und dunkler Haut. Er hatte scharf geschnittene Gesichtszüge, und sie entschied, er wäre sehr gutaussehend. Die beiden setzten sich fast direkt vor ihr an die

Bar, und einen Moment lang war ihr die Sicht versperrt, als das Barmädchen ihre Bestellungen aufnahm. Sie griff hinter sich und drückte einen Schalter. Augenblicklich hörte sie ihre Stimmen. Sie sprachen Englisch. Der Blonde bestellte einen Whisky Soda und verlangte ausdrücklich Chivas Regal. Der Junge bestellte einen Campari und frischen Orangensaft. Während sie die Getränke mixte, plauderte das Barmädchen mit ihnen, wie es ihr beigebracht worden war. Sie fragte sie zunächst, woher sie kämen. Der Blonde sagte, er sei aus Stockholm, und der Gutaussehende sagte, er stamme aus Zypern. Das Barmädchen sagte ihnen, daß die Show um Mitternacht begänne, und bot ihnen einen Tisch an. Der junge Mann antwortete, daß sie an der Bar bleiben würden.

Daraufhin ging das Barmädchen davon, um einen anderen Gast zu bedienen, und die Schönheit hinter dem Spiegel musterte die beiden Männer, ehe sie zum Telefon griff. Sie wählte eine Nummer, und am anderen Ende wurde sofort abgehoben.

»Yves, sie sind hier«, sagte sie. »Ja, sie passen genau auf die Beschreibung.« Einen Augenblick hörte sie zu, warf einen Blick auf ihre Armbanduhr. »Ok, etwa auf der Hälfte der Show.« Sie legte auf, stieß sich vom Schreibtisch ab und ging zur Tür.

Michael und Jens drehten gleichzeitig die Köpfe, als sie in der etwas zurückgesetzten Tür erschien. Sie kam lächelnd auf die Neuankömmlinge zu. Sie wußte, welchen Eindruck sie auf die beiden machte, den Eindruck, den sie auf alle Männer machte, die nicht senil oder schwul waren.

Sie streckte dem Blonden die Hand entgegen und sagte: »Willkommen im Pink Panther. Ich bin Denise, die Geschäftsführerin.« Sie drückte ihm die Hand, und er erwiderte den Händedruck, wobei er leicht verwirrt aussah. Sie zog die Hand zurück, griff über ihn hinweg, schüttelte dem jungen Mann die Hand und drückte sie ebenfalls. Er erwiderte den Händedruck nicht, und er sah auch nicht verwirrt aus, noch blickte er ihr auf die Brüste. Er sah ihr einfach ins Gesicht. Nicht desinteressiert, doch auch nicht überwältigt. Von nahem sah er sogar noch besser aus. Mehrere Minuten lang plauderte sie mit ihnen, stellte die üblichen Fragen und erklärte ihnen dann, daß sie schnell Gesellschaft finden könnten, wenn ihnen der Sinn danach stünde, wobei sie vertraulich andeutete, daß eine solche Gesellschaft in anderen, eher privaten Teilen des Clubs oben sehr intim werden könnte.

»Um Mitternacht haben wir eine sehr gute Show«, sagte sie. »Aber um ein Uhr bieten wir oben eine etwas... wie soll ich sagen? Eine etwas erotischere Show. Eine sehr erotische Show sogar. Gewöhnlich ist diese Show nur für jene Gäste reserviert, die eine Hosteß angeheuert haben, aber da dies Ihr erster Besuch ist, werden Sie meine persönlichen Gäste sein.«

Jens wollte etwas sagen, doch Michael fiel ihm ins Wort. »Das ist sehr freundlich von ihnen. Es ist uns eine Ehre.«

Sie lächelte und schenkte ihm einen Blick, der Einladung und Versprechen zugleich war. »Ich werde Sie kurz vor eins holen kommen.«

Sie drehte sich um und ging in ihr Büro zurück. Beide Männer sahen ihr hinterher, als sie hüftschwingend verschwand, dann murmelte Jens: »Möchtest du eine Sex-Show sehen? Ich habe das drei Jahre bei der Sitte in Kopenhagen gemacht, und ich kann dir sagen, daß sie nicht sehr erotisch sind.«

»Es ist nötig«, erwiderte Michael ebenfalls leise. »Ich muß soviel wie möglich von diesem Gebäude sehen, damit ich eine Skizze für die Abholung machen kann.«

Der Däne nickte. »Es überrascht mich nicht, daß du sie nehmen willst statt eines der Kinder.«

16

In mancher Hinsicht hatte Serge Corelli nicht dieselben natürlichen Instinkte wie Jens Jensen. Er bemerkte nicht, daß er verfolgt wurde. Er verließ spät das Kommissariat, kurz nach sieben Uhr, und fuhr seinen roten Renault 19 aus der Tiefgarage aus. Seinen Mercedes 600 brachte er nie ins Büro mit.

Er bemerkte den gemieteten Citroën auf der anderen Straßenseite nicht, der sich hinter ihm in den Verkehr einfädelte. Er fuhr zur O'Berry Bar an der Rue de L'Eveche und parkte im Parkverbot. Er machte sich nicht die Mühe, ihn abzuschließen; jeder kleine Dieb in Marseille wußte, wem der Wagen gehörte. Eine Minute später trank er den ersten seiner üblichen Wodka-Tonics und plauderte mit dem vollbusigen Barmädchen, mit dem er vor einigen Jahren eine kurze Affäre gehabt hatte. Er trank bis neun Uhr, rief dann verspätet seine Frau an und sagte ihr, er habe ein Geschäftsessen und käme nicht heim. Er fuhr vier Blocks weiter zur Rue de Lorette und parkte in der Gasse neben dem Restaurant Chez Etienne, wo er den Wagen wieder unverschlossen ließ. Er aß in aller Ruhe zu Abend – Gemüsesuppe, Filetsteak mit Trüffeln und *Pommes soufflées*, gefolgt von *Crêpes Suzettes flambées*, alles mit einer Flasche Chateau Margaux hinuntergespült. Dann genehmigte er sich einen Kaffee und einen erlesenen Cognac. Es war ein teures Restaurant, aber als er kurz vor Mitternacht vom Tisch aufstand, erhielt er keine Rechnung. Der Besitzer schüttelte ihm lediglich hochachtungsvoll die Hand.

Es war dunkel in der Gasse, und obgleich Inspektor Serge Corelli ganz schön etwas vertragen konnte, war er doch ein wenig unsicher auf den Beinen. Er öffnete die Tür des Renault und plumpste auf seinen Sitz. Er zog die Türe zu und griff nach dem Zündschlüssel. Dann verspürte er etwas Kaltes im Nacken und hörte eine ruhige Stimme, die in fließendem akzentfreien Französisch sprach.

»Dies ist ein Colt 1911 mit einem Hohlmantelgeschoß Kaliber 45. Sie tun genau, was man Ihnen sagt, oder dieses Geschoß zerfetzt Ihnen das Gehirn.«

Corelli versteifte sich, spürte, wie der Adrenalinspiegel seines Bluts anstieg, und versuchte, nicht in Panik zu geraten. »Wer sind Sie?« platzte er heraus. »Wissen Sie, wer ich bin, Sie Narr?«

Die kalte Simme von hinten sagte: »Sie sind Inspektor Serge Corelli, und Sie halten den Mund, sonst verlieren Sie den größten Teil Ihres Kopfs. Jetzt starten Sie den Wagen und fahren in Richtung auf das alte Fischmarkt-Viertel. Fahren Sie vorsichtig mit normaler Geschwindigkeit. Es ist mir völlig egal, ob Sie leben oder sterben. Wenn Sie also irgendeinen Trick versuchen, wird es das letzte sein, was Sie je zu tun versucht haben.«

Corelli fuhr vorsichtig los. Seine Gedanken rasten, er versuchte sich zu überlegen, wer der Mann hinter ihm sein konnte. Er hatte eine Pistole im Handschuhfach, aber das war verschlossen, und der Schlüssel hing am selben Ring wie der Zündschlüssel. Seine einzige Chance hätte er, wenn sie am Ziel eintrafen. Wenn er die Zündung abstellte, um den

Schlüssel herauszuziehen, würde der Mann aussteigen müssen, und er bekäme vielleicht eine Sekunde oder zwei, um das Handschuhfach zu öffnen.

Sie näherten sich dem alten Fischmarkt, und der Mann gab kurze Anweisungen. Schließlich erreichten sie eine schwach erleuchtete Straße hinter einer Reihe Kleiderfabriken. An der Straße zogen sich verfallene Garagen entlang, und auf einigen davon hing ein Schild ›zu vermieten‹. Die Stimme wies ihn an, rechts heranzufahren und anzuhalten. Nachdem die Handbremse festgezogen war, spürte er, wie sich der Druck von seinem Nacken zurückzog. Er spannte sich an, um zum Handschuhfach zu greifen, aber den Bruchteil einer Sekunde später blitzte es weiß in seinem Gehirn und dann schwarz, als der Kolben der Pistole seinen Schädel traf.

Der Polizist kam zu sich. Er lag in einer Ecke, die Arme hinter den Rücken gezogen, die Hände in Handschellen. Unter Schmerzen schob er sich an der Mauer in eine sitzende Position hoch und konzentrierte den Blick. Die Garage war von einer einzelnen Glühbirne erhellt, die von der Decke baumelte. Er sah einen alten Holztisch mit je einem Stuhl zu beiden Seiten und einen großen, schwarzgekleideten Mann, der ihn ansah. Der Mann streckte die Hand aus und hob die schwere schwarze Pistole. Sie war mit einem Schalldämpfer ausgestattet. Anscheinend ohne zu zielen zog der Mann am Abzug. Die Kugel schlug zehn Zentimeter oberhalb von Corellis Kopf ein und ließ weißen Mörtel auf ihn herabregnen. Ächzend kroch er auf den Knien davon. Eine weitere Kugel schlug gerade vor ihm in die Mauer. Corelli erstarrte vor Schreck. Die Stimme des Mannes war ruhig. Er deutete auf einen Stuhl. »Stehen Sie auf und setzen Sie sich dort hin.«

Mehrere Sekunden lang regte sich Corelli nicht. Er hockte

zusammengekauert da und starrte auf den ölverschmutzten Betonfußboden.

»Hoch jetzt, und stellen Sie keine Fragen. Machen Sie nicht den Mund auf, bevor ich es Ihnen sage.«

Corelli schob sich auf die Füße. Der Schmerz in seinem Kopf pulsierte. Vorsichtig bewegte er sich durch den Raum und setzte sich auf die Kante des Stuhls. Er konzentrierte erneut den Blick auf den Mann auf der anderen Seite des Tischs. Er bemerkte kurzgeschnittene graue Haare, die Narben auf dem Gesicht sowie die kalten schiefergrauen Augen. Er blickte auf den Tisch hinab. Darauf lagen mehrere Gegenstände, die er nicht zuordnen konnte: zwei runde Metallscheiben mit abgeschrägten Kanten, ein Klumpen von etwas, das aussah wie Plastilin, eine kleine Metallröhre mit zwei daran befestigten Drähten sowie ein kleiner Metallkasten mit zwei Knöpfen darauf.

»Wissen Sie, was das ist?« fragte der Mann.

»Nein«, brummte Corelli.

»Es sind Bestandteile einer sehr kleinen, jedoch sehr wirkungsvollen Bombe.« Der Mann beugte sich vor und deutete auf die größere Metallscheibe. Sie hatte einen Durchmesser von etwa zehn Zentimetern. »Das ist der Deckel für die Rückseite.« Der Mann deutete auf eine kleinere Scheibe, die einen Durchmesser von etwa fünf Zentimetern hatte. »Das ist die Vorderseite.« Er wies auf den kleinen grauen Klumpen. »Das ist Plastiksprengstoff.« Der Finger bewegte sich erneut, jetzt zu dem kleinen schwarzen Metallkasten. »Das ist der Auslöser. Diese Bombe ist nicht groß genug, um ein Haus in die Luft zu jagen, aber wenn sie am unteren Ende Ihres Rückgrats befestigt ist und explodiert, wird sie Sie ganz bestimmt in zwei Hälften zerreißen.«

Corellis Blick war wie hypnotisiert auf die Gegenstände fixiert.

Der Mann fuhr fort: »Wir werden einige Stunden zusammen verbringen. Sie werden einige Fragen beantworten, und dann werden wir einen kleinen Ausflug unternehmen. Sie werden die Bombe im Rücken haben. Ich werde den Auslöser in meiner Tasche haben und einen Finger auf dem Knopf. Beten Sie bloß darum, daß ich nicht irgendwo anstoße oder daß mich jemand anrempelt.«

Der Franzose hob den Kopf und sah dem Mann erneut in die kalten Augen. Seine Frage kam als Krächzen heraus: »Wer sind Sie?«

»Für Sie bin ich Leben oder Tod. Sie haben die Wahl.«

»Was wollen Sie?«

Der Mann beugte sich vor und fing an, die Bombe zusammenzusetzen. Der Polizist sah entsetzt und fasziniert zu und vernahm die Worte: »Sie hatten Besuch von einem dänischen Polizisten namens Jens Jensen, wahrscheinlich heute morgen. Er wird Ihnen Fragen über gewisse Kriminelle in der Stadt gestellt und vielleicht um Einsicht in Ihre Akten gebeten haben.«

Er blickte von seiner Arbeit auf, und wieder fragte Corelli: »Wer sind Sie?«

Der Mann legte die Einzelteile auf den Tisch, stand auf und kam um den Tisch herum. Er packte den Franzosen am Haar, zog ihn hoch und versetzte ihm mit der Handkante drei blitzschnelle Schläge gegen den Körper. Jeder Schlag traf einen anderen Nerv, jeder Nerv schickte ein qualvolles Signal in Corellis schon gemartertes Gehirn. Corelli wurde auf den Stuhl zurückgeworfen. Creasy ging wieder um den Tisch, setzte sich und fuhr fort, an der Bombe zu werkeln.

»Wenn Sie meine Fragen nicht beantworten, werde ich das wieder tun... und wieder... und wieder«, erklärte er. »Nur härter. Wenn Sie nicht antworten, werde ich Ihnen die Finger abschießen, einen nach dem anderen. Dann Ihre Zehen.«

Corelli war über dem Tisch zusammengesackt, der ganze Körper ein einziger Schmerz. Mühsam hob er den Kopf, sah dem Mann in die Augen und erkannte, daß dieser jedes Wort ernst meinte. Mit fast unhörbarer Stimme krächzte er: »Ja, heute morgen, zusammen mit einem anderen Mann... einem jungen Mann. Er hat gesagt, er sei sein Assistent, aber das habe ich nicht geglaubt. Zu jung, und er war kein Däne.«

Creasy war damit fertig, den Plastiksprengstoff in eine Vertiefung der größeren Scheibe zu drücken. Er schraubte die kleine Metallröhre auf und überprüfte die Cadmiumbatterie, dann verband er die beiden Drähte und schob vorsichtig den Zünder in den Plastiksprengstoff. »Haben Sie ihnen irgendwelche Akten gezeigt?« fragte er, ohne aufzusehen.

»Ja.«

»Welche Akten?«

»Prostitution und Drogen.«

»Irgendeine spezielle Bande?«

Übelkeit stieg in Corelli auf. Er schluckte einige Male würgend und schüttelte dann den Kopf. »Ich weiß es nicht, ich war nicht dabei. Ich weiß es nicht. Ich habe ihnen ein Büro gegeben.«

Creasy schraubte gerade die vordere Abdeckung auf die Bombe. Er blickte auf und sagte: »Welche Bande kontrolliert die Prostitution und den Drogenhandel?«

Es folgte ein Schweigen, und dann antwortete Corelli: »Ein Halb-Araber namens Jahmed... Raoul Jahmed.«

Vorsichtig legte Creasy die Bombe auf den Tisch, stand auf

und kam wieder um den Tisch herum. Abermals packte er den Franzosen beim Haar und hämmerte mit den Fäusten auf dessen Körper ein. Zwei Minuten verstrichen, ehe Corelli wieder aufrecht sitzen konnte. Sein Gesicht war eine verzerrte Maske des Schmerzes, und er fing an zu betteln. »Warum?... Warum haben Sie mich geschlagen?... Ich beantworte Ihre Fragen.«

»Sie haben gelogen«, entgegnete Creasy schroff. »Sie versuchen, Ihren Freund Yves Boutin zu decken. Er ist der größte Hecht im Teich. Er bezahlt Ihnen hohe Summen. Wenn Sie noch einmal lügen, werden Sie es bereuen. Denken Sie immer daran, daß ich die Antworten auf die meisten Fragen kenne und weiß, wann Sie lügen. Wann haben Sie das letzte Mal mit Yves Boutin gesprochen?«

Corelli starrte wieder auf den Tisch. Er hatte nicht die leiseste Ahnung, wer sein Peiniger war oder wieviel er wußte. Aber er kannte den Schmerz und wußte, daß er nicht mehr davon ertragen konnte. »Heute nachmittag«, sagte er, »etwa gegen drei Uhr, am Telefon.«

»Was haben Sie ihm gesagt?«

Erneutes Schweigen, dann hob Corelli den Kopf und sagte: »Ich habe ihm gesagt, daß ein dänischer Polizist von der Vermißtenstelle sich über ihn erkundigt hat. Daß er gefragt hat, wo seine Kinder zur Schule gingen.«

»Wo gehen sie zur Schule?«

»Sie sind auf einer Privatschule. Einem Schweizer Internat.«

»Sind sie im Moment dort?«

»Ja.«

»Steht Boutin seiner Frau nahe?«

Corelli fing an, von sich aus Informationen anzubieten.

»Nein, seiner Geliebten steht er näher. Denise Defors. Er hat ihr eine Wohnung in der Stadt gemietet. Sie leitet einen Top-Club, den Pink Panther.«

Creasy schwieg und dachte nach. Er versetzte sich in Michael. Es war nicht schwierig. Er hatte Michael zu dem gemacht, was er war. Michaels Strategie wäre, sich jemanden zu ›holen‹, der Boutin nahestand. Wenn die Kinder im Internat waren, dann war die offensichtlichste Person seine Geliebte. Michael würde in den Club gehen und sich dort umschauen. Creasy warf einen Blick auf seine Armbanduhr. Es war kurz nach ein Uhr nachts. »Vermutlich haben Sie Boutin eine Beschreibung von Jensen und dem jungen Mann gegeben?« bemerkte er.

»Ja, eine detaillierte.«

Erneut schwieg Creasy, während er nachdachte. Dann deutete er mit dem Finger und befahl: »Knien Sie sich dort hin.«

Nackte Angst trat auf Corellis Gesicht.

»Warum?«

Creasy stand auf, beugte sich über den Tisch und sagte: »Tun Sie's, oder ich werde Sie wieder schlagen.«

Zögernd stand Corelli auf, bewegte sich zu der Stelle in der Mitte der Garage und kniete nieder. Creasy hob die Bombe und die Rolle Klebeband auf. Er baute sich über dem Franzosen auf, zog ihm das Rückenteil der Jacke hoch und zwang den Franzosen mit dem Ellenbogen, den Kopf vorzustrecken, bis er fast den Boden berührte. Er riß einen gut einen Meter langen Streifen Klebeband ab und legte ihn, die Klebeseite nach oben, neben den Franzosen. Dann drückte er die tellerförmige Bombe auf die Mitte des Klebebands. Anschließend positionierte er die Bombe am unteren Ende von Corellis Rückgrat und legte dann das Klebeband um den

Körper, um sie zu sichern. Corelli stöhnte kehlig. Creasy kümmerte sich nicht darum. Er hob die Rolle Klebeband hoch und führte sie mehrmals um den Körper des Polizisten, bis die Bombe ganz fest saß. Dann packte er Corelli beim Kragen, zerrte ihn auf die Füße und richtete ihm das Jackett. Er ging um den Franzosen herum und sagte: »Niemand würde bemerken, daß Sie eine wandelnde Bombe sind. Setzen Sie sich sehr vorsichtig auf die Stuhlkante.«

Corelli gehorchte, bewegte sich, als ginge er auf dünnem Eis, und setzte sich sehr, sehr langsam hin. Creasy ging zu einer Ledertasche in der Ecke, zog den Reißverschluß auf und holte ein Mobiltelefon heraus. Er legte es vor Corelli auf den Tisch, trug dann den anderen Stuhl herbei und stellte ihn neben Corelli. Er setzte sich, griff über den Tisch und zog den Fernauslöser zu sich herüber. Er hielt den Zeigefinger dicht über den roten Knopf und sagte: »Den werde ich drücken, wenn ich feststelle, daß Sie den leisesten Mangel an Kooperationsbereitschaft zeigen.«

Corellis Blick huschte zu dem Knopf mit dem darüber schwebenden Finger. Er bemerkte die Brandnarben auf dem Rücken der fleischigen Hand und konnte sich ausmalen, was sie verursacht hatte. Irgendwann einmal war sein Peiniger selbst gefoltert worden. »Ich werde kooperieren«, erklärte er heiser. »Seien Sie bloß verdammt vorsichtig mit dem Ding.«

»Bei solchen Dingern werde ich bloß dann unvorsichtig, wenn ich wütend werde. Wenn ich hier sitze, bin ich ziemlich sicher. Es ist keine Splitterbombe. Wenn ich den Knopf drücke, wird die äußere Abdeckung die Rückwand treffen.« Creasy wies auf die Mauer vor Corelli. »Und die innere Abdeckung wird jene Wand treffen, zusammen mit Ihrem Blut und Ihren Eingeweiden.« Er griff nach dem Handy und sagte: »Jetzt werden Sie Ihren guten Freund Yves Boutin anrufen und ihn fragen, was mit Jens Jensen und seinem Freund ist. Wenn er sie festhält, möchten Sie wissen, wo, weil Sie sie selbst befragen wollen, ehe er sie umlegt. Ich werde zuhören, und wenn ich meine, Sie seien nicht ernsthaft oder überzeugend genug, werde ich den Knopf drücken.«

Creasy legte das Handy zwischen sie und fragte: »Wie lautet die Nummer?«

»6854321... Das ist sein privates Handy, das er immer bei sich trägt... Sogar im Bett.«

Creasy drückte die Nummern und anschließend den Sendeknopf. Dann verharrte er angespannt, einen Finger über dem ›Aus‹-Knopf und einen Finger der anderen Hand über dem Knopf auf dem Auslöser. Corelli holte tief Luft.

Wenige Sekunden später ertönte Boutins kalte, schroffe Stimme aus dem Lautsprecher. »Boutin.«

Corellis Blick huschte zum Lautsprecher. »Serge«, sagte er mit einer Stimme, die seine Anspannung nicht verriet. »Sind die beiden aufgetaucht?«

Lachen scholl aus dem Hörer. »Sicher, sie sind gerade im Pink Panther. Sie haben die kalte Show gesehen, und Denise hat sie dazu überredet, nach oben zu gehen und sich die heiße anzuschauen. Wir werden sie uns gleich schnappen und wegbringen.«

»Wohin?« fragte Corelli scharf.

»Zum üblichen Ort.«

»Quetsch sie nicht aus, bis ich dorthin komme«, sagte Corelli. »Ich möchte sie zunächst selbst befragen.«

In Boutins Stimme schwang Überraschung mit. »Bis du sicher? Selbst wenn ihnen die Augen verbunden sind, könnten sie deine Stimme erkennen.«

»Macht doch nichts«, erwiderte Corelli. »Wenn es vorbei ist, können sie den Fischen Gesellschaft leisten.«

Sofort nach dem Wort ›leisten‹ drückte Creasys Finger den ›Aus‹-Knopf des Telefons. »Was ist der ›übliche Ort‹?« fragte er.

»Ein großes altes Haus, etwa fünf Kilometer außerhalb der Stadt, an der Küste. Es hat seinen eigenen kleinen Hafen, und Boutin hält dort einige schnelle Motorboote bereit.«

»Erzählen Sie mir mehr.«

»Das Grundstück ist von einer hohen Steinmauer umgeben.«

»Wachen?«

»Rund um die Uhr.«

»Wie viele?«

»Nie weniger als vier, manchmal mehr.«

»Bewaffnet?«

»Ja … mit Handfeuerwaffen.«

»Was geht in diesem Haus vor sich?«

Der Polizist seufzte und versuchte, bekümmert auszusehen. »Er lagert dort Drogen und verarbeitet sie weiter.«

»Was noch?«

Ein weiterer Seufzer, und der Polizist antwortete: »Manchmal Mädchen.«

»Was für Mädchen?«

Der Polizist schwieg, blickte auf den Tisch herab, aber als Creasy ansetzte aufzustehen, fuhr sein Kopf hoch, und er sagte eilig: »Verschwundene Mädchen.«

»Erklären Sie das näher.«

Der Polizist erklärte es. Er erklärte, wie die Mädchen, zumeist aus Nordeuropa, verführt und dann gewaltsam zu Heroinabhängigen gemacht und in die Prostitution in anderen Teilen des Mittelmeerraums, in den Mittleren Osten und nach Nordafrika verkauft wurden.

Creasys Stimme war sehr leise, aber sie bohrte sich wie ein Dolch direkt ins Gehirn des Polizisten. »Sie meinen, er ›verarbeitet‹ sie weiter, wie er die Drogen ›weiterverarbeitet‹?«

Eine Pause, dann nickte Corelli, wobei die Augen erneut auf den Tisch herabblickten.

»Sie sind ein wundervoller Mensch«, höhnte Creasy. »Leiter der Vermißtenstelle und eidlich gebunden, solche Unschuldigen zu beschützen. Aber aus Gier haben Sie sich darauf eingelassen, genau das Gegenteil zu tun. Ich weiß nicht, ob es einen Himmel oder eine Hölle gibt, aber ich bin mir verdammt sicher, daß es einen Ort für Leute wie Sie gibt.«

17

Jens hatte sich geirrt. Es war erotisch. Denise führte sie in einen teuer möblierten Raum am Ende eines langen Korridors. In dessen Mitte stand ein mit weißem Teppich belegtes rundes Podest, zu dem zwei Stufen hinaufführten. Auf dem Podest stand ein einsamer weißer Rohrstuhl. Darauf lag ein Paar schwarzer hochhackiger Schuhe. Über den Stuhlrücken drapiert war ein flammendrotes Seidengewand, und darauf lagen ein Paar schwarzer Seidenstrümpfe, Strapse und elfenbeinfarbene seidene French Knickers. Neben dem Stuhl stand ein kleiner weißer Rohrtisch. Darauf stand eine offene weiße Lederschatulle und gleich daneben ein tellergroßer Spiegel auf einem Ständer.

Das Podest umgaben ein Dutzend eleganter Ledersitze

vom Typ, den man normalerweise in exklusiven Herrenclubs in London findet. Die Hälfte davon wurde von Geschäftsleuten mittleren Alters in Beschlag genommen. Michael bemerkte, daß zwei von ihnen Araber waren; die anderen waren Europäer, und einer war Asiate, vielleicht Japaner. Sie hatten alle Hostessen neben sich. Vor jedem Sessel stand ein niedriger Tisch mit einem Sektkühler, der edlen Champagner enthielt. Einer der Araber befummelte bereits die Brüste seiner Begleiterin unter ihrem Kleid, während sie ihm das Ohr leckte.

Denise führte sie zu einem der Sitze und flüsterte mit einem Lächeln: »Dieser hat die strategisch günstigste Aussicht.«

Jens war von der Auswahl der Musik überrascht, die aus den Quadrophonie-Lautsprechern drang. Es waren Vivaldis ›Vier Jahreszeiten‹, eines seiner Lieblingsstücke. Mit einem leisen Schuldgefühl wurde ihm bewußt, daß er es oft spielte, während er Birgitte liebte. Insbesondere den ›Sommer‹.

Denise saß zwischen ihnen. Beide konnten sie die Wärme ihrer Oberschenkel spüren und den Moschusduft ihres Parfüms einatmen. Als sie sich vorbeugte und drei Gläser Champagner eingoß, öffnete sich eine Tür zu ihrer Linken, und eine Frau kam heraus.

Sie war groß, fast zwei Meter, und Anfang Dreißig. Eine dunkle Brünette mit leicht gelocktem Haar, das ihr über die Schultern fiel. Sie war schlank, fast mager. Ihr Gesicht trug kein Make-Up. Ihre Beine und ihr Hals waren so lang, daß die Proportionen fast nicht mehr stimmten, aber eben nur fast. Trotz ihrer Größe ging sie wie eine Ballerina zu dem Podest. Sie war vollkommen nackt.

Der Raum war vom leisen Gemurmel der Unterhaltungen

erfüllt gewesen, aber das Raunen brach abrupt ab, als die Frau zum Podest ging und hinaufstieg. Sie drehte eine langsame Pirouette, wobei ihre grünen Augen von einem Mann zum nächsten wanderten. Jeder Mann war davon überzeugt, daß sie ihn länger als alle anderen ansah. Der Araber hatte damit aufgehört, die Brüste seiner Begleiterin zu streicheln. Mit einer nüchternen, tiefen Altstimme sprach die Frau auf dem Podest einen einzigen Satz: »Ich bereite mich auf einen Mann vor.«

Sie drehte sich um, trat zu dem kleinen Tisch und sah in die weiße Lederschachtel. Alles ringsum schwieg, nur der Vivaldi hallte durch den Raum. ›Der Sommer‹ fing an. Die Wärme von Denises Oberschenkel, der sich gegen seinen preßte, machte Jens verlegen. Eine Erektion regte sich bei ihm. Er warf den Blick zu Michael hinüber, der gebannt auf die nackte Frau sah. Er bemerkte, daß Denises Hand auf Michaels linkem Oberschenkel lag. Sein Blick wurde zu dem Podest zurückgezogen. Die nackte Frau hatte mehrere Utensilien aus der Lederschatulle genommen. Es waren Kosmetika. In den nächsten fünfzehn Minuten legte sie ein leichtes Make-up auf und beugte sich vor, um sich im Spiegel zu mustern. Die Beine hatte sie gespreizt.

Jens und Michael hatten in der Tat den strategisch günstigsten Blick. Seit ihrer Hochzeit war Jens Birgitte treu gewesen, aber er mußte trotzdem zugeben, daß sich drei Meter vor ihm der vollkommenste Hintern befand, den er je gesehen hatte. Schließlich war die Frau mit ihrem Make-up zufrieden, drehte sich zum Stuhl um, nahm den Strapsgürtel und legte ihn sich um die schlanke Taille. Sie setzte sich und rollte langsam die schwarzen Seidenstrümpfe, erst einen, dann den anderen, an ihren Schenkeln herauf und hakte sie am Strapsgürtel fest. Sie tat das alles ganz natürlich und ohne jegliche offene Erotik. Dann stand sie auf, nahm die French Knickers, stieg in sie hinein und zog sie zu ihrer Taille hoch. Sie stieg in die Schuhe und nahm dann das hauchdünne Kleid, zog es zu den Brüsten hinauf und darüber. Es floß schimmernd von ihren alabasterweißen Schultern bis zu ihren pechschwarzen Schuhen.

Zum erstenmal hob sie wieder den Kopf, blickte über die Männer hinweg und erklärte mit ruhiger, trauriger Stimme: »Ich habe meine Zeit verschwendet.« Dann lächelte sie leise, hob die Hände vor das Gesicht und sagte: »Nein, ich habe meine Zeit nicht verschwendet... Ich habe mich für mich selbst schön gemacht.« Ihr scheues Lächeln wurde breiter. »Wenn ich keinen Mann habe, der mich nimmt, werde ich mich selbst nehmen.« Erneut drehte sie eine langsame Pirouette, bei der sie jeden Mann anblickte, und sagte: »Habt ihr je gesehen, wie sich eine Frau selbst nimmt? Wir tun es alle anders. Ich tu's mit meinem Daumen.«

Langsam griff sie nach unten und zog das Vorderteil ihres Kleids hoch, bis ihre French Knickers zu sehen waren, dann sank sie auf dem Teppich auf die Knie und glitt nach vorn hoch, bis sie auf dem Bauch lag. Das Publikum sah in völligem Schweigen zu, als sie die Arme unter sich durchschob und die Hände zwischen die Oberschenkel gleiten ließ. Nur ihre Ellbogen waren sichtbar, und sie zitterten. Langsam fing das Podest zu rotieren an. Ihr Hinterteil kreiste mit etwa derselben Geschwindigkeit. Das Kinn lag flach auf dem Teppich, Nacken und Rücken bogen sich, während nacheinander jeder Mann im Publikum in ihr Blickfeld kam. Sie sah ihnen direkt ins Auge. Sie hatte ein freundliches Lächeln auf den Lippen. Jeder Mann stellte sich vor, wie ihr langer, schlanker Daumen mit dem roten Fingernagel gegen ihre Klitoris drückte. An diesem Punkt hatten alle ihre Begleiterinnen vergessen, sie beugten sich vor und sahen erregt zu.

Die Frau sprach erneut. Ihr besänftigender, tiefer Alt war heiser geworden. »Es ist gut … so gut … aber nie so gut wie ein Mann in mir drin.« Dann sagte sie sehr langsam und noch heiserer, während der Dauer einer Umdrehung des Podestes: »Ist da kein Mann, der mich nehmen kann?« Sie wiederholte den Satz immer wieder und betonte das Wort ›nehmen‹, während sie jedem Mann direkt ins Auge sah. Ihr Hinterteil rotierte noch schneller, und es war offensichtlich, daß das, was sie empfand, echt war. Abrupt stand der Araber auf, der die Brüste der Hosteß befummelt hatte, und zog den Reißverschluß an seiner Hose auf. Er sprang auf das Podest, holte seinen erigierten Penis heraus, zog die French Knickers beiseite und drang mit einem Stöhnen in sie ein. Sie nahm die Hand nicht weg, sondern rieb weiter an sich, aber sie drehte den Kopf und sagte: »Jetzt ist es vollkommen.«

Denise beugte sich zwischen Jens und Michael vor, die das Tableau intensiv betrachteten. Gelegentlich befeuchtete sie sich die Lippen mit der Zunge. Ihre rechte Hand hatte sich zu Michaels Schritt bewegt und knetete die harte Beule. Mit der linken Hand gab sie der verlassenen Hosteß ein Zeichen, die sofort aufstand, auf das Podest trat und sich vor die Frau stellte. Diese Hosteß war verführerisch, wie ein Fuchs gerissen war. Ihre Bewegungen waren anmutig, so natürlich wie der rohe Sex, den sie genoß. Sie kniete nieder, hob den Rock und zeigte ihre schlanken Oberschenkel, die in weißen Seidenstrümpfen steckten. Sie trug nichts weiter. Mit der rechten Hand masturbierte sie nur Zentimeter entfernt von dem glasigen Blick der Brünetten. Denise nahm die Hand von

Michaels Schritt weg, legte beiden Männern je eine Hand hinter den Kopf, zog sie zu sich und sagte heiser: »Dies ist ein wenig zahm. Etwas Interessanteres beginnt gleich in einem Zimmer oben. Kommt mit!«

Sie folgten ihr wie Lämmer. Als sie den Raum verließen, hörten sie, wie die Brünette stöhnend zum Orgasmus kam.

Denise öffnete eine weitere gepolsterte Tür auf der Mitte des Korridors eine Etage höher und bat die beiden Männer hinein. Der Raum war schwach erleuchtet, aber sie konnten die drei Männer sehen, die in einer Reihe vor ihnen standen. Jeder von ihnen hielt eine Pistole. Sie hörten, wie sich die Tür hinter ihnen schloß, dann die plötzlich eisige Stimme von Denise: »Wir werden eine andere Show haben ... und ihr werdet darin die Stars sein.«

18

»Ich schlage ein Geschäft vor«, sagte Corelli ausdruckslos.

Creasy sah von der Segeltuchtasche in der Ecke der Garage auf. Corelli stand noch immer vor dem Tisch und beugte sich eifrig vor, die Hände hinter sich noch immer in Handschellen.

»Ich schlage ein Geschäft vor«, wiederholte Corelli.

Creasy hob die Segeltuchtasche auf, trug sie zum Tisch und öffnete den Reißverschluß. »Was für ein Geschäft?« fragte er.

»Ich garantiere, daß Ihre Freunde freikommen, unverletzt. Ich gebe Ihnen mein Wort darauf.«

Creasy holte mehrere Gegenstände aus der Tasche und

legte sie auf den Tisch. Beiläufig sagte er: »Ihr Wort ist einen Scheißdreck wert.«

Der Tonfall des Franzosen wurde eindringlich. »Ich habe die Macht. Wenn ich Boutin sage, er soll sie laufen lassen, wird er's tun … er braucht mich.«

Creasys Gelächter war kalt und höhnisch. »Er braucht Sie wie einen zweiten linken Fuß. Laut dem, was ich gehört habe, bezahlt er die halbe Polizei in Marseille. Wenn Sie ihn anrufen und ihm sagen, er solle sie laufen lassen, werden sie auf Nimmerwiedersehen verschwinden, und er wird abstreiten, je etwas von ihnen gehört zu haben. Und ich schätze, innerhalb weniger Tage werden Sie ebenfalls tot sein. Sie sind nur ein käuflicher Bulle, Corelli. Boutin spielt in einer ganz anderen Liga. Sie sind sein Schoßtierchen und nichts sonst.«

Creasy hatte beim Reden einiges vorbereitet. Er hatte sein schwarzes Jackett ausgezogen und die beiden Schlingen der Schulterhalfter übergestreift. Corelli sah gebannt zu, wie die acht Granaten an der Koppeltragehilfe festgeclipt wurden. Dann nahm Creasy die Maschinenpistole auseinander, setzte sie wieder zusammen, schob ein Magazin ein und clipte sie an den Halfter unter der linken Schulter. Sie paßte sauber unter seinen Arm. Dreimal in rascher Folge übte er, sie zu ziehen und zu zielen. Es war eine blitzschnelle Bewegung. Dann clipte er den Colt unter den rechten Arm und übte abermals das Ziehen. Zufrieden steckte er die Reservemagazine in die Taschen der Kampfweste und ließ die MP in das zweite Halfter gleiten. Er trat zurück, und der Polizist sah ehrfürchtig zu, wie Creasy die MP zückte, das Magazin wechselte und die Waffe wieder einsteckte, alles in drei Sekunden.

Wie alle modernen Polizeikräfte hatte auch die Polizei von

Marseille ihre eigenen Sondereinsatzkommandos, die dazu ausgebildet waren, auf Flugzeugentführungen oder andere kriminelle oder terroristische Handlungen zu reagieren. Corelli hatte sie beim Training beobachtet. Sie waren gut. Aber ihm ging auf, daß sich keins von ihnen mit dem Mann vor ihm messen konnte.

Schließlich holte Creasy einen dreiviertellangen Mantel hervor und schlüpfte hinein. Er saß locker und reichte Creasy bis auf die Oberschenkel; selbst aufgeknöpft verbarg er die Bewaffnung. Creasy streckte die Hand aus und hob den kleinen schwarzen Auslöser auf. Corelli erstarrte. Creasy ließ den Auslöser in die rechte Tasche gleiten und befahl barsch: »Stehen Sie auf!«

Nervös stand der Franzose auf. Creasy ging um ihn herum, schloß die Handschellen auf und steckte sie in die linke Tasche. Die anderen beiden Paare befanden sich bereits in derselben Tasche. »Dann mal los«, sagte er. »Lassen Sie uns Ihrem netten Partner einen Besuch abstatten.«

19

Jens Jensen war noch nie zuvor richtig verprügelt worden. Es entsetzte ihn sowohl geistig als auch körperlich. Das Schlimmste daran war die Gleichgültigkeit und Belanglosigkeit des Ganzen. Er lag zusammengekrümmt auf dem Fußboden, während die beiden Männer ihn mit Tritten bearbeiteten. Das ging mehrere Minuten so. Sie taten das nicht etwa im Eifer des Gefechts, sondern wechselten einander ab und setzten ihre Tritte gezielt. Von der anderen Seite des Raums hörte er Michael stöhnen, während er die gleiche Behandlung von zwei anderen Männern erhielt.

Man hatte sie auf der Ladefläche eines Lastwagens hierher gebracht, gefügig gemacht von den Pistolen, die auf ihre Köpfe gerichtet waren, und dann hatte man sie durch die Hintertür eines großen Hauses in dessen Küche und von dort die Treppe hinab in den Keller geführt. Man hatte ihnen befohlen, sich mit ausgestreckten Armen auf den Fußboden zu legen und nicht aufzusehen. Wenige Minuten später hatten sie hallende Fußtritte gehört. Aus seiner hingestreckten Position hatte Jens zwei Paar Schuhe gesehen, die näherkamen und stehenblieben. Ein Paar war braun, glänzend poliertes Krokodilleder; das andere war hochhackig und schwarz: die Schuhe von Denise Defors. Jens vermutete, daß der Mann Yves Boutin war. Der Mann sprach auf Englisch zu ihnen, mit einem schweren französischen Akzent.

»In exakt zehn Minuten werde ich euch einige Fragen stellen. Bis dahin werden euch meine Männer eine sehr harmlose Kostprobe dessen geben, was passieren wird, wenn ihr sie nicht beantwortet, und zwar wahrheitsgemäß beantwortet.«

Boutin und die Frau waren davongegangen, und andere Schuhe hatten damit angefangen, in seinen Körper zu treten. Er hatte Michael rufen gehört: »Zusammenkauern! Keinen Widerstand leisten!«

Durch den Schmerz bahnte sich ein absurd irrationaler Gedanke den Weg zu Jens' Bewußtsein. Er entsann sich, wie ihm in der Schule der Physiklehrer Einsteins Relativitätstheorie zu erklären versucht hatte: »Wenn ihr zwei Sekunden auf einem heißen Ofen sitzt, kommt es euch wie zwei Minuten vor, wenn ihr aber ein schönes Mädchen zwei Minuten lang küßt, kommt es euch wie zwei Sekunden vor.«

Die zehn Minuten Schläge kamen Jens wie zehn Stunden vor. Dann hörten sie auf, und er lag da, noch immer zusammengekauert, und wimmerte vor Schmerz. Die beiden Männer über ihm diskutierten, ob Marseille beim Fußball am Nachmittag Monaco schlüge. Der eine von ihnen sagte: »Macht euch lang! Legt euch auf den Bauch, mit ausgestreckten Händen. Alle beide!«

Ganz langsam streckte sich Jens aus, jede Gliedmaße eine einzige Qual. Er war zu langsam. Der Mann kam heran und trat ihm in die Nieren. Jens schrie vor Schmerz auf und wälzte sich auf den Bauch. Die Krokodillederschuhe kehrten zurück, wenige Zentimeter vor seinen ausgestreckten Händen. Dahinter sah er nicht weit entfernt die Frau von der Hüfte an abwärts.

»Wie heißt du?« fragte die Stimme.

Im Bruchteil einer Sekunde schlug die Angst in Ärger um. »Ich bin ein verdammter Polizist«, knurrte Jens. »Und Sie werden dafür bezahlen.«

Einer der Krokodillederschuhe verschwand aus seinem Blickfeld und trat auf seine rechte Hand. Der Däne schrie erneut und hörte daraufhin Michael rufen: »Beantworte seine Fragen! Alle! Sag die Wahrheit!«

Dann hörte Jens einen dumpfen Aufschlag und ein Stöhnen von Michael, als ihn ein Fuß trat. Die Stimme zischte Michael an: »Wenn du nochmal das Maul aufsperrst, ohne daß man es dir gesagt hat, wirst du eine Kugel ins Bein kriegen.«

Schweigen. Dann fragte die Stimme Jens erneut: »Wie heißt du?«

Jens antwortete durch Wogen des Schmerzes hindurch: »Mein Name ist Jens Jensen.«

»Was machst du hier?«

»Ich wurde von einer Pistolenmündung hierher gezwungen.«

»Wenn du den Schlauberger spielen willst, wirst du dafür büßen«, knurrte die Stimme. »Was tust du in Marseille?«

»Ich bin hierher gekommen, um mich mit einem Kollegen auszutauschen.«

»Worüber?«

»Über einige Vermißte.«

Er hörte die Frau lachen. Boutin fauchte sie an: »Halt's Maul!« Zu Jens sagte er: »Warum stellst du dann Erkundigungen über mich an? Und warum bist du in meinen Club gekommen?«

»Weil Sie dafür bekannt sind, sowohl mit Drogen als auch mit Frauen zu handeln. Die beiden gehen Hand in Hand.«

Im selben Moment blickte Creasy von einer Anhöhe der Straße auf ein Haus in dreihundert Metern Entfernung. Er saß auf dem Beifahrersitz von Corellis Renault. Corelli saß hinter dem Steuer und redete.

»Am Haupttor werden ein oder zwei Wachen sein, und ein dritter irgendwo auf dem Gelände. Die Wachen am Haupttor werden uns durchlassen. Ich werde erwartet.«

»Ich aber nicht«, bemerkte Creasy.

»Ich werde Sie als Kollegen vorstellen«, antwortete der Franzose. »Am Tor wird es keine Probleme geben. Ich habe schon früher manchmal Kollegen mitgebracht.«

»Wozu?«

Eine lange Pause. Dann sagte Corelli ruhig: »Zum Vergnügen.«

Neben ihm knurrte Creasy: »In was für einem Schweinestall lebt ihr alle! Was geschieht, wenn wir ins Haus kommen?«

»An der Haustür werden ein oder zwei Wachen sein. Sie werden Sie ganz bestimmt nach Waffen durchsuchen.«

»Sie werden sie finden... auf die netteste Art und Weise«, entgegnete Creasy grimmig. »Werden sie ihre Waffen in den Händen haben oder unter ihren Jacken?«

»Unter ihren Jacken.«

»Dann los.«

Es verlief, wie der Polizist vorhergesagt hatte. Die schweren Tore wurden geöffnet, ein Mann trat heraus und leuchtete mit einer Taschenlampe in den Wagen, zunächst auf Corellis Gesicht und dann auf das Creasys.

»Er ist ein Kollege«, erklärte Corelli.

Der Wächter nickte und winkte sie weiter. Sie parkten neben einem roten Mercedes-Sportwagen.

»Gehört der Boutin?«

»Nein, seiner Geliebten.«

Sie stiegen aus dem Wagen, gingen die Stufen hinauf, und Corelli drückte den Knopf. Sie hörten die Türglocke drinnen, und wenige Sekunden später öffnete sich die Tür, und beide traten hindurch.

Es waren zwei, beide mit steinernen Gesichtern; der eine groß und so dürr, daß er fast ein Skelett war; der andere klein und stämmig. Beide trugen weitgeschnittene Anzüge. Sie nickten Corelli respektvoll zu, warfen Creasy jedoch einen argwöhnischen Blick zu.

»Ein Kollege«, erklärte Corelli. »Euer Boß erwartet mich.«

»Er ist im Keller«, sagte der Kleine und deutete dann auf Creasy. »Nehmen Sie ihn mit?«

»Ja.«

»Dann muß ich ihn durchsuchen.«

»Nur zu!« sagte Creasy leutselig und knöpfte den Mantel auf.

Der Wächter trat vor und hob die Hände, um ihn abzuklopfen. Er war etwa fünfzehn Zentimeter kleiner als Creasy. Weder der Wächter noch Corelli sahen den Schlag kommen. Es war nur eine verwischte, blitzschnelle Bewegung; ein scharfes Knacken, als sich der Kiefer des Wächters schloß, und die Gewalt des Hiebs riß den Mann von den Füßen. Der große Wächter war schnell, jedoch nicht schnell genug. Seine rechte Hand verschwand unter seinem Jackett, ehe der bewußtlose Wächter auf dem Boden aufschlug. Aber als seine Pistole zum Vorschein kam, wußte er, daß es zu spät war. Er sah den gehobenen Colt mit dem fetten Schalldämpfer. Den Bruchteil einer Sekunde später spürte er den Einschlag der ersten Kugel in sein Herz. Er wurde gegen die Wand geworfen. Die zweite Kugel drang ihm einen Zentimeter oberhalb der Nase durch die Stirn und verspritzte sein Gehirn über die Wand. Leider blieb ihm noch die Zeit, den Sicherheitshebel seiner Pistole zu lösen. Sie schlug auf dem gefliesten Fußboden auf und feuerte eine Kugel ab, die Corellis Füße knapp verfehlte. Die Pistole hatte keinen Schalldämpfer, und der Schuß hallte durch den Raum.

Auf der Stelle drehte sich Creasy um und feuerte zwei Schüsse in das Herz des bewußtlosen Wächters und einen dritten in sein Gehirn. Dann hatte er innerhalb von Sekunden den Schalldämpfer abgeschraubt und das Magazin ausgetauscht. Corelli stand wie gelähmt da, als Creasy die Pistole wieder in den Halfter steckte und die MP zückte.

»Bewegen Sie sich!« befahl der Amerikaner. »Ich folge Ihnen in den Keller, und keine Tricks. Ich habe meinen Daumen auf dem Knopf.«

Im Keller hörten sie den einzelnen Schuß. Boutins Kopf zuckte überrascht hoch, und er wirbelte zur offenen Tür und der langen Steintreppe herum, die hinauf zur Küche führte.

»Nach oben!« fauchte er einen der Wächter an; dem anderen befahl er: »Bewach die Treppe.«

Der erste Wächter lief die Treppe hinauf, drei Stufen auf einmal, die Pistole vor sich ausgestreckt. Der zweite Wächter bezog Position an der offenen Tür, die Schußwaffen im Anschlag.

Michael hob das Kinn und sah sich im Raum um. Boutin hatte Denise am Arm gepackt und sie aus der Schußlinie in eine Ecke gezogen. Er hatte seine Pistole gezückt. Denise sah verängstigt aus. Ein Wächter stand über Jens und hielt die Pistole auf dessen Kopf gerichtet. Michael vermutete, daß er selbst in ebensolcher Weise vom verbliebenen Wächter ins Visier genommen wurde; er entschied abzuwarten, ehe er etwas unternahm. Von oben hörte er den kurzen Feuerstoß einer MP und einen Schrei, und er wußte, daß Creasy im Gebäude war. Michaels Hirn lief auf Hochtouren. Wenn es Creasy war und er eine MP hatte, dann hatte er auch noch andere Waffen. Er würde jene Treppe ganz bestimmt nicht ohne Deckung herabkommen, und er würde nicht von einem Querschläger getroffen werden. Nein, zunächst würde er alle im Raum ausschalten. Michael wappnete sich.

Oben in der Küche stieg Creasy über die Leiche des Wächters, den er gerade erschossen hatte. Corelli war mit Handschellen an ein Stahlrohr neben dem großen Herd gefesselt und somit ausgeschaltet. Er stand da und sah zu, das Gesicht aschfahl. Creasy pirschte zum Kopf der Kellertreppe, zog die dunkle Schutzbrille hervor und setzte sie auf. Er clipte die MP wieder fest und eine Leuchtgranate los. Er erreichte die offene Tür, und dann ging es blitzschnell. Creasy warf einen kurzen Blick die Stufen hinab, zog den Stift aus der Granate, ließ den Zünder los, zählte im Kopf und schleuderte sie mit Schwung die Treppe hinunter. Sie landete zwischen Jens und Michael auf dem Fußboden, prallte von der Rückwand ab und explodierte in einem blendenden weißen Licht. Jeder im Raum bedeckte instinktiv die Augen.

»Jens, nicht bewegen!« rief Michael, und dann, diesmal die Treppe hinauf: »Drei bewaffnet! Einer unbewaffnet!«

Boutin rief etwas, das Michael nicht verstand. Dann hörte er einen dumpfen Aufschlag und zwei kurze Feuerstöße aus einer MP. Dann ein einzelner Schuß. Die Frau kreischte voller Angst. Michael wußte, daß der dumpfe Aufschlag Creasy gewesen sein mußte, der sich in den Raum gewälzt hatte. Die zwei kurzen Feuerstöße hatten die beiden Wächter ausgeschaltet. Dann hatte Creasy die MP auf einzelne Schüsse umgeschaltet und Boutin ausgeschaltet.

Allmählich erlosch der gleißende Schein vor seinen Lidern, und Michael öffnete die Augen. Das Szenario war genau so, wie er es sich gedacht hatte. Creasy hockte zusammengekauert am Türpfosten. Michael bemerkte das Netz unter dem offenen Mantel, das die Granaten und Ersatzmagazine festhielt. Er sah, wie Creasy in einer einzigen blitzschnellen Bewegung der rechten Hand das Magazin der MP wechselte. Der Wächter an der Tür lag mit dem Gesicht nach unten. Michael drehte den Kopf. Der Wächter, der über ihm gestanden hatte, lag zusammengesunken in der Ecke. Boutin war auf den

Knien, den einen Arm über den Augen, der andere umklammerte seine Schulter. Seine Pistole lag ein Stück weiter vor ihm auf dem Fußboden. Die Frau war gegen die Wand zusammengesackt, beide Hände über den Augen.

Creasys Stimmte fauchte: »Jensen! Stillhalten! Michael, Bewegung! Schnapp dir Boutins Pistole!«

Michael sprang auf, lief hinüber und hob Boutins Pistole auf. Das Licht wurde allmählich wieder normal. Creasy stand auf, zog die Schutzbrille ab und steckte sie in seine Tasche.

»Die Wächter sind erledigt, Michael«, erklärte er, dann zeigte er auf Boutin und dessen Geliebte. »Stell dich auf die andere Seite der Tür und behalt die beiden im Auge. Auf dem Grundstück sind weitere Wächter. Die sind sicher auf dem Weg.« Er verschwand über die Treppe.

Boutins Augen waren jetzt geöffnet. Er blickte zu Michael und anschließend auf die beiden toten Leibwächter. Seine Geliebte war in die Hocke gesunken; sie stand unter Schock und zitterte. Boutin nahm die Hand von der Schulter und starrte auf das Blut an der Handfläche. Er wollte etwas sagen, doch Michael schnitt ihm das Wort ab.

»Halt dein Maul, oder du kriegst eine Kugel in deinen Schädel.«

Von oben vernahmen sie zwei weitere Feuerstöße aus der MP und dann nichts.

Jens fragte vom Fußboden aus mit benommener Stimme: »Wer zum Teufel war das denn?«

Michael grinste ihm zu. »Das war mein alter Herr.«

»Heiliges Kanonenrohr«, murmelte der Däne. »Darf ich jetzt aufstehen?«

»Nein. Er hat gesagt, still liegenbleiben. Es wird nicht lange dauern.«

Es dauerte eine Minute, dann rief Creasys Stimme vom Kopf der Kellertreppe: »Michael?«

»Ja. Alles okay hier.«

»Gut. Weiß Jensen, wie man eine Pistole benutzt?«

Jens gab die Antwort selbst mit gequälter Stimme. »Ja! Jensen weiß, wie man eine Pistole benutzt, und er hat es satt, hier herumzuliegen und nichts zu tun.«

Jensen hörte ein kurzes Gelächter, und dann rief Creasy: »Nehmen Sie eine der Pistolen der Wächter und kommen Sie hoch.«

Der Däne erhob sich, lief zu dem Wächter neben der Tür und wälzte ihn mit einem Fuß auf den Rücken. Die Pistole lag unter ihm, der Lauf blutverschmiert. Rasch hob sie Jens am Lauf hoch, wischte das Blut am Jackett des Wächters ab, vergewisserte sich, daß sie nicht gesichert und das Magazin voll war, und rannte dann die Stufen hinauf. Er fand Creasy zusammen mit Serge Corelli in der Küche.

»Was ist denn hier los, zum Teufel?« fragte Jens erstaunt.

»Später!« schnauzte Creasy. »Wir haben nicht viel Zeit. Die Wächter auf dem Gelände sind tot, und ich denke nicht, daß es oben noch weitere gibt. Sonst wären sie längst hier, oder sie verstecken sich. Lassen Sie uns nachsehen. Ich gehe als erster. Sie geben mir Rückendeckung, aus etwa fünf Metern Abstand.«

Oben waren keine Wächter, nur eine alte Frau, die am Ende des Flurs kauerte. Außerdem fanden sie dort noch zwei unter Drogen gesetzte Mädchen in getrennten, zellenartigen Räumen. Jens erkannte die eine auf den ersten Blick.

»Hanne Andersen«, sagte er. »Ich habe ihre Akte erst vor einigen Tagen studiert.«

Sie saß auf dem Bett und erwiderte seinen Blick mit glasigen Augen. Er sprach einige Worte auf Dänisch mit ihr, nannte sie beim Namen, und einen Augenblick klärte sich ihr Blick, und sie nickte.

»Darum kümmern wir uns später«, sagte Creasy. »Zuerst nehmen wir uns mal die anderen Räume vor.«

Sie fanden das andere Mädchen im nächsten Raum. Sie saß in einer Ecke und hatte die Arme um die hochgezogenen Knie geschlungen. Ihre Arme und ihr Gesicht waren mit blauen Flecken bedeckt. Sie war sehr jung, dunkel und schön, und sehr verängstigt. Sie drückte sich weiter in die Ecke und murmelte auf Englisch: »Nein… Nein… Bitte… Nicht mehr.«

Jens trat vor und sprach leise mit ihr, aber sie duckte sich lediglich tiefer, und ihre Augen spiegelten Furcht und Verzweiflung wider.

Creasy sagte: »Lassen Sie uns hier verschwinden! Zuerst bringen wir die beiden zum Wagen, und Sie bleiben bei ihnen, während ich Michael hole. Ich werde mich um die alte Frau kümmern.«

Erschrocken fragte Jens: »Werden Sie sie töten?«

Creasy schüttelte den Kopf. »Nein, obgleich sie es verdient, als Teil dieses dreckigen Unternehmens.«

Mit schnellen Schritten ging er über den Flur zu der alten Frau, die ihn angstvoll anstarrte und anfing, auf Französisch zu plappern. Creasy gab keine Antwort, packte die Alte einfach beim Haar und versetzte ihr mit der Faust einen Kinnhaken. Sie brach zu seinen Füßen zusammen. Er wandte sich ab.

Im Keller hatte Denise Defors mittlerweile etwas von ihrer Fassung wiedergewonnen. Sie versuchte, Michael anzubetteln, indem sie ihm sagte, daß diese Sache nichts mit ihr zu tun habe. Er erwiderte nur, sie solle den Mund halten. Dann, mit dem Instinkt eines in die Enge getriebenen Tieres, versuchte sie zu entkommen. Ihr Leben war bislang so verlaufen, daß sie alles, was sie jemals von irgendeinem Mann hatte bekommen wollen, auch stets erhalten hatte. Sie konnte sich nicht vorstellen, daß irgendein Mann sie freiwillig erschießen würde. Sie stieß sich von der Wand ab und rannte zur Tür.

Michael schoß ihr in den Rücken und dann, als sie gegen den Türpfosten sackte, noch einmal in den Hinterkopf, dann richtete er sofort die Pistole wieder auf Boutin, der die gesunde Hand hochhielt, als wolle er einen Schlag abwehren.

»Nein … Bitte nicht«, stammelte Boutin.

»Halten Sie das Maul«, befahl Michael barsch. »Es besteht eine kleine Chance, daß Sie am Leben bleiben.«

Eine Minute später kam Creasy die Stufen herab, blickte auf die tote Frau und dann auf Michael.

»Sie wollte fliehen«, erklärte Michael.

Creasy nickte, holte ein Stück Papier aus der Tasche, reichte es Michael und sagte: »Jens ist im Renault draußen« – er deutete auf Boutin – »zusammen mit zwei Opfern dieses Hurensohns. Nimm den Renault und warte draußen vor dem Haupttor auf mich. Vom Küchenfenster aus blickt man auf die Straße. Wenn du irgendwelche Polizeisirenen hörst, schieß eine Kugel durch die Scheibe. Tu dasselbe, wenn irgendein Wagen durch das Tor fahren sollte – auf dem Fahrersitz liegt ein Handy –, dann fahr weg und ruf die Nummer auf diesem Zettel an. Der Mann am anderen Ende wird dir Anweisungen geben, wie du zu einem Schlupfwinkel kommst. Warte dort auf mich. Ansonsten bin ich hier in fünf Minuten fertig. Ich treff' dich beim Wagen.«

Michael nickte wortlos und ging durch die Tür hinaus. Creasy sah Boutin ausdruckslos an und sagte: »Wir gehen hoch in die Küche und werden uns mal kurz unterhalten.« Er winkte mit der Pistole. »Beweg dich!«

Mit einem schmerzlichen Stöhnen setzte sich der Franzose in Bewegung.

Draußen fand Michael Jens auf dem Rücksitz des Renaults, zusammen mit den beiden Mädchen. Eines davon war gegen das Fenster zusammengesackt, offenbar bewußtlos. Das andere hielt Jens bei der Hand, während er ruhig auf sie einredete, offenkundig auf Dänisch. Michael setzte sich wortlos auf den Fahrersitz, startete den Motor und fuhr den Wagen über die Zufahrt auf das offene Tor zu. Er lenkte nach rechts und parkte den Wagen fünfzig Meter weiter unten an der Straße, holte die Pistole heraus und beobachtete das Küchenfenster in etwa einhundertfünfzig Metern Entfernung.

»Was jetzt?« fragte Jens.

»Wir warten«, sagte Michael und erklärte Creasys Anweisungen. »Wie geht's den Mädchen?« fragte er.

»Ziemlich schlecht«, antwortete der Däne bitter. »Sie haben verdammtes Glück gehabt – eine von ihnen sollte heute nacht verschifft werden. Die andere war noch nicht ganz soweit. Mistkerle!«

»Wir haben ebenfalls viel Glück gehabt«, sagte Michael ruhig. »Zuerst waren wir sehr dumm, dann hatten wir viel Glück.«

»Ich frage mich, was Corelli dort gemacht hat? In Handschellen?«

»Wir werden's bald genug erfahren«, erwiderte Michael.

Sechs Minuten später schlüpfte Creasy auf den Beifahrersitz.

»Alles ruhig«, meldete Michael. »Hast du sie am Leben gelassen?«

»Ich habe Boutin mit Handschellen an Corelli gefesselt, Rücken an Rücken. Jemand wird sie finden«, erklärte Creasy.

»Ich bin ein Bulle«, sagte Jens vom Rücksitz, und seine Stimme klang verbittert. »Aber Männer wie die verdienen es nicht zu leben. So, wie die Dinge hier stehen, werden sie vielleicht damit durchkommen.«

Creasy drehte sich um, sah ihn an und zeigte ihm die kleine schwarze Schachtel in seiner Hand, dann erwiderte er sehr ruhig: »Nicht diesmal.«

Der Däne beobachtete, wie Creasys Daumen den Knopf drückte, und hörte die dumpfe Explosion vom Haus her.

»Man wird nur Stücke von ihnen finden. Sie sind gerade zu jener speziellen Hölle gefahren, die für solche Leute reserviert ist.«

20

Es war eine komfortabel möblierte Wohnung mit drei Schlafzimmern. Jens und Michael saßen am Eßtisch und tranken Kaffee. Creasy trat aus einem der Schlafzimmer und schloß leise die Tür. Sein Gesicht zeigte wenig Gefühl, doch die beiden jüngeren Männer konnten die Wut und den Ekel spüren, die von seinem ganzen Körper abstrahlten.

Einen Augenblick sah er die beiden Männer an, dann sagte er ruhig: »In meinem Leben habe ich viele Leute getötet und es manchmal bedauert. Aber für diese beiden Scheißkerle, die wir dort zurückgelassen haben, empfinde ich kein Bedauern. Nur Menschen tun das ihrer eigenen Art an. Die niederste tierische Lebensform würde es niemals verstehen.«

Die beiden Männer schwiegen. Beobachteten ihn bloß. Er ging zum Telefon auf dem Sideboard, hob den Hörer und tippte eine Nummer. Obgleich es fünf Uhr morgens war, bekam er sofort Antwort. Er sprach auf Französisch in die Sprechmuschel. Michael verstand es nicht, aber Jens bekam den Sinn mit. Creasy deutete an, daß alles gut gelaufen sei. Dann bestellte er etwas, bei dem es sich offensichtlich um Medikamente handelte. Jens erkannte nur einen Namen: Methadon.

Dann sagte Creasy: »Mein Freund, ich werde einen deiner Männer brauchen, vielleicht für eine Woche. Er sollte ebenso mitfühlend wie hart sein... Ja, ich habe mitfühlend gesagt. Ich ruf' später am Morgen nochmal an. Versuch, die Drogen so bald wie möglich mit deinem Mann hierher zu schaffen. Sag ihm, er solle die Code-Wörter ›Rot Drei‹ benutzen. Die Antwort wird ›Grün Vier‹ lauten... Nochmal vielen Dank.« Er legte den Hörer auf und kam zum Tisch herüber. Michael schenkte ihm schwarzen Kaffee ein.

»Das war Leclerc«, erklärte Creasy ihm. »Erinnerst du dich, daß ich dir von ihm erzählt habe?«

Michael nickte. »Ja, der Waffenhändler. Ich schätze, du hast dein Arsenal von ihm.«

Jens unterbrach. »Wir müssen diese Mädchen so bald wie möglich in eine Klinik schaffen.«

Creasy schüttelte den Kopf. »Mr. Jensen...«

Jens unterbrach ihn erneut. »Nach dem, was heute nacht geschehen ist, könnten Sie mich vielleicht Jens nennen?«

Creasy nickte ernst und fuhr fort: »Jens, Sie sind Polizist und müssen offensichtlich wie einer denken und, soweit wie möglich, wie einer handeln. Aber diese Situation ist anders. Normalerweise würden Sie zum Telefon greifen und das Polizeihauptquartier von Marseille oder sogar von Paris anrufen. Aber was würden Sie ihnen sagen? Daß Sie gerade in eine Schlacht verwickelt waren, bei der es Pistolen, Granaten und MPs gab, und sogar eine Bombe, die die Nummer Eins der Verbrecher in der Region getötet hat, sowie den korrupten Leiter der Vermißtenstelle in Marseille? Wie würden Sie das erklären? Wie würden Sie mich und Michael erklären? Denken Sie immer daran, daß ich gerade sieben Männer getötet habe, und Michael eine Frau. Wir alle würden monatelang in dieser Stadt feststecken. Sie eingeschlossen. Michael und ich würden verhaftet und ins Gefängnis gesteckt werden, das zweifelsohne von einem weiteren korrupten Beamten geleitet wird. Das steht definitiv nicht auf meinem Terminkalender.«

Jens dachte darüber nach und sagte: »Ich könnte meinen obersten Boß in Kopenhagen anrufen, und er würde den obersten Boß in Paris anrufen.«

»Sie würden noch immer Antworten haben wollen, und wir können sie noch immer nicht geben«, gab Michael zu bedenken.

Jens dachte abermals nach und nickte schließlich. »Was tun wir also? Was ist mit den beiden Mädchen? Sie brauchen Behandlung, und zwar rasch.«

»Sie werden sie bekommen«, antwortete Creasy. »Mit solchen Fällen habe ich Erfahrung. Aber lassen Sie uns zunächst ihre Lage betrachten. Es ist mir gelungen, mit beiden zu sprechen. Sie sprechen gut Englisch. Hannes Lage ist um einiges besser als die des anderen Mädchens ... Ihr Name ist Juliet. Sie wollte mir ihren Nachnamen nicht sagen. Hanne hat einen dänischen Polizisten, der gleich vor ihrer Schlafzimmertür sitzt. Sie war erleichtert, sobald Sie ihr Ihren Ausweis gezeigt haben. Sie stammt aus einer wohlhabenden und liebenden Familie. Wir müssen sie nach Kopenhagen zurückschaffen.« Creasy blickte Jens an. »Sie können sie nicht einfach im Flugzeug mitnehmen, nicht in ihrem Zustand. Ich nehme an, daß ihr Paß und ihre Kleidung bei der Polizei in Marseille liegen?«

Jens nickte.

»In diesem Fall«, fuhr Creasy fort, »werden wir ihr einen falschen Paß besorgen müssen.«

»Wie mach' ich das?«

»Sie tun das nicht. Ich tu's.«

»Und wie schaffe ich sie nach Kopenhagen zurück?«

»Sie fahren sie zurück«, antwortete Creasy. »Zusammen mit einem anderen Mann. Der Wagen ist in der Tiefgarage, der Tank voll. Außerdem liegen im Kofferraum Ersatzkanister. Ihr Paß wird sie als Ihre Schwester ausgeben: Sie ist im Urlaub mit einem zwielichtigen Typen durchgebrannt. Er hat sie mißhandelt, und Sie sind hergekommen, um sie heimzubringen. Die Geschichte ist alltäglich genug. In die Details werden wir später gehen.«

Michael beugte sich vor und fragte: »Was ist mit der anderen ... Juliet?«

Creasy schüttelte den Kopf. Mit knallharter Stimme sagte er: »Ihre Lage ist gänzlich anders. Sie ist Amerikanerin. Ihr Vater war ein GI bei einer amerikanischen Einheit auf dem Luftwaffenstützpunkt in Wiesbaden. Er wurde vor drei Jahren bei einer Übung getötet; da war Juliet zehn Jahre alt. Ihre

Mutter hat als Sekretärin auf dem Stützpunkt gearbeitet und ist dort geblieben. Vor etwa einem Jahr hat sie wieder geheiratet. Es scheint, daß Juliets Stiefvater ein absoluter Diecks-kerl ist. Schon wenige Wochen nach der Hochzeit hat er sie geistig und körperlich mißhandelt. Ihre Mutter hat wenig oder nichts getan, um das zu verhindern.« Er seufzte und fuhr fort: »Vor etwa einem Monat hat sie ein wenig Geld aus der Haushaltskasse gestohlen und ist weggelaufen. Sie hatte einige romantische Vorstellungen von Paris, und es ist ihr gelungen, dorthin zu kommen, wo sie rasch von einem von Boutins Schnüfflern entdeckt wurde, der ihr zweifelsohne großes Mitgefühl entgegengebracht hat. Nun ja, geendet ist sie oben in jener Villa, bis zum Kragen voller Heroin... Ich schätze, sie war dazu bestimmt, in wenigen Tagen in den Mittleren Osten gebracht zu werden.«

»Tiere... verdammte Tiere!« knurrte Michael.

Jens schüttelte den Kopf. »Nein... Tiere tun sich das nicht an.« Er warf Creasy einen Blick zu. »Also, was machen wir mit ihr?«

Wie zu sich selbst sagte Creasy: »Es besteht keine Möglichkeit für uns, sie heimzuschicken. Es besteht keine Möglichkeit, sie hier oder sonstwo den Behörden zu übergeben. Sie würden sie in eine Reha-Klinik stecken und dann entweder in ein Jugendheim, oder sie würden sie zu ihrer Mutter zurückschicken. Beide Möglichkeiten wären eine Katastrophe.«

»Also, was machen wir mit ihr?« beharrte Jens.

Creasy sah Michael an, der auf seine leere Kaffeetasse starrte. Sehr langsam stand er auf, ging zur Anrichte, füllte sich die Tasse aus der Kaffeemaschine und sagte über die Schulter: »Wir haben keine andere Wahl.«

»Ich bin einverstanden«, antwortete Creasy.

Der verwirrte Däne sah zuerst Michael an und dann Creasy. »Sie sind womit einverstanden?« fragte er.

Michael kehrte zum Tisch zurück, setzte sich und gab die Antwort. »Wir behalten sie«, sagte er.

»Behalten sie?« fragte Jens.

»Ja, wir behalten sie«, sagte Creasy. »Wir nehmen sie mit nach Gozo. Sie wird auf cold turkey gehen müssen, um vom Heroin loszukommen, und dann wird sie verteufelt viele Therapiestunden benötigen, um den Kopf wieder zusammenzubekommen. Gozo ist der beste Ort dafür.«

Auf Jens' Gesicht zeigte sich Ungläubigkeit. Tonlos konstatierte er: »Ihr seid beide verrückt! Ihr redet, als sei sie ein herrenloses Kätzchen, das ihr auf der Straße aufgelesen habt.«

Creasy nickte. »Das ist sie, mehr oder weniger. Statt Flöhen hat sie sich jedoch eine Drogenabhängigkeit eingefangen. Statt eines Flohbads bekommt sie den cold turkey.«

Der Däne schüttelte verzweifelt den Kopf. Dann stand er ebenfalls auf, trug seine Tasse zur Anrichte, schenkte sich Kaffee ein, setzte sich wieder und begann, mit fester Polizistenstimme zu sprechen. Er erklärte nachdrücklich, daß sie das dreizehnjährige Mädchen im Grunde wieder entführten. Er wies daraufhin, daß sie kein Recht hätten, etwas Derartiges zu tun. Er sagte ihnen, daß es in jedem zivilisierten Land für solche Situationen strikte Verfahrensweisen gäbe. Seine Stimme hob sich, und mit der rechten Hand schlug er leicht auf die Tischplatte, als er seinem Standpunkt Nachdruck verlieh. Niemand hatte das Recht, über die Zukunft eines anderen Menschen zu bestimmen. In jedem zivilisierten Land gab es Gesetze und soziale Strukturen, um solche Fälle zu behandeln. Das Mädchen war nicht in der Verfassung, über sich selbst zu entscheiden. Sie sollte sofort unter Vormundschaft gestellt und professionell behandelt werden. Er unterstrich das Wort ›professionell‹ mit einem besonders harten Schlag auf den Tisch. Dann blickte er die beiden Männer sehr fest an.

Creasy sah auf seine leere Kaffeetasse. »Nun, ich sitze hier mit zwei sehr unzivilisierten Leuten mit sehr schlechtem Benehmen zusammen«, bemerkte er.

»Was meinen Sie damit?« fragte Jens.

Creasy deutete auf seine Kaffeetasse. »In den letzten fünf Minuten seid ihr beide aufgestanden und habt euch Kaffee geholt, und keiner hat mir eine Tasse angeboten.«

Michael schmunzelte, erhob sich, nahm Creasys Tasse und ging zur Anrichte.

Creasy sah den Dänen an. »Sie haben von Zivilisation gesprochen. Ja, die Franzosen sind stolz auf ihre Zivilisation.« Er wies auf die geschlossenen Schlafzimmertüren. »Das nennen Sie Zivilisation? Das nennen Sie eine soziale Struktur? In einem Lehmhüttendorf mitten in Afrika habe ich mehr Zivilisation und soziale Strukturen gesehen. In den Slums von Rio de Janeiro oder Kalkutta habe ich mehr Zivilisation und soziale Strukturen gesehen.« Er beugte sich vor, und seine Stimme wurde eindringlicher. »Sie wollen, daß wir dieses streunende Kätzchen zu einem Tierarzt bringen. Wissen Sie, was Tierärzte mit streunenden Kätzchen tun? Gewöhnlich unternehmen sie einen halbherzigen Versuch, ihm ein Heim zu vermitteln… melden sie bei ihren professionellen Sozialarbeitern. Wenn das nicht funktioniert, schläfern sie es ein.« Er wies erneut auf die Schlafzimmertür, diesmal eine Geste des Ärgers. »Michael und ich haben getötet, um diese Streunerin aufzunehmen. Sie haben ebenfalls Ihr Leben riskiert.« Er beugte sich noch näher an den Polizisten heran. »Es kommt nicht in Frage, daß diese Streunerin zu einem Tierarzt gebracht wird.«

Jens sah ihm in die schiefergrauen Augen und hob die Schultern. »Sie nehmen eine große Verantwortung auf sich.«

Michael kehrte zum Tisch zurück, stellte den Kaffee vor Creasy hin und setzte sich. Was ihn betraf, so war diese Seite der Diskussion erledigt. »Was ist unser nächster Schritt?« fragte er Creasy.

Creasy sah noch immer den Dänen an. Jens las die Frage in seinen Augen. Er seufzte, tippte ein weiteres Mal auf den Tisch und entschied sich. »Ok«, sagte er widerstrebend. »Was ist unser nächster Schritt?«

Creasy trank einen Schluck Kaffee und deutete abermals auf die Schlafzimmertüren. »Jens, gehen Sie und setzen Sie sich eine Weile zu dem dänischen Mädchen. Ich habe mit Michael zu reden, und anschließend wird er sich zu Juliet setzen. Ihr müßt versuchen, sie zu beruhigen. Mittlerweile werden die ersten Entzugserscheinungen eingesetzt haben.« Er blickte auf seine Armbanduhr. »Das Methadon wird in wenigen Stunden hier sein.«

»Dafür wird Ihr Freund ein Rezept benötigen«, sagte Jens.

Creasy nickte. »Mein Freund wird in diesem zivilisierten Land alles bekommen, was er braucht.«

Der Däne überlegte kurz, dann nickte er, stand auf und ging stumm in eines der Schlafzimmer, wobei er die Türe hinter sich schloß.

Creasy sah seinen Sohn fragend an. »Also, erzähl's mir, Michael. Wie ist es gekommen, daß du in diesem Keller auf dem Fußboden gelegen und Tritte in die Rippen bekommen hast?«

Michael stand auf und ging im Raum auf und ab. Creasy

hielt den Mund, da ihm klar war, daß sich etwas in Michaels Gedanken aufbaute und daß es bald herauskäme. Es kam schüchtern heraus, jedoch mit einem mitschwingenden verteidigenden Tonfall.

»Ok, ich war dumm«, gestand Michael. »Ich habe nicht deine Erfahrung. Du hast mich mit Jens herausholen müssen.« Er blieb stehen, drehte sich um und blickte Creasy an. »Eines Tages werde ich dich herausholen. Gleiches Szenario, gleiche Situation!«

Ein beinahe zärtliches Gefühl stieg in Creasy auf, aber er verstand nicht, es zu zeigen. Schließlich hob er einfach die Schultern und meinte: »Erzähl mir genau, was passiert ist.«

Michael umriß seine Pläne, sich Boutins Geliebte zu schnappen und Informationen zu erhalten. Er berichtete Creasy, wie sie in jenen Nachtclub gegangen und in eine Falle getappt waren. Als er zu Ende war, blickte er auf und sagte: »Ok. Zunächst hätte mir klar werden müssen, daß Corelli vielleicht korrupt sein könnte. Zum zweiten hätte ich das Auskundschaften allein unternehmen sollen.«

Creasy nickte und fragte: »Was hast du herauszufinden gehofft?«

Michael hob die Schultern und sagte: »Ich glaube, daß der ›Blaue Ring‹ existiert... Jens glaubt das auch und Blondie ebenfalls. Ich schätze, daß Boutin auf vergleichsweise niedriger Ebene steht. Ich wollte die Struktur des ›Rings‹ herausfinden und wer die nächste Sprosse auf der Leiter ist... und ich habe etliche Fehler begangen.«

»Deine Strategie war gut, aber zu hastig«, sagte Creasy nachdenklich. »Du hättest nicht mit Jens zum Polizeipräsidium und er nicht mir dir zum Club gehen sollen. So hättet ihr die Dinge nachprüfen können, ohne Verdacht zu erregen.

Dann hättest du eine der Hostessen mit ins Bett nehmen, mit ihr schlafen und, völlig aus Neugier heraus, sie über ihre Managerin ausfragen sollen. Dann hättest du die ›Entführung‹ planen sollen.« Ein weiteres flüchtiges Lächeln huschte ihm übers Gesicht. »Also hast du zwei Lektionen gelernt: Vertraue nie einem Polizisten und laß dich nie bei deinem Schwanz packen.«

»Ist dir das je passiert?«

»Nur einmal. Damals war ich jünger als du. Ich habe meine Brieftasche und ein bißchen Stolz verloren. Du warst eine halbe Stunde davon entfernt, sehr tief ins Meer zu tauchen und dort unten zu bleiben.«

Michael ließ das erst einmal einsinken und fragte dann: »Wie hast du uns gefunden?«

Creasy erklärte, wie er ihrer Spur gefolgt war, erst über Blondie, dann über Birgitte, dann, wie er durch Leclerc von Corelli erfahren hatte. Der Rest war schnell erzählt.

»Tut mir leid«, sagte Michael leise.

Creasy trank einen weiteren Schluck Kaffee. Als er das Wort ergriff, nahm seine Stimme einen völlig anderen Tonfall an. »Nein. Gib nicht dir die Schuld. Schieb sie mir zu. Mir muß klar werden, daß du ein Mann bist und daß Alter nichts bedeutet. Ich hätte dich in dieser Sache unterstützen sollen; ich hätte an deiner Seite stehen sollen, nicht hinter dir herhinken. Sei dir sicher, daß ich dir von jetzt an bedingungslos beistehe.«

Michael grinste. »Du bist im Krankenhaus gewesen, um Gottes willen! Was hättest du sonst tun können?«

Creasy hob die Schultern. »Ich hätte dich gleich von Anfang an unterstützen können, so daß du nicht hättest losgehen müssen, um dich selbst zu beweisen... Laß mich das nicht noch einmal tun.« Er stand auf und stellte sich ans Fenster. Er blickte auf die Straße fünf Stockwerke unter ihm. Es nieselte. Gelegentlich zogen die Lichter eines Autos vorüber. Creasy drehte sich um, sah Michael an und überraschte den jungen Mann dann erneut. Er sprach von seinen Gefühlen. Ein Ereignis, so selten wie Schneefall in der Wüste. Er deutete auf die Schlafzimmer. »Michael, da drin ist mir was zugestoßen. Ich habe jene Leute da in dem Haus getötet, um dich herauszuholen. Aber nachdem ich diese Mädchen gesehen und mit ihnen geredet habe, insbesondere mit dem Kind, habe ich den Drang, zurückzugehen und sicherzustellen, daß auch nicht die winzigste Spur von Leben in ihnen verblieben ist. Ich hatte den Drang, die alte Frau zu töten. Ich habe nicht oft den Drang zu töten. So ist es nie bei mir gewesen. Ich habe als Söldner gedient, weil es alles war, was ich kannte, aber ich habe niemals für Leute gearbeitet, an die ich nicht geglaubt habe. Ich habe niemals getötet, ohne daß ich es tun mußte.« Er drehte sich um und sah wieder auf die Straße. Ein Polizeiwagen mit blinkendem Blaulicht und heulender Sirene raste vorbei. »Ich habe diese Mädchen gesehen, insbesondere Juliet. Ich habe die Furcht in ihren Augen gesehen und noch etwas Schlimmeres. Ich habe Verzweiflung gesehen.« Er drehte sich erneut um und sagte: »Erzähl mir genau, was dir deine Mutter an diesem Tag im Krankenhaus berichtet hat.«

Michael stand auf und kam nun ebenfalls ans Fenster, und beide standen sie da und sahen hinab auf die nasse Straße.

»Wie ich ist sie eine Waise gewesen«, begann Michael. »Sie ist mit sechzehn aus dem Waisenhaus weggelaufen. Es war nicht wie das Waisenhaus in Gozo; sie ist oft geschlagen worden. Sie hat einen jungen Araber getroffen. Er war wohlhabend, sie konnte es sich bei ihm gut gehen lassen, und er hat sie vor der Polizei versteckt. Er hat sie mit Drogen bekanntgemacht, und sie ist süchtig geworden. Dann hat er angefangen, sie an andere Männer zu verkaufen. Wenn sie sich weigerte, hat er ihr die Drogen weggenommen. Sie dachte, er liebte sie, und sie war sicher, daß er ihren Körper nicht an andere Männer verkaufen würde, wenn sie schwanger wäre. Sie hielt es sehr lange geheim. Als er es herausfand, hat er sie geschlagen und sie zu einem Engelmacher gebracht. Aber der Engelmacher hat ihr gesagt, es wäre zu spät. Nach meiner Geburt hat er sie gezwungen, mich am nächsten Tag am Waisenhaus auszusetzen.«

»Wie hat er sie gezwungen?« fragte Creasy.

»Ganz einfach.« Michael machte eine Geste, und seine Stimme war heiser vor Gefühl. »Er sagte ihr, daß er mich erwürgen würde, wenn sie mich nicht bei einem Waisenhaus abgeben würde. Ich bin ohne Arzt geboren worden, nur eine andere Hure hat meiner Mutter geholfen. Sonst wußte niemand von meiner Geburt. Sie hatte keine Wahl. Sie hat mich auf der Türschwelle des Augustinerklosters zurückgelassen.«

»Das hättest du mir in Gozo sagen sollen«, meinte Creasy.

Michael lächelte kurz und antwortete: »Damals schienst du nicht sehr aufnahmewillig.«

»Das stimmt«, murmelte Creasy. »Jetzt möchte ich alles darüber wissen. Ich möchte Teil davon sein, genau wie du Teil bei der Lockerbie-Sache gewesen bist.«

Michael drehte sich um und lächelte. »Also machen wir es zusammen?«

Creasy nickte feierlich. »Ja, wir machen es zusammen.«

»Mit was für Männern haben wir es zu tun?« fragte Michael. »Abgesehen von der Tatsache, daß sie böse sind.«

Creasy dachte fast eine Minute darüber nach, während er

gemächlich seinen Kaffee austrank. »Ich habe keine Religion«, sagte er schließlich. »Du auch nicht. Die meisten Religionen haben eine klare Trennlinie zwischen Gut und Böse. Aber meiner Erfahrung nach gibt es viele verschiedene Weisen, böse zu sein. Das schlimmste Übel ist vielleicht Sadismus. Viele Menschen haben ihn in sich, bis zum einen oder anderen Grad, ebenso wie die meisten Menschen eine Portion Masochismus in sich haben. Es ist nicht leicht, Sadismus zu verstehen, aber ich habe eine Menge davon gesehen, und eines ist sicher: Der Nährboden für Sadismus ist Macht. Je mehr Macht ein Sadist hat, desto böser wird er. Sadismus ist synonym mit Macht. Er ist eine Seuche ohne Heilmittel, eine Seuche des Gehirns. Es gibt kein Gegengift. Das ist der Grund, weswegen Sadisten von mächtigen Menschen und diktatorischen Umfeldern angezogen werden.« Er setzte die leere Tasse ab, blickte Michael an und fuhr fort. »Im letzten Krieg sind Sadisten von der SS angezogen worden, genauso wie sie vor Jahrhunderten von Dschingis Khan angezogen worden sind. In jeder kriegführenden Armee zeigen sich bald die Sadisten, ob es ein Söldner in Afrika ist, der Leibwächter eines Drogenbarons in Südamerika oder ein amerikanischer Soldat in Vietnam. Sadismus geht quer durch alle Rassen, Kulturen, Religionen oder Geschlechter. Er erreicht seinen Gipfelpunkt, wenn der Sadist ein williges masochistisches Objekt hat. Juliets Mutter zum Beispiel hat nichts unternommen, während der Stiefvater seine Tochter verprügelt hat. Du kannst dir vorstellen, welchen Eindruck das auf ein Kind machen muß.«

»Was ist mit Boutin?« fragte Michael.

Creasy nickte grimmig. »Ja. Sadismus war Kern von Boutins Charakter. Er hat vor seinem Tod geredet. Er hat geredet und um sein Leben gebettelt. Wenn ein Mann um sein Leben bettelt, sagt er die Wahrheit. Er hat mir gesagt, daß er während des Sommers zwischen sechs und acht Mädchen pro Monat eingeritten und für je einhunderttausend Franc an den ›Blauen Ring‹ verkauft hat. Das sind etwa achtzehntausend Dollar. Klingt viel, ist aber in Wirklichkeit nur ein Trinkgeld, verglichen mit dem, was Boutin in seinen anderen Geschäftszweigen macht. Für ihn ist es nur ein kleines Nebengeschäft gewesen, um seinen Sadismus zu befriedigen... ein wenig Spaß am Rande, könntest du sagen. Eine Möglichkeit, absolute Macht über einen unschuldigen Menschen auszuüben. Wenn wir in den ›Blauen Ring‹ eindringen, werden wir mehr wie ihn finden, vielleicht Schlimmere.« Er warf einen Blick auf die Armbanduhr. »Geh jetzt hinein zu dem Kind, Michael. Ich muß mit Leclerc telefonieren, um die Ausweise für das Mädchen und die Kleine zu besorgen. Und ich muß Gozo anrufen und Joe Tal Bahar zu fassen bekommen.«

Michael sah überrascht auf. »Joe?«

»Ja. Er hat gerade diesen neuen fünfzig Fuß großen Sunseeker gekauft. Der macht dreißig Knoten, und Joe kann in wenigen Tagen hier sein. Er wird dich und die Kleine nach Gozo schmuggeln, wobei er vermutlich für die letzte Nachtetappe ein Fischerboot benutzen wird. Du mußt die Kleine in den Weinkeller hinter dem Haus bringen und sie dort einschließen, bis die Droge aus ihr raus ist. Es wird etwa zehn Tage dauern, und sie wird die Hölle durchmachen... ebenso wie du. Schlimmer, falls das möglich ist. Du wirst keine Hilfe haben. Es darf nicht einmal jemand wissen, daß sie im Haus ist. Räume alles aus dem Keller. Bring lediglich eine Matratze hinein und verleg einen Wasseranschluß dorthin, und hol eins dieser großen runden Fässer, die wir zur Weinherstellung benutzen. Füll es mit Wasser. Und leg einen Haufen Decken bereit, ein Dutzend oder mehr. Wenn du das getan hast, gib ihr einen letzten Schuß Methadon. Die Hölle wird etwa zwölf Stunden danach anfangen. Ich werde dir nachher beschreiben, wie es dann mit ihr weitergehen wird. Nach dem letzten Schuß Methadon gehst du in den Ort und sagst Theresa, daß du sie bis auf weiteres nicht brauchst... sag ihr, du putzt das Haus selbst. Leg dir auch genügend Essensvorräte für zwei Wochen an.«

»Was ist, wenn sie wirklich krank wird?« fragte Michael. »Rufe ich einen Arzt?«

Creasy schüttelte den Kopf.

»Was ist, wenn sie stirbt?«

Creasy sah seinen Sohn an. »Du begräbst sie unten im Garten zwischen den Granatapfelbäumen. Du begräbst sie tief. Wenigstens zweieinhalb Meter. Häng in der Zwischenzeit ein Schild ans Gartentor, daß du bis auf weiteres nicht zu erreichen bist.« Er überlegte kurz, dann sagte er: »Verleg einen Nebenanschluß vom Telefon in den Keller, aber wenn du nicht im Keller bist, nimm ihn mit... und paß auf, daß die Kellertür immer abgeschlossen ist.« Er deutete mit dem Kinn auf die Schlafzimmertür. »Geh jetzt zu der Kleinen. Sag ihr, die Medizin ist unterwegs.«

Als sich die Tür hinter Michael schloß, griff Creasy zum Telefon.

21

Zehn Minuten nach sechs Uhr morgens summte die Gegensprechanlage. Creasy hatte in seinem Stuhl gedöst. Er ruckte mit dem Kopf hoch, warf einen Blick auf die Armbanduhr, ging rasch hinüber und drückte den Knopf. Er fragte: »Ja?«

»Rot Drei«, antwortete eine Stimme auf Französisch.

»Grün Vier«, entgegnete Creasy und drückte den Knopf, um die Haustür zu öffnen. Er ging zum Tisch, nahm den Colt 1911 mit Schalldämpfer, prüfte das Magazin, ging zur Wohnungstür und wartete.

Zwei Minuten später klopfte es leise. Creasy öffnete die Tür, stellte sich mit dem Colt auf Hüfthöhe dahinter und rief: »Kommen Sie 'rein!«

Ein Mann trat ein, der in den Händen einen schwarzen Aktenkoffer und eine lederne Reisetasche trug. Er setzte beides auf dem Boden ab, musterte Creasy kurz, nickte dann, streckte die Hand aus und sagte: »Mein Name ist Marc.«

Creasy nahm den Colt in die linke Hand und hielt ihn nach unten gerichtet. Sie gaben sich die Hand, und dann zeigte Creasy auf den Tisch und fragte: »Kaffee?«

Der Franzose nickte. Er war klein, untersetzt und trug eine rahmenlose Brille mit dicken Gläsern. Er sah aus wie ein Schullehrer oder ein Bankangestellter. Er war mit einem unauffälligen grauen Anzug und einer blauen Krawatte bekleidet. Er bemerkte Creasys abschätzenden Blick und schmunzelte.

»Ich weiß«, sagte er, »ich sehe nicht hart aus, aber das ist in diesem Leben mein größter Vorteil. Niemand nimmt mich ernst… also kann ich stets zuerst zuschlagen.«

Creasy erwiderte das Lächeln und ging zur Anrichte, um Kaffee einzuschenken. Der Franzose legte seinen Aktenkoffer auf den Tisch und öffnete ihn. Creasy kam mit zwei Bechern Kaffee herüber und setzte sich neben ihn. »Haben Sie eine dabei?« fragte er.

Der Franzose nickte und klopfte sich auf die linke Achselhöhle.

»Sie müssen sie hier lassen«, erklärte Creasy. »Den Halfter auch.«

Der Franzose sah ihm einige Sekunden in die Augen, dann stand er auf und zog das Jackett aus. Die Pistole war eine 9-mm-Beretta, die in einem Schulterhalfter steckte. Der Franzose streifte den Halfter ab und legte ihn auf den Tisch. Creasy zog die Beretta heraus. Er überprüfte den Verschluß und die Sicherung, dann nahm er das Magazin heraus und steckte es in seine Tasche. Der Franzose sah schweigend zu und ergriff dann das Wort. »Ich arbeite seit fünfzehn Jahren mit René Leclerc. Er vertraut mir sein Leben an. Ich weiß alles über den Mann namens Creasy. Als mich Leclerc hergeschickt hat, gab er mir eine Anweisung mit auf den Weg: Ihnen zu vertrauen, wie ich ihm vertraue.«

Creasy musterte einen Augenblick sein Gesicht, hob dann die Beretta auf, holte das Magazin aus der Tasche, rammte es in den Griff der Pistole und legte die Pistole vor den Franzosen. »Ok, Marc«, sagte er. »Behalten Sie sie, während Sie hier sind. Aber lassen Sie sie hier, wenn Sie mit meinem Freund weggehen.«

»Um was für einen Job geht es?« fragte der Franzose.

»Eine einfache Sache. Ich möchte, daß Sie meinen dänischen Freund samt einem Mädchen nach Kopenhagen begleiten. Es wird eine etwa achtundvierzigstündige Fahrt werden. Sie werden sich am Steuer abwechseln. Das Mädchen ist heroinsüchtig und wird den ganzen Tag über mit Beruhigungsmitteln ruhiggestellt werden müssen. Mein Freund ist ein dänischer Polizist.«

Die Augen des Franzosen wurden groß, und Creasy sagte: »Keine Sorge. Er ist ein guter. Wenn Sie die beiden in Kopenhagen abgeliefert haben, bringen Sie den Wagen hierher zurück. Sie werden gut bezahlt werden.«

Der Franzose schüttelte den Kopf. »Sie werden mir nichts bezahlen. Ich arbeite für Leclerc. Er bezahlt mich.«

Creasy nickte zustimmend, stand auf und sah in den offenen Aktenkoffer. Er streckte die Hand aus und kramte in den Arzneimitteln herum. Er fand die Einwegspritzen mit Methadon. Zwei davon legt er auf den Tisch und fragte: »Sie wissen, wie man die benutzt?«

Marc nickte. »Darf ich eine Frage stellen?«

»Nur zu!«

»Unterwegs habe ich im Autoradio eine Meldung über einen Bandenkrieg draußen in Boutins Villa an der Küste gehört... es gab eine Menge Tote. Haben Sie irgendwas damit zu tun?«

Creasy hob lediglich die Schultern, aber das sprach für sich.

»Ist Boutin tot?« fragte der Franzose.

Creasy nickte kaum wahrnehmbar. Der Franzose stand auf und streckte die Hand aus. Creasy schüttelte sie.

»Kommt das Mädchen aus dieser Villa?« fragte der Franzose.

»Ja. Und ein anderes im anderen Schlafzimmer. Ein Kind von dreizehn.«

Creasy sah den Ärger und den Haß in den Augen des Franzosen.

»Ist Boutin ganz bestimmt tot?«

Erneut nickte Creasy. »Von Boutin sind nur noch sehr kleine Stücke übrig.«

»Jetzt sind wir Freunde«, erklärte der Franzose schlicht.

Creasy wickelte die beiden Spritzen in eine weiße Serviette, zusammen mit etwas Watte und einer kleinen Flasche medizinischen Alkohols. Sie gingen zum ersten Schlafzimmer. Creasy klopfte an die Tür. Als Jens öffnete, stellte ihn Creasy Marc vor. Hanne saß aufrecht auf dem Bett. Sie zitterte leicht, und ihr Gesicht war so blaß, daß es fast weiß war. Jens sprach ihr ruhig auf Dänisch zu, wobei er auf Marc zeigte.

Der Franzose lächelte sie an. Sein ganzes Gesicht schien zu strahlen. Er sah aus wie ein freundlicher Onkel oder Großvater. »Sprichst du Französisch?« fragte er Hanne.

Sie blickte ihn an. »Nur ein wenig«, erwiderte sie mit bebender Stimme.

»Englisch?« fragte er.

»Ja. Das spreche ich gut.«

»Schön. Dann werden wir Englisch sprechen. Meins ist nicht so gut, aber du wirst mir in den nächsten zwei oder drei Tagen dabei helfen, es zu verbessern. Wir werden Freunde sein.« Abermals lächelte er, und sie erwiderte das Lächeln zaghaft.

Aus einem Impuls heraus reichte Creasy dem Franzosen die weiße Serviette und sagte: »Sie tun es. Und dann alle acht Stunden, bis sie heil in Kopenhagen ist.« Er gab Jens ein Zeichen; sie verließen das Zimmer und schlossen die Tür.

»Wer ist er?« fragte Jens.

»Ein Freund eines sehr engen Kontakts. Er sieht nicht hart aus, aber ich bin mir sehr sicher, daß er es ist und daß Sie ihm völlig vertrauen können. Er wird mit Ihnen nach Kopenhagen fahren. Die Papiere für das Mädchen werden heute abend bereit sein, und Sie werden fahren, sobald sie hier sind.« Er deutete auf das Telefon. »Sie rufen jetzt besser Birgitte an, ehe sie zur Schule geht. Halten Sie es sehr kurz. Sagen Sie ihr nur, daß es Ihnen gut geht und daß Sie innerhalb von zweiundsiebzig Stunden nach Hause kommen. Weisen Sie sie an, niemandem sonst etwas zu sagen. Führen Sie keine weiteren Telefongespräche, bis Sie über die dänische Grenze sind. Dann rufen Sie Ihren Boß an. Arrangieren Sie es so, daß Sie sie gleich zur Klinik fahren können. Ich schlage vor, Sie rufen erst dann ihre Eltern an.«

Jens nickte nachdenklich und fragte: »Was ist mit Ihnen, Michael und der Kleinen?«

Creasy warf einen Blick auf seine Armbanduhr. »In einer Stunde rufe ich in Gozo an. Innerhalb weniger Tage wird ein Freund mit einem schnellen Boot vorbeikommen, Michael und die Kleine abholen und sie nach Hause fahren.«

»Nach Hause?«

»Ja. Heim nach Gozo.«

»Und Sie?«

Creasy hob die Schultern. »Ich fahre nach Mailand, um mich mit einem Mann zu unterhalten, der Mädchen kauft.« Er deutete erneut auf das Telefon.

Jens ging hin und wählte die Nummer. Einen Augenblick später sprach er einige Worte auf Dänisch und legte auf.

Creasy bemerkte zufrieden, daß er sich nicht mit Namen gemeldet oder ihren Namen genannt hatte. »Keine Fragen?« wollte er wissen.

Jens schüttelte den Kopf und lächelte. »Sie ist die Frau eines Polizisten.«

Marc kam aus Hannes Schlafzimmer und schloß leise die

Tür. »Sie ist jetzt ruhig«, vermeldete er. »Sie wird in wenigen Minuten einschlafen.« Zu Jens sagte er: »Ich schlage vor, Sie bleiben dann bei ihr… sie vertraut Ihnen.« Er lächelte sarkastisch. »Obgleich ich mir nicht vorstellen kann, warum irgend jemand je einem Polizisten vertrauen sollte.«

Jens knurrte so etwas in der Art, er sei kein Franzose, und ging an Marc vorbei zum Schlafzimmer. Marc hielt noch immer die weiße Serviette in der Hand. Creasy klopfte an die andere Schlafzimmertür, und Michael öffnete. Creasy stellte Marc vor, und sie sahen alle auf das junge Mädchen, das auf dem Bett lag. Es schien, als beherrschten die dunklen Augen das Gesicht; Augen, erfüllt von Verzweiflung. Der Franzose sah sie an, und die anderen beiden Männer vernahmen den fast unhörbaren Fluch, der ihm von den Lippen kam.

Ruhig sagte Creasy: »Michael, stell sie Marc vor. Er wird dir zeigen, wie und wo du das Methadon injizierst.«

Eine halbe Stunde später saßen die vier Männer um den Küchentisch. Es war jetzt sieben Uhr dreißig morgens. Ein seltsames Band war zwischen ihnen gewachsen. Es war, als wären sie ein Sportteam, das gleich zum Wettkampf antreten würde. Marc hatte detaillierte Straßenkarten mitgebracht, die das Gebiet zwischen Marseille und Kopenhagen abdeckten. Zusammen mit Jens legte er ihre Route fest und kalkulierte, daß sie, ohne Halt und je nach Verkehrslage, Kopenhagen in weniger als vierzig Stunden erreichen konnten. Creasy machte seinen Telefonanruf nach Gozo. Joe Tal Bahar hatte Gozo im Alter von achtzehn Jahren verlassen, um sein Glück in New York zu suchen. Zehn Jahre später war er mit einem Vermögen jenseits seiner kühnsten Träume zurückgekehrt. Nachdem er einen Bruchteil seines Vermögens für jedes erdenkliche Spielzeug ausgegeben hatte, das sich ein Mann nur wünschen konnte, langweilte er sich jetzt. Die kleine Spritztour, die ihm Creasy mit euphemistischen Worten ausmalte, brachte seine Phantasie zum Sprühen. Ja, er könne mit seinem Sunseeker innerhalb weniger Tage an der Küste vor Marseille sein, und ja, seine ›Gäste‹ würden in Gozo unbemerkt und unauffällig an Land gehen. Er werde später nochmal anrufen und einen Treffpunkt bekannt geben. Nachdem Creasy aufgelegt hatte, führte Marc ein Dutzend Telefongespräche und holte dann eine Polaroid-Kamera aus seinem Aktenkoffer. »Ich brauche Fotos von den Mädchen, für ihre Papiere«, erklärte er.

Jens und Michael wollten aufstehen, aber der Franzose hielt eine Hand hoch. »Bleiben Sie hier. Sie sind ruhig.«

Er ging ins erste Schlafzimmer, wobei er die Tür offen ließ. Sie hörten seine freundliche Stimme und Juliets ruhige Antwort.

Jens wandte sich an Creasy und fragte: »Wer ist der Mann in Mailand, mit dem Sie sich unterhalten möchten?«

»Ich habe bloß einen Namen«, antwortete Creasy. »Mit dem Namen hat Boutin versucht, sich sein Leben zu erkaufen. Es war lediglich ein Nachname ... ein italienischer Nachname ... Donati.«

»Das ist alles, was du hast?« fragte Michael. »Bloß ein Name?«

»Da war noch ein anderer«, erwiderte Creasy. »Aber nicht sehr deutlich. Du mußt verstehen, daß Boutin sich in einem Trauma befand. Er redete, plapperte wie ein Wasserfall, aber er wußte, er würde sterben. Offensichtlich hat dieser Donati einen Mittelsmann. Boutin hielt ihn für einen halben Franzosen und halben Italiener, weil er beide Sprachen fließend sprach. Dieser Mittelsmann hatte keinen Namen, nannte sich selbst nur ›Die Verbindung‹.«

»Du hast eine Beschreibung?« fragte Michael.

»Ja, aber nur eins ist bemerkenswert. Er war völlig kahl, etwa vierzig Jahre alt, sehr fit und ein Mann von wenigen Worten. Boutin deutete jedoch an, daß er sich immer, wenn er nach Marseille kam, mit den Mädchen vergnügte. Er hatte noch eine andere Angewohnheit. Er trank nur Campari on the rocks, und zwar in beträchtlichen Mengen.«

»Das ist nicht viel«, bemerkte Michael. »Ich schätze, wir müssen uns auf Donati konzentrieren. Das ist wenigstens ein Name. Gehört er zur Mafia?«

»Nein«, antwortete Creasy ruhig. »Laut Boutin gehört er zum ›Blauen Ring‹. Er ist der einzige Kontakt, den Boutin zu der Organisation hatte. Wann immer ein Mädchen bereit war, rief er eine Nummer an, und man sagte ihm, wo er sie hinschicken sollte und wie.«

»Meine Abteilung hat Kontakte zur italienischen Polizei und den *Carabinieri*«, meldete sich Jens zu Wort. »Vielleicht kann ich einen führenden Mann auf ihn ansetzen.«

Völliges Schweigen. Dann sagte Michael: »Einen führenden Mann wie Corelli?«

Jens steckte den Rüffel gut weg, aber als er sprach, war sein Tonfall verteidigend. »Nun, ich kann in unseren eigenen Akten in Kopenhagen nachsehen.« Ein Gedanke traf ihn. »Wenn ich dorthin zurückkehre, bleiben mir noch immer sieben Wochen Urlaub ohne Bezahlung. Was soll ich tun – Däumchen drehen?«

Creasy lächelte, aber dann wurde sein Blick nachdenklich. »Vielleicht können Sie helfen«, sagte er. »Vielleicht kann ich Sie als Spitzenmann benutzen.«

»Was zum Teufel ist denn das?« fragte der Däne.

Creasy warf Michael einen Blick zu und erklärte: »Ein Spitzenmann geht abseits der Truppe und lenkt den Gegner ab. Sie wursteln in Ihrer offiziellen Eigenschaft herum und stellen für sie keine wirkliche Bedrohung dar. Sie werden Sie für einen stümperhaften Polizisten halten und nicht nervös werden.«

Michael lachte, und der Däne wurde wütend.

»Was bedeutet ›stümperhaft‹?« fragte er.

Creasy lächelte, um jede Spur einer Beleidigung wegzunehmen. »Eine Art Inspektor Clouseau«, erklärte er. »Während sie Sie auslachen, schleiche ich mich durch die Hintertür herein.«

Jens verdaute das, und dann sagte er: »Ich war in meinem ganzen Leben noch nicht ›stümperhaft‹! Aber wenn's hilft, werde ich es lernen.« Die letzten Worte sprach er ernsthaft. Er war offensichtlich scharf darauf, im Team zu bleiben.

»Wir werden Sie vielleicht sehr gut brauchen können«, erklärte Creasy. »Das werde ich innerhalb einer Woche wissen. Hoffentlich wird Michael in drei Wochen frei sein und wieder reisen können. Diese Sache wird keine schnelle Operation sein. Ich muß alte Kontakte in Italien aktivieren.«

»Wen zum Beispiel?« fragte Michael.

»Als allerersten deinen ›Onkel‹ Guido in Neapel. Er ist im Ruhestand, verfügt aber noch immer über unglaubliche Kontakte und gibt stets gute Ratschläge.«

Auf Jens' Gesicht spiegelte sich Neugier. Creasy erklärte, daß Guido Arellio sein bester Freund war. Sie hatten zusammen in der Fremdenlegion gedient sowie anschließend viele Jahre als Söldner in allen Ecken und Enden der Welt. Die Partnerschaft hatte ihr Ende gefunden, als sie vor vielen Jahren nach Malta kamen und Guido sich in Laura Schembris älteste Tochter Julia verliebte. Sie hatten geheiratet und waren nach Neapel gezogen, wo sie eine kleine *Pensione* führten. Wenige Jahre danach war Julia bei einem Verkehrsunfall ums Leben gekommen. Später hatte Creasy ihre Schwester Nadia geheiratet, die ihrerseits zusammen mit ihrer Tochter in der Pan Am 103 über Lockerbie umgekommen war.

»Ich werde auch mit einem Colonel Mario Satta Kontakt aufnehmen«, sagte er.

Jetzt zeigte sogar Michaels Gesicht Neugier. Creasy holte zu einer Erklärung aus. »Er ist ein weiterer alter Freund. Ein ungewöhnlicher. Viele Jahre lang war er Kopf einer *Carabinieri*-Spionagetruppe gegen die italienische Mafia. Vor einigen Jahren habe ich Krieg gegen eine Familie der Mafia geführt, die sich von Mailand bis nach Sizilien erstreckte. Damals kannte ich Satta noch nicht. Aber er hatte von mir gehört und von dem, was ich tat. Er hat mir freie Bahn verschafft, obgleich ich landauf, landab Italiener umlegte. Sicher, es waren *Mafiosi*, aber von Gesetzes wegen hätte er versuchen müssen, mich einzusperren. Statt dessen zog er alle seine Männer und die meisten seiner Leutnants zurück. Ich selbst wurde schlimm angeschossen und war dem Tod verdammt nahe. Sattas älterer Bruder, der Chefchirurg am Cardarelli-Hospital in Neapel, hat mich durchgebracht. Er hat auch meinen Totenschein unterschrieben, so daß die Übriggebliebenen jener Mafia-Familie es aufgaben, mich zu suchen.« Er schmunzelte bei der Erinnerung. »Mir ist gesagt worden, es sei eine wunderbare Beerdigung gewesen.«

»Daher hast du also deinen Spitznamen auf Gozo«, bemerkte Michael. Er wandte sich Jens zu und erklärte: »Auf Gozo hat jeder seinen Spitznamen.«

»Und wie lautet er?« fragte Jens.

»*Il Mejjet*«, antwortete Michael. »Es bedeutet ›der Tote‹. Man nennt ihn gleichfalls *Uomo*, was italienisch ist und ›Mann‹ bedeutet.«

Jens war neugierig geworden. »Wie lautet dein Spitzname?« fragte er Michael.

Michael sah unbehaglich drein.

Creasy lachte und gab die Antwort: »Man nennt ihn *Spicca*. Es bedeutet ›erledigt‹. Er hat diesen Spitznamen bekommen, nachdem man ihn nach seinem ersten Discobesuch heimgebracht hat. Der Name ist hängengeblieben.« Er wandte sich Jens zu und sagte ernsthaft: »Wir müssen Ihnen jetzt ebenfalls einen Spitznamen verpassen. Er wird auch als Codewort dienen. Wenn Sie jemand bei diesem Namen nennt, werden Sie wissen, daß er von mir oder Michael kommt.« Er blickte Michael an und fragte: »Wie sollen wir ihn nennen?«

Michael dachte einen Augenblick nach und grinste dann. »Wir werden ihn ›Pavlova‹ nennen. Jens hat ein Faible für exotische Desserts«, erklärte Michael, »wie du an seiner Gürtellinie erkennen kannst.«

»Perfekt.« Creasy nickte. »Von jetzt an sind Sie ›Pavlova‹.«

Marc kam aus dem zweiten Schlafzimmer, in den Händen seine Kamera sowie mehrere Abzüge. Er legte sie auf den Tisch und deutete auf einen davon. Es war Juliet. Er sagte: »Das Mädchen ist vielleicht eine. Sie hat darauf bestanden, sich meinen Kamm auszuleihen, ehe ich das Foto machen durfte.« Er schob die Polaroids zusammen und warf sie in seinen Aktenkoffer, zusammen mit der Kamera. Dann streifte er seinen Schulterhalfter über und steckte die Beretta hinein. Er nahm den Aktenkoffer auf und sagte: »In ein paar Stunden werde ich mit allen Papieren zurückkehren.«

Er wandte sich zum Gehen, doch Jens' Stimme hielt ihn zurück. »Warten Sie, Marc, haben Sie einen Spitznamen?«

Der Franzose brummte: »Nicht wirklich.«

»Wie lautet er?« fragte ihn Creasy scharf auf Französisch.

Es folgte eine Pause, und dann tippte der Franzose auf die dicken runden Gläser seiner Brille und sagte: »Wenn Sie es wissen müssen, man nennt mich ›Die Eule‹.«

Die drei anderen Männer schmunzelten. »Das ist Ihr Codewort«, sagte Creasy. »Wenn wir je einen Telefonanruf von der Eule bekommen, wissen wir, wer es ist. Benutzen Sie niemals Ihren richtigen Namen.«

Der Franzose schnitt eine Grimasse und ging hinaus, wobei er leise etwas knurrte, das das Wort ›verrückt‹ mit einschloß.

22

Grete und Flemming Andersen wohnten im wohlhabenden Teil von Hellerup, einer Vorstadt Kopenhagens, in einem großen alten Haus mit einem großen, baumumschlossenen Garten. Das Haus war zu groß für ein Paar mit nur einem Kind, aber beim Kauf hatten sie auf mehrere Kinder gehofft. Sie waren im Bett, als das Telefon um zehn Minuten vor Mitternacht läutete. Schläfrig griff Flemming nach dem Nebenanschluß am Bett. Er hörte eine halbe Minute zu und setzte sich dann abrupt auf.

»Was ist los?« fragte seine Frau besorgt.

Er hielt die Hand hoch, um sie zum Schweigen zu bringen, und sagte dann: »Ja... ja, natürlich.« Er sah auf die Uhr neben dem Bett. »Wir werden in einer halben Stunde dort sein.« Er legte den Hörer auf und sprang mit den Worten aus dem Bett: »Komm, Grete! Rasch! Es ist Hanne ... Sie haben sie gefunden!«

Jens wartete am Eingang der Klinik. Er war zwei Stunden zuvor eingetroffen. Die Eule wartete auf ihn in dem BMW. Die Reise war glatt und ereignislos verlaufen. Er sah die Scheinwerfer des silbernen Mercedes in den Parkplatz einschwenken und wiederholte noch einmal im Kopf, wie er es den Andersens erklären würde. Von den Akten her und aus dem Treffen in seinem Büro schätzte er sie als starke Menschen ein. Flemming Andersen hatte seinen Reichtum in der Tiefbaubranche erworben, einen großen Teil davon in den unwirtlichen Gebieten von Grönland. Er war ein Self-Made-Man und an Unbilden gewöhnt. Seine Frau, Grete, war seine Jugendliebe gewesen und hatte ihn durch die frühen schwierigen Jahre hindurch unterstützt. Obgleich sie in seinem Büro geweint hatte, hielt sie Jens für stark genug, um jetzt der Wahrheit ins Gesicht zu sehen.

Sie eilten die Stufen zum Eingang hoch, die Augen voller Angst, jedoch gleichzeitig hoffnungsvoll. Jens öffnete ihnen die Tür, bat sie hinein und ging dann mit ihnen in ein kleines Wartezimmer. Sie hatten sich noch nicht ganz gesetzt, als Grete begann, Fragen zu stellen. Eine davon war: »Warum ist sie in dieser Spezialklinik?« Ihr Gatte legte ihr eine Hand auf den Arm und sagte: »Warte, Schatz. Mr. Jensen wird es uns erklären.«

Jens erklärte es. Er erklärte es im Detail. Er hielt seine Stimme teilnahmsvoll, jedoch fest. Er berichtete ihnen von dem Martyrium, das ihre Tochter durchgemacht hatte. Er berichtete ihnen von den Schwierigkeiten, die in den kommenden Wochen oder sogar Monaten bevorstünden. Er endete mit den Worten, daß sie in der Klinik in sehr guten Händen sei, und er sei sich gewiß, daß sie in guten Händen wäre, wenn man sie nach Hause entließ. Er legte Nachdruck darauf, daß sie ein völlig unfreiwilliges Opfer gewesen sei und man ihr keine Schuld geben könne.

An diesem Punkt hatte der Vater den Blick vom Teppich gehoben und ruhig gesagt: »Die einzige Schuld liegt bei den Männern, die sie mißbraucht haben. Sind sie festgenommen worden?«

Jens schüttelte den Kopf. »Sind sie nicht… und werden es auch niemals. Es mag keine große Befriedigung sein, aber ich kann Ihnen sagen, daß sie eines gewaltsamen Todes gestorben sind, und sie haben gewußt, warum. Ihre Tochter ist nicht die einzige. Sie hat sehr viel Glück – zunächst, am Leben zu sein, und dann, solche Eltern zu haben.«

Grete hatte geweint. Jetzt hob sie das Gesicht und wischte sich die Tränen weg. »Haben Sie sie getötet?« fragte sie.

Erneut schüttelte Jens den Kopf. »Nein. Aber ich war dort. Ich kann Ihnen die Geschichte nicht erzählen, weil das die Männer in Gefahr brächte, die ihre Tochter gerettet und heimgeschickt haben. Hierüber wird nichts an die Öffentlichkeit dringen. Nichts wird in den Zeitungen stehen.«

Die Andersens schwiegen, und dann fragte Flemming: »Die Männer, die sie gerettet und diese Tiere getötet haben… Kann ich sie belohnen? Wie Sie wissen, bin ich kein armer Mann.«

Jens sah ihn an und nickte ernst. »Ja, Sie können sie gewiß belohnen. Wenn es ihr wieder gut geht… wenn sie lächelt, machen Sie ein paar Fotos von ihr. Schicken Sie diese an mein

Büro. Ich werde sie weiterleiten. Das ist die Belohnung, die sie haben wollen.« Er stand auf, ging zur Tür, öffnete sie und winkte.

Ein Mann mittleren Alters, bekleidet mit einem saloppen Jackett und legerer Hose, trat ein. Jens stellte ihn als Doktor Lars Berg vor, den Leiter der Klinik und Dänemarks herausragendsten Experten in der Drogenbehandlung. »Doktor Berg wird Sie kurz informieren und die Behandlung erläutern. Ich werde mit der Klinik in Verbindung bleiben.«

Er wandte sich zum Gehen, aber an der Türe ließ ihn die Stimme der Mutter innehalten. Sie ging zu ihm hinüber und legte die Arme um ihn. Sie weinte und versuchte gleichzeitig, ihm zu danken. Er küßte sie auf die feuchte Wange, umarmte sie seinerseits und stahl sich davon. Eine der seltenen Gelegenheiten, da er völlige Befriedigung über seine Arbeit empfand.

Die Eule schlief auf dem Sofa. Jens schlief in dem Doppelbett im Schlafzimmer. Birgitte lag hellwach neben ihm. Sie ließ die Hand über seinen nackten Körper laufen. Über die schwarzen und blauen Striemen. Zehn Minuten zuvor hatte sie ihnen die Tür geöffnet. Sie hatten weder etwas zu essen noch zu trinken haben wollen. Bloß Schlaf. Es gab vieles, was Birgitte nicht verstand. Als der andere Mann auf dem Sofa lag und Jens ins Bad gegangen war, hatte er gerufen: »Gute Nacht, Eule.«

Der Mann hatte ein Lid gehoben und gesagt: »Gute Nacht, Pavlova.«

Sie seufzte und küßte eine purpurfarbene Prellung auf seiner linken Pobacke. Zweifelsohne würde sie am Morgen alles herausfinden.

23

Es schien kein Mond. Die See war schwarz. Aber Joe Tal Bahar hielt den Sunseeker stetig mit achtundzwanzig Knoten über der niedrigen Dünung. Er saß neben Michael auf der Laufbrücke und zeigte auf den Radarschirm.

»Wir sind dreißig Meilen südlich der Westküste von Sizilien, und wir erreichen gerade eine der verkehrsreichsten Schiffahrtsrouten der Welt. Frachtschiffe und Tanker mit Ziel Ostitalien, Griechenland, Mittlerer Osten und Fernost, und zwar durch den Suezkanal.«

Michael beugte sich vor und sah auf den Schirm. Dutzende Lichtpunkte blinkten. »Wie zum Teufel wollen Sie Frenchus Fischerboot erkennen?« fragte er.

Joe lachte. Die Sache machte ihm Spaß. Er sah auf seine Armbanduhr und sagte: »In etwa fünfzehn Minuten wird Frenchu einen speziellen Sender an seinen Mast hängen. Dieses Radargerät ist so eingestellt, daß es ihn erkennt.«

Michael warf ihm einen Blick zu. »Ich schätze, ihr beide macht so was nicht zum erstenmal.«

Joe grunzte zustimmend. »Wohl wahr. Aber es ist das erste Mal, daß wir es mit Menschen und nicht mit Handelsgut zu tun haben. Was ist das überhaupt für eine Geschichte?«

Ohne zu zögern sagte Michael: »Joe, Sie werden Creasy fragen müssen, wenn Sie ihn das nächste Mal sehen … Sie wissen, wie das ist.«

»Gewiß«, antwortete Joe fröhlich. »Ist nur so, daß sie anscheinend ein nettes Mädel ist, und von dem kurzen Blick, den ich auf sie werfen konnte, schließe ich, daß sie Schlimmes durchgemacht hat.«

Schweigend fuhren sie weiter. Auf der dem Hafen abgewandten Seite konnte Michael die Lichter in den Unterkünften eines Supertankers erkennen, die über dem Wasser lagen wie eine kleine Stadt. Er sah nach rechts und entdeckte weitere Lichter.

Joe beobachtete ihn. »Das ist eine Fischereiflotte«, sagte er, »aus Porto Paolo an der südöstlichen Küste Siziliens. Sie ziehen Schleppnetze hinter sich her, für Riesengarnelen. Üblicherweise halte ich an und tausche eine Flasche Black Label Scotch gegen eine Kiste davon... aber nicht heute nacht... Hören Sie mal, Michael, wenn Sie bei der Kleinen irgendwelche Hilfe benötigen, lassen Sie es mich wissen. Ich weiß nicht, was sie hinter sich hat, aber ich schätze, sie ist auf Drogen. Mit so etwas habe ich in New York Erfahrungen gemacht. Es ist die verdammte Hölle, sie von dem Zeug ›runterzubringen‹.«

»Ich werde es Sie wissen lassen«, erwiderte Michael. »Creasy möchte, daß ich soweit wie möglich selbst damit fertig werde. Hauptsache ist, niemand findet heraus, daß sie auf Gozo ist. Zumindest, bis Creasy mit den nötigen Papieren zurückkommt.«

»Kein Problem«, antwortete Joe. Er zeigte auf das Deck unter ihm. »Wenzu weiß den Mund zu halten, und ebenso Frenchu und seine Söhne.«

Weitere zehn Minuten lang glitten sie schweigend über das Meer. Joe sah weder nach vorn noch nach links oder rechts, sondern nur auf den Radarschirm. Unvermittelt stieß er einen Laut aus, beugte sich vor und deutete mit dem Finger. Unter den Dutzenden von blinkenden Lichtpunkten war ein weiterer aufgetaucht, heller als die übrigen. Joe grinste. »Das ist Frenchu. Dem Leuchtsignal nach sollte man ihn für einen

Supertanker halten, statt eines Fischerboots von sechzig Fuß.« Ein paar Minuten lang beobachtete er das sich bewegende Leuchtsignal und nickte. »Das ist er ganz bestimmt. Er bewegt sich mit etwa zehn Knoten süd-südwestlich.« Er drückte einige Knöpfe auf dem Computer neben dem Radar, überprüfte den Bildschirm und sagte: »Wir werden uns in sechzehn Minuten treffen.«

Michael blickte auf seine Armbanduhr und fragte: »Können Sie ausrechnen, wann Frenchu wieder zurück auf Gozo sein wird?«

Joe drückte einige weitere Knöpfe und sagte: »Angenommen, er fährt mit zwölf Knoten, was er tun wird, dann werden Sie etwa um fünf Uhr morgens dort sein. Eine Stunde vor Sonnenaufgang.«

»Dann gehe ich nach unten«, sagte Michael, »und kümmere mich um das Mädchen.«

Wenzu saß vor der Tür der Achterkabine. Michael nickte, öffnete die Tür und trat ein. Das Mädchen saß halb aufgerichtet auf dem großen Doppelbett. Sie trug Jeans und ein schwarzes langärmeliges T-Shirt. Sie sah Michael mit ängstlichen Augen an.

»Geht es dir gut?« fragte er.

Sie schüttelte den Kopf. »Ich fühle mich lausig. Ich brauch' wieder was von dem Stoff.«

»Ist ein bißchen früh«, sagte er, »aber besser jetzt als auf dem anderen Schiff.« Er schloß eine Schublade auf und holte eine kleine Schachtel heraus, während sie den rechten Arm ihres T-Shirts aufkrempelte.

24

Es war ein Freitagabend. Colonel Mario Satta ging freitagabends stets auswärts essen. Er saß an seinem bevorzugten Nischentisch in seinem bevorzugten Restaurant in Mailand; er war ein Mann mit wenig Angewohnheiten, aber dies war eine. Während der Mahlzeit überdachte er die Ereignisse der vergangenen Woche und plante für die kommende voraus. Er sah nicht wie ein Colonel der *Carabinieri* aus. Er sah aus wie ein erfolgreicher Grand-Prix-Fahrer oder ein Avantgarde-Stückeschreiber oder wie der Besitzer einer Fernsehgesellschaft. Seine Kleidung war der Traum jedes Herrenschneiders. Der dunkelgraue Zweireiher hatte ganz zarte schwarze Nadelstreifen; er war maßgeschneidert von Huntsman's in der Savile Row. Sein cremefarbenes Seidenhemd stammte, wie all seine anderen, von einem kleinen Hemdenmacher in Como. Seine kastanienbraune Seidenkrawatte war von Armani. Seine Ziegenlederschuhe waren nach seinem persönlichen Leisten von seinem Schuhmacher in Rom gefertigt. Sein Gesicht zog die Blicke auf sich, insbesondere die der Frauen. Er war nicht auf gewöhnliche Art gutaussehend, doch seine tiefliegenden dunklen Augen und eine leichte Adlernase gaben ihm etwas Erhabenes und Geheimnisvolles. Er entstammte einer wohlhabenden, entfernt aristokratischen Familie, die von seiner Mutter dominiert wurde. Sie verstand nicht, warum ihr jüngster Sohn, bei all ihrem Wohlstand und ihren Verbindungen, es vorgezogen hatte, etwas zu werden, was in ihren Augen einfach ein Polizist war, obgleich er beständig herausstrich, daß er bei den *Carabinieri* und der jüngste Colonel in diesem Corps war. Sie rümpfte lediglich die

Nase und bemerkte, daß er trotzdem nichts weiter als ein Polizist sei, gleich, wie schön seine Uniform sei. Ihr älterer Sohn hatte Medizin studiert und war dabei, einer von Italiens hervorragendsten Chirurgen zu werden. Selbst das stellte seine Mutter nicht zufrieden. Sie bezeichnete ihn als einen übergebildeten Schlachter. Ihr wäre es lieber gewesen, wenn ihre Söhne in die Wirtschaft, die Industrie oder die Politik gegangen wären. Ebenso wäre es ihr lieber gewesen, wenn sie mit bedeutenden, passenden Angehörigen der oberen Zehntausend verheiratet gewesen wären. Statt dessen hatte ihr älterer Sohn eine Krankenschwester und auch noch aus Bologna geheiratet, und Mario hatte anscheinend endlose Affären mit jungen Schauspielerinnen. Sie verzweifelte an ihren Söhnen, liebte sie jedoch beide, und die Liebe wurde erwidert.

Colonel Mario Satta hatte sich seinen Ruf durch seine profunde Kenntnis von Aufbau und Aktivitäten der italienischen Mafia erworben. Über etliche Jahre hinweg hatte er mit Unterstützung seines ihm ergebenen Assistenten, Bellu, über jede größere Familie Dossiers erstellt. Zunächst war es lohnend gewesen, dann enttäuschend und schließlich niederdrückend. Seine Dossiers waren von den leitenden Untersuchungsrichtern in Palermo und anderswo benutzt worden. Er hatte gesehen, wie ein Richter nach dem anderen mit seinen Leibwächtern erschossen wurde oder einem Bombenattentat zum Opfer gefallen war, während sie sich der Beute näherten, die er benannt hatte. Es waren tapfere und gute Männer, und er war außerstande gewesen, über eine Weitergabe seiner Informationen hinaus zu helfen. Politiker, Korruption und eine Kombination aus beidem hatten stets die Killer geschützt. Schließlich hatte er enttäuscht um seine Versetzung gebeten, und wenige Monate zuvor war er der Abteilung zugewiesen worden, die gegen politische Korruption im Herzen des Industriegebietes in Norditalien ermittelte. Er hatte Bellu mitgenommen, und obgleich sie erst wenige Monate an der Arbeit waren, wurden etliche Politiker bereits nervös.

Colonel Mario Sattas drei größte Leidenschaften bestanden in gutem Essen, schönen Frauen und Backgammon. Mehr oder weniger in dieser Reihenfolge. Für ihn bestand der perfekte Abend in einer Mahlzeit in einem feinen und intimen Restaurant oder in seiner Wohnung, von ihm selbst zubereitet, zusammen mit einer schönen Frau, und anschließend mehreren Backgammon-Runden – die er natürlich gewinnen mußte –, gefolgt von einer befriedigenden Runde im Bett. An diesem Abend jedoch speiste er allein, durfte sich allerdings auf ein Rendezvous mit einer schönen Frau am Samstagabend freuen. Sie war keine Schauspielerin, sondern eine Fernsehmoderatorin mit tizianrotem Haar.

Er bestellte eine seiner Lieblingsmahlzeiten: eine besondere *Antipasto*, gefolgt von *Cappon Magro*. Zum Dessert hatte er sich verwöhnt und sein bevorzugtes *Gelato di tutti frutti* bestellt. Er achtete stets auf seine Gürtellinie, aber an den Freitagabenden schlemmte er. Er hatte gerade den *Cappon Magro* zusammen mit dem letzten Rest Barolo beendet, der natürlich ein wenig schwer, aber ein netter Kontrast zum kommenden Dessert war. Er blickte auf, als sich die Tür zum Restaurant öffnete, und setzte langsam sein Glas auf den Tisch. Er sah, wie der Blick des Mannes über das Restaurant schweifte und auf ihm ruhen blieb. Der Mann schlängelte sich durch die Tische zu ihm hin. Er hatte einen merkwürdigen Gang; leicht, aber so, als würden die Außenseiten seiner Füße den Boden zuerst berühren. Langsam erhob sich der

Colonel und ging um den Tisch. Einige der anderen Gäste hielten inne, um zuzusehen. Sie sahen, wie der Colonel den Mann warm umarmte und ihn auf beide Wangen küßte. Niemand, nicht einmal der Maître oder die Kellner, hatten Colonel Mario Satta dies zuvor schon einmal tun sehen. Die Männer setzten sich nieder und sahen einander über den Tisch hinweg an. Der Maître stand ein paar Meter hinter dem Neuankömmling.

»Hast du schon gegessen?» fragte Satta.

Creasy schüttelte den Kopf. »Ich hatte ein Sandwich im Flugzeug, vor ein paar Stunden.«

Satta nickte dem Maître zu, der herantrat. Ohne darum gebeten worden zu sein, bestellte der Colonel für Creasy *Spaghetti alle vongole*, denen *Osso buco* folgte. Er wies den Maître an, sein Dessert noch nicht zu servieren und dann eine doppelte Portion zu bringen, wenn der *Osso buco* beendet wäre. Schließlich bestellte er eine weitere Flasche Barolo.

Creasy lächelte, als der Maître davoneilte. »Du hast ein gutes Gedächtnis, Mario.«

Der Italiener grinste. »Das war die letzte Mahlzeit, die du im Cardarelli-Hospital am Abend vor deiner Beerdigung bestellt hast.«

Creasy nickte bei der Erinnerung und fragte: »Wie geht es deinem Bruder?«

»Ihm geht's gut, aber er arbeitet zu hart, wie immer.«

»Das macht sein Beruf.«

»Wahr«, entgegnete Satta. »Ich habe ebenfalls einen Beruf, aber ich arbeite nicht vierzehn Stunden am Tag. Was führt dich nach Mailand? Abgesehen natürlich von meiner faszinierenden Gesellschaft und der Möglichkeit, eine Menge Geld beim Backgammon zu verlieren.«

Der Weinkellner erschien mit dem Barolo, entkorkte ihn rituell und schenkte ein wenig in Creasys Glas. Creasy probierte und nickte zustimmend. Als der Kellner ging, sagte Creasy: »Ich bin wegen eines Namens gekommen. Ich habe lediglich diesen Namen und eine mögliche Verbindung zu einem Ring von Mädchenhändlern.«

»Nur zu«, sagte Satta.

»Donati.«

»Vorname?«

»Habe ich nicht.«

»Er lebt in Mailand?«

»Er hat seine Operationsbasis in Mailand.«

Der Kellner brachte Creasys *Spaghetti*. Er aß schweigend, warf nur gelegentlich einen Blick zum Colonel. Er wußte, daß Sattas Gedächtnis legendär war. Gerade im Augenblick durchforstete er alle Abteilungen seines Gehirns.

»Ich kenne drei Donatis, die in Mailand leben«, sagte Satta schließlich. »Einer ist Priester, einer ist Kapellmeister an der Scala, und der dritte backt das beste Brot in der Stadt. Ich bezweifle, daß einer von denen Verbindungen zu einem Ring von Mädchenhändlern hat.« Er hob die Schultern und lächelte dann. »Aber wer weiß? Der Priester hat sich letzten Monat einen neuen Wagen gekauft... einen BMW... keinen großen, verstehen Sie, aber er war neu.«

Creasy lächelte durch einen Mundvoll *Spaghetti*, schluckte und sagte: »Hast du je vom ›Blauen Ring‹ gehört?«

Erneut durchforstete Sattas Gehirn seine Datenbänke. Creasy hatte die *Spaghetti* beendet, ehe er eine Antwort erhielt. Er trank ein halbes Glas Wein und hörte daraufhin Satta sagen: »Da klingelt ein schwaches kleines Glöckchen in meinem Kopf, aber ich kann's noch nicht richtig einordnen. Ich nehme an, daß dieser Donati mit dem ›Blauen Ring‹ in Verbindung steht, der in Mädchenhandel verstrickt ist?«

»Ja. Er ist vor sehr langer Zeit gegründet worden; operiert womöglich in den meisten Mittelmeerländern und hat seine Fühler nach Nordafrika und dem Mittleren Osten ausgestreckt. Ich habe lediglich den Namen Donati, nichts sonst. Zwischen Donati und dem Mann, der mir den Namen gegeben hat, gab es einen Mittelsmann. Ich habe den Verdacht, daß Donati bloß die nächste Sprosse auf der Leiter ist und daß es bis ganz hinauf jede Anzahl von Mittelsmännern gibt.«

»Und wie hängst du in der Sache drin?«

Creasy seufzte: »Das ist eine lange Geschichte. Ich muß bis zum letztenmal zurückgehen, da ich dich gesehen habe … vor etwa sechs Jahren.«

Es dauerte über eine Stunde. Creasy redete, und Satta hörte zu, unterbrach gelegentlich, um einen Punkt zu klären. Creasy beendete seine Geschichte, als sie beide ihr *Gelato di tutti frutti* aufgegessen hatten.

Satta wischte sich sorgsam den Mund mit einer Serviette, trank den Wein aus, lächelte und sagte: »Ist das der Creasy, den ich von früher her kenne? Plötzlich finde ich heraus, daß du einen erwachsenen Sohn und möglicherweise eine Tochter hast … Übrigens, ich habe dir niemals mein Beileid wegen Nadia und Julia ausgesprochen.«

»Ich habe deine Nachricht über Guido erhalten«, sagte Creasy ruhig. Die beiden Männer schwiegen, während Creasy sich an jene Nachricht erinnerte. Sie hatte einfach gelautet: »Die Sonne geht unter, und wenn es an der Zeit ist, geht sie wieder auf.« Creasy blickte seinen Freund über den Tisch hinweg an und sagte: »Gute Worte von einem guten Mann.«

Satta hob die Schultern und ließ das Thema fallen. »Wie dem auch sei, ich kann dir berichten, daß dieser ›Blaue Ring‹ keine Verbindungen zur Mafia hat. Wenn es so wäre, würde ich es mit Sicherheit wissen. Daher muß er geheim bis ins Extrem sein, weil die Mafia sonst ihren Anteil verlangen würde, wenn die Sache lukrativ ist. Es müssen sehr mächtige und, wie ich annehme, skrupellose Leute sein. Ich habe einen Kollegen, der mit solchen Sachen zu tun hat. Er ist vertrauenswürdig. Ich werde morgen mit ihm konferieren. Wie lange wirst du in Mailand bleiben… und wo?«

Der Kellner erschien, um den Tisch abzuräumen. Satta bestellte zwei Espressos und zwei doppelte Armagnacs.

»Ich bleibe so lange, wie nötig ist, um eine Spur von Donati zu bekommen«, erklärte Creasy. »Ich habe mich in einem kleinen Hotel in der Nähe des Bahnhofs einquartiert.« Er lächelte sarkastisch. »Es wird das ›Excelsior‹ genannt und ist etwas weniger komfortabel als sein Namensvetter… aber es ist unauffällig.«

»Ich würde dir ja mein Gästezimmer anbieten«, sagte Satta, »aber ich kenne dich. Du ziehst es vor, wie ein Geist zu kommen und zu gehen.«

Über dem Kaffee und dem Armagnac redeten sie von alten Zeiten und insbesondere von Guido Arello. Seit jenen Tagen, da Creasy gegen die Mafia gekämpft hatte, waren Satta und Guido gute Freunde geworden. Satta besuchte oft Guidos *Pensione* in Neapel, in erster Linie wegen der Gesellschaft, dann wegen des Essens und schließlich in einem vergeblichen Versuch, seine Verluste aus den vielen Backgammon-Spielen wettzumachen, die er über die Jahre hinweg gegen Guido verloren hatte.

Sie waren die letzten, die das Restaurant verließen. Auf der

Straße draußen umarmten sie einander erneut kurz, und jeder ging seines Wegs.

25

Es war der zweite Tag. Michael hatte Angst.

Er hatte Creasys Anweisungen bis aufs i-Tüpfelchen befolgt. Sie waren eine Stunde vor Sonnenaufgang bei Mgarr I'Xinni an Land gekommen. Frenchus Landrover hatte sie erwartet, und einer von seinen Söhnen hatte Michael und das Mädchen zum Haus auf dem Hügel gefahren. Das Mädchen hatte ein Beruhigungsmittel bekommen, und es schlief, und Michael hatte es in eine Decke eingehüllt und ins Haus getragen.

Er hatte sie auf sein eigenes Bett gelegt und anschließend die nächsten beiden Stunden fieberhaft gearbeitet, hatte den ganzen Wein aus dem Keller hinausgeräumt sowie allen sonstigen Krimskrams, der seinen Weg dorthin gefunden hatte. Er verstaute alles im Gästezimmer, holte dann die Matratze und einen Berg Decken. Er rollte ein leeres Faß in den Keller, schloß einen Schlauch an einen Wasserhahn im Garten und füllte es auf. Er hatte die einzelne Glühbirne überprüft, die hoch über der Tür angebracht war, und war dann in das Schlafzimmer zurückgekehrt. Juliet war wach gewesen. Er hatte sich neben sie aufs Bett gesetzt, ihre Hand in die seine genommen und ihr ruhig zugeredet. Während der vorangegangenen Stunden hatte er sich dazu entschlossen, ihr die Wahrheit zu sagen.

Sie hatte ausdruckslos zugehört und dann gefragt: »Wirst du bei mir sein?«

»Ja.«

»Die ganze Zeit über?«

»Ja. Außer gelegentlich für ein paar Minuten, wenn ich ins Haus muß, um Essen zu holen.«

Sie hatte genickt und ihm die Hand gedrückt. Also hatte er ihr die letzte Dosis Methadon injiziert und sie dann in den Keller gebracht. Sie hatte lediglich Jeans und T-Shirt getragen. Weder Schuhe noch Socken. Sie hatte sich angespannt im Keller umgesehen, und er hatte erklärt, daß er dazu benutzt worden war, Wein zu keltern und zu lagern, und daß es besser wäre, wenn sie dort bliebe, falls jemand zufällig vorbeikäme. Sie hatte sich auf die Matratze gelegt, und er hatte ihr gesagt, er sei in einer Stunde zurück.

Eigentlich hatte es ihn nur eine halbe Stunde gekostet, hinunter in den Ort zu gehen. Mittlerweile war die Sonne aufgegangen. Theresa war überrascht, jedoch erfreut gewesen, ihn zu sehen. Und hatte dann vor einem Rätsel gestanden, als er ihr gesagt hatte, daß sie sich bis auf weiteres vom Haus fernhalten und daß sie dies niemandem gegenüber erwähnen solle. Daraufhin war er in den kleinen Laden gegangen und hatte mehrere Kisten mit Nahrung beladen, zumeist Konserven, Obst, Nudeln und alkoholfreie Getränke. Er hatte sich entschlossen, während der ganzen Zeit keinen Alkohol zu trinken. Wieder im Haus, hatte er den Proviant verstaut und eine Nebenleitung für das Telefon hinaus zum Keller verlegt. Als er die schwere Tür zum Keller öffnete, hatte er das Mädchen schlafend auf der Matratze vorgefunden. Er war wieder hinausgegangen und hatte einen Segeltuchstuhl für sich selbst geholt.

Das Martyrium hatte etwa zwölf Stunden später angefangen. Er hatte das, was geschah, aus Creasys detaillierter Beschreibung wiedererkannt. Dem Mädchen wurde unwohl. Sie saß im Schneidersitz auf der Matratze, den Rücken gegen die Steinwand. Sie gähnte immerzu, dann begann sie zu zittern. Ihre Augen wurden feucht, und dann tropfte ihr ein wäßriger Ausfluß aus Augen und Nase. Michael hatte ihr gesagt, er wäre in einem Augenblick zurück, war hinausgegangen und hatte die Tür hinter sich verschlossen. Aus der Küche hatte er sich mehrere Schachteln mit Papiertüchern geholt. Wieder im Keller, hatte er eine aufgerissen und sie ihr gegeben, aber nichts konnte den Ausfluß aus Augen und Nase aufhalten oder eindämmen. Ihr T-Shirt und ihre Jeans waren schweißnaß. Mehrere Stunden lang saß er bei ihr auf der Matratze, hielt ihre zitternde Hand. Sie fing an, leise zu stöhnen. Das Stöhnen eines kleinen, gequälten Tiers. Dann war sie fast abrupt in tiefen Schlaf gefallen. Er hatte gewußt, daß es das war, was die Süchtigen den ›Sehnsuchts-Schlaf‹ nannten. Er würde mehrere Stunden währen, dann würde sie in die nächste Abteilung der Hölle hinabsteigen. Michael war hinausgegangen und hatte die Tür hinter sich abgeschlossen, das Gehirn wie betäubt.

Es war wieder Nacht geworden, und er war hinausgegangen, vorbei am Swimmingpool, und blickte über die Lichter von Gozo und Comino hinweg in die Ferne, nach Malta. Sein ganzer Körper war durchflutet von Haß auf die Männer und Frauen, die Juliet das angetan hatten. Er hatte an Creasy gedacht, der jetzt wohl in Mailand war und ihnen nachjagte. Er betete so etwas wie ein persönliches Gebet, daß sein Vater sie fände. Einige Stunden später hatte er in den Keller gesehen. Sie hatte noch immer geschlafen, also war er zum Swimmingpool zurückgekehrt, zog sich die Kleider aus und schwamm fünfzig Längen.

Zwei Stunden später war sie erwacht. Es war etwa vierundzwanzig Stunden nach der letzten Dosis Methadon, und sie hatte die Tiefen ihrer persönlichen Hölle betreten. Michael hatte in seinem Segeltuchstuhl gesessen und ihrer Qual zugesehen. Sie fing so heftig zu gähnen an, daß er sich sorgte, sie könne sich den Kiefer ausrenken. Schleim strömte ihr aus der Nase, und Tränenfluten kamen ihr aus den Augen. Ihre Pupillen waren stark erweitert. Die feinen dunklen Härchen auf ihrer Haut richteten sich auf, die Haut selbst war kalt und von Gänsehaut überzogen. Aus Creasys Beschreibung wußte Michael, daß sie jetzt den ›cold turkey‹ durchmachte.

Dann wurde das Elend tiefer. Ihr Darm verkrampfte sich. Unter unerträglichen Schmerzen machte sich Juliet in ihre Jeans, und der Gestank trieb durch den Keller. Fieberhaft zog sie sie aus, dann ihr beschmutztes Höschen und schließlich ihr durchnäßtes T-Shirt, bis sie nackt war. Es war, als wäre er nicht im Keller, dann jedoch sah er, wie ihr flehender Blick auf ihm ruhte, und er hörte, wie sie ihn mit erstickter Stimme anbettelte, ihr einen Schuß zu geben. Er stand auf, ging zum Faß mit Wasser hinüber, hob eine hölzerne Schöpfkelle und spritzte das Wasser über sie. Er wiederholte dies mehrmals, aber es gab keine Möglichkeit, sie sauber zu halten. Sie fing an, sich zu erbrechen; sie lag einfach da, und Kotze kam ihr aus dem Mund und Exkremente aus den Gedärmen. Er hatte bemerkt, daß Blut in dem Erbrochenen war, und sein Zorn vertiefte sich fast zur Verzweiflung. Er sah, daß sich ihr Bauch wellenförmig hob und senkte, als befände sich ein Gewirr von Schlangen unter der Haut. Er erinnerte sich an Creasys Worte und wußte, daß dies vom extremen Zusammenziehen der Eingeweide herrührte. Das Wissen, was es verursachte, verschaffte Michael keine Erleichterung. Er wußte, daß das Kind von diesem Punkt an weder Ruhe noch Schlaf fände, bis sie sich entweder durch ihre Hölle hindurchgebracht hatte oder starb. Ihm ging der absurde Gedanke durch den Sinn, daß das Grab, das er zu graben hätte, nicht sehr lang oder breit sein müsse.

Über die nächste Stunde hinweg übergoß er sie mehrmals mit Wasser aus der Tonne. Juliet war naß, die Matratze war naß, und der Fußboden des Kellers war naß. Michael blickte sich um. Er hatte kein Gefühl für Zeit, und wenn er keine Uhr getragen hätte, hätte er nicht beurteilen können, ob er in diesem Keller Stunden, Tage oder Wochen gewesen wäre. Ihn schmerzte der ganze Körper, und sein Gehirn war wie betäubt vom Schock und dem Schmerz des Ganzen. Er wußte, daß sie etwa sechsunddreißig Stunden ohne die Droge war. Er wußte, daß es noch weitere vier oder fünf Tage dauern würde, ehe sie durchgekommen oder gestorben wäre.

Dann fing sie an, in einem heiseren, kratzenden Flüstern mit ihm zu sprechen. Eine flehende Stimme, die ihn um den Schuß anbettelte. Er ging zu seinem Segeltuchstuhl, setzte sich und versuchte, ihren Blick zu meiden. Es war unmöglich. Beständig wurden seine Augen zu der kleinen, weißen, zitternden Gestalt auf der schmutzigen Matratze hingezogen. Sie hatte ihm alles angeboten, was sie hatte, und das war lediglich ihr nackter Körper. Sie umschloß die Brüste mit den hohlen Händen und bot sie ihm dar. Sie öffnete die Beine, streichelte sich und versuchte, kokett auszusehen. Er versuchte, seinen Blick auf einen Punkt auf der Steinwand über ihr zu fixieren. Daraufhin hatte sie angefangen, ihn zu verfluchen und zu kreischen. Abscheuliche Worte von einem dreizehnjährigen Kind. Schließlich hatten ihre Beine zu zucken angefangen, und dann schlugen sie heftig aus. Es ging immer weiter, während sie sich auf der Matratze wand und wälzte. Er fragte sich allmählich, wie ein Mensch eine solche anhaltend heftige Handlung hervorbringen könne. Er fragte sich allmählich, wie selbst ein starker Mann dies durchleben könne, ganz zu schweigen von einem schwachen, gemarterten Kind.

Michael hatte große Angst. Und dann klingelte das Telefon. Sie schenkte dem Geräusch keine Beachtung und wand sich weiter auf der Matratze , während ihre Beine krampfartig ausschlugen. Michael hob den Hörer. Er vernahm das Knistern eines Ferngesprächs und dann Creasys Stimme.

»Bist du's?«

»Ja.«

»Wie ist die Lage?«

Michael holte tief Luft und antwortete, so ruhig er konnte. »Ich bin im Keller... ich glaube, sie stirbt.«

»Beschreib es.«

Michael holte einen weiteren tiefen Atemzug. »Sie windet sich in Krämpfen. Tritt wie ein Stier. Bettelt um einen Schuß.«

Creasys Stimme klang beherrscht. »Hat sie geschissen und gekotzt?«

»Ja.«

»Hast du die Schlangen in ihrem Unterleib gesehen?«

»Ja.«

»Hat sie lange geschlafen?«

»Ja, sie ist vor wenigen Stunden aufgewacht... Creasy, sie ist nur ein Kind... ihr Körper erträgt nicht mehr viel.«

Es folgte ein kurzes Schweigen, und dann fragte Creasy: »Wann hast du ihr den letzten Schuß gegeben?«

Michael blickte auf seine Armbanduhr und antwortete: »Vor achtunddreißigeinhalb Stunden.«

Ein weiteres Schweigen. »Wenn sie die nächsten vierundzwanzig Stunden durchsteht, könnte sie es schaffen«, sagte Creasy. »Hast du schon geschlafen?«

»Nein.«

»Dann hör mir genau zu. Was sie jetzt durchmacht, ist die harte Phase des Entzugs. Michael, was auch immer geschieht... egal, wie mies du dich fühlst... gib ihr keinen weiteren Schuß. Egal, was sie tut oder sagt.« Die Stimme wurde hart. »Und, Michael, egal, was sie tut oder sagt, denk nicht mal daran, einen Arzt oder sonstwen zu rufen. Ein Arzt würde ihr einen Schuß geben und sie in eine Klinik schicken. Bei einigen Abhängigen mag so was das Richtige sein, aber bei Juliet habe ich das absolute Gefühl, daß ihre einzige Chance darin besteht, über die nächsten paar Tage in diesem Keller bei dir zu sein. Jetzt möchte ich, daß du sie einschließt und wenigstens vier Stunden lang schläfst. Stell deinen Wecker. Wenn du in diesem Keller einschläfst, mag alles mögliche passieren.«

»Ich kann sie nicht einfach hier zurücklassen!« entgegnete Michael schroff.

»Du mußt! Verschwinde für vier Stunden von dort und nimm ihr alles weg, womit sie sich vielleicht verletzen könnte.«

Michael sah auf das um sich tretende Mädchen und dann auf die Tür. Erschöpfung übermannte ihn. Seine Augen fühlten sich an, als wären sie mit Sand gefüllt. Sein ganzer Körper schmerzte. Juliet zog gerade an dem Berg Decken, schüttelte sie los und bedeckte sich mit ihnen. Michael berichtete dies Creasy.

»Ist das nächste Stadium«, erklärte Creasy. »Anfälle von Schüttelfrost setzen ihr zu. Das wird viele Stunden lang so weitergehen. Sie wird nicht schlafen. Magenkrämpfe werden sie wachhalten. Sie mögen sie umbringen, aber du kannst nichts weiter tun. Wenn sie am Leben bleibt, wird sie dich später brauchen. Geh und schlaf etwas!«

Michael traf seine Entscheidung. »Werd' ich tun. Wie ist die Lage bei dir?«

»Ich habe eine Spur zu dem Namen, den ich in Marseille erhalten habe. Ich verfolge sie. Ich werde dich in zwei oder drei Tagen wieder anrufen... Sei stark, Michael!«

Die Verbindung brach ab.

26

Creasy warf einen Vierer-Pasch. Satta rollte die Augen zur Decke und brummte etwas von wegen Glück und dem Teufel. Creasy nahm seine letzten beiden Steine vom Brett, warf einen Blick auf die Würfel, stellte eine rasche Berechnung an und sagte: »Es sind jetzt vierhundertzwanzigtausend Lire.«

Satta fluchte leise, stand auf, streckte sich und ging zur Hausbar hinüber.

Sie waren in seiner eleganten Wohnung. Es war Samstagnachmittag, und sie waren beide in legere Hosen und offene Hemden gekleidet. Zwei Stunden lang hatten sie auf einen Telefonanruf gewartet und die Zeit mit Backgammon totgeschlagen. Creasy ging ebenfalls zur Hausbar. Er warf einen Blick auf seine Armbanduhr.

Satta reichte ihm einen Wodka-Soda in einem hohen, eisgekühlten Glas und sagte: »Er wird bald anrufen. Er ist zuverlässig, und wenn irgend jemand eine Verbindung zu diesem Donati herstellen kann, dann ist er es.«

Creasy lächelte. »Ich bin nicht ungeduldig, Mario. Im Gegenteil, es macht mir nichts aus, den ganzen Tag hier herumzusitzen und Backgammon zu spielen.«

Der Italiener schnitt eine Grimasse und sagte: »Ich weiß nicht, wer der Gewinner mit der größten Schadenfreude ist, du oder Guido ... Übrigens, wer gewinnt denn gewöhnlich, wenn ihr beide gegeneinander spielt?«

»Das gleicht sich aus«, antwortete Creasy, »aber wir spielen nie um Geld.«

»Warum nicht?«

»Wir spielen nur zur Übung, damit unsere Brieftaschen durch überbezahlte *Carabinieri*-Colonels fett werden können.«

Satta setzte zu einer Erwiderung an, doch da klingelte das Telefon neben ihm. Er hörte etwa zwei Minuten zu und sagte dann: »Danke!«, legte auf und wandte sich an Creasy. »Vielleicht ... es ist bloß vielleicht. Hier in der Stadt gibt es einen Mann namens Jean Lucca Donati. Er ist ein geachteter Geschäftsmann, einundsechzig Jahre alt. Er ist geborener Neapolitaner, lebt und arbeitet jedoch bereits seit dreißig Jahren in Mailand. Er hat kein Vorstrafenregister. Er ist in der Geschäfts- und Bankenwelt hoch geachtet. Über die letzten fünfzehn Jahren ist er ziemlich erfolgreich gewesen. Er besitzt eine große Firma, die Handel im Mittleren und Fernen Osten treibt, Import und Export von Textilien und Kleidern hoher Qualität. Er reist sehr häufig. Er ist ein Witwer mit drei erwachsenen Söhnen, die alle im Geschäft sind. Er hat ein Penthouse-Appartement hier in Mailand und eine kleine Villa am Comer See.«

Creasy hatte genau zugehört. Jetzt trank er einen Schluck seines Drinks und fragte: »Also?«

Satta hob die Schultern. »Mein Kollege hat ihn in Verdacht.«

»Warum?«

Satta lächelte leicht. »Er bezahlt seine Steuern.«

»Das macht ihn also zu einem Verbrecher?«

»Wir sind hier in Italien«, erwiderte Satta ernst. »Sehr oft besteht die einzige Möglichkeit, an einen Kriminellen heranzukommen, in einer Anklage wegen Steuerhinterziehung. So haben die Amerikaner schließlich Al Capone dingfest gemacht. Die letzten paar Jahre habe ich mich auf die Korruption zwischen der Industrie und unseren allseits geliebten Politikern spezialisiert. In jenen Jahren ist mir kein einziger Geschäftsmann oder Industriebonze über den Weg gelaufen, der ehrlich seine Steuern bezahlt hätte. Warum also verhält sich Jean Lucca Donati wie ein Engel, wenn es darum geht, Steuern zu bezahlen? Es gibt so viele Möglichkeiten der Hinterziehung. Das wirft die Möglichkeit auf, daß er in einem vergleichsweise kleinen Geschäftszweig ein sauberes Image beibehält, um die Profite eines viel größeren und womöglich illegalen Geschäftes zu decken.«

Creasy war nicht beeindruckt. »Also habt ihr lediglich einen Verdacht.«

Sie hatten italienisch gesprochen. Creasy hatte die Sprache während der Jahre erlernt, die er mit Guido verbracht hatte, sowohl in der Legion wie auch später als Söldner. Seinerseits hatte er Guido Englisch gelehrt. Das Ergebnis war, daß Guido Englisch mit einem leichten Südstaaten-Akzent sprach und Creasy Italienisch mit einem deutlichen neapolitanischen Akzent. Er sprach es so gut, daß ein Italiener nur deshalb erriet, daß er kein Einheimischer war, weil er nicht die Hände gebrauchte, um seinen Worten Nachdruck zu verleihen.

Als Kontrast war Satta mit seinen Händen derart beredt, daß er, falls sie ihm hinter den Rücken gefesselt wurden, völlig sprachlos war.

»Nenn es eher Intuition als Argwohn«, sagte er. »Denk immer daran, daß wir außerstande gewesen sind, einen anderen Donati zu lokalisieren, der womöglich in den Mädchenhandel verstrickt sein könnte... nicht in dem internationalen Maßstab, den du nahelegst.« Er griff zum Telefon und sprach kurz darauf mit seinem Assistenten, Bellu.

Creasy hörte zu, wie er präzise Anweisungen gab, die eine eingehende Überprüfung von Donatis Finanzen, seiner Reisen in der letzten Zeit sowie seiner ausländischen Geschäftspartner einschlossen.

Satta legte den Hörer auf, wandte sich an Creasy und sagte: »Wenn während der nächsten achtundvierzig Stunden nichts auftaucht, werde ich alle seine Telefone anzapfen und ihn rund um die Uhr beschatten lassen.«

»Warum?«

»Warum was?«

»Warum tust du das? Du hast eine Million anderer Dinge zu tun. Dies ist lediglich eine Nebensache. Du hast von morgens bis abends zu tun. Warum also?«

Satta hatte keine Stehgreifantwort parat. Er mußte nachdenken, aber dann kristallisierten sich seine Gedanken zu Beredsamkeit. »Creasy, du bist wirklich ein dummes Arschloch. Weißt du denn nicht, daß du Freunde hast? Weißt du denn nicht, daß Guido für dich sterben würde? Daß es überall auf der Welt andere Leute gibt, die das gleiche täten? Du gehst mit Scheuklappen durchs Leben. Du siehst alle anderen im selben Licht, wie du dich selbst siehst.« Er wurde erregt, sogar wütend. Er sah, daß die Gläser leer waren, und schenkte weitere Drinks ein. Er war ein Mann, der selten seine Gefühle zeigte. Doch an diesem Abend ließ er sich gehen. »Ich kenne dich jetzt seit sechs oder sieben Jahren, und ich weiß, welche Loyalität du in Menschen hervorrufst. Aber du selbst siehst das nicht. Dieser ›Blaue Ring‹, von dem du redest – vielleicht existiert er, und vielleicht existiert er nicht. Wenn er existiert, wirst du ihn zerschlagen. Aber als alter Freund muß ich dir sagen – du bist kein junger Mann mehr. Das ganze Leben lang hast du deinen eigenen Stiefel gelebt, dich auf dich selbst verlassen und niemanden sonst gebraucht. Aber jetzt brauchst du diejenigen, die du geschaffen hast... Natürlich bin ich stets mit Guido in Kontakt. Ich kenne ihn wie einen Bruder... und mein Bruder kennt ihn wie einen Bruder. Gelegentlich, nach einem langen Abend, gutem Essen und gutem Wein, spricht er über dich. Keine Geheimnisse, lediglich Erinnerungen an die Zeit in der Legion, die Zeit in Afrika, die Zeit im Fernen Osten und die Zeit in Vietnam. Du bist in mein Leben getreten, entschlossen, die Mafiafamilie zu vernichten, die ein Kind, das du geliebt hast, mißbraucht hat. Ich hätte dich verhaften müssen, aber ich habe dich laufen lassen. Du hast diese Schweinehunde von der Mafia um zehn Jahre zurückgeworfen. Ich weiß nichts von diesem ›Blauen Ring‹, aber ich werde alles darüber herausfinden. Du kannst so viele um Unterstützung bitten. Geh nicht allein. Mach dir deine Vergangenheit zunutze. Diese Leute, die du suchst, sind weitaus gefährlicher, als du glaubst. Nach dem, was du mir erzählst, glaube ich, daß es sie schon sehr viele Jahre lang gibt, aber wir wissen nichts über sie, und daher müssen sie extrem gut organisiert und clever sein.« Seine Stimme war jetzt voller Gefühl. Er trank einen weiteren Schluck seines Drinks, nickte entschlossen und fuhr fort: »Es ist, als würden wir die Uhr um sechs Jahre zurückdrehen. Du bist wie eine Bombe mit brennender Lunte. Ich hege keinen Zweifel daran, daß ich in den kommenden Wochen unter Druck geraten werde, dich aufzuspüren und zu verhaften. Ich werde jenem Druck aus dem Weg gehen... Mein Leben ist der Aufdeckung von Korruption gewidmet. Was ist das Ergebnis? Ich fasse sie, sie ziehen an den Fäden der Politiker und kommen mit einem blauen Auge davon. Creasy, laß mich ausreden... Zuletzt ist das Leben langweilig geworden. Ich glaube, der Donati, den wir gefunden haben, ist deine erste größere Spur... Ok... Intuition, aber schnapp ihn dir. Du kennst meinen Assistenten... ich muß mich korrigieren, meinen Partner... Bellu... Du kennst ihn gut. Er könnte dir eine große Hilfe sein. Er braucht einen langen Urlaub. Ich werde vorschlagen, daß er dir zur Seite steht. Ich werde dir die Rückendeckung des Gesetzes geben. Aber ich bitte dich inständig, jene Leute zu rufen, die du kennst, und auf ihre Hilfe zu vertrauen, diese Tiere zu vernichten. In diesem Land gibt es keine staatliche Organisation, die das in Angriff nehmen könnte.«

Ein langes Schweigen. Dann kroch die Andeutung eines Lächelns auf Creasys Gesicht. »Am Ende werden mir die Carabinieri noch eine Pension zahlen.«

Satta lächelte ebenfalls, ein warmes Lächeln. »Heute abend habe ich auf eine Weise gesprochen, wie du mich nie wieder sprechen hören wirst. Das Böse, dem du auf der Fährte bist, wird nie vor einem Gericht angeklagt. Die einzige Vergeltung wird der Tod sein. Dafür werde ich dich decken... In der

Zwischenzeit, Creasy, mußt du vorsichtig sein, wenn du in dieser Stadt oder irgendeiner anderen Stadt in Italien bist. Vergiß nie, daß dein Gesicht wohlbekannt ist, jede Mafiafamilie würde dich liebend gern in die Finger bekommen.«

Creasy hob die Schultern. »Darum wohne ich in einem lausigen kleinen Hotel und bleibe für mich.«

Der Italiener nickte nachdenklich und wies dann auf das Telefon. »Organisier deinen Feldzug.«

Creasy sah ihn an. »Ist die Leitung sicher?«

»Darauf kannst du dich verlassen.«

Creasy wählte eine Nummer. Es war Blondie in Brüssel. Er benutzte Umschreibungen, aber sie verstand jedes Wort.

»Eine Basis«, sagte er.

»Du hast sie.«

Er sagte ihr, mit welchen Leuten sie frank und frei sein konnte. »Michael, natürlich, und am Ende vielleicht ein Kind namens Juliet. Ein Polizist in Kopenhagen, dem du einmal begegnet bist. Ein Franzose aus Marseille, der sich nur als die Eule vorstellen wird. Sein Boß ist ein weiterer Franzose, den du aus Algerien kennst. Er war Legionär. Jetzt lebt er in Marseille.«

Er hörte ihr Kichern, und sie sagte: »Ja, ich kenne ihn ... kein ganz häßlicher Knabe.«

»Ja, natürlich«, sagte er. »Du kanntest jeden gutaussehenden Legionär in Nordafrika.«

Sie lachte abermals. »Ein guter Mann, und er respektiert dich. Wer sonst?«

»Maxie, natürlich. Nimm auch Kontakt zu dem Australier und dem Franzosen auf, die mir bei meiner letzten Operation in den Staaten geholfen haben, und versetz sie in Alarmbereitschaft ... Die üblichen Honorare ... plus Befriedigung bei der Arbeit. In wenigen Tagen werde ich bei dir sein.« Er legte den Hörer auf und sah Satta an, der von einem Ohr zum anderen grinste.

»Also fängt der Krieg an«, bemerkte Satta zufrieden.

»Er fängt an, sobald du mir die erste definitive Spur gibst«, antwortete Creasy, dann griff er abermals zum Telefon und wählte. In der Leitung klingelte es, doch unvermittelt legte Creasy wieder auf.

Sattas Gesicht zeigte Überraschung. »Was ist?«

Nachdenklich sagte Creasy: »Besteht die Möglichkeit, daß Guidos Telefon angezapft wird?«

Satta schmunzelte und schüttelte den Kopf. »Ich bin ziemlich oft in seiner Pension, und ich lasse sein Telefon und die Pension regelmäßig überprüfen. Sein Telefon ist nicht verwanzt.«

Creasy tippte die Nummer, und wenige Sekunden später sprach er mit Pietro, Guidos quasi-adoptiertem Sohn, der das meiste an Arbeit in der *Pensione* erledigte. Er war während jener traumatischen Wochen vor all den langen Jahren, als Creasy die Cantarella-Familie vernichtet hatte, nach Gozo geschickt worden. Das Gespräch war kurz, jedoch herzlich.

»Wie geht's dir, du Mistbock?«

»Ich erkenne deine Stimme, du Arschloch. Was brauchst du?«

»Ist er da?«

»Nein, er ist bei seiner Mutter ... sie hat Kopfschmerzen.«

Creasy lachte leise und sagte: »Hör sorgfältig zu und gib's weiter. Es können Anrufe von folgenden Leuten kommen: mir selbst, Michael, Satta, Bellu, Korkenzieher Zwei, Blondie, einem Mädchen namens Juliet, Pavlova, der Eule, Laura, Maxie, Nicole, Miller, Callard ... nur diese. Sag ihm das und, du verstehst schon, nimm Nachrichten entgegen. Höre auf niemanden sonst.«

Es folgte eine Pause, während Pietro sich Notizen machte. Dann fragte er: »Werden wir Sie sehen?«

»In ein paar Tagen.« Creasy legte auf, sah Satta an und sagte: »Noch zwei oder drei Anrufe, und ich bin fertig.«

Satta nickte und füllte die Gläser wieder. Creasy rief Leclerc in Marseille an. Sie plauderten über unverbindliche Dinge und Leute, wie zum Beispiel über einen Vetter in Mailand und eine alte Tante in Neapel. Creasy ließ ein paar Spitznamen fallen, die jedem heimlichen Zuhörer völlig unverständlich waren. Auf alle Fälle waren sie für Satta unverständlich, der interessiert zuhörte. Aber er wußte, wer Leclerc war, und er vermutete, daß Creasy Waffen orderte, die sowohl nach Mailand als auch nach Neapel geliefert werden sollten.

Schließlich sagte Creasy ins Telefon: »Wie ich höre, hat die Eule seine Sache gut gemacht. Vielleicht könnte ich ihn bei diesem ebenfalls gebrauchen?« Er hörte einen Augenblick zu, nickte zufrieden, sagte: »Gut«, dann legte er auf. Danach rief er Michael in Gozo an, hörte die Qual in dessen Stimme und gab seinen Rat. Er legte auf, und Satta bemerkte den Schmerz auf Creasys Gesicht.

»Was ist los?« fragte der Italiener.

Creasy erklärte die Sache mit Juliet. Satta war einer der wenigen Männer, die Creasy verstanden. Er verstand die dicke Schale, die ihn umgab, und den kleinen Kern, der Gefühle in sich barg.

Satta legte seinem Freund eine Hand auf die Schulter und sagte ruhig: »Du rennst gegen Windmühlen an. Du schlägst den Drachen. Wenn jenes Böse existiert, wirst du es auslöschen … und wo wirst du dann hingehen … zurück auf deine Insel?«

Creasy leerte sein Glas und nickte. »Zurück auf meine Insel … und zu meinem Sohn … « Er hielt inne und dachte nach, und seine Stimme wurde ernst. »Und wie die nächsten achtundvierzig Stunden zeigen werden, vielleicht zu meiner Tochter.« Er hob den Kopf, streckte den erschöpften Körper und sagte dann mit leiser Stimme: »Mario, kannst du dir nach allem, was geschehen ist, ausgerechnet mich mit einem Sohn und einer Tochter vorstellen? Ich hatte Frau und Kind, und beide sind tot, und jetzt habe ich vielleicht einen Sohn und eine Tochter.« Schweigend verstrichen die Sekunden, dann fügte Creasy noch etwas anderes hinzu. Sehr leise sagte er: »Mario … ich weiß, du hast eine Religion. Wenn du heute abend Zeit erübrigen kannst … bitte nimm dir etwas Zeit, um für meine Tochter zu beten.«

27

Gott schuf die Welt in sechs Tagen. Am siebten Tag ruhte er. Aber ein Millennium später knapste er sich etwas Zeit von seiner Rast ab, um eines seiner Geschöpfe durchzubringen.

Am frühen Morgen bekam sie heftige Krämpfe. Sie umklammerte ihren Unterleib, und ihr kindlicher Körper wand sich in Zuckungen. Michael saß in seinem Segeltuchstuhl und sah zu, konnte es aber bald nicht mehr ertragen. Er wußte, es war die letzte Phase. Er wußte auch, daß ihr Herz von den Exzessen, die die Droge ihm aufgebürdet hatte, äußerst geschwächt war. Er wußte, daß diese Phase eine Stunde oder noch länger währen würde und daß sie ihn sehr wohl körperlich angreifen könnte, entweder aus entflammtem sexuellen Verlangen heraus oder aus entflammtem Haß. Er nahm seinen Stuhl, die Wasserkelle und das Telefon und verließ den Keller, wobei er ihn hinter sich verschloß. Er stellte seinen Wecker und schlief eine Stunde am Pool, und dann ging er mit äußerster Beklommenheit in den Keller zurück. Mittlerweile war sie tot oder schlief.

Zunächst glaubte er, sie wäre tot. Sie lag so reglos da; ihr Körper lag schweißnaß auf der nassen Matratze. Michael trat zögernd heran. Man hatte ihm beigebracht, wie man den Tod feststellte. Sie war wie ein Fötus zusammengerollt. Michael berührte sie an der Schulter. Sie war kalt. Er zog ihr den Kopf von der Brust weg und legte ihr den Handrücken unter das Kinn, gegen die Arterie. Der Puls war langsam und so schwach, daß Michael ihn kaum spüren konnte ... aber er war da. Michael stand auf und blickte auf ihren erschöpften, schmutzigen Körper hinab. Es war das Wunderschönste, das er je zu Gesicht bekommen hatte oder bekommen würde.

Vergebens rief er sie beim Namen, er wußte, daß sie ihn nicht hören konnte. Er hob sie hoch und trug sie aus dem Keller. Im Haus angekommen blieb er kurz stehen, dann trug er sie in Creasys Schlafzimmer, legte sie auf das große Bett und ging ins Bad. Er ließ lauwarmes Wasser in eine hölzerne Wanne im japanischen Stil laufen, dann trug er ihren reglosen Körper ins Bad, legte sie in die Wanne und wusch sie sorgfältig von Kopf bis Fuß. Dann hüllte er sie in ein großes Handtuch und legte sie wieder aufs Bett. Gelegentlich murmelte sie etwas, hatte sich jedoch nicht gerührt. Er kehrte ins Bad zurück und nahm eine brühend heiße Dusche, wie um sich die Erinnerungen an sieben Tage Hölle herunterzuwaschen.

Wieder im Schlafzimmer, überprüfte er ihre Atmung. Sie war flach, jedoch regelmäßig.

Er ging in die Küche und fing an zu kochen. Zunächst nahm er zwei große Suppenhühner, zerteilte sie, schmorte sie kurz mit ein wenig Olivenöl in der Pfanne an, legte die Teile in einen großen Kochtopf und bedeckte sie mit Wasser. Dann schnitt er Zwiebeln, Karotten, Tomaten, Bohnen, Fenchel, Petersilie und Basilikum und warf alles in den Topf. Er drehte die Flamme herunter, deckte den Topf ab und kehrte ins Schlafzimmer zurück. Er legte sich neben sie und hielt sie die ganze Nacht hindurch fest. Ihr Körper war noch immer erregt, sie zuckte und wand sich, kehrte jedoch stets in seine Arme zurück. Wäre sie bei Bewußtsein gewesen, hätte sie die Nässe seiner Tränen auf ihren Wangen und Schultern gespürt. Aber sie schlief den Schlaf eines Engels, und er schlief den Schlaf eines Märtyrers. Am Morgen rührte er die Brühe um und brachte sie ihr in einer Tasse. Er hielt ihren Kopf und fütterte sie sanft. Sie schlief erneut, erwachte nach wenigen Stunden wieder und trank weitere Brühe. Er bemerkte, daß sie mit leichter Verlegenheit ihren nackten Körper betrachtete, und in einer Schublade fand er einen der farbenfrohen Sarongs, die Creasy stets im Bett trug. Er hüllte sie in ihn ein, küßte sie auf die Wange und sagte ihr, sie solle schlafen.

Die Papiere kamen zwei Tage später. Sie kamen aus Marseille, vom Waffenhändler Leclerc, in einem großen Umschlag, geliefert von einem Kurier. Michael nahm ihn am Tor entgegen, unterschrieb dafür, ging in die Küche, kochte sich einen starken schwarzen Kaffee und öffnete den Umschlag. Darin fand er Adoptionspapiere für ein dreizehn Jahre altes Mädchen mit Namen Juliet Creasy. Sie war vor zwei Jahren von einem

Marcus Creasy und dessen Frau Leonie adoptiert worden. Die Papiere besagten, daß sie die belgische Nationalität hätte und eine Waise wäre. Sie nannten ein Waisenhaus in Brügge. Sie sahen völlig authentisch aus, genau wie der maltesische Paß mit ihrem Foto.

Michael lächelte und nahm die Papiere mit ins Schlafzimmer. Sie lächelte, als sie die Papiere sorgfältig durchlas. Sie legte ihm einen Arm um den Hals, zog ihn herab und küßte ihn auf die Wange. »Du hast eine Schwester«, sagte sie.

»Du hast einen Bruder«, antwortete er.

28

Massimo Bellu war in jeder Hinsicht das genaue Gegenteil zu seinem Boß, Colonel Satta, mit Ausnahme von zwei Dingen: seinem klugen Köpfchen und dem hingebungsvollen Eifer, mit dem er es einsetzte. Ansonsten hätten zwei Männer kaum verschiedener voneinander sein können. Satta war gutaussehend, elegant, zynisch und ein aristokratischer Gourmet. Bellu andererseits war klein, untersetzt und wurde allmählich kahl. Er kleidete sich wie der Laufbursche einer heruntergekommenen Handelsfirma, und seine höchsten kulinarischen Ansprüche wurden von einem Hamburger mit einer extra Lage Zwiebeln oder *Spaghetti alla carbonara* voll erfüllt. Backgammon mochte er ebenfalls nicht, und vor einigen Jahren hatte er sich schließlich stark gemacht und sich geweigert, während der vielen Stunden, die sie zusammen verbrachten und auf einen Telefonanruf oder sonst etwas warteten, gegen seinen aus der Fassung geratenen Boß zu spielen.

Er hatte acht Jahre lang für Satta gearbeitet. Während des ersten Jahres hatte er einen guten Teil seiner Zeit damit verbracht, sich einen plausiblen Grund auszudenken, um sich zu einer anderen Abteilung versetzen zu lassen. Doch nach jenem Jahr hatte er allmählich die Hintergründigkeit von Sattas Gedankengängen zu würdigen und zu verstehen gelernt. Gleichzeitig hatte sich Bellus jüngere, hochbegabte Schwester um die Zulassung zur Catanzaro-Universität beworben, weil sie Medizin studieren wollte. Es gab nur wenig Plätze, und es war sehr schwer, ohne Beziehungen angenommen zu werden. Sie war abgewiesen worden, erhielt jedoch eine Woche später einen Brief, der die Entscheidung revidierte. Viele Wochen verstrichen, ehe sie erfuhr, daß ein gewisser Professor Satta, Chefchirurg in Neapels Cardarelli-Hospital, zu ihren Gunsten interveniert hatte.

Bellu war zu Colonel Satta gegangen, der nur die Schultern gehoben und gesagt hatte: »Sie arbeiten mit mir. Natürlich habe ich etwas tun müssen.«

Damit war jeder Gedanke an Versetzung vergessen. Es war nicht wegen dem, was Satta getan hatte, sondern einfach wegen der Worte, die er gesprochen hatte: »Sie arbeiten *mit* mir, nicht *für* mich.« Über die Jahre hinweg hatten sie eine sehr entspannte Arbeitsatmosphäre entwickelt, die langsam zu einer Partnerschaft geworden war.

Jetzt saß Bellu noch spät in seinem Büro vor seinem ganzen Stolz, einem Apple MacIntosh Computer. Er liebte Computer und kannte sich wie kaum ein Zweiter mit ihnen aus; der Computerexperte der Abteilung konnte ihm nichts beibringen. Innerhalb von Wochen hatte er eine riesige Menge Informationen auf die Festplatte des Apple übertragen. An diesem Abend saß er da und blickte auf den Monitor, suchte nach etwas, das ihm einen Schlüssel dazu gab, wie Jean Lucca Donati dachte und handelte.

Als er darauf stieß, sah er es zunächst nicht, doch zwei Minuten später klickte etwas in seinem Kopf. Er tippte auf seine Tastatur und ging zurück, studierte den Bildschirm mehrere Minuten lang, dann gab er einige weitere Befehle ein und ging in eine andere Datei, die Datei über einen Mann namens Anwar Hussein. Es war ein Araber. Genauer gesagt, ein nubischer Araber ägyptischer Abstammung. Ebenfalls ein Händler mit ausgezeichneten Kontakten im Mittleren Osten. Auch er hatte einen makellosen Ruf und hatte die vergangenen zwanzig Jahre in einer luxuriösen Villa am Stadtrand von Neapel gelebt. Den einzigen dunklen Fleck auf seiner Weste hatte es vor etwa zwei Jahren gegeben, als der saudiarabische Zoll eine geringe Menge Kinderpornos mit satanistischem Einschlag in einem Container mit Modekleidung entdeckt hatte, die von einer von Husseins italienischen Firmen nach Riad verschifft worden war. Sie waren zu einem untergeordneten Angestellten zurückverfolgt worden, den Hussein prompt gefeuert hatte.

Die schwache Verbindung zwischen Jean Lucca Donati und Anwar Hussein bestand darin, daß beide Mitglieder eines Kulturvereins waren, des italienisch-arabischen Kreises, und beide vier Jahre zuvor im Vorstand gesessen hatten. Der einzige Grund, weswegen Bellu eine Datei über den italienisch-arabischen Kreis hatte, bestand darin, daß man ihn in den späten sechziger und frühen siebziger Jahren für eine Deckorganisation eines oder mehrerer arabischer Geheimdienste gehalten hatte; der gleiche Verdacht war auch auf den

British Council, die Alliance Française und das Goethe-Institut gefallen. Im Fall des italienisch-arabischen Kreises hatte sich dieser Verdacht als haltlos erwiesen.

Bellu wechselte zwischen seinen Dateien hin und zurück und entdeckte dann einen weiteren gemeinsamen Nenner. Jean Lucca Donati war ägyptischer Honorarkonsul in Mailand, und Anwar Hussein hatte die gleiche Position in Neapel inne. Somit genossen beide das Privileg des Diplomatengepäcks. Bellu schaltete den Computer ab und blickte auf seine Armbanduhr. Es war fast Mitternacht, dennoch rief er Satta an und informierte ihn kurz über seine Entdeckung. Satta wies ihn an, beide Männer und deren Familien rund um die Uhr beschatten zu lassen. Dann rief Satta Creasy in dessen Hotel an. Er erwischte ihn kurz, bevor dieser das Hotel verließ, um einen Nachtflug nach Brüssel zu erreichen. Er gab die Information weiter. Creasy bemerkte, daß das ziemlich dünn aussah. Satta lachte leise und kommentierte: »Zwei Männer, die ihre beträchtlichen Steuern zahlen und sich des Vertrauens der ägyptischen Regierung erfreuen... Nicht so dünn, denke ich.«

29

Michael nahm Juliet zum sonntäglichen Essen zu den Schembris mit. Es war eine Art Ritual. Wenn er und/oder Creasy in Gozo waren, gingen sie stets jeden zweiten Sonntag zu den Schembris. An den anderen Sonntagen kamen die Schembris zum Barbecue zu ihnen.

Ehe sie das Haus verließen, führte Michael Juliet in Creasys

Schlafzimmer und sagte: »In diesem Zimmer ist ein Safe. Er ist gut versteckt. Da du jetzt Mitglied der Familie bist, mußt du wissen, wie man ihn öffnet.« Er hatte einen Ordner mit ihrem frisch eingetroffenen Paß und den Papieren bei sich. Er ging zum Kopfende des breiten Doppelbetts und deutete auf die obere rechte Ecke eines der riesigen Kalksteine, aus denen die dicke Mauer bestand. »Du zählst vier Steine vom Fußboden hoch ab«, sagte er, »und drückst dann fest, hier.« Er drückte den Handballen gegen den Kalkstein, und dieser schwang lautlos auf. Dahinter befand sich eine etwa einen Meter hohe Metalltür. In das Metall war ein Handgriff gesetzt und daneben die Wählscheibe für das Kombinationsschloß. »Hast du ein gutes Gedächtnis?« fragte er. Sie nickte ernst. Er sah, daß sie beeindruckt war, wie es jedes Kind wäre, und daß sie Zuversicht zeigte. »83... 02... 91.«

Sie wiederholte die Nummer zweimal und nickte dann.

Er streckte die Hand aus, stellte die Kombination ein und zog die schwere Tür auf. Dahinter befanden sich mehrere Fächer. Michael zeigte auf das oberste Fach, in dem mehrere in Leder gewickelte Bündel lagen. »Waffen«, erklärte er. »Handfeuerwaffen und zwei kleine Maschinenpistolen plus Schalldämpfer und Munition. Später werde ich dir beibringen, wie man sie benutzt.« Er deutete auf das mittlere Fach, das mehrere dicke Ordner enthielt. »Dies sind verschiedene Akten von Leuten, einige davon Feinde und einige Freunde.« Er deutete auf das unterste Fach. Dort lagen weitere Ordner, aber sie waren dünner. »Dies sind private Papiere.« Er nahm einen der Ordner heraus, öffnete ihn und legte ihren Paß und die Adoptionspapiere hinein. Unterhalb des untersten Fachs befand sich eine schmale Schublade. Er zog sie auf und zeigte hinein.

Juliet beugte sich vor und sah die fest umwickelten Banknoten.

»Das sind US-Dollar, Schweizer Franken, englische Pfund, deutsche Mark und saudi-arabische Riyals.« Er nahm eine kleine Segeltuchtasche heraus und schüttelte sie. Juliet hörte das Klimpern von Münzen. »Gold-Sovereigns und Krügerrand. Ein sehr nützliches Zahlungsmittel im Mittleren Osten.« Er ließ die Tasche in die Schublade zurückfallen und schob sie zu. Er schloß die Tür des Safes und drehte die Wählscheibe, wobei er fortfuhr: »Insgesamt liegen da über fünfhunderttausend Dollar in verschiedenen Währungen in der Schublade. Im Falle einer Krise, und wenn Creasy und ich nicht hier sind, nimm, was du brauchst.« Er warf ihr einen spöttisch-ernsten Blick zu. »Aber ich möchte dich nicht nächste Woche in einem neuen Mercedes-Sportwagen herumfahren sehen.«

Sie lächelte, und er kam zu dem Schluß, daß sie, wenn sie sich erholt hatte und etwas älter geworden war, eine sehr schöne junge Frau sein würde. Ihr Martyrium hatte sie hager und ausgezehrt werden lassen. Die Knochen ihres Gesichts traten scharf hervor, und ihre Gliedmaßen waren wenig mehr als Stöcke. Er schätzte, daß sie beim ›cold turkey‹ wenigstens zwölf Kilo verloren hatte, etwa ein Viertel ihres Körpergewichts. Aber seitdem hatte sie gut gegessen, und innerhalb einer Woche würde ihr Körper wieder fülliger werden. Sie hatte auch zu trainieren begonnen, indem sie morgens und abends mehrere Längen im Pool schwamm.

Während sie durch Rabat und auf Nadur zufuhren, erzählte er ihr alles über Paul und Laura Schembri, ihren Sohn Joey und dessen Frau Maria, die seit zwei Jahren verheiratet waren. Beide kämen ebenfalls zum Essen. Er erklärte die lange Verbindung zwischen der Schembri-Familie und Creasy und sich selbst und faßte kurz und bündig zusammen: »Wir betrachten sie als unsere Familie, und sie uns umgekehrt ebenfalls.« Er warf ihr einen kurzen Blick zu und fuhr fort: »Also werden sie jetzt in gewisser Hinsicht deine Familie und du ihre. Du kannst ihnen allen völlig vertrauen und das Vertrauen annehmen, das sie in dich setzen.«

Sie war ruhig, während sie die gewundene staubige Straße zu dem Bauernhaus entlangfuhren. Sie saß in dem Jeep, blickte über Comino nach Malta hinüber, und dann sagte sie mit ruhiger Simme: »Ich hoffe, sie mögen mich.«

Er warf ihr erneut einen Blick zu und sah, daß sie nervös war. Er nahm eine Hand vom Steuer und drückte ihr die Schulter. »Keine Sorge. Sei einfach du selbst. Biete an, Laura und Maria beim Abwasch zu helfen. Sie werden das nicht zulassen ... aber biete es an.«

Sie mochten sie. Michael hatte ihnen nicht gesagt, wer sie war, aber bei seinem Anruf dort hatte er einfach gesagt, er brächte eine Freundin mit. Als der Jeep in den Hof fuhr, kamen sie alle heraus, um sie zu begrüßen. Er stellte sie einfach als »Juliet ... meine neue Schwester« vor und lachte dann angesichts ihrer Mienen. Er umarmte Laura und Maria und küßte beide auf die Wangen. »Ich werd's beim Essen erklären.«

Wie üblich war das Essen opulent. Zu Beginn *Tortellini*, gefolgt von einem Lamm-Schmortopf und verschiedenerlei Gemüse von ihren eigenen Feldern. Die anderen aßen ruhig weiter, während Michael Juliets Geschichte erzählte.

Am Schluß sagte Laura mit einer Spur Verärgerung in der Stimme: »Du hättest uns sofort nach deiner Rückkehr anrufen sollen. Wir hätten geholfen … hätten uns bei den Wachen abgewechselt. Du weißt, daß man uns vertrauen kann, uns allen.«

Ehe Michael zu seiner Verteidigung den Mund öffnen konnte, beugte sich Juliet zu Laura und sagte sehr ernst: »Es war besser, daß Michael es allein getan hat. Er wußte, was zu erwarten war, und er war darauf vorbereitet … und abgesehen davon, als es anfing, kannte ich ihn und vertraute ihm, und ich verspürte keine Scham. Du kannst dir nicht vorstellen, wieviel Scham ich verspürt hätte, wenn mich dort irgendwelche Fremden gesehen hätten.« Ihre Stimme wurde leiser, und sie sah auf ihren Teller hinab. »Ich weiß, daß ich mehrmals fast gestorben wäre … wenn jemand anderer außer Michael dort gewesen wäre, glaube ich, daß ich gestorben wäre.« Sie sah auf, Laura direkt in die Augen. »Da bin ich absolut sicher.«

Langsam nickte Laura, da sie verstand. »Vielleicht hast du recht. Wir können uns nicht vorstellen, was du durchgemacht hast, aber wenn so etwas nochmals passiert, und es gibt keinen Michael oder Creasy, mußt du zu uns kommen.«

Juliet lächelte und nickte. »Werd' ich tun.« Sie wies auf den dampfenden Lammtopf. »Besonders bei so gutem Essen.«

Als Antwort lud Laura gegen alle Proteste noch mehr aus dem Topf auf den Teller des Mädchens.

»Wie wirst du erklären, wo sie so plötzlich hergekommen ist?« fragte Paul Michael.

Der junge Mann hob die Schultern. »Für die meisten Leute wird es ein Geheimnis bleiben. Wir haben Adoptionspapiere aus Belgien, zwei Jahre rückdatiert. Außerdem haben wir einen maltesischen Paß.«

»Fälschungen, vermute ich«, bemerkte Joey.

Erneut hob Michael die Schultern. »Keiner, außer einem Experten, würde es erkennen.«

Daraufhin sagte Maria, die als Angestellte bei der maltesischen Polizei arbeitete: »Es hat lange gedauert, aber während der vergangenen paar Monate sind alle Verzeichnisse von Einwanderern, Pässen, Personalausweisen in den Computer gegeben worden. Geht sie durch den Zoll, wenn sie das Land verläßt oder ins Land zurückkehrt, wird sich ihre Paßnummer nicht im Computer zeigen, und man wird Fragen stellen.«

Michael lächelte. »Ich bin mir sicher, daß Creasy, ehe er Marseille verlassen hat, einen Brief an George Zammit geschickt hat.«

Juliet sah verwirrt aus.

»George ist mein Neffe«, erklärte Paul, »und ein leitender Polizeibeamter, zu dessen Abteilungen zufällig die Einwanderungsstelle gehört. Creasy hat ihm ein paar Gefallen getan.« Er warf einen Blick auf seine Schwiegertochter und fragte: »Hast du Zugriff auf die Einwanderungs-Software?«

»Ja. Morgen früh werde ich als erstes überprüfen, ob eine gewisse Juliet Creasy einen maltesischen Paß hat.«

Juliet sah noch immer verwirrt aus. »Wie könnt ihr das alles tun? Ich meine, es hört sich an wie bei der Mafia!«

Alle lachten, und Joey sagte: »Wir haben hier keine Mafia.«

»Das stimmt«, sagte Laura ernst, und Juliet sah das Zwinkern in ihrem Auge. »Tatsächlich kommen sie gelegentlich hierher … aber nur, um zu lernen.«

Als Maria anfing, die Teller vom Tisch zu räumen, stand Juliet sofort auf, um zu helfen.

Sehr fest bat Laura sie, sich zu setzen. »Gäste helfen hier nicht«, sagte sie.

Juliet setzte sich nicht. Ebenso fest erwiderte sie: »Ich bin kein Gast... ich gehöre zur Familie.«

Sie mochten sie.

30

»Du möchtest gehen, nicht wahr?«

Nicole sagte das mit einem sarkastischen Lächeln. Maxie warf ihr einen Blick zu und hob die Schultern.

»Es ist natürlich, Nicole. Wenn man gute Freunde hat und wenn man den größten Teil seines Lebens eine solche Arbeit getan hat, ist es nur natürlich.« Er boxte sie leicht gegen die Schulter. »Aber mach dir keine Sorgen. Ich habe dir vor zwei Jahren ein Verspechen gegeben, und ich werde es halten. Du weißt, ich bin glücklich. Sicherlich, so hier und da kribbelt es mir in den Beinen, aber nicht genügend, daß ich den Wunsch verspüre zu verlieren, was ich hier mit dir habe.«

Es war nach Mitternacht, und sie standen hinter der Bar des Bistros. Maxie polierte Gläser. Nicole hatte die Ellbogen auf die Bar gesetzt. Ein Glas Armagnac stand vor ihr. Sie hob es hoch und trank einen nachdenklichen Schluck, wobei sie erneut die drei letzten Gäste ansah. Sie saßen in der gegenüberliegenden Ecke an einem Tisch; drei Männer, die mit unterdrückten Stimmen redeten. Sie kannte Creasy, natürlich, und schuldete ihm ihr gegenwärtiges Glück. Sie war auch Frank Miller begegnet, einem australischen Ex-Söldner, der mit Creasy in Afrika und Asien zusammengearbeitet hatte. Er sah wie das absolute Gegenbild eines Söldners aus. Er war Mitte Vierzig, völlig kahl, mit einem massigen Körper und einem kleinen Kopf; sein Gesicht hatte etwas Engelhaftes. Sie war Maxie und Miller zur selben Zeit begegnet, bei Maxies letztem Job, als die beiden spektakulären Erfolg damit gehabt hatten, einen prominenten amerikanischen Senator vor der Entführung durch eine Mafiabande zu beschützen. Creasy hatte sie für diesen Job angeheuert. Sie war dem anderen Mann bei ebenderselben Operation kurz begegnet. Sein Name war René Callard, ein Ex-Legionär und Söldner, der ebenfalls viele Jahre mit Creasy zusammengearbeitet hatte. Er sah eher wie ein Söldner aus: groß und schlank mit sonnengebräuntem, von Falten durchzogenem und vernarbtem Gesicht. Aber er war stets zu einem Lächeln bereit, was ihm das Bedrohliche nahm. Sie drehte sich um und sah erneut Maxie an. Er beobachtete die drei Männer mit gesenktem Blick. Er spürte ihren Blick auf sich, hob rasch ein weiteres Glas auf und polierte es gründlich.

Sie lächelte, wuschelte ihm das Haar und fragte: »Warst du … bist du ebenso hart wie sie?«

Er lächelte etwas dümmlich. »Schätze schon. Nun, zumindest so hart wie Frank und René. Ich möchte mich nicht mit Creasy vergleichen.«

Neugierig fragte sie: »Würdest du jemand mit ihm vergleichen?«

Er dachte nur einen Augenblick nach und antwortete dann: »Ja, seinen besten Freund, Guido Arellio. Du hast uns über ihn reden hören. Auch er hat seiner Frau versprochen, daß er vom Tag ihrer Hochzeit an nie wieder kämpfen oder töten würde.«

Sie nickte gedankenvoll. »Du hast mir davon erzählt … aber da besteht ein Unterschied. Sie ist vor etwa sieben Jahren gestorben, nicht wahr?«

»Ja, etwa.«

»In diesem Fall«, sagte Nicole, »könnte sie ihn, unter denselben Umständen, sein Versprechen nicht brechen lassen. Ich könnte das tun.« Er wollte etwas sagen, doch sie berührte ihn am Arm und fuhr sehr ruhig fort: »Hör zu, Maxie. Ich bin eine Hure gewesen, als ich dir begegnet bin. Du hast das gewußt, und es hat dir nichts ausgemacht. Du hast mir in den ersten paar Tagen mehr Liebe gezeigt, als ich mein ganzes Leben lang gekannt hatte. Es war jene Liebe, die mich von jeder Sünde, die ich in mir hatte, reinigte. Als ich in dein Bett gegangen bin, habe ich mich wie eine Jungfrau gefühlt. Du hast meine Schwester aufgenommen und sie wie deine eigene behandelt. Ich liebe dich jetzt ebenso sehr oder noch mehr als während jener ersten Tage in Florida.« Sie lächelte bei der Erinnerung, und dann wurde ihr Gesicht ernst, als sie fortfuhr: »Ich halte mich für eine intelligente Frau. Ich möchte jene Liebe behalten, und wenn dies das Risiko bedeutet, dich wieder in jener Welt zu sehen, dann will ich das Risiko auf mich nehmen.« Sie zeigte auf den Tisch und sagte fest: »Jetzt geh schon und setz dich zu deinen Freunden. Du stirbst doch vor Neugier.« Sie lächelte. »Ich übrigens auch. Ich werd' euch in ein paar Minuten Kaffee und Cognac bringen.«

Die drei Männer sahen auf, als Maxie einen Stuhl umdrehte und sich niederließ.

»Nicole hat mich hergeschickt«, erklärte er. »Ich bin von meinem Versprechen entbunden. Was es also ist, ich stehe zur Verfügung, falls ihr mich braucht.«

Creasy drehte sich um und sah Nicole hinter der Bar an. Er sah sie fast unmerklich nicken. Dann ging sie zur Küche. Sie brachte Kaffee und Cognac auf einem Tablett und stellte es auf den Tisch.

Creasy dankte ihr und fragte: »Warum setzt du dich nicht zu uns, Nicole, und hörst dir an, worum alles geht?«

Sie blickte Frank und René an; beide nickten. Sie ging zur Bar, um ihren Armagnac zu holen, und Creasy zog einen Stuhl heran. Eine halbe Stunde später wandte sie sich an Maxie und sagte mit gepreßter Stimme: »Ich entbinde dich nicht einfach nur deines Versprechens. Wenn du ihnen nicht dabei hilfst, diese Scheißkerle zu suchen und zu töten, werde ich nicht mehr schlafen können. Ich habe Glück gehabt. Ich habe immer nur für Blondie gearbeitet, und du weißt, wie gut sie mich und alle ihre Mädchen behandelt hat. Aber ich habe das Ergebnis dessen gesehen, was diese Scheißkerle tun. Sie haben kein Recht zu leben.«

Maxie hob die Schultern und sah Creasy an. »Ich schätze, jetzt bleibt mir keine andere Wahl mehr.«

René grinste. »Es wird wie in den alten Zeiten sein. Ich habe die letzten sechs Monate damit verbracht, für einen schwedischen Industriellen Kindermädchen zu spielen... das ist etwa so interessant, als würde man Farbe beim Trocknen zusehen. Wenn er jemals entführt wird, so wird ihn derjenige innerhalb weniger Tage nach Hause schicken. Zum Teufel auch! Sie werden sogar seine Familie dafür bezahlen, ihn abzuholen.«

Sie lachten alle, und dann sagte Creasy nüchtern zu Nicole: »Danke. Wir alle fühlen uns besser, wenn Maxie dabei ist. Wir haben stets ein gutes Team abgegeben.«

»Wer ist sonst noch im Team?« fragte sie.

»Blondie, natürlich«, antwortete er. »Sie wird sich um die Kommunikation hier oben kümmern. Guido wird dasselbe in Neapel tun, aber ich möchte ihn nicht direkt einbeziehen.« Er dachte einen Augenblick nach und sagte: »Dann ist da ein dänischer Polizist namens Jens Jensen. Er war von Anfang an dabei und ist verzweifelt scharf darauf, weiterhin dabeizubleiben.«

»Ist er gut?« fragte Maxie.

Creasy hob die Schultern. »Er ist intelligent und erfahren, hart und kennt sich auf der Straße aus, ein wenig über dem Durchschnitt… aber nicht in unserer Liga.«

»Wie viele sind denn in deiner Liga… auf der ganzen Welt, meine ich?« fragte Nicole mit einem leichten Lächeln.

Der Amerikaner antwortete: »Auf unserer Seite des Zauns vielleicht weniger als fünfzig. Auf der anderen Seite einige Hundert.«

Die anderen nickten in gedankenvoller Zustimmung, und dann fragte René Creasy: »Könnte der Däne so was wie ein Handicap sein? Wird ihm einer von uns den Rücken freihalten müssen?«

Creasy schüttelte den Kopf. »Nein. Da ist ein Franzose, der ihm den Rücken freihält. Er war Leibwächter von Leclerc in Marseille. Ihr alle kennt Leclerc.«

»Dann ist er gut«, bemerkte Maxie. »Leclerc heuert keine Arschlöcher an. Wie wirst du den Dänen einsetzen?«

»Als Ablenkmanöver«, antwortete Creasy. »Schließlich ist er ein Bulle, der für die dänische Vermißtenstelle arbeitet; er kann Türen öffnen. Er ist motiviert und hat wenigstens noch einen weiteren Monat unbezahlten Urlaub. Falls nötig, kann ich eine Verlängerung veranlassen.«

»Was ist mit Michael?« fragte Maxie.

Creasy dachte einen Augenblick nach und sagte dann: »Ich habe euch von dem Mädchen erzählt, Juliet. Vor wenigen Stunden habe ich mit Michael am Telefon gesprochen. Sie erholt sich gut, sowohl körperlich als auch geistig.«

Nicole sah ihn neugierig an. Nur ihr war aufgefallen, daß seine Stimme weicher geworden war, während er über das Mädchen sprach.

»In etwa einer Woche kann sie bei Freunden bleiben, und Michael wird zu uns stoßen«, fuhr Creasy fort. »Bis dahin sollten wir wissen, ob Satta und sein Spezi Bellu mehr Informationen über diesen Burschen Jean Lucca Donati bekommen haben.« Er sah auf seine Armbanduhr. »Ich nehme den Drei-Uhr-Flug zurück nach Mailand. Um zehn Uhr habe ich ein Treffen mit Satta.« Er deutete auf Frank und René. »Ich möchte, daß ihr Burschen eure Basis bei Guidos *Pensione* einnehmt, und zwar von übermorgen an. Leclerc schickt Material zu Guido. Handfeuerwaffen, Granaten und MPs. Er schickt das gleiche Paket auch nach Mailand.« Er deutete auf Maxie. »Ich werd' dich morgen abend anrufen. Je nach den Informationen, die ich von Satta erhalte, werde ich dich entweder in Mailand oder in Neapel brauchen.«

»Was ist mit dem Dänen?« fragte Maxie.

»Er fliegt morgen nach Mailand, und die Eule kommt von Marseille. Sie werden mich dort im Hotel treffen.« Er schob seinen Stuhl zurück und stand auf. Alle taten das gleiche, und Nicole sah zu, wie sie ihr Ritual ablaufen ließen. Ein Ritual, das sie immer wieder faszinierte, sooft solche Männer einander grüßten oder verabschiedeten. Einer nach dem anderen legten sie sich die Hände um den Nacken und küßten sich hart auf die rechte Wange, sehr nahe am Mund.

31

Sie schwammen fünfundzwanzig Pool-Längen. Michael hielt sich zurück, so daß er neben ihr schwimmen konnte. Als sie aufhörte, schnappte er nach Luft, aber sie brachte die Worte heraus: »Ich kann noch zehn Längen schaffen.«

Er zog sich aus dem Pool, griff nach seinem Handtuch und grinste auf sie herab. »Mach noch fünf, aber nicht mehr.« Er trocknete sich ab und sah dabei der dünnen Gestalt zu, die durch das Wasser glitt.

Sie trug einen leuchtend roten einteiligen Badeanzug, den sie am Tag zuvor während eines großen Einkaufsbummels in Rabat gekauft hatten. Es war eine Stunde nach Sonnenaufgang. Es war ihnen zur Routine geworden, früh aufzustehen und früh zu Bett zu gehen. Nach dem Frühstück nahmen sie den Jeep, und er zeigte ihr mehr von der Insel. Dann genehmigten sie sich eine große Mahlzeit im Oleander in Xaghra. Sie mochte die örtlichen Gerichte, und sie mochte Mario, den Besitzer, der sie eher wie eine Erwachsene als wie ein Kind behandelte. Nach dem Essen schwammen sie wieder, diesmal jedoch im Meer, von den Felsen am Qala Point aus. Anschließend sonnten sie sich ein oder zwei Stunden. Sie trug stets ein Notizbuch bei sich, und Michael brachte ihr Maltesisch bei. Es waren erst wenige Tage gewesen, doch er wußte, daß es eine Sache von Wochen wäre, bis sie sich in der Sprache verständigen könnte.

»Wenn mein Paß sagt, ich bin Malteserin«, hatte sie gesagt, »dann werde ich die Sprache sprechen.«

»Dein Paß sagt, du bist Malteserin«, hatte er geantwortet. »Aber vergiß nicht, daß du eine Gozitanerin bist.«

»Besteht da ein Unterschied?«

»Aber ja. Die Malteser halten die Gozitaner für die Bauern der Inseln, aber wir hier drüben haben ein Sprichwort: Ein Gozitaner kann drei Malteser in die Tasche stecken.«

Sie hatte gelacht und gesagt: »Dann bin ich ganz bestimmt eine Gozitanerin!«

Sie beendete ihre letzte Runde und brach keuchend über dem Rand des Pools zusammen.

Michael streckte eine Hand hinab, zog sie hoch und fragte: »Was möchtest du zum Frühstück?«

Ihre kleine Brust hob sich schwer, doch ihre Augen leuchteten beim Gedanken ans Essen auf. »Rührei, Schinken, Würstchen, Pilze und gegrillte Tomaten... oh, und viel Toast... und frischen Orangensaft.«

Er ging kopfschüttelnd in die Küche und hörte sie hinter sich rufen: »Ich mache das Mittagessen!«

Zehn Minuten später kam sie in die Küche. Sie trug jetzt Jeans-Shorts und ein weißes T-Shirt mit dem Aufdruck ›Smugglers Cave‹. Ein weiteres Restaurant, das ihr gefiel, insbesondere wegen seiner Pizzas. Das Haar war zu einem Pferdeschwanz zurückgekämmt, und ihr Gesicht nahm allmählich Sonnenbräune an. Sie kräuselte erwartungsvoll die Nase.

Er wandte sich wieder dem Herd zu und sagte über die Schulter: »Ich möchte, daß du in etwa einer Woche zu Laura und Paul gehst und dort bleibst.«

»Warum?«

»Ich gehe.«

»Wohin gehst du?«

»Weiß ich noch nicht. Nach Italien. Ich muß zu Creasy.«

Sie setzte sich an den Tisch. »Wie lange wirst du wegbleiben?«

»Weiß ich nicht. Könnte Tage oder Wochen dauern, oder sogar noch länger.«

Er drehte sich zu ihr um und erwartete, ein verdrießliches Gesicht zu erblicken. Das war nicht der Fall. Sie nickte einfach verständnisvoll.

»Kann ich nicht hier bleiben?« fragte sie.

Er türmte das Essen auf ihren Teller, brachte ihn hinüber, stellte ihn vor sie hin und sagte: »Wenn du allein hier bleibst, werden Creasy und ich uns um dich Sorgen machen. Wir haben genügend andere Sorgen.«

Erneut nickte sie, und ehe sie zu essen anfing, sagte sie: »An dem Tag, wenn ich zu Laura und Paul ziehe, werde ich ihnen das Versprechen abnehmen, daß sie zu mir nur auf Maltesisch sprechen. Wenn du zurückkehrst, werde ich eine Gozitanerin sein.« Sie sah auf und meinte ernsthaft: »Und ich werde drei Malteser in jeder Tasche haben.«

Er grinste und ging daran, das eigene Frühstück zu bereiten.

32

Creasy döste während des Flugs. Er flog nicht gern, nicht, weil er Angst hatte, sondern weil er diese Reiseform extrem langweilig fand. Man steckte einen in eine Röhre und lieferte einen an einem anderen Ort ab, in einer anderen Kultur und oftmals in einem anderen Klima. Es war, als würde man in einem Postpaket verschickt. Er fuhr bei weitem lieber mit Zügen und Schiffen und hatte sie stets benutzt, wenn er die Zeit dazu hatte. Infolge des üblichen Bummelstreiks der Fluglotsen in Italien waren sie in Brüssel mit einer Stunde Verspätung abgeflogen, und auch das machte ihn gereizt.

Er war in keiner guten Stimmung, als sie in Mailand landeten, da er jedoch nur eine kleine Reisetasche mitgenommen hatte, wurde ihm das Warten am Zoll erspart. Rasch fand er ein Taxi und sagte beim Einsteigen: »Hotel Excelsior ...in der Nähe des Bahnhofs.«

Der Fahrer fluchte unterdrückt. Jemand, der in diesem Flohstall nahe dem Bahnhof abstieg, würde kein Trinkgeld geben. Italienische Taxifahrer können geschwätzig sein, aber dieser hier blieb zumindest während des ersten Teils der fünfundvierzigminütigen Fahrt still. Nach zwanzig Minuten lehnte sich Creasy zurück, schloß die Augen und döste erneut. Die Stadt Mailand barg keine Schönheit, die ihn wach gehalten hätte. Hätte er nicht gedöst, so wäre ihm das jähe Interesse in den Augen des Taxifahrers aufgefallen, als dieser Creasy im Rückspiegel ansah. Fünf Minuten später wurde Creasy von der Stimme des Fahrers aufgeweckt.

»Bleiben Sie lange in Mailand?«

Creasy öffnete die Augen und schüttelte den Kopf, um ihn klar zu bekommen. »Nur ein paar Tage.«

»Dienst- oder Vergnügungsreise?«

»Besuche bloß 'nen alten Freund.« Der Tonfall in seiner Stimme war schroff genug, um anzudeuten, daß er kein Gespräch suchte, aber der Fahrer war hartnäckig.

»Sind Sie aus Neapel?«

»Nein. Aber ich habe ein paar Jahre dort verbracht.«

Der Taxifahrer nickte. »Das dachte ich mir, wegen Ihrem Akzent. Keine Stadt für mich. Weder ein Taxifahrer noch sonst jemand ist da auf den Straßen sicher.«

Creasy knurrte etwas Unverbindliches. Der Taxifahrer begriff den Wink anscheinend; und sie beendeten die Fahrt schweigend.

Der Fahrer erhielt ein Trinkgeld. Einen Tausend-Lire-Schein. Er sah ihn an und dann wieder den Mann, der in den schäbigen Hoteleingang trat. Der Fahrer legte den Gang ein, fuhr um die Ecke und griff nach seinem Handy. Fast jeder Taxifahrer in Mailand und manch anderer italienischen Stadt ist ein Informant, in der einen oder anderen Hinsicht. Das ist eine allgemein verbreitete Nebenbeschäftigung, und die Auftraggeber sind manchmal die Polizei, manchmal Drogenhändler, manchmal ein Zuhälter und gelegentlich ein örtlicher Mafia-*Capo*. Dieser Taxifahrer war mit Gino Abrata verbunden, einem der beiden *Capos*, die Mailand beherrschten.

Innerhalb von zwei Minuten war Abrata am Apparat, obgleich es erst sieben Uhr morgens war. Fünf Minuten später rief Gino Abrata Paolo Grazzini an, den einzigen *Capo* von Rom.

»Ja, er ist sich sicher. Er schwört es… Ja, ich weiß, er soll tot sein. Natürlich weiß ich, daß er tot sein soll! Ich hab' seine verdammte Beerdigung im Fernsehen gesehen… Nein, der Taxifahrer hat ihn nie zuvor von Angesicht zu Angesicht gesehen, aber er hat das Gesicht im Fernsehen gesehen, und dann, vor sechs Jahren, in voller Größe in der Zeitung. Es ist ein Gesicht, das man nicht vergißt. Außerdem sagt der Taxifahrer, daß er fließend Italienisch spricht, mit einem neapolitanischen Akzent… paßt genau. Mein Bursche ist zuverlässig… In einer halben Stunde hab' ich ein paar meiner Männer da… Ok… Ok, ich schicke ein halbes Dutzend meiner besten Typen… Ja, sicher, wie könnte ich das vergessen? Natürlich rufe ich Sie gleich an, wenn ich dieses Gesicht selbst vor mir habe.«

33

Michael las *Hundert Jahre Einsamkeit.* Zunächst fand er es sehr zäh, aber Creasy hatte ihn dazu gedrängt, es zu lesen, hatte ihm gesagt, daß es eines der großen Werke des Jahrhunderts sei. Er saß im Schatten eines Felsens am Qala Point. Gelegentlich warf er einen Blick zu Juliet hinüber, die auf dem Bauch in der Sonne lag. Sie studierte ihr maltesisches Sprachbuch und rief manchmal zu Michael herüber, damit er ihr etwas genauer erklärte.

Nach einer Stunde gingen sie beide ins Meer, um sich abzukühlen, und setzten sich dann in den Schatten. Er holte für sich eine Dose Bier aus der Kühltasche und für sie eine Cola.

Eine Weile lang saßen sie in einträchtigem Schweigen da, dann sagte sie: »Ich möchte darüber reden.« Sie sah hinaus über das glatte, dunkelblaue Meer zur Insel Comino. Er starrte sie an.

»Darüber, was mir in Marseille zugestoßen ist«, fuhr sie mit ruhiger Stimme fort. »Körperlich geht es mir jetzt besser. All das gute Essen, die Sonne und das Meer haben dafür gesorgt... Ich nehme an Gewicht zu, und ich fühle mich jeden Tag kräftiger.« Sie wandte sich ihm zu und sagte dann fast verteidigend: »Aber ich kann nachts nicht gut schlafen, und manchmal habe ich Alpträume und schwitze stark... Ich glaube, es ist alles in meinem Kopf, und ich glaube, ich muß mit dir darüber reden.«

Creasy hatte diese Möglichkeit mit Michael besprochen, daher antwortete er: »Juliet, es gibt Leute, die in so was Erfahrung haben. Speziell ausgebildete Ärzte und Sozialarbeiter. Was du da empfindest, ist eine verzögerte Reaktion. Das ist ganz normal. Manchmal benötigen Leute, die derart schreckliche Erlebnisse durchgemacht haben, Wochen, Monate oder sogar Jahre, um darüber hinwegzukommen. Es hängt von ihrem Charakter und ihrem Hintergrund ab. Das Grauen hat für dich angefangen, als dich dein Stiefvater zu mißbrauchen begonnen hat. Du solltest mit einem Spezialisten reden und in jene Zeit zurückgehen. Es gibt einen sehr guten draußen auf Malta, eine in England ausgebildete Frau.«

Das Mädchen schüttelte nachdrücklich den Kopf. »Ich brauche keinen Psychiater, Michael. Ich muß bloß mit jemandem reden, dem ich vertraue. Es müssen du oder Creasy sein, und ihr beide seid vielleicht eine lange Zeit weg, also mußt du es sein. Können wir's jetzt hinter uns bringen und es dann vergessen?«

Er trank etwas Bier und sagte dann: »Schieß los!«

Sie sprach eine halbe Stunde lang. Zweimal weinte sie, und jedes Mal legte er ihr einen Arm um die Schultern und wartete, bis sie ihre Tränen unter Kontrolle hatte. Am Ende war er sowohl nachdenklich als auch verwirrt. »Also hat dich dein Stiefvater niemals wirklich vergewaltigt?«

»Nein ... er hat sein Ding niemals in mich 'reingesteckt. Er hat mich nur gestreichelt und mich dazu gebracht, meine Hände draufzulegen ... vielleicht war's so schlimmer. Und er hat mich geschlagen. So etwas gefiel ihm.«

Er nickte und sagte: »Vielleicht hat ihn deine Mutter nicht mehr tun lassen wollen.«

Sie schüttelte den Kopf. »Sie hätte ihn alles tun lassen. Deswegen bin ich weggelaufen. Er hat mir immer wieder gesagt, daß er es an meinem vierzehnten Geburtstag tun würde ...« Sie blickte zu ihm auf, die Augen voller Tränen. »Er hat mir gesagt, es wäre ein besonderes Geburtstagsgeschenk.«

Michael schwieg. Mit den Gedanken war er weit weg in Deutschland, und er dachte, er würde eine Reise dorthin unternehmen, wenn all dies hier vorüber wäre. Er würde einem bestimmten Mann sein allerletztes Geburtstagsgeschenk überreichen. Das Geschenk der ewigen Verdammnis. Seine Gedanken kehrten in die Gegenwart zurück. »Und dasselbe ist bei diesen Schweinehunden in Marseille geschehen?«

Ihre Stimme war fast unhörbar. »Ja, sie haben mich dazu gebracht, meine Hände zu benutzen... und meinen Mund. Sie haben eine Frau mitgebracht, die mir gezeigt hat, wie ich den Mund benutzen mußte... sie war eine sehr schöne Frau mit langem blonden Haar, und sie haben gewöhnlich zugesehen, wie sie Dinge mit mir gemacht hat... manchmal waren drei oder vier von ihnen da... anschließend haben sie mich dazu gebracht, meinen Mund zu benutzen.«

Erneut begann sie zu weinen, und Michael zog sie ganz nahe heran und hielt ihren Kopf an seiner Schulter. Es war ein warmer Tag, doch er war von Eiseskälte erfüllt. Er dachte an die schöne blonde Frau und sagte: »Juliet, ich weiß nicht, ob es helfen wird, aber ich habe die Frau getötet, die dir das angetan hat.«

Sie blickte auf und wich vor ihm zurück. »Du hast sie getötet... du selbst? Wann... wie...?«

Er berichtete ihr in allen Einzelheiten von dem Keller unter der Villa in Marseille. Er berichtete ihr, wie Denise Defors in Panik geraten und zu den Stufen gerannt war, und wie er ihr erst in den Rücken und dann in den Kopf geschossen hatte.

Er sah die grimmige Faszination in den Augen des Mädchens, und sie fragte: »Und der Mann, mit dem sie zusammen war, dieser gutaussehende Mann? Derjenige, der immer Schuhe aus Schlangen- oder Echsenleder oder so was getragen hat?«

Michael nickte. »Creasy hat ihn getötet. Er hat ihn an einen korrupten Polizisten gefesselt, der eine Bombe an seinem Rücken trug. Die Bombe wurde ausgelöst und hat beide in Stücke gerissen.« Erneut sah er die Befriedigung in ihren Augen. »Hilft es?« fragte er ruhig.

»Ja«, gab sie zur Antwort. »Du hast sie getötet, und Creasy hat ihn getötet... Es ist einfach so, als hätte ich eine warme Dusche genommen.« Sie sah die leichte Verwirrung in seinen Augen. »Was ist?« fragte sie.

Er spreizte die Hände. »Nun... Ich kann dieses Tier von einem Stiefvater verstehen, der einige Monate voller Vorfreude gewartet hat, aber ich kann die Schweinehunde in Marseille nicht verstehen, die gewartet haben. Bei dem armen dänischen Mädchen haben sie auch nicht gewartet.« Ein Gedanke traf ihn. »Juliet... warst du... bist du... eine Jungfrau?«

»Ja«, sagte sie ernsthaft. »Sie haben sogar diese alte Frau dazu gebracht, es zu überprüfen... sie kannte sich anscheinend mit solchen Dingen aus... sie hat einen Finger in mich hineingesteckt und gesagt: ›Oui... c'est là...!‹ Ich spreche ziemlich gut Französisch, weil ich auf eine internationale Schule gegangen bin.«

»Das ist es also«, sagte er. »Sie haben dir wahrscheinlich deine Jungfräulichkeit gelassen, um dich an den höchsten Bieter zu verkaufen. Schöne Jungfrauen von etwa vierzehn oder fünfzehn Jahren bringen einen hohen Preis im Mittleren oder Fernen Osten.«

Sie schüttelte den Kopf.

»Ich glaube, es war was anderes.«

»Was zum Beispiel?«

»Ich bin mir nicht sicher«, antwortete sie. »Aber es war etwas, das sie gesagt haben. Die Frau war dort und der Mann mit den Schlangenschuhen. Natürlich haben sie Französisch gesprochen, aber sie haben nicht gewußt, daß ich das meiste davon verstanden habe. Schlangenschuh war höflich zu dem anderen Mann... er muß wichtig gewesen sein. Er wollte mich, doch Schlangenschuh hat nein gesagt, ich sei eine Jungfrau. Der Mann wurde sehr erregt und hat Schlangenschuh gedrängt, aber er hat sich noch immer geweigert. Dann hat der Mann gesagt: ›Natürlich können Sie für eine kleine Jungfrau wie die da ein Vermögen bekommen‹. Daraufhin hat die Frau, die du getötet hast, gelacht und gesagt: ›Wir bekommen mehr als ein Vermögen für eine Jungfrau. Wir bekommen ein größeres Vermögen für ihre Jungfräulichkeit, ihre Jugend... und ihr Leben... alles zusammen.‹ Daraufhin hat ihr Schlangenschuh gesagt, sie solle den Mund halten.«

Michael war noch immer verwirrt. »Jungfräulichkeit, Jugend und Leben...« Er hob die Schultern und stand auf. »Laß uns gehen. Wir werden heute abend ein Barbecue zubereiten.«

Sie fuhren schweigend, bis sie durch Rabat gekommen waren. Dann sagte sie: »Michael, ich glaube, heute nacht werde ich schlafen.«

Er sah sie an und lächelte. »Du wirst schlafen. Nach einem großen Mahl und zwei oder drei Gläsern guten Rotweins wirst du wie ein Baby schlafen.«

Wieder im Haus trug er gerade die Kühlbox in die Küche, als das Telefon läutete. Juliet war zum Duschen und Umziehen in ihr Schlafzimmer gegangen. Er schob die Kühlbox unter den Ausguß und hob den Hörer. Es war Guido aus Neapel. Er sagte Michael, daß Creasy an diesem Morgen verschwunden sei. Er hatte ein Treffen mit Colonel Satta um zehn Uhr abgemacht, war jedoch nicht aufgetaucht und hatte auch nicht angerufen. Satta hatte beim Flughafen nachgefragt und erfahren, daß Creasy mit einem Alitalia-Flug von Brüssel um sieben Uhr gelandet sei. Daraufhin hatte Satta im Hotel nachgefragt, und man hatte ihm gesagt, daß Creasy gegen acht Uhr eingetroffen sei, das Hotel jedoch eine halbe Stunde später verlassen habe. Er war nicht zurückgekehrt. Seine Reisetasche befand sich auf dem Zimmer. Inzwischen war der Däne Jens Jensen eingetroffen und ebenfalls in dem Hotel abgestiegen, zusammen mit einem Franzosen, den Guido lediglich als die Eule kannte. Michael erwiderte, daß Creasy vielleicht eine Spur zum ›Blauen Ring‹ aufgenommen habe, der er folgen mußte, ohne Zeit zu haben, Satta zu kontaktieren. Guidos Stimme klang nicht überzeugt.

»Du kennst Creasy gut, Michael, aber ich kenne ihn besser. Er hätte irgendwie eine Nachricht hinterlassen.«

»Du meinst, er ist entführt worden?«

»Ich halte das für neunzig Prozent sicher.«

»Der ›Blaue Ring‹?«

»Vielleicht. Vielleicht nicht... Er hat jede Menge Feinde in Italien. Satta hat seine Leute darauf angesetzt, und ich fahre in einer Stunde nach Mailand. Ich habe Maxie eine Nachricht zukommen lassen, und er wird mit Miller und Callard fliegen. Ich habe schon vorhin versucht, dich zu erreichen, aber du bist wohl aus gewesen, also habe ich für dich einen Alitalia-Flug heute abend um acht Uhr gebucht. Das Ticket wird am Alitalia-Schalter am Flughafen liegen.«

Michael blickte auf seine Armbanduhr und sagte: »Ich werde dort sein.«

Eine halbe Stunde später fuhr er Juliet zum Bauernhaus der Schembris. Er war erfreut gewesen über Juliets Reaktion auf die Neuigkeit darauf, daß er sofort abreisen müsse. Zunächst wollte sie mitkommen; vielleicht könnte sie auf irgendeine Art helfen, aber sie hatte den Ausdruck auf seinem Gesicht gesehen. Also hatte sie ihre Tasche gepackt und ihn darum gebeten, sie auf dem laufenden zu halten.

Im Bauernhaus hieß Laura sie herzlich willkommen und wies nach oben zu Creasys altem Schlafzimmer. Sie sagte ihr, sie solle auspacken. Juliet umarmte Michael zum Abschied, nahm gehorsam ihre Tasche und ging ins Haus.

Laura stand mit Michael neben dem Jeep. Er sah die Besorgnis in ihren Augen und sagte einfach: »Wir haben ein gutes Team, das sich in Mailand versammelt, ein sehr gutes Team.«

Nichts sonst mußte gesagt werden. Als sie ihn umarmte, flüsterte Laura: »Viel Glück!« und wandte sich ab.

34

»Ich habe Ihnen einen Gefallen getan«, sagte Creasy.

Gino Abrata auf der anderen Seite des Tischs schnaubte spöttisch. »Einen Gefallen!« Er blickte zu den beiden Leibwächtern auf, die hinter Creasy standen. Beide hatten Maschinenpistolen auf den Rücken des Amerikaners gerichtet, obgleich dessen Arme und Beine fest an den schweren Stuhl gefesselt waren. Einer von ihnen grinste höhnisch, der andere jedoch blickte unablässig mit zusammengekniffenen Augen auf den Hinterkopf des Mannes vor sich. Er war ein aufmerksamer und vorsichtiger Leibwächter, und er hatte all die Geschichten über den Mann gehört, den man Creasy nannte. Sein Blick huschte kurz zum Gesicht seines Boß. Es war ein fettes Gesicht über einem kurzen fetten Hals, der aus einem eleganten Anzug ragte. Gino Abrata war bekannt für seinen guten Geschmack in puncto Essen, Kleidung und Gemeinheit. Er schnaubte erneut: »Welchen Gefallen haben Sie mir je erwiesen?«

Creasy hob schmerzhaft die Schultern; die rechte Seite seines Gesichts war geschwollen, und an seiner Stirn klebte getrocknetes Blut aus einer Platzwunde. »Vor sechs Jahren habe ich Sie zum wichtigsten *Capo* in Mailand gemacht«, erwiderte er.

»Sie haben was?«

»Gewiß. Lassen Sie ihr Gehirn doch mal einen Blick zurückwerfen... wenn Sie ein Gehirn haben.«

Abrata hob einen Finger, und einer der Leibwächter trat zwei Schritte vor und hieb mit sorgfältig berechneter Wucht Creasy den Kolben seiner Maschinenpistole in den Rücken, direkt unterhalb des Nackens. Creasy gab keinen Laut von sich, und sein Blick wich nicht von Abratas Gesicht.

»Ja, ich habe ein Gehirn«, sagte der Italiener. »Und gerade im Augenblick arbeite ich darin die schmerzhafteste Methode aus, Sie umzubringen. Von welchem verdammten Gefallen reden Sie eigentlich?«

Creasy bewegte leicht die Schulter, auf seinem Gesicht jedoch erschien kein Ausdruck des Schmerzes. »Vor sechs Jahren waren Sie der Junior-*Capo* in dieser Stadt, unter Fossella. Ich habe Fossella getötet. Erinnern Sie sich daran?«

Bei diesen Worten lächelte Abrata. Das Lächeln machte sein Gesicht noch häßlicher. »Sicher erinnere ich mich daran.

Sie haben ihm eine Bombe in den Arsch gesteckt und ihn an die Decke gesprengt.«

Creasy nickte. »Ich habe auch seine rechte Hand umgebracht, was Ihnen freie Bahn verschafft hat, hier der Top-*Capo* zu werden.«

Abrata grinste ihn höhnisch an und beugte sich vor. »Ich wäre sowieso Top-*Capo* geworden.«

Creasy schüttelte den Kopf. »Das bezweifle ich. Fossella war klüger als Sie, und er hat die besseren Leute um sich geschart.«

»Wenn er so klug gewesen ist«, antwortete Abrata, »wie hat er sich dann von einem Mann, der allein arbeitet, schnappen und sich eine Bombe in den Arsch stecken lassen? Das wäre mir nie passiert.«

Er sah das leise Lächeln auf den Lippen des Amerikaners und hörte ihn dann ruhig sagen: »Mit Ihnen hatte ich keine Fehde auszufechten, nur mit Fossella und seinen Bossen in Rom und Palermo. Wenn ich mit Ihnen eine Fehde auszufechten gehabt hätte, würden Sie ganz gewiß jetzt nicht hier sitzen.« Er deutete mit dem Kopf hinter sich und beugte sich dann vor. »Aber ich sag' Ihnen was, Abrata, wenn mich nochmal einer Ihrer Gorillas schlägt, dann habe ich mit Ihnen eine Fehde auszufechten.«

Im Raum war es still, und es schien kälter geworden zu sein. Abrata sah dem Amerikaner lange in die schwerlidrigen Augen, dann wanderte sein Blick zu den Augen seiner Leibwächter. Als er das Wort ergriff, lag in seiner Stimme ein abgemessenes Quantum Geringschätzigkeit. »Also, Sie haben Nerven... das wissen wir alle. Sie sitzen da, eingeschnürt wie ein Truthahn, mit Maschinenpistolen auf Ihren Rücken gerichtet, und Sie stoßen Drohungen aus. Sie bedrohen den

Mann, der sich nicht überlegt, ob er Sie tötet, sondern wie er Sie tötet.«

Erneut trat das leise Lächeln auf die Lippen des Amerikaners. »Lassen Sie mich doch mal das Bild skizzieren. Vor zwei Stunden haben Sie meine Identität eindeutig geklärt. Zweifelsohne haben Sie als erstes Paolo Grazzini in Rom angerufen. Ich bin mir sicher, dies ist das erste, was Sie immer tun, wenn Sie sich einer großen Entscheidung gegenübersehen. Wenn Sie bei einer solchen Sache auf eigene Faust handeln, würde Grazzini hier aufkreuzen und Ihnen in den Arsch treten. Nein... ich kann mir gewiß sein, daß Grazzini Sie angewiesen hat, mich am Leben und in hinlänglich gutem Zustand zu lassen, daß ich seine Fragen beantworten kann, wenn er entweder heute abend oder morgen früh hier ankommt.« Creasy sah dem Italiener in die Augen und fand die Wahrheit seiner Worte dort widergespiegelt.

Abrata versuchte einen Bluff. »Niemand gibt Gino Abrata Befehle... niemand.«

»Aber sicher.«

Abrata stand auf, ging um den Tisch und nahm einem der Leibwächter die MP ab. Er drückte Creasy die Mündung ans linke Ohr und wiederholte: »Niemand gibt Gino Abrata Befehle.«

Creasy seufzte und sagte: »Also drück auf den Abzug, du Arschloch.«

Sekunden verstrichen, und dann sagte Abrata leichthin: »Wir kooperieren in der *Cosa Nostra*. Es stimmt, daß Paolo Grazzini jetzt im Rat sitzt. Natürlich werde ich mit ihm kooperieren, und er mit mir. Gewiß habe ich ihn über den Fisch informiert, der mir ins Netz gegangen ist. Da er ein spezielles Interesse an Ihnen hat... Conti war sein Schwager, und Sie haben Conti brutal umgebracht. Es ist vernünftig, daß ich ihn mit Ihnen reden lasse, ehe ich mir das Vergnügen gönne, Sie umzubringen.«

Creasy wandte den Kopf, schob die Mündung der MP von seinem Ohr weg. Er sah zu Abrata auf. »Natürlich ist das vernünftig. Es ist ebenfalls vernünftig, daß Sie einen Ihrer Gorillas anweisen, mir ein Glas kaltes Wasser zu bringen oder, noch besser, ein Glas guten Rotwein. Ich freue mich auf das Gespräch mit Grazzini... schließlich schuldet er mir den gleichen Gefallen wie Sie. Vor sechs Jahren hat ihn Conti gewöhnlich wie einen Laufburschen behandelt, selbst nachdem er seine Schwester geheiratet hatte.«

Wieder herrschte Schweigen im Raum, dann nickte Abrata einem der Leibwächter zu, der den Raum verließ.

Creasy streckte die Schultern und sagte: »Außerdem muß ich aufs Klo.«

Abrata setzte sich wieder hin. »Dann piß dir in die Hosen. Du kommst nicht von diesem Stuhl herunter, bis Grazzini hier eintrifft... und wenn du herunterkommst, wirst du nie wieder aufs Klo müssen.«

35

Ein frühherbstlicher Regen peitschte über die Dunkelheit des Mailänder Flughafens, als Michael durch den Zoll ging. Er konnte ihn auf dem High-Tech-Dach hören. Er paßte zu seiner Stimmung.

Die Stimmung hob sich etwas, als er Guido im Hintergrund der wartenden Menge erblickte. Sie umarmten sich, und Guido führte ihn durch das Gedränge zum Parkplatz. Als sie sich dem schwarzen Lancia näherten, öffneten sich die hinteren Türen, und sie schlüpften hinein. Maxie MacDonald saß am Steuer. Frank Miller saß neben ihm. Sie reihten sich in den fließenden Verkehr ein.

Über die Schultern hinweg sagte Maxie: »Regen und Scheiße, aber hallo, Michael.« Er winkte mit der rechten Hand. »Das ist Frank Miller. Du hast von ihm gehört.« Frank drehte den Kopf, und in der schwachen Beleuchtung sah Michael das fast engelhafte Gesicht.

»Schön, dich endlich kennenzulernen«, begrüßte ihn Miller.

»Ebenso.« Michael wandte sich an Guido und sagte: »Leg los!«

Guido hatte sich in die Ecke des Wagens gedrückt. Er sprach rasch und präzise. »Creasy wird fast sicher von der Mafia festgehalten... Wir glauben, von dem Haupt-*Capo* hier, Gino Abrata. Er muß wiedererkannt worden sein, und natürlich vergißt die Mafia niemals eine Vendetta.«

Michaels Stimme war angespannt. »Was haben wir?«

»Creasy hat in dieser Stadt gewichtige Kontakte, besonders zu einem Colonel Satta von den *Carabinieri*... Du wirst von dem gehört haben«, berichtete Guido. »Satta hat erfahren, daß Creasy sein Hotel etwa eine halbe Stunde nach seiner Ankunft aus Brüssel verlassen hat. Etwa zwei Blocks entfernt hat es einen Tumult gegeben. Sechs Männer waren beteiligt. Zwei in einer großen schwarzen Limousine und vier auf dem Bürgersteig. Ein einzelner Schuß wurde in die Luft abgefeuert, und dann wurde Creasy in die Limousine verfrachtet. Augenzeugen hier sind zurückhaltend, doch es war fast sicher Creasy. Das war heute morgen, und seitdem haben wir weitere Informationen erhalten, die im Augenblick auf den neuesten Stand gebracht werden. Es ist besser, wir warten, bis wir in unserer Basis sind und Satta uns alle auf den neuesten Stand bringt.«

»Wen haben wir hier?« fragte Michael.

Guido wies auf die Vordersitze. »Nun, wir haben da Maxie und Frank. Dann haben wir noch René Callard, den Dänen Jens Jensen, einen Franzosen, die Eule genannt, Satta, natürlich, seine Nummer zwei, Bellu, und einen von Sattas Undercover-Männern, der lediglich als der Geist bekannt ist.«

»Also haben wir in unserem Team drei italienische Polizisten... Mir ist jeder Polizist verdächtig«, murmelte Michael.

Guido schüttelte den Kopf. »Diesen dreien kannst du vertrauen, und auch unserem restlichen Team. Vertrau sonst niemandem.«

Es war ein kleines Haus in einem nichtssagenden Vorort Mailands. Eine alte Frau öffnete die Tür, ließ achtsam den Blick über sie gleiten und bat sie dann herein. Das Wohnzimmer war überfüllt. Michael kannte Jens und die Eule. Guido stellte ihn Callard, Bellu, dem Geist und Satta vor, wobei er sagte: »Den Rest kennst du.« Es war eine halbe Stunde vor Mitternacht.

Michael umarmte sie alle. Stühle waren um einen Tisch herumgestellt worden. Der Mann, der Geist genannt wurde, saß an einem kleinen, mit allen Raffinessen ausgestatteten Funkgerät und sprach in ein Mikrofon. Als Michael sich niederließ, beachteten ihn die anderen nicht; sie waren in eine Diskussion vertieft. Bellu sprach gerade.

»Es ist bestimmt Abrata... keiner seiner ›Soldaten‹ ist auf der Straße. Wie wir wissen, hat er zwei hauptsächliche

Schlupflöcher am Stadtrand. Creasy wird in einem davon festgehalten. Wir glauben, in dem im Norden, das auf einem Hügel steht und leicht verteidigt werden kann.«

»Wann werden wir wissen, welches?« fragte René Callard.

»Innerhalb einer Stunde«, antwortete Bellu. »Aber wir müssen vorsichtig sein.« Er warf Michael einen Blick zu. »Leider sind die *Carabinieri*, wie jede andere Institution in Italien, von der Mafia durchsetzt. Wir dürfen nur mit den wenigen Leuten arbeiten, denen wir vertrauen können… und es sind sehr wenig.«

Satta schnitt eine Grimasse, nickte und bestätigte: »Wir können sie an den Fingern einer Hand abzählen.«

»Die Ausrüstung aus Marseille ist eingetroffen«, berichtete Maxie. »Wir sind gut ausgestattet. Sobald wir den Aufenthaltsort kennen, können wir uns den Weg hineinschießen.«

Satta schüttelte den Kopf. »Bis Sie sich den Weg hineingeschossen haben, wird Creasy eine Kugel im Kopf haben. Laßt uns sorgfältig überlegen.« Er deutete auf Guido. »Unser Freund war einst in der Mafia und versteht, wie sie arbeitet.« Er tippte sich auf die Brust und zeigte dann auf Bellu.

Der kleine, rundgesichtige Italiener skizzierte kurz die Lage.

»Creasy hat einmal einen Ein-Mann-Krieg gegen die größte Mafiafamilie geführt… vor etwa sechs Jahren. Er hat sie um zehn Jahre zurückgeworfen. Die gegenwärtige Situation ist die, daß Gino Abrata der führende von zwei *Capos* in Mailand ist. Sein nomineller Boß in der Hierarchie ist Paolo Grazzini aus Rom. Wir wissen, daß Grazzini am späten Abend in Rom ein Treffen mit einem *Capo* aus Detroit hatte. Wir wissen, daß sie im Ristorante Adessio zu Abend gegessen haben, und Grazzini ist kurz nach Mitternacht in seiner

Limousine abgefahren, gefolgt von einem Wagen voller Leibwächter, und er hat die Autostrada nach Mailand genommen. Er haßt es, mit dem Flugzeug oder Zug zu reisen. Er wird schätzungsweise um fünf Uhr dreißig morgens eintreffen. Bis dahin wird, wie wir wissen, Creasy am Leben gehalten. Sowohl Abrata als auch Grazzini werden sehr durcheinander sein, weil sie während der letzten sechs Jahre geglaubt haben, Creasy läge in einem Grab in Neapel. Sie werden den Verdacht haben, daß er wiederum einen Krieg gegen die Mafia anzettelt. Sie werden ihn foltern, um das Wie und Warum herauszufinden.« Er sah sich im Raum um. »Wir wissen, daß Creasy ihnen nichts erzählen wird. Wir wissen, er wird viele Stunden durchhalten ... Meine Schätzung beträgt wenigstens vierundzwanzig Stunden ... Danach werden sie ihn qualvoll töten, und sie werden seine Leiche öffentlich zur Schau stellen, als Beispiel der Rache und als Zeichen, sich nicht mit der Mafia anzulegen.« Er blickte auf die Armbanduhr. »Wir haben etwa dreißig Stunden.«

Maxie stand auf und fing an, um den Tisch herumzugehen. Er war erregt. »Dreißig Stunden sind viel Zeit. Sobald wir den Aufenthaltsort sicher wissen, werden wir eine Operation in Gang setzen. Wir führen ein Ablenkungsmanöver durch ... und Frank, René und ich schlagen zu.«

Satta schüttelte den Kopf. »Der offensichtliche Weg wäre, daß die *Carabinieri* den Aufenthaltsort abriegeln, während unsere Anti-Terroreinheit das Gebäude stürmt. Dagegen sprechen zwei Dinge: Erstens ist unsere Einheit derart korrumpiert, daß sie wenigstens eine Stunde vorher gewarnt würden. Zweitens würden wir eine behördliche Genehmigung benötigen, um eine derartige Operation in Gang zu setzen, und das würde viele Stunden dauern. Wir müßten einen ehrlichen Bürgermeister oder Richter finden, und die meisten davon sind umgebracht worden.« Er hob vielsagend die Schultern. »Das ist unsere Situation.«

Daraufhin erhob sich René Callard und sprach Englisch mit schwerem Akzent. »Wir benötigen niemanden außer uns selbst. Wir haben das zuvor schon getan. Creasy ist unser Mann. Geben Sie uns den Aufenthaltsort. Wir holen ihn ’raus.«

Michael hatte auf den Tisch vor sich gesehen. Jetzt hob er den Kopf, blickte Satta an und sagte: »Ich brauche etwas mehr an Information. Hat Abrata Familie?«

Satta sah Bellu an, der die Information zur Verfügung stellte.

»Abratas Eltern sind beide tot. Er hat keine Kinder. Sein Bruder und seine Schwester leben in New York. Mit seiner Frau hat er sich auseinandergelebt, sie lebt in Bologna mit einem untergeordneten *Capo* zusammen.« Er schenkte Michael ein sarkastisches Grinsen. »Dort ist für Sie nichts zu holen.«

»Und Grazzini?« fragte Michael.

Bellu hob die Schultern. »Eine Frau und zahllose Geliebte. Er hat keine gefühlsmäßigen Bindungen, außer zu seiner Mutter.«

»Wo ist seine Mutter?«

Zum erstenmal verzerrten sich Sattas Lippen zu einem Grinsen. Ihm war klar, worauf die Frage zielte, und er gab bereitwillig Antwort. »Grazzinis Mutter wird Graziella genannt. Sie lebt in einer kleinen Stadt namens Bracciano Lago, zwanzig Meilen nördlich von Rom. Sie ist sehr religiös. Sie betet jeden Tag in der Kirche für das Seelenheil ihres Sohnes… ich würde sagen, daß ihre Gebete vergebens sind.«

Michael sah den Geist an und sagte: »Es wird eine lange Nacht werden. Können wir etwas zu trinken und vielleicht ein paar Nudeln bekommen?«

Der Geist stand auf, ging zur Tür und rief die Stufen hinab: »Bring uns was zu essen und zu trinken, du alte Hexe! Weißt du nicht, daß jede Armee mit den Bäuchen marschiert?«

Auf eine ihnen allen unbekannte Art und Weise war die Gruppe harter, erfahrener Männer dabei, sich dem Jüngsten von allen zu fügen.

Michael zeigte zuerst auf Guido. »Ich möchte, daß du sofort nach Neapel zurückkehrst. Du spielst in dem, was kommt, keine Rolle, außer als derjenige, der die Verbindung zwischen uns aufrechterhält.« Er deutete auf Maxie. »Wir werden keinen Sturm auf das Schlupfloch versuchen.« Er zeigte auf Bellu. »Vor morgen früh muß ich in Bracciano Lago sein. Frank, René und die Eule werden mich begleiten. Wir werden uns Grazzinis Mutter schnappen und sie gegen Creasy austauschen.« Er zeigte auf Satta. »Colonel, bis morgen früh benötige ich einen Rollstuhl und Priesterkleidung« – er deutete auf Jens Jensen –, »die dem Dänen paßt.« Er zeigte auf den Geist. »Da Sie das Terrain kennen, werden Sie Maxie so nah wie möglich an ihr Schlupfloch bringen und dort Instruktionen abwarten, falls wir in Bracciano Lago Mist bauen. Wenn das der Fall ist, werden nicht Sie hineingehen. Maxie wird das tun.« Er stand auf und begann gedankenverloren auf und ab zu gehen. Er deutete erneut auf Satta. »Wir brauchen Funkkontakt, nicht bloß untereinander, sondern auch direkt mit dem Geist und Maxie. Kann das während der nächsten paar Stunden arrangiert werden?«

Satta nickte. Auf seinem Gesicht lag ein Lächeln. Er saß in einem Zimmer, umgeben von den gefährlichsten Menschen, denen er jemals in seinem gefährlichen Leben begegnet war, und er beobachtete einen jungen Mann, fast einen Knaben, der ihnen Befehle gab. Es sprach seinen Sinn für Ironie an. »Was brauchen Sie sonst noch?« fragte er.

Michael blieb stehen. »Abgesehen vom Geist, den ich für sauber halte, müssen Sie die *Carabinieri* hier heraushalten, aus Gründen, die Sie sicher verstehen. Ich brauche zwei unauffällige Wagen hier in Mailand, für den Geist und Maxie, und zwei weitere in Rom, für mich selbst und die Rückendeckung. Ich brauche einen Schlupfwinkel in Rom. Vermutlich können wir dieses Haus hier in Mailand als Basis benutzen. Außerdem muß ich ein Flugzeug chartern, um mein Team innerhalb von drei Stunden nach Rom zu bringen. Es sollte eine private Fluggesellschaft sein, die keine Verbindung zu den *Carabinieri* hat. Geht das?«

Satta nickte, als sich die Türe öffnete und die alte Frau eintrat, die ein Tablett mit Weinflaschen, Gläsern, einem riesigen Topf mit Nudeln und Tellern trug. Sie sah den Geist an. Alte Augen in einem alten Gesicht, jedoch ein Lächeln der Zuneigung. »Wenn du mich noch einmal alte Hexe nennst, werde ich dich ins Bett mitnehmen und dir beweisen, daß du dich irrst.«

Der Geist, ein gutaussehender Mann Anfang Dreißig, sah sie an, nickte und bekreuzigte sich.

Während sie aßen und tranken, entwickelte Michael seinen Plan weiter.

36

Ein einzelner Scheinwerfer in einer entfernten Ecke strahlte ihn an. Die beiden Leibwächter standen dahinter in der Dunkelheit. Sie waren alle zwei Stunden abgelöst worden. Man hatte ihnen gesagt, sie sollten in ihrer Wachsamkeit niemals nachlassen, obgleich er gefesselt und bewegungsunfähig war. Man hatte ihnen gesagt, er sei wie der ›Tod in einer kalten Nacht‹. Das Kinn war ihm auf die Brust gesunken. Er praktizierte das, was er viele Jahre zuvor gelernt hatte; er schlief halb, und dennoch war sein Kopf wach. Längst hatte er damit aufgehört, sich wegen seiner Achtlosigkeit Vorwürfe zu machen. Natürlich hätte er vorsichtiger sein sollen. Natürlich hätte er dasselbe Hotel nicht zweimal benutzen sollen. Natürlich hätte er auf den wartenden Wagen am Bordstein achten sollen. Natürlich hätte er die herumlungernden Männer sehen und als das erkennen sollen, was sie waren. Aber das alles ließ sich nun nicht mehr ändern. Er entsann sich der Standpauke, die er Michael damals in Marseille gehalten hatte. Sein Fehler war genauso dumm. Er dachte an Michael. Er wußte, daß dieser jetzt bereits in Italien war und ihn suchte. Er wußte, daß Michael ein Team hatte, das der Traum eines jeden Anführers war. Er fragte sich, wie Michael mit diesem Team umging.

Dann wanderten seine Gedanken zu Grazzini. Er kannte Grazzini. Er war mehr von der nördlichen Mafia und nicht wie die Tiere aus Kalabrien und Sizilien, die längst jegliches Überbleibsel von Ehre auf der Jagd nach Drogendollars aufgegeben hatten. Grazzini war vergleichsweise jung. Er war skrupellos, doch er hielt sich an den Kodex, Geschäft von Familie zu trennen. Würde Michael das verstehen? Wenn nicht, wären Guido oder Satta imstande, ihm das zu erklären?

Während er unter Schmerzen dort saß, stieg eine Ahnung in ihm auf; eine Ahnung, daß Michael die Kontrolle übernahm. Eine Ahnung, daß die harten und erfahrenen Männer um ihn herum Michael folgen würden. In Michael sähen sie ein Fenster zu ihm selbst.

Seine Gedanken wanderten zu der Kindfrau auf Gozo, und Schmerz übermannte ihn. Sie hatte jetzt einen Bruder, aber vor allem brauchte sie einen Vater. Seine Gedanken kehrten zu Grazzini zurück. Er wußte, daß Grazzini mit Drogen, Schutzgeld, Korruption und scheinbar legitimen Bau- und Handelsfirmen zu tun hatte. Er handelte nicht mit Frauen. Er wußte, daß ihn Grazzini bis auf die Knochen haßte und daß sein Tod durch Grazzinis Hand ein gewaltiger Coup für den römischen *Capo* wäre. Er wußte, wie er mit Grazzini umgehen würde.

37

Michael war ihnen einfach über. Auf geistiger Ebene. Er wußte, daß es ihm aufgrund der Stärke seiner Persönlichkeit sowie seiner familiären Bindung zu Creasy gelungen war, eine Gruppe erfahrener, harter Männer zu dominieren. Er wußte auch, daß seine einzige größere Heldentat diesen Männern bekannt war. Eine Glanztat, welche die Kugel eines Heckenschützen präzise in die Schulter eines Terroristen gelenkt hatte, aus einer Entfernung von fünfhundert Metern. Eine Glanztat, die durch die Tatsache bedeutender wurde, daß Creasy gleichfalls als Heckenschütze neben ihm gelegen hatte, als er den Abzug gedrückt hatte. Und er hatte sich, was das betraf, auf Michaels Geschick verlassen. Er wußte, daß er in den Augen von Leuten wie Maxie, Miller, Callard, Satta und sogar Guido sein Meisterstück abgeliefert hatte. Und dennoch war er noch keine zwanzig Jahre alt, und die mentale Bürde war schwer. Er hielt den Haß auf die Männer dagegen, die seinen Vater festhielten.

Der Lear-Jet tauchte hinab auf die Landebahn. Es regnete leicht, doch in der Vorhersage hieß es, daß es einen kühlen, sonnigen Tag gäbe. Es war ein Uhr morgens. Der kleine Flugplatz befand sich fünfzehn Meilen östlich der Stadt und fertigte den größten Teil der Charterflüge ab. Man hatte Michael versichert, daß es nur ein Minimum an Bürokratie gäbe. Der kleine Jet folgte den blinkenden Lichtern eines Führungswagens, der schließlich neben einem flutlichterhellten Hangar anhielt. Eine große, langgestreckte Limousine fuhr vor. Michael ging als erster die Stufen hinab, und eine Minute später hatten sie ihre persönlichen Taschen sowie jene mit der Ausrüstung entladen.

Eine Stunde später waren sie in dem konspirativen Haus am nördlichen Stadtrand von Rom. Es war ein weiteres nichtssagendes Haus in einer nichtssagenden Vorstadt. Die Tür wurde von einer weiteren alten Dame geöffnet, die bei der Ankunft von fünf Fremden zu dieser Zeit am Morgen keinerlei Überraschung zeigte.

Die Priesterkleidung war angeliefert worden, zusammen mit dem Rollstuhl und einer detaillierten Karte des Ortes Bracciano Lago. Außerdem gab es Straßenkarten mit alternativen Routen von Bracciano Lago zum Unterschlupf. Die Männer saßen um den Küchentisch herum. Die alte Frau kochte eine Kanne Kaffee, und Michael ging ein weiteres Mal die Einzelheiten des Plans durch.

Als er geendet hatte, sagte Miller: »Es ist gut und einfach, aber eines macht mir Sorgen.« Er deutete auf den Dänen. »Du setzt Jens in die Frontlinie. Er hat nicht soviel Erfahrung. Warum nicht mich oder René oder sogar die Eule?«

Michael schüttelte den Kopf und lächelte. »Irgendwie sieht Jens wie ein Priester aus... wie ein leicht übergewichtiger. Wir wissen sicher, daß es einen Leibwächter gibt, und es ist möglich, daß es noch mehr gibt. Wir haben eine Beschreibung dieses Leibwächters, und wir wissen, daß er gewöhnlich vor der Kirche herumhängt, während die alte Frau drinnen ist. Frank, du wirst bei ihm sein, wenn sie herauskommt. René wird in einem der Wagen warten, um euch aufzusammeln, nachdem ich mir die alte Dame geschnappt habe. Es ist besser, wenn ihr ihn nicht tötet, aber tut es, falls nötig.«

»Ich schätze, es ist fast sicher, daß Frank ihn töten muß«, warf René ein. »Schließlich soll er Grazzinis Mutter bewachen. Wenn er zuläßt, daß man sie schnappt, wird er so oder so tot sein.«

»Möglich«, sagte Michael. »Aber er ist seit langer Zeit ihr regelmäßiger Leibwächter... mehrere Jahre. Sie wird nicht wirklich als Zielscheibe angesehen, also wird er nicht auf dem Posten sein. Vielleicht gelingt es, ihn niederzuschlagen.«

»Ich werd' je nachdem entscheiden«, erklärte Miller.

Michael wandte sich an die Eule. »Du wirst den anderen Wagen fahren, um mich, Jens und die alte Frau aufzusammeln.« Er machte eine alle umfassende Geste. »Wir nehmen lediglich Handfeuerwaffen mit, die leicht zu verbergen sind, falls die Polizei zufällig irgendwelche Straßensperren auf dem Weg nach Bracciano errichtet haben sollte.«

Zum erstenmal ergriff die Eule das Wort. »Was ist, wenn es auf dem Rückweg Straßensperren gibt?«

»Wir schießen uns den Weg frei«, antwortete Michael kurz und bündig. »Sicher, wenn wir mehr Zeit und Leute hätten, könnten wir ausgefeilter planen und einen Schlupfwinkel näher dran nehmen.« Er hob die Schultern und sah auf seine Armbanduhr. »Aber wir haben nicht mehr Zeit. Wir müssen uns auf den Überraschungseffekt verlassen, und dann auf Schnelligkeit. Der Verkehr sowohl hin als auch zurück wird ziemlich dicht sein. Der Polizei wird es widerstreben, Straßensperren aufzustellen.« Er bückte sich und zog den Reißverschluß der Tasche zu seinen Füßen auf, nahm die Funksprechgeräte heraus und reichte sie herum. Sie prüften sie, und dann drückte Michael die Knöpfe, um Verbindung zu Maxie zu bekommen. Maxies Stimme war leicht verzerrt, jedoch deutlich genug zu hören.

»Wir setzen uns in etwa einer Stunde in Bewegung«, sagte Michael leise ins Mikrofon. »Seid um neun Uhr auf Position und meldet euch.«

»Werd's tun... Viel Glück!« antwortete Maxies Stimme.

38

Grazzini sprach im Plauderton. Er redete mit Abrata, seine Worte waren jedoch an Creasy gerichtet. »Achtzehn Stunden«, sagte er. »Das ist das Längste, von dem ich je gehört habe. Er war Franzose von der ›Union Corse‹. Wir haben ihn vor etwa drei Jahren beim Versuch erwischt, einen Kunstraub in Rom abzuziehen... auf meinem Territorium, der Mistkerl.

Ich habe mich entschieden, an ihm ein Exempel zu statuieren. Ich habe ihn von zwei meiner besten Männer bearbeiten lassen. Die Sorte von Burschen, die den Papst dazu bringen würden, seinem Glauben innerhalb einer halben Stunde abzuschwören. Achtzehn Stunden... Er hat mich und meine Burschen überrascht.« Er warf einen Blick auf den gefesselten Creasy. »Sie werden nicht so dumm sein, oder? Sie wissen, wie das Endergebnis aussieht.«

Creasy gähnte und beugte sich dann leicht vor. »Grazzini, mit Ihnen habe ich keine Fehde auszutragen. Ich bin nicht in Italien, um mit Ihnen oder Ihren Leuten eine Fehde auszutragen. Ich ging nichtsahnend meiner Wege, als dieser Clown mich auf der Straße erwischt hat. Wenn er mich nicht auf der Stelle frei läßt, wird er voller Bedauern sterben... und da Sie sein Boß sind, werden Sie dasselbe tun.«

Grazzini grinste. »Sie sind nicht in einer Position, um Drohungen ausstoßen oder über Fehden reden zu können.« Seine Stimme wurde ärgerlich. »Sie haben meinen Schwager getötet sowie einen meiner Vettern.«

»Wer war Ihr Vetter?«

»Sein Name war Vico Di Marco. Er war ein Leibwächter meines Schwagers. Er war ein ›Soldat‹. Sie haben ihn zusammen mit meinem Schwager und zwei weiteren ›Soldaten‹ in jenem Cadillac in Rom geröstet.«

Creasy nickte bei der Erinnerung. »Dann ist er im Dienst gestorben, beim Versuch, seinen Boß zu schützen. Es war nichts Persönliches. Ich war lediglich das ›Instrument‹.«

Grazzini schnaubte verärgert. »Wir mögen keine ›Instrumente‹. Wir vergessen niemals jene, die gegen uns Krieg führen. Ich will Rache. Aber zuerst werden Sie reden.«

Creasy fragte ruhig: »Worüber soll ich denn reden?«

»Ich möchte wissen, warum Sie in Italien sind. Was für Absichten haben Sie, mit wem sind Sie zusammen, und wo liegt Ihre Basis, sowohl in Italien als auch außerhalb Italiens?«

Die Italiener erlebten eine große Überraschung, als Creasy erwiderte: »Das ist kein Problem. Abgesehen von meiner Basis außerhalb.«

Grazzini und Abrata warfen einander einen fast schockierten Blick zu.

»Aber ich rede nur mit Ihnen, Grazzini. Die anderen müssen gehen«, verlangte Creasy.

»Vergessen Sie's«, entgegnete Abrata sofort.

Creasy sah Grazzini weiterhin an. Ein langes Schweigen, und dann sagte Grazzini: »Gino, gib mir ein paar Minuten mit ihm... Ich wäre dankbar.« Er sprach, als bäte er einen Gleichgestellten um einen Gefallen, aber der Befehl war unmißverständlich.

Zunächst blitzte Zorn aus Abratas Augen, dann klarten sie auf, und er sagte: »Ihnen ist klar, daß das ein Trick ist. Er ist gerissen, der da. Wir sollten nicht vergessen, wie gerissen. Wir sollten nicht die Leben vergessen, die wir durch diesen Mistkerl verloren haben.«

Grazzini nickte. »Du hast natürlich recht, und glaub mir, Gino, ich werd's niemals vergessen. Aber ein paar Minuten, ehe er stirbt, könnten nützlich sein.«

Ein weiteres Schweigen, und dann stand Abrata langsam auf und nickte den beiden Leibwächtern hinter Creasy zu. Sie gingen mit ihren Maschinenpistolen hinaus.

»Sind Sie bewaffnet?« fragte Abrata.

»Nein«, antwortete Grazzini. »Heutzutage trage ich selten Waffen bei mir.«

Abrata griff unter sein Jackett und zog eine Pistole heraus.

Er löste den Sicherungsbügel und legte die Waffe auf den Tisch vor Grazzini. »Er ist gefesselt ... aber seien Sie vorsichtig.«

Grazzini schmunzelte und erwiderte: »Mein Freund, ich habe so lange gelebt, weil ich sehr vorsichtig bin. Ich habe die Absicht, im hohen Alter im Bett zu sterben ... Ich werde dich rufen.«

Abrata schenkte Creasy einen letzten Blick, der eine zukünftige Vergeltung versprach. Dann verließ er den Raum.

39

»Daran besteht kein Zweifel. Sie ist ein kleines Mädchen, und die Männer fressen ihr aus der Hand. Wenn Sie eine erwachsene Frau ist, werden ihr die Männer immer noch aus der Hand fressen.«

Laura sah durch das Küchenfenster auf die Felder. Ihre Schwiegertochter Maria stand neben ihr. Paul grub ein Feld mit einem Kreiselheuer um. Juliet folgte ihm wie ein Hündchen. Der Lärm des Kreiselheuers machte die Unterhaltung zwischen ihnen schwierig, aber Laura konnte schwach seine gehobene Stimme hören. Er erzählte Juliet, was er tat und warum. Er erreichte die letzte Ecke des Felds, schaltete den Kreiselheuer aus, setzte sich auf eine niedrige Mauer und zog eine Flasche aus seiner Segeltuchtasche. Das Mädchen setzte sich neben ihn, und sie teilten einen Becher kühlen Weins.

»Du hast recht«, stimmte Maria zu. »Es ist bloß ein Tag und eine Nacht, aber sie kann Paul und Joey bereits um den kleinen Finger wickeln. Ich frage mich, ob sie das gleiche mit Creasy tun kann.«

Laura dachte darüber nach und nickte dann. »Ja, sie wird es tun. Creasy wird in ihr seine größer gewordene verlorene Tochter sehen ... aber sie wird nicht imstande sein, Michael in irgendeiner Hinsicht um den kleinen Finger zu wickeln ... Michael wird der strenge ältere Bruder sein, und er wird wütend auf Creasy werden, weil er so sanft mit ihr umgeht ... Sie werden ein gutes Familien-Dreieck sein.«

»Falls Creasy je zurückkehrt«, sagte Maria. »Wenn es stimmt, daß die Mafia ihn hat, werden sie Rache nehmen.«

»Er hat lange gelebt«, sagte Laura. »Schlimme Zeiten durchlebt ... zumeist allein. Jetzt hat er Michael, und im Moment sucht ihn Michael. Michael wird ihn heimbringen ... und das wird ebenfalls gut sein.«

Auf der Mauer unter ihnen stellte Juliet Fragen. »Wie lange hast du diesen Hof?«

Paul sah sie lächelnd an. »Meine Familie hat dieses Land seit Generationen bestellt.« Er deutete auf ein Feld voller fast reifer Tomaten. »Natürlich ist es verrückt, ich arbeite etwa zwölf bis vierzehn Stunden am Tag, und wenn ich diese Tomaten nächste Woche auf dem Markt verkaufe, werde ich etwa fünfzehn Pfund dafür bekommen. Wenn ich den Dünger und die Insektizide einrechne, die ich gebraucht habe, sowie meine Arbeit mit einem Pfund die Stunde, würde ich Geld verlieren.«

»Warum tust, du's also?«

»Liegt mir im Blut«, erklärte er. »Es liegt allen Gozitanern im Blut. Wenn ich diese fünfzehn Pfund in Händen halte, wird es sich wie ein Stück Freiheit anfühlen ... Und da ist noch etwas. Alles Gemüse und alle Früchte, die wir an unserem Tisch essen, sind auf unseren Feldern gewachsen. Alle Hühner und Eier, Kaninchen und Gänse sind auf diesem Hof gezüchtet worden. Es ist schwer, die Befriedigung zu erklären, die man daraus zieht. Wenn morgen alle Geschäfte schließen würden, würde meine Familie nicht hungern.« Er hob den Weinbecher, trank einen Schluck und reichte ihn ihr. »Und dürsten würde sie auch nicht... Wir haben eine Quelle für Wasser, und wir haben Weinstöcke für Wein.«

Sie trank einen Schluck und lächelte ihn an. »Sehr guter Wein. Ich glaube, ich weiß, wie du dich fühlst.«

Er nickte. »Vielleicht tust du das... Obgleich du ein Kind bist, hast du viel Schweres durchgemacht. In unserer gesamten Geschichte, über Tausende von Jahren hinweg, haben wir ebenfalls viel Schweres durchgemacht. Man hat uns besetzt, wir sind in die Sklaverei verkauft und von Fremden benutzt worden. Ich kann mich an den letzten Krieg erinnern... damals waren alle Geschäfte geschlossen. Ich war noch ein Kind.« Er deutete auf seine kleinen Felder. »Aber ich habe mit meinem Vater und meinem Onkel auf dem Hof gearbeitet, und unsere Familie hat nicht gehungert. Was wir an Nahrung übrig hatten, haben wir nach Malta hinübergeschickt, wo die Leute hungerten.«

»Also bist du ein glücklicher Mann?« fragte sie.

Er nahm den Weinbecher und trank noch etwas, während er seine Antwort überdachte. »In gewisser Weise bin ich glücklich. Ich habe eine wundervolle Frau, einen Sohn, auf den ich stolz sein kann, eine Schwiegertochter, die ich liebe und die mir Enkel schenken wird. Ich habe Creasy, der für mich und Laura eine Kombination aus Sohn, Bruder und Vater ist. Ich habe Michael, der jetzt ein weiterer Sohn ist.« Er legte ihr eine schwielige Hand auf den Kopf, tätschelte ihn leicht und sagte: »Und jetzt, scheint es, habe ich eine weitere Tochter. Das ist gut so, aber für dich ist es schwierig, weil du die beiden Töchter ersetzen mußt, die ich verloren habe... und es sind wunderbare Töchter gewesen.«

Sie blickte zum Bauernhaus über ihr hinauf. Sie sah Laura und Maria auf der Veranda sitzen. Sehr ruhig sagte sie: »Ich weiß alles von Nadia und Julia... Michael hat es mir erzählt. Ich kann sie niemals ersetzen. Ich kann den Schmerz niemals auslöschen...« Sie drehte sich zu ihm um. »Aber ich kann dich lieben, und Laura, Joey und Maria. Darüber hinaus kann ich nichts versprechen.«

Er stand auf, wischte sich den Mauerstaub von seiner Kehrseite und ging wieder zum Kreiselheuer. »Machen wir noch ein Feld, und dann muß ich zu einem Freund 'rüber, der Probleme mit seiner Weinpresse hat.«

»Kann ich mitkommen?«

»Warum nicht?«

40

Um zwei Minuten vor neun fuhr der Wagen an der Frontseite der Kirche vor. Michael beobachtete ihn aus seinem Rollstuhl in einhundert Metern Entfernung auf der anderen Seite des Platzes. Er hielt ein Buch auf den in eine Decke gehüllten Knien. Jens stand hinter ihm, ins Schwarz eines Priesters gekleidet. Beide trugen Hörgeräte.

Es war ein schwarzer Wagen, ein alter, jedoch perfekt instandgehaltener Lancia. Der Fahrer stieg aus und öffnete die hintere Tür. Eine alte Frau kam heraus. Der Fahrer versuchte, ihr zu helfen, aber sie winkte ihn gebieterisch beiseite. Mit der Unterstützung eines weißen Stocks humpelte sie die flachen Stufen zum Eingang hinauf. Ein alter Priester erwartete sie. Er nahm sie beim Arm und geleitete sie durch die Tür. Der Fahrer stieg wieder in den Wagen, fuhr ihn über den Platz und parkte ihn neben einem kleinen Café. Eine Minute später trank er schon einen *Cappuccino* und biß in eine Brioche.

Michael sah sich auf dem Platz um, hob dann das Buch und sprach leise hinein.

»Nur einer«, sagte er. »Der übliche. Seht ihr ihn?«

»Wir sehen ihn«, meldete sich Millers Stimme im Hörgerät. »Etwa dreißig Minuten«, sagte Michael. »Mein Priester wird mit mir spazierengehen.« Er blickte zu Jens auf und nickte. Der Däne schob den Rollstuhl ehrerbietig über den gepflasterten Platz auf das Café zu.

41

Creasy schleuderte die drei Worte über den Tisch und beobachtete dabei das Gesicht des Italieners ganz genau auf eine Reaktion. ›Der Blaue Ring.‹«

Zunächst erfolgte keine Reaktion. Grazzinis dunkle Augen wirkten einfach verwirrt. Langsam wiederholte er die Worte als Frage: »›Der Blaue Ring‹?«

Creasy sagte nichts, beobachtete ihn lediglich.

Grazzini wiederholte die Worte. »›Der Blaue Ring‹?« Fast unmerklich nickte er. »Ich habe etwas gehört… vage Gerüchte… über viele Jahre hinweg… Ich bezweifle, daß er existiert.«

Creasys Stimme war nüchtern und direkt. »›Der Blaue Ring‹ existiert. Er ist der Grund für meinen Aufenthalt in Italien.«

Auf der Stelle war es zu einem Pokerspiel geworden. Jeder der beiden Spieler versuchte herauszufinden, welche Karten der andere hielt. Creasy schwieg weiter.

Schließlich sagte Grazzini: »Wenn er existiert, hat er nichts mit der *Cosa Nostra* zu tun.«

Creasys Hände und Füße waren mittlerweile taub. Er versuchte, die Finger zu bewegen, und fühlte nichts. Er straffte die Schultern und sagte: »Das weiß ich. Wenn ich geglaubt hätte, Sie hätten irgend etwas mit der *Cosa Nostra* zu tun, dann wäre ich nicht hier gefesselt. Ich wäre in Rom, spräche mit Ihnen – und Sie wären derjenige, der gefesselt wäre.«

Grazzini tat das mit einem Schulterzucken ab. »Was wissen Sie über den ›Blauen Ring‹?«

»Ich werde es Ihnen sagen«, antwortete Creasy. »Aber zunächst werde ich Ihnen sagen, was ich über Paolo Grazzini weiß.«

Der Italiener lächelte sardonisch und winkte einladend mit einer Hand.

Creasy beugte sich so weit vor, wie er konnte, und sprach mit nüchterner Stimme. »Paolo Grazzini war kurze Zeit ›Soldat‹ in Rom, bis er die Schwester von Conti heiratete, dem Chef-*Capo* Roms und Norditaliens. Diese Heirat beflügelte seine Karriere, und er wurde ein wichtiger Leutnant, obgleich ihn Conti niemals mit jenem Respekt behandelte, den er für angemessen hielt.«

Grazzini hob die Schulter, das sardonische Lächeln noch immer auf den Lippen.

Creasy fuhr fort: »Vor etwa sechs Jahren hat Gino Fossella,

der oberste *Capo* in Mailand und nominell unter Contis Kontrolle, ein Kind entführt, das mir sehr nahe stand, und mich bei dieser Tat verwundet, fast wäre ich gestorben. Später ist das Mädchen gestorben. Ich habe Fossella und seine Leutnants getötet. Ich war wütend. Wütend genug, um bis an die oberste Spitze zu gehen. Also habe ich Conti und alle seine Leutnants weggepustet, bis auf Sie.«

»Das weiß ich alles«, sagte Grazzini ungeduldig.

»Sie wissen es, aber es gibt Dinge, die verstehen Sie nicht. Ich erkläre es Ihnen jetzt. Ich habe Cantarella in Palermo und alle seine Top-Leutnants getötet. Danach habe ich meinen Tod vorgetäuscht.«

Grazzini nickte. »Mit der Hilfe Ihres guten Freundes, Colonel Satta.«

»Das ist belanglos. Mit Cantarellas Tod war meine Rache erledigt. Ich habe nichts gegen Sie persönlich, oder gegen die *Costa Nostra* im allgemeinen.«

Der Italiener lächelte wieder kalt. »Es benötigt zwei, um eine Vendetta zu beenden. Sie haben uns gestört. Sie werden dafür bezahlen. Diesmal wird Ihr Tod nicht vorgetäuscht sein… glauben Sie mir.«

Creasy lächelte. Ein offenes Lächeln. »Sie reden nicht mit jemandem, der blind gegenüber dieser Sache ist. In den letzten sechs Jahren haben sich die Dinge verändert. Sie sind zur Spitze in Rom und im Norden aufgestiegen, aber Sie können niemals Neapel, Kalabrien oder Sizilien kontrollieren. Es gibt jetzt zwei *Cose Nostre* in Italien. Eine südlich von Rom und eine nördlich. Im Norden versuchen Sie, zivilisiert zu werden, versuchen Sie, wenigstens teilweise respektabel zu sein. Gelegentlich mögen Sie damit Erfolg haben… aber nicht mit Kerlen wie Abrata. Er repräsentiert die letzte Generation.«

Grazzini täuschte Gleichmut vor, doch Creasy konnte das Interesse in seinen Augen erkennen. Er fuhr fort: »Paolo Grazzini ist von anderem Schlag. Ja, er dealt mit Drogen, oder läßt seine Untergebenen das tun, und nimmt dann seinen Anteil. Ihr Geschäft sind Nötigung und Schutzgelderpressung, aber Ihr Hauptgeschäft ist die Korruption, bei der Sie mit Politikern und großen Geschäftsleuten unter einer Decke stecken.« Seine Stimme wurde ruhig, fast nachdenklich. »Aber Sie handeln nicht mit Frauen; Sie haben Ihre Hände nicht in der Prostitution. Wenn Sie einen Mord befehlen, ist das lediglich untereinander ... anders als die Tiere im Süden und in Sizilien. Sie führen keinen Krieg gegen Zivilisten. Sie töten keine Frauen oder benutzen sie.«

Es folgte ein Schweigen, und dann sprach Grazzini ein Wort: »Also?«

Creasy hob die Schultern. »Also sagen Sie mir, was Sie über den ›Blauen Ring‹ wissen, der ein Schandfleck auf der Ehre der *Costa Nostra* ist.«

Wieder herrschte Schweigen, und Creasy wartete in dem Wissen, daß die Reaktion des Italieners entscheidend wäre. Die Reaktion kam.

»Warum ist er ein Schandfleck?«

Creasy wußte, daß er die erste Brücke überquert hatte. »Er ist ein Schandfleck auf der *Costa Nostra* und auf Ihnen persönlich, weil Sie einen solchen Abschaum auf Ihrem Territorium operieren lassen.«

Der Italiener wurde wütend, und Creasy wußte, daß er die zweite Brücke überquert hatte.

»Was zum Teufel meinen Sie damit?« knurrte Grazzini. »Es gibt lediglich ein Gerücht, nur ein getuschelter Name. Es gibt immer Gerüchte. Ich bezweifle seine Existenz.«

Sehr nachdrücklich sagte Creasy: »Er existiert. Er existiert auf Ihrem Territorium. Ich werde diese Dreckskerle finden und sie auslöschen.«

»Warum?«

»Ich hasse sie.«

»Warum?«

»Ich habe sie bei der Arbeit gesehen.«

»Was ist ihre Arbeit?«

»Sie kaufen und verkaufen junge Frauen. Sie mißbrauchen sie sogar jenseits einer Vorstellungskraft wie der Ihren. Sie mißbrauchen ihre Körper und ihre Seelen.«

Grazzini nickte. »Ich habe davon gehört... Aber ist das Ihre Sache?«

»Es gibt einen Grund, warum ich es zu meiner Sache gemacht habe.«

»Was für einen Grund?«

Creasy sprach jedes Wort sehr sorgfältig aus. »Wenn sie diese Mädchen... sogar Kinder... mißbrauchen, dann ziehen sie Vergnügen daraus. Das Vergnügen ist wichtiger als der Profit.«

Mehrere Sekunden lang sah Grazzini auf die Tischplatte, dann stand er auf, wandte sich ab und durchquerte den Raum. An der Wand hing ein Bild. Ein Stilleben mit Obstschale. Er stand da und sah es an. Creasy wußte, daß er die nächste Brücke überquert hatte.

42

Sie schlug Michael hart mit dem weißen Stock übers Gesicht und kreischte ihm »*Vaffanculo!*« entgegen. Er taumelte vor ihr zurück und ließ fast die Pistole fallen. Dann näherte er sich wieder rasch, während sie erneut nach ihm hieb. Er faßte den Stock, zog ihn zu sich, und es gelang ihm, ihr einen Arm um die Hüfte zu legen. Sie biß ihn in die Schulter, und ihr fielen die falschen Zähne heraus. Er drehte sich um und rannte die Stufen hinab, wobei er sie fest umklammert hielt. Er sah den alten Mercedes, der hinter ihm vorfuhr. Die Eule saß am Steuer. Michaels Rollstuhl holperte über das Kopfsteinpflaster. Jens lief mit flatternder Robe auf den Wagen zu. Auf halbem Weg über den Platz sah Michael den Leibwächter zusammenbrechen, während Miller über ihm stand. Er sah, wie der Australier dem Leibwächter noch einmal die Pistole über den Schädel zog und dann zur Ecke rannte. Jens hatte die Fondtüre des Mercedes aufgerissen. Michael stieß die alte Frau hinein und sprang hinter ihr her. Der Däne machte einen Satz auf den Beifahrersitz, und die Eule trat aufs Gaspedal. Über die kreischenden Reifen hinweg hörte man Schreie und Rufe, und dann waren sie verschwunden. Es hatte nicht mehr als zwanzig Sekunden gedauert.

43

»Aber wir haben eine Vendetta.« Grazzini sah noch immer das Gemälde an. »Sie haben Mitglieder meiner Familie getötet.«

Creasys Stimme war hart. »Ich habe Ihren Schwager getötet, den Sie doch wohl gehaßt haben. Ich habe Ihren Vetter getötet, der ›Soldat‹ war und in der Schlacht gefallen ist. Ich habe nicht Ihre Schwester getötet... sie hat vor vier Jahren wieder geheiratet und einer Tochter das Leben geschenkt, deren Patenonkel Sie sind. Conti hat Ihre Schwester wie einen Haufen Scheiße behandelt... und Sie wissen das.«

Grazzini drehte sich um, ging wieder zu seinem Stuhl und setzte sich. Zum erstenmal zeigte sich auf seinem Gesicht die Spur eines Gefühls. »Es besteht eine Vendetta«, konstatierte er ausdruckslos. »Nur Ihr Tod kann sie beenden.«

Creasy sah den Italiener einige Sekunden lang fest an und sagte dann: »Lassen Sie mich Ihnen von einer schrecklichen Schande berichten. Ein Schandfleck auf jeder Gesellschaft. Vor etwa acht Jahren, in einem Ort in den Bergen Kalabriens, endete eine Vendetta. Die Vendetta hatte dreißig Jahre gewährt, in denen mehr als zwanzig Männer aus zwei Familien ermordet wurden. Jene Vendetta hatte so lange gewährt, daß sich niemand mehr daran erinnern konnte, warum sie angefangen hatte. Am Ende war von der einen Familie nur noch ein männliches Mitglied am Leben. In dem wundervollen Kodex solcher Vendettas wird ein Junge zum Mann, wenn er sechzehn Jahre alt ist, und ab dann ist er berechtigt, zu töten oder getötet zu werden. Dieser Junge war fünfzehn Jahre alt, als ihm seine Mutter und seine Schwester sagten, daß er an seinem sechzehnten Geburtstag die Waffe seines Vaters nehmen und den Tod seines Vaters, seiner Brüder, Onkel und Vettern rächen sollte. Er entschied, an der Vendetta keinen Anteil zu nehmen. Seine Mutter und seine Schwestern waren beschämt über seine Haltung. Der örtliche Priester wußte von der Geschichte und informierte die Presse. Die Geschichte ist in ganz Italien und der ganzen Welt bekannt geworden.«

Grazzini nickte, das Gesicht düster.

Creasy fuhr fort: »Viele Familien in Italien haben angeboten, den Jungen zu sich zu nehmen. Natürlich hat die Polizei Schutz angeboten. Der Junge hat alle Angebote ausgeschlagen. In der Nacht vor seinem sechzehnten Geburtstag haben seine Mutter und seine Schwester das Haus verlassen, nachdem sie ihn angespuckt hatten. Sie ließen die Türen offen. Eine Minute nach Mitternacht kamen Männer der anderen Familie mit ihren Gewehren und erschossen ihn an dem Tisch, wo er saß. Seine Mutter und seine Schwester weigerten sich, seinem Begräbnis beizuwohnen… War das Rache? Ist es das, was Sie bei mir suchen?«

Grazzini sah die Pistole vor sich an. Er hob sie hoch und legte sie langsam wieder hin. »Sie kennen unser System. Ich muß meine Autorität wahren«, erklärte er ruhig.

Creasy lachte leise. »Wenn Sie dadurch zeigen müssen, wie stark Sie sind, daß Sie einem gefesselten Mann eine Kugel in den Kopf jagen, dann haben Sie Ihre Autorität bereits verloren.«

Grazzini schwieg. Unvermittelt wurde die Tür aufgestoßen, und Abrata rief aufgeregt etwas. Grazzini eilte aus dem Raum. Eine Minute später kehrte er zurück, das Gesicht eine verzerrte Maske des Zorns. Er packte die Pistole und richtete sie auf Creasys Kopf. Seine Brust hob und senkte sich schwer, und seine Worte kamen als ein Knurren heraus. »Vendetta! Sie reden von Vendetta! Sie haben meine Mutter entführt! Meine Mutter, Sie Mistkerl!«

»Ich bin die letzten vierundzwanzig Stunden über an diesen Stuhl gefesselt gewesen!« schrie Creasy zurück.

»Dann Ihre Leute!« Grazzini streckte die Hand aus und setzte Creasy die Mündung der Waffe zwischen die Augen.

Creasy holte Luft und sagte dann ruhig: »Wenn es meine Leute waren, und Sie drücken den Abzug, dann ist Ihre Mutter tot.«

Der Italiener atmete keuchend. Hinter ihm sagte Abrata: »Bringen Sie den Mistkerl um!«

»Es ist nicht Ihre Mutter«, entgegnete Creasy laut, dann sagte er mit ruhigerer Stimme zu Grazzini: »Wann und wo?«

Grazzini zog die Pistole einige Zentimeter zurück. »Vor der Kirche in ihrem Heimatort. Vor fünfzehn Minuten.«

Creasy schloß nachdenklich die Augen, wies dann mit dem Kopf zum Stuhl. »Setzen Sie sich hin und warten Sie. Wenn es meine Leute waren, werden sie innerhalb von fünfzehn oder zwanzig Minuten hier anrufen. Halten Sie ein Telefon auf dem Tisch bereit.«

Spannung erfüllte den Raum wie etwas Lebendes, Unsichtbares. Abrata ergriff wieder das Wort. »Sie werden versuchen, sie gegen ihn auszutauschen.«

»Niemals«, knurrte Grazzini. »Er wird diesen Raum nicht lebend verlassen.«

»Möglich«, bemerkte Creasy. »Aber fünfzehn oder zwanzig Minuten machen keinen Unterschied. Ich führe keinen Krieg gegen unschuldige Frauen. Nicht einmal gegen die Mutter eines *Capo*.«

Erneutes Schweigen, dann drehte sich Grazzini um und sagte: »Holt einen Zweitanschluß her. Das Telefon sollte einen Lautsprecher haben.«

Der Anruf kam achtzehn Minuten später. Grazzini hob den Hörer und lauschte. Er hatte sich jetzt wieder unter Kontrolle, aber die Waffe befand sich noch immer in seiner Hand und war auf Creasys Kopf gerichtet. Schließlich legte der Italiener die Hand über die Sprechmuschel und knurrte: »Er sagt, er ist Ihr Sohn und daß er meine Mutter hat ... Ich wußte nicht, daß Sie einen Sohn haben.«

»Bis vor einer Minute wußte ich nicht, daß Sie eine Mutter haben ... Lassen Sie mich mit ihm reden.«

Abrata, der hinter Grazzini stand, rollte die Augen und sagte: »Der Mistkerl ist wahnsinnig.«

»Warum halten Sie nicht den Mund?« wies ihn Creasy an. »Sie ist nicht Ihre Mutter.«

Grazzini rang mit sich, doch schließlich hielt er Creasy den Hörer ans Ohr und drückte einen Knopf auf der Konsole.

»Michael?« fragte Creasy.

Die Stimme seines Sohns erfüllte den Raum. »Ja, bist du in Ordnung?«

»Ja. Hältst du Grazzinis Mutter fest?«

»Ja.«

»Laß sie sofort gehen.«

Wenigstens zwanzig Sekunden lang war die Konsole wie tot. Schließlich ertönte wieder Michaels verwirrte Stimme. »Hast du das gesagt, weil sie dir eine Pistole an den Kopf halten? Wenn das so ist, sag ihnen, ich halte ihr eine Waffe an den Kopf.«

»Michael, es ist wichtig, daß du genau das tust, was ich dir sage. Laß sie sofort frei und laß sie zu Grazzinis Wohnung in Rom fahren. Ihr darf keinesfalls etwas zustoßen. Sag ihr, sie soll Grazzini unter dieser Nummer anrufen, sobald sie zu Hause ist. Ich nehme an, du hast einige unserer Freunde bei dir. Ihr werdet allesamt zu dem Mann gehen, den ihr als meinen Bruder kennt, und dort auf meinen Anruf warten.«

Sie hörten das Klicken des Telefons durch den Lautsprecher. Sehr langsam legte Grazzini den eigenen Hörer auf.

In das Schweigen hinein sagte Abrata: »Es ist ein Trick.«

Creasy sah Grazzini an. »Ein Mann wie der würde das nie verstehen«, sagte er leise. »Ich hab's Ihnen gesagt… ich führe keinen Krieg gegen Frauen.«

44

Colonel Satta betrat das Zimmer. Es war kein typisches Zimmer in einem typischen Krankenhaus, sondern eher wie die Suite in einem Luxushotel. Nur das orthopädische Bett und die Ständer für die Tropfflaschen verrieten seinen medizinischen Zweck. Und auch die äußerst attraktive Krankenschwester, obgleich deren Tracht von Valentino hätte entworfen sein können.

Sie maß gerade Creasys Blutdruck. Sie überprüfte die Anzeige, nickte zufrieden und sagte: »Jetzt brauchen Sie nur noch ausgiebigen Schlaf.« Sie warf Satta einen strengen Blick zu. »Was bedeutet, daß Ihr Besucher in fünfzehn Minuten gehen muß.«

Creasy streckte die bandagierte Hand aus, berührte sie am Handgelenk und fragte: »Wie heißen Sie?«

»Gianna«, antwortete sie.

Er lächelte sie an, ein sehr müdes Lächeln. »Gianna, das Gespräch mit Colonel Satta könnte länger dauern. Würden Sie uns eine Flasche guten Barolo und zwei Gläser bringen?«

»Bringen Sie drei«, sagte Satta. »Bellu wird in zehn Minuten hier sein.«

Die Schwester seufzte kapitulierend. »Nun gut, das werden Sie Doktor Sylvestri erklären müssen. Er hat eine mögliche verzögerte Schockreaktion vorausgesagt.«

Satta lächelte Creasy an, der zurücklächelte. Der Colonel wandte sich an die Schwester und sagte: »Den einzigen Schock wird er erleiden, wenn Sie diesen Wein nicht innerhalb von fünf Minuten bringen.«

Sie schüttelte den Kopf und eilte hinaus.

Satta zog einen Stuhl ans Bett. »Ich habe mit Guido gesprochen. Ich bin nicht in die Details gegangen. Ich habe ihm gesagt, dir ginge es gut und du würdest morgen nach Neapel fahren. Mittlerweile hat er von Michael gehört, der deinen Anweisungen weitestgehend gefolgt ist.«

»Weitestgehend?« fragte Creasy drohend.

»Ja. Und ich glaube, er hat recht. Er ist mit dem ganzen Team auf dem Weg nach Neapel, Maxie ausgenommen.«

»Wo ist Maxie?«

»Maxie ist nicht weit weg. Frag mich nicht, wo, weil ich es nicht weiß, aber ich schätze, irgendwo auf dem Grundstück dieses kleinen Krankenhauses ... Michael denkt wie du.«

Creasy nickte nachdenklich. »Es ist dumm und unnötig ... Aber zu wissen, daß Maxie irgendwo in der Nähe ist und mir den Rücken deckt, ist ein gutes Gefühl.«

Satta grinste. »Wie ich dir gesagt habe: Michael denkt wie du.«

Creasy sah auf seine bandagierte rechte Hand hinab. »Dieser Doktor Sylvestri hat das richtig erfaßt. Es war nicht der Finger, der den Schaden verursacht hat. Es lag daran, all diese Stunden so festgeschnürt gewesen zu sein, daß ich fast den Brand bekommen hätte. Noch ein paar Stunden, und ich hätte alle meine Finger und Zehen verloren.« Er hob die Schultern und lächelte halb. »Das war mir nicht klar geworden, weil man das ganze Gefühl verliert. Zunächst tut es weh, dann aber verschwindet der Schmerz, und man weiß nicht, daß jene Körperteile absterben.«

Es klopfte an der Tür, und Bellu trat mit einem Aktenkoffer ein. Er zog einen Stuhl an die andere Seite des Betts, setzte den Aktenkoffer ab, beugte sich dann vor und küßte Creasy auf beide Wangen. Creasy legte ihm den gesunden Arm um den Hals, zog ihn nahe heran und umarmte ihn. Seit ihrer letzten Begegnung waren sechs Jahre verstrichen. Bellu setzte sich, hob seinen Aktenkoffer auf, legte ihn sich auf die Knie und öffnete ihn. Er holte einen schmalen Ordner heraus und sah Creasy an, der sagte: »Berichten Sie!«

Bellu öffnete den Ordner und las von einem Polizeibericht ab: »Um zehn Uhr zweiunddreißig trat Signora Grazzini aus der Kirche in Bracciano Lago. Am Fuß der Treppe wartete ein junger Mann in einem Rollstuhl unter Aufsicht eines Priesters. Augenzeugen bestätigten, daß der Priester von mittlerer Größe war, blonde Haare hatte und leicht untersetzt war. Signora Grazzinis Leibwächter, ein gewisser Filippo Cossa, machte sich zu seinem Wagen auf. In diesem Augenblick warf der junge Mann in dem Rollstuhl seine Decke beiseite und sprang auf, wobei er eine Pistole in Händen hielt. Cossa lief sogleich quer über den Platz auf sie zu, jedoch wurde ihm der Weg von einem weiteren Mann abgeschnitten, der ebenfalls eine Pistole hielt. Er trug einen dunklen Pullover, dunkle Hosen und ein schwarzes Barett. Cossa hatte keine Zeit, seine Waffe zu ziehen, ehe er niedergeschlagen wurde. Signora Grazzini schlug mit ihrem Stock nach dem jungen Mann, aber er packte sie um die Taille und trug sie zu einem Mercedes, der vorgefahren war. Er warf sie auf den Rücksitz und folgte ihr. Der Priester sprang auf den Beifahrersitz, und der Wagen fuhr mit hoher Geschwindigkeit davon. Etwa zehn Sekunden später fuhr ein Wagen neben Cossa auf den Platz. Der Angreifer des Letzteren sprang auf den Beifahrersitz, und dieser Wagen fuhr ebenfalls mit hoher Geschwindigkeit davon. Man schätzt, daß es fünfundzwanzig Minuten dauerte, bis die Polizei Sperren auf allen Ausfallstraßen von Bracciano Lago errichtet hatte. Die Vermutung lautet, daß dies eine hochprofessionelle Entführung war.«

Bellu schloß den Ordner, sah zuerst Satta an, dann Creasy, der sagte: »Das war's, zum Teufel nochmal!«

Satta hob die Schultern. »Wie der Vater, so der Sohn … aber er hatte ein verteufelt gutes Team dabei. Mit diesen Jungens wäre nicht mal der Präsident des Landes in Sicherheit gewesen.« Er sah Creasy an. »Vom Zeitablauf her muß Michael das Handy benutzt haben, um Grazzini anzurufen. Wir wissen, daß Michael Signora Grazzini eine Stunde später im Haus ihres Sohnes in Rom abgeliefert hat … Erzähl uns doch jetzt, warum er das getan hat und was als nächstes geschehen ist, Creasy.«

Creasy blickte auf seine bandagierte linke Hand und antwortete: »Natürlich wollte mich Grazzini auf der Stelle umbringen, und er wurde von diesem kleinen Zuhälter Abrata dazu gedrängt. Du mußt verstehen, daß Grazzini vor einem größeren Problem stand. Auf der einen Seite hatten wir so etwas wie eine Beziehung aufgebaut. Aber als Michael seine Mutter entführt hatte, war es notwendig, daß er seine Erbarmungslosigkeit und Machohaftigkeit zeigte. Dann wurde er aus dem Gleichgewicht geworfen, als ich Michael befahl, seine Mutter gehen zu lassen und in seinem Haus abzuliefern.«

Bellu war wie gebannt. Er fragte: »Sie haben diese Anweisungen gegeben, während Sie noch immer an den Stuhl gefesselt waren?«

Creasy nickte. »Ja... es war ein äußerst kalkuliertes Risiko.«

Voller Neugier fragte Satta: »Als Gegenleistung, daß man seine Mutter bedingungslos hatte gehen lassen, hat er Ihnen den Finger abgeschnitten?«

Creasys Gedanken kehrten zu jenen Augenblicken in dem Raum zurück. Den Augenblicken, da sein Leben buchstäblich auf des Messers Schneide stand. Er sah alles, als hätte er ein Videoband zurückgespult und würde erneut zuschauen.

Grazzini war völlig durcheinander. Wenn es ein Trick war, verstand er ihn nicht.

Creasy sagte: »Warten Sie auf den Anruf von Ihrer Mutter. Wenn sie die Frau ist, für die ich sie halte, wird sie Ihnen keine Lügen erzählen, weil ihr mein Sohn eine Waffe an den Kopf hält... Ich schlage vor, Sie warten allein.«

Grazzini ging mehrere Male im Raum auf und ab und fauchte dann Abrata an: »Laß uns in Ruhe!«

Widerstrebend verließ Abrata den Raum, wobei er über die Schulter sagte: »Vertrauen Sie ihm nicht. Ich bin gleich vor der Tür.« Er schloß die Tür hinter sich.

Sie warteten in völligem Schweigen. Grazzini ging im Raum auf und ab. Gelegentlich blieb er stehen und sah sich das Gemälde an der Wand an, als würde es den Sinn des Lebens in sich bergen. Creasy beobachtete ihn und warf ebenso oft einen Blick hinab auf seinen gefesselten rechten Arm. Der Anruf kam zwanzig Minuten später. Der Lautsprecher war noch immer angeschaltet, und Creasy war in der Lage, der Unterhaltung zu folgen.

Grazzinis Mutter war wütend. »Was zum Teufel geht da vor?«

»Wo bist du?«

»Ich bin in deiner Wohnung.«

»Bist du allein?«

»Maria ist hier.«

»Geht's dir gut?«

Ihre Stimme nahm einen gequälten, trotzigen Tonfall an. »Gut? ...Ich höre die Messe. Ich spreche ein Gebet für die Sünden meiner Kinder... Ich stecke fünftausend Lire in den Opferstock für die Armen, und dann packt mich irgendein junger Bursche draußen vor Gottes Kirche, wirft mich in einen Wagen, erstickt mich mit einer Decke und fährt mich weg!«

»Und was ist dann geschehen?«

»Dann hat er telefoniert, was ich nicht verstehen konnte. Dann hat er mich nach Hause gefahren, mich auf beide Wangen geküßt und übergibt mich an Maria... Paolo, was zum Teufel tust du da? Ich habe dir gesagt, am Tag, da du dich auf dieses Tier Conti eingelassen hast, daß du in den Händen des Teufels enden würdest... Wie konnte mein Sohn soweit kommen? ... All meine Gebete... All die Kerzen, die ich in den Kirchen entzündet habe... Weißt du, daß der junge

Mann einen Priester bei sich hatte... einen Priester! ...Wie weit ist es gekommen, wenn Priester alte Damen entführen?«

Creasy mußte einfach schmunzeln.

Grazzini drückte auf den Knopf, um den Lautsprecher abzuschalten. Ins Telefon sagte er: »Mama... hol Maria an den Apparat.« Der *Capo* sprach einige Worte zu seinem Dienstmädchen und legte dann den Hörer auf. Er sah Creasy lange Zeit an und fragte daraufhin: »Warum?«

Creasy hob die Schultern. »Ich hab' Ihnen gesagt... ich führe keinen Krieg gegen Frauen.«

Grazzini schüttelte verwirrt den Kopf. »Ich versteh's nicht. Sie sind jetzt völlig in meiner Hand...« Dann ging ihm ein Licht auf. »Sie wissen, daß ich Sie niemals hätte gehen lassen können, wenn Sie meine Mutter festgehalten hätten. Sie wissen auch, daß Ihr Sohn meine Mutter getötet hätte, wenn ich Sie getötet hätte. Es war eine Patt-Situation.«

Creasy nickte. Er lächelte noch immer, wobei er gelegentlich einen Blick auf seine rechte Hand warf. »Ja, das war es. Jetzt gibt es keine Patt-Situation mehr... Aber Sie stehen jetzt vor einem Problem.«

»Welchem Problem?«

»Nun... da Sie der Mann sind, der Sie sind... auf Ihre Art ein Ehrenmann, werden Sie mich gehen lassen müssen... Aber wenn Sie mich gehen lassen, werden Sie die Achtung der kleinen Idioten verlieren, die zu Ihnen aufblicken.« Er deutete dabei mit dem Kopf in Richtung auf die Tür und den dahinter verschwundenen Abrata. »Der kleinen Idioten, die Ihnen die Macht verleihen... Sie können es sich nicht leisten, deren Achtung zu verlieren, denn die ist Ihre Macht, und wenn Sie es täten, würde Ihnen eines Nachts der kleine Idiot das Gehirn aus dem Schädel pusten.«

Grazzini sah ihn fest an, zeigte keine Regung

Creasy sagte ihm, was zu tun wäre. »Sagen Sie dem Idioten Abrata, er soll ein scharfes Messer aus der Küche bringen. Es sollte ein Sägemesser sein.«

Grazzinis Gesicht zeigte Verwirrung.

»Tun Sie's!« drängte Creasy.

Sekunden verstrichen, und dann stand Grazzini auf und ging zur Tür. Drei Minuten später kehrte er zurück und hielt ein Messer in den Händen. Er schloß die Tür und ging zu Creasy hinüber.

»Ist es scharf?« fragte Creasy.

Grazzini ließ den Daumen über die Klinge gleiten und nickte.

»Sehen Sie sich den kleinen Finger an meiner linken Hand an«, sagte Creasy leise.

Grazzini sah hin. Die ganze Hand war weiß. Vom kleinen Finger war nur noch der Stumpf übrig.

»Der Rest ist weggeschossen worden«, sagte Creasy. »Vor langer Zeit. Ist erstaunlich, wie wenig ein Mann seinen kleinen Finger benutzen muß... außer manchmal, um sich in der Nase zu bohren.« Er blickte zu dem *Capo* auf und sagte dann: »Schneiden Sie den kleinen Finger meiner rechten Hand am zweiten Gelenk ab.«

Der *Capo* sah ihn verständnislos an.

»Ist ein guter Ausweg«, sagte Creasy beiläufig. »Sie schneiden ihn ohne Betäubungsmittel ab. Ich werde einen sehr ausdrucksstarken und realistischen Schrei ausstoßen. Haben Sie ein sauberes Taschentuch?«

Grazzinis Gesichtsausdruck war wie betäubt.

»Haben Sie ein sauberes Taschentuch?« wiederholte Creasy.

Der *Capo* nickte und zog ein cremefarbenes Seidentuch aus der obersten Jackentasche.

Creasy nickte zustimmend. »Nachdem Sie ihn abgeschnittten haben, wickeln Sie es um den Stumpf. An diesem Punkt verliere ich das Bewußtsein.« Er lächelte erneut. »Es wird sehr beeindruckend sein. Sie nehmen den Finger mit hinaus und geben ihn Abrata, und dann sagen Sie ihm, er solle ihn einbalsamieren, in Kristall einschließen und ihn als Geschenk zu Ihrer Mutter nach Rom schicken lassen … Das ist etwas, was er versteht. Dann bringen Sie ihn dazu, mich zurück ins Hotel zu schicken.«

Grazzini sah auf das Messer und dann auf den kleinen Finger.

Satta und Bellu blickten schweigend auf die bandagierte rechte Hand.

»Es tat kaum weh«, sagte Creasy. »Meine Hand war sowieso völlig betäubt … Aber Grazzini war kein Chirurg.« Er lächelte Satta an. »Ihr Bruder könnte ihm Lektionen erteilen … Ich habe sehr effektvoll aufgeschrien und bin dann in Ohnmacht gefallen.« Er griff mit der gesunden Hand zum Nachttischchen und hob ein blutiges seidenes Taschentuch hoch. »Ich habe einen halben nutzlosen Finger verloren und ein wunderschönes Taschentuch gewonnen.«

45

Der Adept wurde nach vorn gerufen. Das Gesicht unter der schwarzen Kapuze war dunkel und schmal; ein langes hervortretendes Kinn unter einem geraden schmalen Mund. Seine tief in den Höhlen liegenden Augen waren gleichfalls dunkel. Die Augen zeigten Beklommenheit. Sie huschten von Seite zu Seite, und der Mann zögerte.

Er wurde abermals gerufen. Einen Augenblick sah er auf den schwarzen Altar. Den Mittelpunkt bildete ein schwarzes, umgekehrtes Kreuz von etwa zwei Metern Höhe. Dahinter stand eine riesige schwarze Kerze in einem Halter aus Ebenholz. Sechs kleinere schwarze Kerzen waren zu beiden Seiten des umgekehrten Kreuzes arrangiert: insgesamt dreizehn. Vor dem Kreuz lag ein langes Messer mit Silberklinge und einem schwarzen Horngriff. Zur Linken des Altars stand ein sich aufbäumender, ausgestopfter Ziegenbock, das Maul gebleckt, so daß sich weiße Zähne in einem gräßlichen Grinsen zeigten. Zur Rechten des Altars lag ein weißer junger Hahn, dem mit schwarzer Seidenschnur die Füße festgebunden waren. Gleich daneben lag ein menschlicher Schädel.

Die Hohepriesterin schritt von links heran und stellte sich vor das umgekehrte Kreuz. Sie war in eine kastanienbraune Robe mit schwarzer Kapuze gekleidet.

Sie rief ihn erneut beim Namen, und der Adept trat auf Beinen vor, die ihm nicht mehr gehorchten. Er stieg die drei Stufen empor und stand eine Stufe unter ihr. Er blickte ihr in das weißgepuderte Gesicht. Ihr Lippenstift war schwarz, ebenso wie die Hörner einer Ziege, die ihr auf die Stirn oberhalb der Augen mit den dick getuschten Wimpern gezeichnet waren.

Sie streckte die Hand aus und legte die Handfläche auf seinen Kopf und intonierte die Worte: »Schwörst du Gott ab?«

Ohne zu zögern erwiderte er: »Ich schwöre Gott in allen Formen ab.«

Sie hob die Augen und sah die versammelte Menge an, alle in schwarze Roben gekleidet. Hinter ihnen stand ein langer Tisch, beladen mit Essen und Wein. Die dreizehn Menschen umfassende Versammlung sprach einstimmig: »Er schwört Gott ab.«

Die Hohepriesterin zog ihre Hand zurück, wandte sich dem Altar zu und hob das Messer mit der Silberklinge. Mit dem Rücken zum Adepten und zur Versammlung hob sie es hoch über den Kopf. Die Versammlung wiederholte in ehrfürchtigem Geflüster: »Er schwört Gott ab.«

Die Hohepriesterin ging am Altar entlang zu dem jungen Hahn, packte ihn am Hals und schnitt ihm mit einem geübten Schlag des Messers den Kopf ab. Dann schnitt sie die schwarzen Fesseln durch, legte das Messer nieder, faßte den zuckenden Leib, hielt ihn kopfunter über den Schädel und drückte, während das Blut herabtropfte. Schließlich drehte sie sich um und warf den Kadaver in die Versammlung. Ein erwartungsvolles Geschrei erscholl, während sie auf Händen und Knien danach griffen.

Die Hohepriesterin hob den Kopf des jungen Hahns auf und ließ ihn in die Schädelhöhle fallen, in der sich das Blut gesammelt hatte. Dann griff sie mit der linken Hand hinab und hob den Saum ihrer Robe. Mit der rechten Hand nahm sie den Schädel, hielt ihn sich zwischen die gespreizten Beine und urinierte hinein.

Der Adept stand still wie ein Granitfelsen und starrte auf das umgekehrte Kreuz.

Die Hohepriesterin ließ ihre Robe fallen und schritt, den Schädel ehrfürchtig in beiden Händen, vor den Adepten. Sie hielt ihm den Schädel entgegen. Sehr langsam streckte er die Hände aus, nahm ihn ihr ab, hob ihn an den Mund und trank.

Wieder flüsterte die Versammlung: »Er schwört Gott ab.«

Der Adept schob die Kapuze seiner Robe zurück. Sie enthüllte ein junges Gesicht, nicht älter als dreißig Jahre. Dunkles, langes, gescheiteltes Haar. Die Hohepriesterin nahm ihm den Schädel ab und schüttete ihm den restlichen Inhalt über den Kopf. Dann setzte sie den Schädel wieder auf den Altar und streifte in einer einzigen Bewegung ihre Robe ab. Sie war nackt. Ihr Körper war weiß und füllig. Sofort waren der Adept und die übrige Versammlung ebenfalls entkleidet. Die Versammlung bestand aus sieben Frauen und sechs Männern zwischen Anfang Zwanzig und Ende Fünfzig.

Sie gingen alle zum Bankettisch und schlangen die nächste halbe Stunde reichhaltiges Essen und guten Wein hinunter. Dann begann die Orgie und setzte sich bis zur Morgendämmerung fort.

Bei Sonnenaufgang traten zwei Männer aus der Villa und blickten ins Tal auf den kleinen Ort in fünf Kilometern Entfernung. Sie sahen den Kirchturm und hörten das Geläut, als die Glocken erklangen, um die Gläubigen zu rufen.

Die Männer waren Mitte Fünfzig und trugen maßgeschneiderte, dunkle Anzüge. Einer der Männer war klein, dünn und blaß. Der andere war groß und muskulös. Sein Gesicht war schwarz wie Ebenholz, und er war völlig kahl.

Der Kleine wandte sich dem anderen zu und sagte: »Ist gut gelaufen.«

Der schwarze Mann nickte. »Sehr gut... Es hat ein Jahr gedauert, ihn soweit zu bringen. Er wird diese Nacht niemals vergessen.«

»Denke ich auch«, erwiderte der erste Mann. »Aber er muß erst noch innerhalb eines Monats einer vollen Messe mit einem echten Opfer beiwohnen.«

Der zweite Mann hob die Schultern. »Es wird nicht einfach sein. Wir hatten eine gute mögliche Kandidatin, aber sie ist bei diesem Fiasko in Marseille verlorengegangen.«

»Ja«, sagte der erste Mann grimmig. »Verlorengegangen, zusammen mit unserer Anzahlung von zwanzigtausend Dollar. Wir müssen einen Ersatz finden.«

»Im Augenblick können wir nur Ware aus Asien und Afrika bekommen«, erklärte der zweite Mann.

Der erste Mann schüttelte den Kopf und sagte ruhig, jedoch nachdrücklich: »Nein! Sie muß hellhäutig und noch nicht in der Pubertät sein. Geld spielt keine Rolle. Vielleicht können wir Gamel dazu überreden, das albanische Projekt voranzutreiben. Schließlich hat er bereits die Voraussetzungen geschaffen, und die Tarnung ist gut.«

Der große Schwarze hob den Kopf, sah Richtung Südosten und nickte bedächtig. »Ja. Ich werde Tunis einen Besuch abstatten und mit ihm sprechen. Es wird viel einfacher sein, das Gesuchte in Albanien zu finden, während das Land in einem derartigen Chaos steckt. Ich werde ihm auch vollständigen Bericht über die beunruhigenden Vorfälle erstatten müssen, die sich in den letzten Tagen ereignet haben. Es ist viele Jahre her, daß Ermittlungen geführt worden sind.«

»Sie nehmen das ernst?« fragte der kleine Mann. »Meinen Sie, da besteht irgendeine Verbindung zu den Ereignissen in Marseille?«

Der große Schwarze schüttelte den Kopf. »Ich glaube, es hat nichts mit Marseille zu tun. Das war wahrscheinlich bloß ein Bandenkrieg. Aber ich bin nicht glücklich darüber, daß wir von zwei Ermittlungen von so verschiedenen Seiten gehört haben... Egal... Ich habe bereits etwas in Angriff genommen.« Er deutete auf die Villa hinter ihnen. »Unser Adept hat im vergangenen Jahr ein beachtliches Vermögen geerbt. Er wird sich irgendwann davon trennen, aber nur, wenn er immer tiefer einsteigt. Der Ziegenbock muß sein Opfer haben.«

46

Laura nahm Juliet zum Einkaufen in den Ort Nadur mit. Zunächst gingen sie zum Bäcker und kauften vier runde Krustenbrote, heiß aus dem Feuerholz-Ofen. Juliet bat sie, ihr zu sagen, wie Brot auf Maltesisch heißt, und wiederholte es mehrmals, bis Laura zufriedengestellt war. Dann gingen sie zum Metzger, und Laura mußte ihr die Worte für all die verschiedenen Fleischsorten beibringen. In der Metzgerei hielt sich die übliche Menge schwarzgekleideter alter Damen auf, wegen des Morgenklatsches ebenso wie zum Fleischkauf. Laura mußte ihnen erklären, daß Juliet neu angekommen und vom *Uomo* als Schwester für Michael adoptiert worden war. Die alten Damen nickten anerkennend. Einige von ihnen hatten selbst bis zu fünfzehn Kinder und wußten große Familien wirklich zu würdigen, selbst wenn die Kinder adoptiert waren. Sie gingen weiter zum Lebensmittelgeschäft, und Juliets Lektion in Maltesisch setzte sich fort.

Auf dem Weg zurück zum Wagen kamen sie an der neueröffneten Boutique vorüber und blieben stehen, um die Kleider im Schaufenster zu bewundern. Aus einem Impuls heraus nahm Laura Juliet bei der Hand und führte sie ins Geschäft, wobei sie sagte: »Am Samstag ist Joeys und Marias zweiter Hochzeitstag. Es wird eine große Feier werden, und du kannst nicht in diesen Jeans hingehen.«

Sie kaufte ihr ein leuchtend rotes Kleid, das Juliet für ein wenig schrill hielt, aber sie widersprach nicht, weil Laura offensichtlich so begeistert war. Der Besitzer der Boutique hielt das Kleid für ein bißchen zu groß und bot an, es umzutauschen, doch Laura, praktisch wie immer, wies darauf hin, daß Juliet rapide an Gewicht zunahm und bald hineinwachsen würde. Statt dessen kaufte sie ihr einen breiten schwarzen Ledergürtel, um es festzuhalten. Dann mußte Juliet natürlich dazu passende Schuhe haben, also gingen sie zum Schuhgeschäft.

Michael hatte vor seiner Abreise seiner Schwester einhundertundfünfzig maltesische Pfund gegeben, aber Laura wollte Juliet für nichts bezahlen lassen.

»Du bestehst immer darauf, abzuwaschen und mir beim Saubermachen zu helfen«, erinnerte sie sie. »Also ist dies mein Geschenk für dich.«

Wieder im Bauernhaus half ihr Juliet bei der Zubereitung des Mittagessens, was stets die größte Mahlzeit des Tages war. Zuerst eine dicke Gemüsesuppe, die, wie Laura erklärte, Witwensuppe genannt wurde, weil sie angesichts einer solchen Überfülle von Gemüse auf Gozo sowohl billig als auch sättigend war. Dann bereitete sie einen Schweinetopf mit Unmengen von Gemüse. Sie machte genug für zehn Personen, wobei sie erklärte, daß er sich gut hielte und man niemals wußte, wie viele Personen bei einer Mahlzeit auftauchen würden. Das Gericht wurde *Kawlata* genannt und war zufällig eines von Pauls Lieblingsessen. Punkt zwölf Uhr kam er von den Feldern herein, nachdem er sechs Stunden durchgearbeitet hatte. Juliet sah ihm zu, wie er eine riesige Portion Suppe aß, der eine noch größere Portion *Kawlata* folgte. Während der Mahlzeit vertilgte er einen ganzen Leib Brot und trank eine Flasche seines eigenen Weins.

Das Telefon läutete, während der Tisch abgeräumt wurde. Es war Creasy. Er sprach ein paar Worte mit Laura, die dann eine aufgeregte Juliet an den Apparat rief.

Er sprach lange Zeit mit ihr, erklärte zunächst, daß es sowohl ihm als auch Michael gut ginge. Sie fragte, wo sie seien, aber er wiederholte lediglich, sie seien ›irgendwo in Italien‹ und blieben vielleicht noch einige Wochen weg, aber er würde versuchen, wenigstens eine Stippvisite nach Gozo zu machen. Dann sagte er ihr, daß sie ab kommender Woche zur Schule gehen müsse.

»Ich möchte nicht zur Schule gehen.«

»Du mußt«, erwiderte er barsch.

»Ich spreche die Sprache noch nicht«, sagte sie verdrießlich. »Ich werde noch wenigstens einen weiteren Monat brauchen, oder noch mehr, also würde ich in der Schule meine Zeit verschwenden.«

Sie hörte ihn leise lachen.

»Das ist kein Problem. In Kercem gibt es eine Schule, die von Nonnen geleitet wird. Sie lehren auf Englisch. Ich habe bereits mit Laura darüber gesprochen; sie wird das arrangieren.«

Juliet warf Laura einen bösen Blick zu. Laura lächelte zurück.

»Du wirst Kinder deines Alters treffen und Freundschaften schließen«, sagte Creasy.

»Ich habe bereits Freunde.«

»Wen zum Beispiel?«

»Nun... Laura und Paul, Joey und Maria... und den alten Fischer, der Paul Fisch bringt und seinen ganzen Wein austrinkt.«

»Du gehst zur Schule«, bestimmte Creasy. »Ich möchte keine dumme Tochter, und Michael keine dumme Schwester... Wenn ich zurückkomme, werde ich dir ein Fahrrand kaufen.«

»Ein Fahrrad?« erwiderte sie aufgeregt.

»Bestich sie nicht!« rief Laura quer durch den Raum.

Bescheiden sagte Juliet ins Telefon: »Ok, Creasy. Ich werd' zur Schule gehen. Aber es muß ein rotes Fahrrad sein, damit es zu meinem neuen Kleid paßt.« Sie erklärte ihm alles über die Feier und plauderte noch ein paar weitere Minuten. Später, während sie Laura beim Abwasch in der Küche half, sagte sie wehmütig: »Ich habe nie ein Fahrrad gehabt... Ich weiß nicht, wie man darauf fährt.«

»Ich bring's dir bei«, sagte Laura mit einem Lächeln und fuhr dann ernst fort: »Glaub nicht, daß du mich um den Finger wickeln kannst wie Creasy und Paul. Was ein Mädchen wie du braucht, ist eine starke Frau, die dafür sorgt, daß es nicht auf dumme Gedanken kommt.«

»Du hast sicherlich recht«, gab Juliet zur Antwort und dachte dabei an das rote Kleid, den schwarzen Ledergürtel und die dazu passenden Schuhe.

47

Der Däne hatte oft an Strategie-Sitzungen und -Seminaren teilgenommen, die von der Polizei in Kopenhagen abgehalten wurden. Es lag in seiner Natur, bei solchen Sitzungen normalerweise seine Meinung für sich zu behalten, es sei denn, ein sehr hoher Beamter machte eine dumme Bemerkung, die sich auf seine eigene Sachkenntnis bezog. Aber Jens Jensen hatte niemals an einer derartigen Sitzung teilgenommen, wie sie jetzt im Gange war.

Zunächst einmal war er nie auf einer Sitzung gewesen, wo das Essen so spektakulär gewesen war. Sie saßen an einem großen ovalen Tisch auf der Terrasse der Pension Splendide. Das Lichtermeer von Neapel lag unter ihnen und dahinter die riesige Bucht. Die Mahlzeit war mustergültig von einem rauhbeinigen alten Mann serviert worden, der so ausah, als hätte er schon vor Jahren in Rente gehen sollen. Jens sah sich unter den Teilnehmern um und hatte erneut das schizophrene Gefühl, daß er einerseits in einer solchen Gruppe völlig fehl am Platz und andererseits irgendwie Teil davon war. Er saß an der Mitte des Tischs. Creasy saß gegenüber. Michael und Maxie saßen zu Creasys Rechter und Linker. Am rechten Tischende saß Guido, und am linken Ende saß Colonel Satta. Die anderen waren Massimo Bellu, der Geist, Frank Miller, René Callard, Pietro und, links von Jens, die Eule. Mit Ausnahme von sich selbst, Satta und Bellu bezweifelte er, ob sich jemals eine härtere Gruppe von Männern versammelt hatte. Er wußte, daß sogar der junge Pietro, Guidos Quasi-Adoptivsohn, sich seinen Weg emporgearbeitet hatte: von einem Dreizehnjährigen, der auf den Straßen geschlafen hatte, zu einem sehr hartgesottenen jungen Mann von zweiundzwanzig.

Das Mahl war köstlich. Natürlich hatten sie zu Beginn *Antipasti*, denen *Pasta della frutta di mare* folgten. Der Hauptgang bestand aus *Cernica al forno*, in Weißwein und Olivenöl gekocht. Als *Contorni* zu den *Cernia* hatten sie *Patate lesse* und *Piselli al finocchio.* Zum Dessert servierte der alte Mann *Charlotte di fragole.*

Jens warf erneut einen Blick auf Creasys rechte Hand und den Verband um den Stumpf des kleinen Fingers. Erneut lief es ihm kalt den Rücken herab beim Gedanken, wie Creasy jenen Finger verloren hatte, und erneut war er im Kopf fast wie betäubt wegen des Grunds, weshalb er dies getan hatte. Er versuchte, sich in die gleiche Position hineinzuversetzen, versuchte, eine Machtprobe gegen einen *Don* der Mafia zu bestehen, während er hilflos an einen Stuhl gefesselt war. Nicht nur eine Machtprobe zu bestehen, sondern ihn auch noch zur Mitwirkung bei der Sache zu bewegen.

Die Unterhaltung war sowohl heiter als auch ernst gewesen. Heiter, als er selbst trocken die Entführung von Grazzinis alter Mutter wiedererzählt hatte. Wie sie Michael mit ihrem Stock übers Gesicht geschlagen hatte. Michael hatte reumütig gegrinst und sich den blau angelaufenen Kiefer gerieben. Dann erzählte er, wie ihm die alte Frau ein ganzes neues Lexikon an Schimpfwörtern beigebracht hatte und wie sie, als sie sie sicher in die Arme von Grazzinis Dienstmädchen Maria entlassen hatten, nicht ihre Entführer verflucht, sondern Gott angerufen habe, er möchte ihrem Sohn zur Abwechslung mal etwas Verstand schenken.

Die Unterhaltung war ernst geworden, als Michael nüchtern konstatiert hatte, daß sich Creasy nicht mehr länger offen in Italien bewegen könne. Es gab andere Mafia-Familien, die einen tödlichen Groll auf ihn hegten, und das nächste Mal mochte Creasy nicht soviel Glück haben. Jens hatte von Creasy erwartet, daß er daran Anstoß nähme, aber er hatte die implizite Kritik schweigend hingenommen, lediglich genickt und dann gesagt: »In Zukunft werde ich vorsichtiger sein.«

Jens hatte sich an die eigene sowie Michaels Dummheit erinnert, daß sie sich in Marseille so leicht hatten schnappen lassen, und an Creasys nachfolgende spektakuläre Rettung. Dann bemerkte er etwas anderes: Creasy dominierte diese Gruppe von Männern. Nicht nur durch das, was er sagte, sondern durch seine bloße Gegenwart, die eine seltsame Aura ausstrahlte. Jeder hier um den Tisch hatte eine überdurchschnittliche Intelligenz; einige, wie Colonel Satta, waren sogar extrem intelligent. Solche wie Miller, Callard, Guido, Michael und die Eule waren fraglos körperlich harte und erfahrene Männer. Aber niemand hatte genau dieselbe Ausstrahlung wie Creasy. Irgendwann, schätzte der Däne, würde Michael sie erlangen; vielleicht wenn Creasy sich aufs Altenteil zurückzog und Michael in die Blütezeit seines Lebens eintrat. Das war noch ein paar Jahre hin.

Er drehte sich um und warf der Eule links von sich einen Blick zu. Der alte Mann hatte gerade das Dessert serviert, und die Eule hieb mit Appetit auf das *Charlotte di fragole* ein. Es war nicht merkwürdig, daß die Eule neben ihm saß. Seit jener langen Autofahrt nach Kopenhagen war er anscheinend nie mehr als ein paar Meter entfernt gewesen. Ein ständig gegenwärtiger Schatten. Jens hatte entdeckt, daß die Eule ein seltsamer Mann war. Während ihrer Gespräche hatte er zugegeben, mehrere Leute getötet zu haben. Er hatte zugegeben, den größten Teil seines Lebens als Krimineller verbracht zu haben, bis er für den Waffenhändler Leclerc als Leibwächter zu arbeiten angefangen hatte. Er hatte keine Familie, und er war, abgesehen von der Pistole und dem Wurfmesser, die er stets bei sich trug, niemals weit entfernt von dem kleinen, mit allen Schikanen versehenen CD-Player und dessen gepolsterten Kopfhörern. Jens war überrascht gewesen zu erfahren, daß die größte Leidenschaft der Eule klassische Musik war und, insbesondere, die Kammermusik von Schubert, Mozarts Opern und Beethovens Symphonien. Auf jener langen Fahrt nach Kopenhagen hatten die Kopfhörer kaum je seinen Kopf verlassen.

Die ernsthafte Diskussion hatte während des Hauptgangs stattgefunden. Creasy hatte die Versammlung davon informiert, daß Grazzini tatsächlich Gerüchte über den ›Blauen Ring‹ gehört hatte und in diesem Augenblick herauszufinden versuchte, ob diese Gerüchte Substanz hatten. In Zukunft wäre Grazzini unter dem Namen ›Papa‹ bekannt. Creasy hatte sarkastisch gelächelt, als er dieses Stück Information weitergegeben hatte, und hinzugefügt: »Ich habe ihn vorgeschlagen … ihm hat er gefallen.«

Bellu informierte sie, daß der Verdacht auf zwei Männer gefallen sei: einen Italiener in Mailand namens Jean Lucca Donati und einen nubischen Ägypter namens Anwar Hussein, der außerhalb von Neapel lebte. Es bestand eine dürftige Verbindung zwischen ihnen, die er jetzt verfolgte. In der Zwischenzeit waren ihre Namen an Papa weitergegeben worden, der sein eigenes Netzwerk dazu benutzte, sie zu überprüfen.

Dann hatte Creasy erklärt, es sei notwendig, daß sich ihre Gruppe von nun an von den *Carabinieri* fernhielte. Er hatte nicht entschuldigend geklungen, sondern einfach zu Colonel Satta gesagt: »So ist es besser. Sie möchten doch nicht mit etwas in Zusammenhang gebracht werden, oder auch nur den Anschein hierfür erwecken, das schließlich eine illegale Operation auf Ihrem Territorium ist. Gleichermaßen müssen wir darauf achten, nicht mit den Behörden in Verbindung gebracht zu werden. Welche Information Massimo jedoch auch ausgraben und an uns über Guido weiterreichen kann, sie wird sehr geschätzt sein.«

Sowohl Satta als auch Bellu hatten genickt. Der Geist sah ein wenig enttäuscht aus. Ihm machte das Ganze offensichtlich Spaß.

Jens mußte seine eigene Position sorgfältig bedenken. Er war Polizist, und er war in eine illegale Operation auf ausländischem Boden verstrickt. Er hatte bereits an einer gewaltsamen Entführung teilgenommen, und er war jetzt Teil einer Gruppe, die aktiv allgemeines Gemetzel und Mord plante. Er dachte mehrere Minuten darüber nach und traf seine Entscheidung, als der alte Mann starken schwarzen Kaffee servierte. Er blickte über den Tisch hinweg auf Creasy: »Ich muß nach Dänemark zurück.«

Alle rund um den Tisch verstummten, während Creasy nickte. »Wir verstehen das, Jens. Jetzt, da die Mafia mit drinsteckt, ist das nichts für Sie. Wir wissen Ihre Hilfe sehr zu schätzen und wünschen Ihnen alles Gute. Wenn wir sie irgendwann erwidern können, wissen Sie, wo Sie uns finden können.« Er warf Michael einen Blick zu. »Kümmer dich darum, daß Jens keine finanziellen Einbußen entstehen.«

Ehe Michael etwas hätte erwidern können, ergriff Jens das Wort. »Augenblick mal! Ich habe gesagt, ich *muß* nach Dänemark zurück. Übermorgen hat meine Tochter Geburtstag.

Am Tag darauf werde ich zurückkehren.« Er blickte Creasy und dann die übrigen um den Tisch an. »Niemand wird mich hinauswerfen. Ich war von Anfang an hier dabei, und ich werde am Ende dabeisein.« Er machte eine Geste. »Ok, vielleicht bin ich nicht so hart wie einige von euch Burschen ... oder so skrupellos ... aber ich kann vielleicht etwas beitragen, das ihr braucht.« Er zeigte auf Satta und dann auf Bellu. »Ihr habt euch gerade von den einzigen Detektiven hier distanziert. Ich verstehe den Grund. Aber versteht jetzt folgendes ... Es wird Kampf geben, und es wird reine Detektiv-Arbeit geben. Dafür bin ich ausgebildet. Ihr braucht ein angemessenes Hauptquartier für die Operationen, das euch alle untereinander verbindet; die linke Hand muß wissen, was die rechte Hand tut. Es sollte angemessene Planung und Organisation geben. Es ist nicht gut, einfach nur in die Schlacht zu stürmen. Michael hat das in Marseille getan, und Creasy in Mailand.«

Er sprach jetzt zum ganzen Tisch. »Ok, ich weiß, Creasy ist ein brillanter und erfahrener Anführer, und wenn der richtige Kampf beginnt, wird er weder von meiner Seite noch von sonstwem Hilfe benötigen. Aber davor wird einiges an Detektivarbeit notwendig sein.« Er schloß trotzig. »Ich bin ein Detektiv, und ich habe ein Motiv ... diese Leute zu finden ist mein Job.«

Creasy schwieg. Sowohl Satta als auch Bellu nickten bedächtig. Die Eule hatte ein verkniffenes Lächeln auf dem Gesicht.

Satta brach das Schweigen. »Jens hat recht. Durch Training und Intuition haben gute Detektive ein besonderes Gespür. Sie sehen Dinge, die andere, sogar intelligentere Leute, nicht sehen. Gelegentlich sehen sie den Wald, nicht bloß die

Bäume. Ihr werdet Informationen von Massimo und möglicherweise von eurem neuen Freund Papa erhalten. Diese Informationen müssen zueinander in Bezug gesetzt, Querverweise müssen erstellt und dann in knapper Form weitergegeben werden. Ich halte Jens für einen guten Detektiv und glaube, er wird nützlich sein.« Diese Feststellung beendete gemeinsam mit dem fernen Klingeln der Türglocke die Diskussion.

Sofort ging Pietro ins Innere der *Pensione.* Der alte Mann schenkte weiteren Kaffee nach. Pietro kehrte zwei Minuten später zurück. Er hielt einen blauen Umschlag in der Hand und reichte ihn Creasy mit den Worten: »Zwei Männer in einem schwarzen Lancia. War unverkennbar, woher sie kamen. Einer hat mir das hier gegeben und gesagt, es sei für *Uomo.*«

Creasy öffnete den Umschlag und holte ein einzelnes Blatt Papier heraus. Er las die Worte, blickte auf und erklärte: »Ist von Papa.« Er blickte wieder auf das Papier und las vor: »Die Gerüchte haben Substanz. Aber es geht um mehr als bloßen Mädchenhandel. Um viel mehr. Es reicht bis zum Mittleren Osten und Nordafrika, vielleicht Tunesien. Es wird einige Tage benötigen, weitere Informationen zu erhalten. Ich bleibe in Verbindung. Papa.« Er faltete das Papier zusammen, steckte es in seine Tasche und sah dann nachdenklich den Dänen an. »Dann ok, Jens, fahren Sie zum Geburtstag Ihrer Tochter und geben Sie ihr einen Kuß von uns allen. Dann kehren Sie hierher zurück.« Er sah Michael an. »Ich möchte, daß du nach Brüssel fährst und dort ein Treffen mit Korkenzieher Zwei arrangierst. Wir müssen unsere eigenen Schlupfwinkel in Mailand und Rom und möglicherweise Tunesien einrichten. Sie sollten wie gewöhnlich ausgestattet sein. So, wie wir sie beim letzten Einsatz in Syrien hatten.« Er sah Maxie an. »Maxie, du kannst ebensogut mit ihm fahren und deine Familie besuchen.« Er sah Miller und Callard an. »Nehmt euch drei oder vier Tage frei und trefft euch dann hier mit Jens wieder.« Er sah die Eule an. »Werden Sie ein paar Tage nach Marseille zurückkehren? Haben Sie dort Familie?«

Die Eule schüttelte den Kopf und warf dem Dänen einen Blick zu. »Nein, wenn Jens nichts dagegen hat, werde ich mit ihm nach Kopenhagen fahren. Ich mag die Stadt.«

Jens nickte zustimmend.

Creasy winkte den Kellner heran und sprach ihm einige Worte ins Ohr. Der alte Mann nickte und ging. Wenige Minuten später kehrte er mit einer ebenso alten Frau zurück. Sie war stämmig, in Schwarz gekleidet, das graue Haar zu einem Knoten zurückgesteckt. Creasy erhob sich, als sie herantrat, und umarmte sie, stellte sie daraufhin den anderen als Ornella vor, die Köchin. Mit Ausnahme von Guido und Pietro standen sie alle sofort auf und applaudierten ihr. Sie glühte vor Stolz und eilte davon.

»Was wirst du tun?« fragte Michael Creasy.

Creasy hob die Schultern. »Ich verbringe ein paar Tage auf Gozo.«

48

Jens Jensen und die Eule fuhren im selben BMW nach Kopenhagen zurück.

»Wird fast so was wie ein Firmenwagen«, hatte Creasy an jenem Morgen erklärt. »Leclerc will ihn nicht zurücknehmen, also gehört er Ihnen. Die Papiere werden später vordatiert.«

Jens genoß es, lange Strecken zu fahren und dabei der Pop-Musik der verschiedenen Radiosender zuzuhören, während sie ohne Halt Italien durchquerten. Die Eule saß auf dem Beifahrersitz, hatte den CD-Player auf dem Schoß und die gepolsterten Kopfhörer über den Ohren. Er war kein großer Mann und hatte es geschafft, sich in dem bequemen Sitz zusammenzurollen. Gelegentlich zog er einen der Kopfhörer vom Ohr, um zu hören, was Jens hörte. Er grunzte stets spöttisch und setzte den Hörer wieder fest auf. Abgesehen davon gab es nur wenige Gespräche. Jens hatte als Ziel ein kleines Hotel direkt hinter der schweizer Grenze im Auge. Dort würden sie die Nacht verbringen, eine gute Mahlzeit zu sich nehmen und früh am Morgen nach Kopenhagen weiterfahren. Die Eule hatte darauf bestanden, unterwegs an einem schweizer Geschenkeladen anzuhalten, damit er Lisa eine Kuckucksuhr zum Geburtstag kaufen konnte. Bei dieser Gelegenheit wurde Jens klar, daß die Eule ein Freund der Familie werden würde.

Am selben Morgen waren Miller und Callard früh mit dem Tragflächenboot nach Capri gefahren. Sie planten, in einem netten Hotel abzusteigen, sich wie Touristen zu benehmen und ein paar Mädchen anzubaggern.

»Bleib bloß außer Sichtweite und laß mich die Arbeit tun«, hatte Callard ernst gesagt. »Wenn sie deine häßliche Visage sehen, laufen sie davon.« Miller hatte selbstgefällig gelächelt. Trotz seines Aussehens hatte er nie Probleme beim anderen Geschlecht gehabt. Die beiden Männer waren alte Freunde und Kriegsgefährten und freuten sich auf gutes Essen, die

Herbstsonne und vielleicht ein wenig körperliche Entspannung. Auf dem Tragflächenboot besprachen sie kurz die Operation und den Rest des Teams. Sie waren zum Ergebnis gekommen, daß es sehr ausgeglichen war. Als Söldner hatten sie in verschiedenen Ländern oft mit Guten und Schlechten gekämpft. Ein einziges schwaches Glied im Team konnte zur Katastrophe führen. In diesem Team konnten sie keine Schwachstelle finden. Maxie kannten sie natürlich seit vielen Jahren. Michael hatten sie zuvor noch nicht getroffen, aber sie wußten, daß er von Creasy ausgebildet worden war und daß er trotz seiner Jugend bereits im Kampf gewesen und durchgekommen war. Sie mochten die Eule, weil er jene ruhige Zuversicht an sich hatte, die aus Erfahrung und Professionalität herrührt. Sie hatten bemerkt, wie fest er sich bereits dem Dänen angeschlossen hatte. Das war in ihrem Milieu nicht ungewöhnlich; Männer fanden sich im Angesicht extremer Gefahr und Mühsal oft zu Paaren zusammen. Das offensichtlichste Beispiel hierfür, das ihnen bekannt war, waren Creasy und Guido gewesen, die seit ihren frühen Tagen in der Fremdenlegion zusammengewesen waren und Seite an Seite in den Söldnerkriegen von Afrika weitergekämpft hatten. Es war schade, daß Guido sich zurückgezogen hatte. Sie kannten ihn als den tödlichsten Vertreter am Maschinengewehr in jeder Armee und in jedem Land. Aber sie verstanden sein Versprechen seiner toten Frau gegenüber. Keiner von ihnen hatte je geheiratet, aber sie teilten einen sehr altmodischen Respekt vor Frauen und dem Ehestand. Den Dänen mochten sie ebenfalls und hatten keinerlei Bedenken wegen seiner Mitgliedschaft im Team.

Michael und Maxie flogen über Rom nach Brüssel. Vom Flughafen in Rom aus rief Michael Korkenzieher Zwei an und verabredete für den nächsten Abend ein Treffen in Brüssel. Auf dem Flug nach Rom erklärte Michael seine persönlichen Motive, den ›Blauen Ring‹ zu zerschlagen. Maxie kannte die ausführliche Geschichte von Michaels Kindheit und Jugend noch nicht. Er hörte schweigend zu und erwärmte sich für den jungen Mann, dem das Herz seiner Schwägerin gehörte.

Creasy nahm die Übernacht-Fähre nach Malta. Er genoß Seereisen, und obgleich die Fähre nicht sonderlich komfortabel war, war der Kapitän ein Freund von Guido, und man hatte eine bequeme Kabine auf dem Oberdeck für ihn bereitgestellt. Den größten Teil der Nacht stand er jedoch am Heck, sah auf das schäumende Kielwasser und fragte sich, was er auf Gozo vorfände.

Er fand Juliet vor. Etwa um die Mittagszeit erreichte er das Haus auf dem Hügel. Sie wirbelte in der Küche und bereitete das Mittagessen zu. Er roch das Aroma von Kaninchenschmortopf in Wein und Knoblauch. Sie küßte ihn flüchtig auf die Wange und scheuchte ihn unter die Dusche.

Fünfzehn Minuten später saß er am Pool und trank ein kühles Lagerbier. Er hatte einen weiteren Versuch gewagt, in der Küche zu helfen, aber Juliet hatte ihn hinausgeschoben und ihm gesagt, Laura habe sie früh am Morgen hier abgesetzt, und sie habe die ganze Zeit damit verbracht, ihm das Mittagessen zu kochen, und er solle sich nicht einmischen. Er hatte nur wenige Sekunden benötigt, um zu bemerken, daß das kleine mißbrauchte Mädchen, das er in jenem Zimmer in Marseille gefunden hatte, innerhalb kürzester Zeit ihre Stärke neu gefunden hatte, um sich ihrem neugefundenen Leben anzupassen. Es war ein schweigsames Mittagessen. Sie servierte es mit Aplomb. Er erkannte das Rezept wieder. Er hatte Lauras Kaninchenschmortopf oft gegessen; er war unverwechselbar. Während der Mahlzeit blickte sie immer wieder auf das in Geschenkpapier eingeschlagene Päckchen auf dem Tisch neben seinem Ellbogen. Gelegentlich warf sie auch einen Blick auf den Verband um seine Hand. Abgesehen von Fragen nach Michael gab es keine weiteren Fragen.

Nach dem Kaninchen servierte sie dünne Melonenscheiben mit Eis und schließlich einen großen *Espresso*, aufgebrüht mit dem neapolitanischen Kaffee, den er mitgebracht hatte. Schließlich schob er das Päckchen über den Tisch, und sie, ganz Kind, öffnete es aufgeregt. Es waren zwei leuchtend gefärbte seidene Sarongs darin.

»Ich schlafe immer in ihnen«, sagte er. »Ebenso wie Michael. Es ist eine Gewohnheit, die ich in Fernost angenommen habe.«

Sie befingerte die feine Seide und lächelte ihn schelmisch an. »Ich schlafe ebenfalls in ihnen«, sagte sie. »Ich habe eine Schublade voll davon in deinem Schlafzimmer gefunden.«

Er hob eine Braue. »Also hast du herumgeschnüffelt.«

»O ja«, gab sie zu. »Ich habe mir alles angesehen. Ich habe sogar deinen Safe gefunden und die Zahlenkombination für das Schloß herausgekriegt.«

Er grinste sie an und sagte: »Du bist eine kleine Lügnerin. Michael hat ihn dir gezeigt.«

Abrupt wies sie auf seine Hand und fragte: »Was ist geschehen?«

Er hob die Hand, sah sie an, wickelte langsam den Verband ab und zog die Mullbinde beiseite.

Sie sah den Stumpf des kleinen Fingers an und wiederholte: »Was ist geschehen?«

Sehr ruhig erzählte er ihr die ganze Geschichte.

An jenem Abend revanchierte er sich. Er grillte eines seiner Lieblings-Barbecues, Steak, Hähnchen, hiesige Würstchen und Lampuki-Fisch. Er bereitete ebenfalls die Soßen, die er in Afrika erlernt hatte: die heiße Piri-Piri aus Mozambique, die dicke Bohnensoße aus Rhodesien und die grüne Chillisoße aus dem Kongo. Er trug einen seiner Sarongs, um die Hüfte geknotet. Sie kam heraus und trug einen ihrer neuen Sarongs, den sie sich oberhalb der kleinen Brüste zusammengeknotet hatte.

Sie redeten wie Erwachsene, und er erklärte ihr soviel von seinem Leben, wie er konnte. Sie fühlte sich sehr erwachsen. Sie hatte viele Fragen und stellte sie, nach zögerlichem Beginn, offen und direkt. Er beantwortete sie alle, obgleich ihm manche davon Schmerz verursachten. Insbesondere, als er von seiner toten Frau und seinem toten Kind sprach, und von dem toten Mädchen namens Pinta.

»Hast du mich deswegen hierhergebracht?« fragte sie. »Weil du Pinta und deine Tochter ersetzen wolltest?«

Er dachte sorgsam darüber nach und schüttelte dann den Kopf. »Ich habe dich hergebracht, weil du sonst nirgendwohin hättest gehen können. Zumindest, wie ich es gesehen habe. Wenn ich dich in ein Heim geschickt hätte, oder sogar nach Hause zu deiner Mutter, wäre das für dich das Todesurteil gewesen.« Seine Stimme wurde ruhiger, leiser, und zum erstenmal konnte sie einen Blick auf das erhaschen, was unter dem Panzer lag, der seine Gefühle umgab.

»Ich kann dir nicht sagen, wie viele Kinder ich tot oder sterbend gesehen habe. Im Krieg ist es stets dasselbe. So war es in Afrika, in Asien, in Vietnam, Kambodscha, Laos und sonst überall. Jetzt siehst du es in Somalia, im Sudan, Mozambique, und überall gibt es eine Bande von sogenannten Patrioten und Nationalisten, Politikern und Staatsmännern, die sich einreden, daß sie das Beste für ihr Volk tun. Der Durchschnittsmensch sieht es jetzt, weil es über die Bildschirme in sein Heim kommt. Aber es ist immer so gewesen... Kinder, von Bomben zerrissen, erschossen, mit Napalm verbrannt... und verhungert.«

Es war dunkel geworden. Er stand auf und ging, die Poollampen anzuschalten. Bei seiner Rückkehr sah sie, daß ihn sein verhaltener Ausbruch verstört hatte. Nichts davon zeigte sich auf seinem Gesicht, aber sie konnte die Verstörung in ihm spüren. Sie hatte genügend Intuition, um nichts zu sagen. Lange saßen sie schweigend da, blickten hinaus über die Lichter der Dörfer unter ihnen. Schließlich erhob sie sich und räumte den Tisch ab.

Nach der Reise und den Traumata des Tags davor war er müde. Er küßte sie auf die Wange, versprach, sie am Morgen zum Fischen mitzunehmen, und ging zu Bett.

Sie saß eine weitere Stunde lang am Pool. In der Flasche war etwas Wein übriggeblieben. Sie füllte das Glas und trank es in langsamen Schlucken. Sie wußte, daß sie einen Schimmer von Creasys wirklichem Charakter gesehen hatte. Sie hatte darauf reagieren wollen, wußte jedoch in ihrer Jugend nicht, wie. Sie versuchte, sich an ihren toten Vater zu erinnern. Sie konnte seine Gesichtszüge und sein Lächeln sehen, aber der größte Teil ihrer Gefühle war von der Brutalität, die sie durchlebt hatte, abgestumpft worden. Ihre Instinkte sagten ihr, sie müsse Creasy die Hand entgegenstrecken. Sie wußte nicht, wie. Sie ging zu Bett.

Es war etwa zwei Uhr morgens, als Creasy das leise Klopfen an seiner Schlafzimmertür vernahm. Augenblicklich war er wach. Er hörte ihre Stimme, die ihn beim Namen rief, dann öffnete sich die Tür. Er schaltete das Schlafzimmerlicht ein. Sie trug denselben Sarong. Er sah die Tränen auf ihren Wangen und setzte sich auf. »Was ist?«

»Tut mir leid... meistens ist jetzt alles in Ordnung. Meistens kann ich schlafen... aber manchmal träume ich schlecht.«

Er klopfte auf das Bett neben sich, sie trat heran und setzte sich. Er legte einen Arm um sie, zog sie nahe heran und streichelte ihr mit der anderen Hand sanft übers Haar.

»Kann ich bei dir bleiben?« fragte sie. »Nur eine kleine Weile?«

»Natürlich.«

Er zog ein Kissen herüber, und sie legte sich hin.

Am Morgen erwachte er und spürte etwas Warmes an seinem Rücken. Sie hatte sich an ihn gekuschelt, ihm die Arme um den großen Brustkasten gelegt. Sie schlief. Sanft schob er die Hände beiseite und stopfte ein paar weitere Kissen um sie herum. Dann stand er auf, um das Frühstück zuzubereiten.

49

Furcht ist etwas Relatives. Eine Spinne kann manche Menschen zu Tode erschrecken; andere machen sie zu Haustieren. Furcht kann durch Nichtbeachtung oder Erfahrung eingedämmt werden.

Furcht ist eine der größten Waffen der Menschheit. Und niemand war sich dessen mehr bewußt als Paolo Grazzini. In den Tagen seiner Jugend hatte er sie oftmals selbst verspürt. Er kannte ihre Wirkung und war Zeuge ihrer Wirkung auf andere gewesen. Er saß da und sah über den Tisch hinweg auf den ältlichen Mann. Er hatte nicht erwartet, in jenen Augen Furcht zu erblicken. Torquinio Trento gehörte zur *Cosa Nostra,* seit er ein kleiner Junge war. Während der Dreißiger waren sein Vater und drei Onkel im Gefängnis gestorben, unter Mussolinis gnadenloser Säuberungsaktion. Sie hatten in der halbzivilisierten Welt von Kalabrien operiert. Mit siebzehn war Trento nach Norden emigriert, um bei einem entfernten Vetter in Neapel zu leben, und war natürlich in das Leben seines Vaters und seiner Vorväter eingeweiht worden. Er war nie sehr hoch aufgestiegen. Sein erster *Capo* war während der internen Bandenkriege ausgelöscht worden, die nach dem Krieg aufgeflackert waren. Er war weiter nördlich nach Mailand gegangen, wobei es ihm stets gelungen war, dem allgegenwärtigen Genozid innerhalb der *Cosa Nostra* zu entgehen. Er war ein Überlebender, der niemals hoch auf der Leiter emporstieg, jedoch immer die Nase so gerade eben aus Schwierigkeiten heraushielt. Er hatte im Leben viel gesehen und war gegenüber den Schrecknissen von Leben und Tod im allgemeinen immun.

In den vergangenen Tagen hatte Grazzini mit vielen der Alten in seiner ›Familie‹ und anderen gesprochen. Er hatte daraus so etwas wie eine Übung in Öffentlichkeitsarbeit gemacht; hatte sie zu sich ins Büro gerufen und mit ihnen über ihre Familien geplaudert, wenn sie welche hatten, und über ihre Probleme, sowohl in finanzieller als auch persönlicher Hinsicht. Er hatte diese Übung genossen, hatte sich eher wie der Eigentümer eines Betriebs als ein krimineller *Capo* gefühlt.

Bislang hatte er etwa fünfzehn der Alten gesehen und hatte sie gegen Ende eines jeden Gesprächs darüber befragt, was sie von einer Organisation namens ›Der Blaue Ring‹ wüßten. Bis jetzt hatte er in jedem Fall nur Verständnislosigkeit und ein Schulterzucken geerntet. Er hatte angefangen, die Existenz des ›Blauen Rings‹ zu bezweifeln, bis er bei Torquinio Trento den Namen hatte fallen lassen. Der Kopf des alten Mannes war emporgeruckt, und einen Augenblick hatte Grazzini tief in seinen Augen die Furcht gesehen.

»›Der Blaue Ring‹«, wiederholte Grazzini.

Der Blick des alten Mannes hatte sich verschleiert, dann war die Furcht darin zurückgekehrt. Er sah sich nervös links und rechts in dem eleganten Büro um, als erwartete er, irgendeinen Geist aus den Wandpaneelen hervortreten zu sehen. Grazzini wartete geduldig. Schließlich fragte der alte Mann mit zittriger Stimme: »Was wollen Sie von mir, *Don* Grazzini? Ich bin ein alter Mann, der lediglich in der Sonne sitzt und auf seinen Tod wartet.«

Grazzini lächelte ihn an. »Torquinio Trento, ehe Sie sich zurückgezogen haben, haben Sie für meinen Schwager gearbeitet, Gott schenke seiner Seele Frieden, und davor für dessen Vater. Waren sie nicht gut zu Ihnen?«

Bedächtig nickte Trento. »Natürlich. Sie waren meine Familie ... ich war ihr Kind.«

»Sie sind noch immer Ihre Familie«, sagte Grazzini. »Obgleich sie bereits verschieden sind.«

»Was wollen Sie von mir?«

»Erzählen Sie mir, was Sie vom ›Blauen Ring‹ wissen.«

Erneut huschte der Blick des alten Mannes im Raum umher. Er rutschte unbehaglich in dem gemütlichen Sessel hin und her. Erneut wartete Grazzini geduldig, bis der alte Mann in einem heiseren Flüstern zu sprechen begann.

»Sie sind nicht von uns, jene Leute. Sie haben nichts mit uns zu tun.«

»Das weiß ich. Wer sind sie?«

Der alte Mann flüsterte, als spräche er zu sich selbst. »Verglichen mit ihnen sind wir Heilige. Selbst die Schlechten unter uns sind Heilige. Ihre Verderbtheit kennt keinerlei Maß. Allein an sie zu denken ist gefährlich.«

Grazzini beugte sich fasziniert vor. »Warum?«

Der Kopf des alten Mannes ruckte hoch, als träte er aus einem Traum. Sein Blick fand Grazzini, und seine Stimme wurde fester. »*Don* Grazzini, ich bitte Sie inständig, nicht einmal nach diesen Leuten zu fragen. Der Vater Ihres Schwagers könnte sehr wohl gestorben sein, weil er einmal gefragt hat.«

»Er ist an Krebs gestorben«, entgegnete Grazzini.

Trento nickte bedächtig, holte ein Taschentuch aus der Brusttasche und wischte sich Stirn und Wangen ab. Er steckte das Taschentuch weg, blickte auf den Schreibtisch und flüsterte: »Das sagt man so. Aber ich weiß, daß er Kontakt zu jenen Leuten hatte. Sein Krebs ist urplötzlich gekommen. Er war ein junger Mann von gerade mal dreiundvierzig. Und binnen eines Monats war dieser Mann, der gesund und stark wie ein Ochse gewesen war, tot.«

»Was sagen Sie da?«

Der alte Mann hob die Schultern. »Ich sage, er hat Kontakt zu jenen Leuten gehabt.«

»Wollen Sie damit andeuten, daß die ihm den Krebs geschickt haben?« fragte er schroff.

»Ich sage lediglich, daß sie Macht haben... Macht, die sie als Waffe benutzen können, über unser aller Wissen hinaus.«

Grazzini entsann sich, daß er mit einem Mann sprach, der in den Bergen Südkalabriens aufgewachsen und erfüllt vom dortigen Argwohn und Aberglauben war. »Mal abgesehen von dieser Macht, was tun sie sonst noch?«

»Sie handeln mit Fleisch.«

»Fleisch?«

Der alte Mann nickte. »Das habe ich gehört. Das ist alles, was ich gehört habe.«

Grazzini spürte, daß er von dem alten Mann nichts weiter mehr erführe. Höflich dankte er ihm und schickte ihn weg. Fünfzehn Minuten lang saß der *Capo* schweigend da. Dann rief er die Mutter seines Schwagers an, die, wenn er sich recht erinnerte, hoch in den Achtzigern war.

Massimo Bellu blickte auf seinen Bildschirm. Während der letzten Stunde hatte er den Stammbaum von Jean Lucca Donati verfolgt, und er hatte eine interessante Entdeckung gemacht, wenngleich er bezweifelte, ob diese Entdeckung etwas mit dem gegenwärtigen Problem zu tun hatte. Aber wenn sich ein Gehirn wie das von Massimo Bellu mit einem komplexen Computer mit fast unbegrenztem Informationszugriff verband, wurde es so etwas wie reiner Denksport. Bellu hatte entdeckt, daß Jean Lucca Donatis Vater ein sehr hohes Tier bei der Faschistischen Partei Italiens gewesen war. Tatsächlich war er so hoch gestiegen, daß er der Privatsekretär von Mussolini selbst geworden war. Er war während der letzten Kriegstage von Partisanen getötet worden. Bellu entschied, sich auch mal Anwar Husseins Ahnen vorzunehmen. Und wieder fand er etwas Interessantes. Der Vater des nubischen Ägypters war ein hohes Tier an König Faruks Hof in Kairo gewesen, war zusammen mit ihm ins Exil gegangen und 1952 unter mysteriösen Umständen in Südfrankreich ums Leben gekommen.

Auf Sattas Befehl hin hatte Bellu bereits ein Beschattungsteam auf beide Männer angesetzt. Obgleich die Teams hocherfahren waren, waren beide Männer zwei Tage zuvor verschwunden und erst an eben jenem Morgen wieder in ihren Büros in Mailand und Neapel aufgetaucht.

50

Sie hatte ein Gesicht wie ein verschrumpelter Apfel und einen Verstand so scharf wie eine brandneue Rasierklinge.

Grazzini hatte die Mutter seines verstorbenen Schwagers seit der Beerdigung nicht mehr gesehen. Er fühlte sich deswegen schuldig und eröffnete das Gespräch damit, daß er wegen seines vollen Terminkalenders um Nachsicht bat. Sie schenkte ihm einen leicht sarkastischen Blick durch ihre dicken Brillengläser, war jedoch von dem großen Strauß roter und weißer Rosen besänftigt worden, den er ihr mitgebracht hatte. Alte Damen, insbesondere alte italienische Damen, verlieren niemals ihre Eitelkeit.

Grazzini näherte sich dem Thema behutsam. Sie plauderten über das Wetter und die Wankelmütigkeit von Politikern, die steigenden Lebenshaltungskosten und den sinkenden Wert von Anstand und Moral. Schließlich fragte sie ihn nach dem Zweck seines Besuchs. Er saß in einem Sessel, der zu niedrig und weich war, um gemütlich zu sein, und hatte die

Knie fast am Kinn hängen. Das Zimmer wirkte vollgestopft und beengt, ausstaffiert mit dem bevorzugten Stil all jener, die mit dem neumodischen Firlefanz nichts anfangen konnten. Dunkles, massives Mobiliar und dunkle, schwere Vorhänge, die Düsternis lediglich vom Licht des ausladenden Kronleuchters erhellt, der von der Mitte der Decke herabhing. »*Signora* Conti«, erklärte er förmlich. »Ich bin gekommen, Sie um Ihren Rat zu bitten.«

Der Rosenstrauß war von ihrem Dienstmädchen in einer großen chinesischen Vase auf einem Tisch neben ihr arrangiert worden. Sie lehnte sich hinüber, hielt eine der Rosen in der knochigen hohlen Hand und atmete ihren Duft ein. »Sie überraschen mich«, sagte sie, sah zuerst die Rose an und dann Grazzini. »Warum sollte ein derart großer *Capo* zu einer alten Dame kommen und sie um Rat bitten? Ich habe den Verdacht, Sie kommen eher wegen Informationen und nicht wegen eines Rats zu mir.«

Grazzini hüstelte verlegen, als er die Wahrheit hörte, und fuhr dann fort: »Heute morgen habe ich mit einem der Alten gesprochen.«

»Wem?«

»Torquinio Trento.«

Ihre Augen musterten ihn durch die dicken Brillengläser. Sie nickte. »Ja, ich erinnere mich an ihn … ein netter junger Mann.«

Grazzini lächelte. »Ja, wirklich. Er erinnert sich gut an Sie. Er hat mich gebeten, Ihnen seine Ehrerbietung zu senden.«

»Was ist mit Torquinio Trento?«

Grazzini machte weiter. »Er glaubt anscheinend, der Tod Ihres Mannes stünde in Zusammenhang mit einer Organisation, die bekannt ist als ›Der Blaue Ring‹.«

Sie starrte ihn lange und durchdringend an. Schließlich sagte sie: »Mein Gatte ist an Krebs gestorben.«

»Das weiß ich, *Signora.* Was mich jedoch neugierig macht, ist, warum die Erwähnung des ›Blauen Rings‹ Furcht in die Augen eines alten Mannes gebracht hat.«

Die mageren Schultern unter der Häkelstola der alten Frau hoben sich. »Torquinio Trento stammt aus Kalabrien... dem Arschloch Kalabriens.« Die Obszönität schockierte Grazzini. Sie bemerkte den Schock, und sie lächelte. »Ja, wir nennen sie die Furchtsamen... aber sie fürchten lediglich, was sie nicht verstehen. Sie fürchten das Unbekannte.«

»Was ist das Unbekannte?«

Ihr Gelächter war schrill und ohne Fröhlichkeit. »Sie fürchten die Finsternis der Nacht. Sie fürchten das Mysterium, das die Priester nicht erklären können. Sie fürchten den Fluch des Bösen... obgleich mir niemals jemand aus Südkalabrien begegnet ist, der nicht selbst böse gewesen wäre.«

Grazzini seufzte innerlich und versuchte, das Gespräch wieder auf die Wirklichkeit zurückzubringen. »Wissen Sie selbst etwas vom ›Blauen Ring‹?«

Sie klopfte scharf auf den Tisch neben sich, und augenblicklich öffnete sich die Tür. Ihr Dienstmädchen trat ein, eine Frau fast so alt wie sie selbst. Die *Signora* gab ihr ein Zeichen. Das Dienstmädchen ging durch den Raum zu einer alten Anrichte hinüber und schenkte zwei Gläser einer bernsteinfarbenen Flüssigkeit aus einer etikettlosen Flasche ein. Eines reichte sie Grazzini und stellte das andere neben ihre Herrin. Die alte Dame genoß allmählich den Besuch.

Grazzini schnüffelte an dem Glas.

»Sehr alter Cognac«, sagte sie. »Ein sterbender alter *Capo* hat mir ein Dutzend Kisten hinterlassen.« Sie lächelte. »Er wußte nicht, daß die Kugel, an der er starb, von meinem Gatten abgefeuert worden war.«

Grazzini hob das Glas und sagte: »Ich trinke auf die Erinnerung an Ihren Gatten ... ein großer Mann.« Er nahm einen Schluck, kostete den seidigen Geschmack aus und versuchte dann, das Gespräch zurückzulenken. »Wissen Sie irgendetwas vom ›Blauen Ring‹, *Signora?*«

»Sehr wenig«, gab sie zur Antwort. »Zuerst sind Gerüchte in den frühen dreißiger Jahren aufgetaucht, als die Faschisten an die Macht gekommen sind.«

»Was für Gerüchte, *Signora?*«

»Gerüchte, daß es eine Verbindung zu den Faschisten gäbe. Das war, als Mussolini versuchte, die *Cosa Nostra* zu zerschlagen. Mein Vater ist zweimal im Gefängnis gewesen ... wegen nichts, verstehen Sie?«

»Ich habe davon gehört. Was ist mit dem ›Blauen Ring‹?«

»Mein Vater hat mir gesagt, daß sie die Faschisten mit Drogen und Frauen versorgt haben ... die ganz hohen Tiere ... sogar Mussolini selbst. Er mochte die Frauen, der alte Bock. Sie müssen verstehen, *Signore,* daß die Faschisten, als sie gegen die *Cosa Nostra* Krieg führten, niemanden hatten, der sie mit Drogen und Frauen versorgte.«

Grazzini beugte sich vor. »Woher wissen Sie das?«

»Mein Vater hat es mir gesagt. Als er das zweite Mal aus dem Gefängnis gekommen ist, hat er nur noch wenige Monate gelebt. Er ist vergiftet worden.«

»Ich habe gehört, er sei an einem Herzschlag gestorben.«

»Er ist vergiftet worden«, beharrte sie mit fester Stimme. »Er ist langsam an dem Gift gestorben, das sie ihm im Gefängnis gegeben haben ... Gift, von dem man sagte, es stamme vom ›Blauen Ring‹.«

Grazzini lehnte sich in seinem ungemütlichen Sessel zurück und sah die alte Frau zwischen den Knien hindurch an. »Hat Ihr Gatte davon gewußt?« fragte er.

Sie nickte. »Ich habe den Fehler begangen, es ihm zu erzählen. Zunächst hat er geglaubt, es sei lediglich weiblicher Argwohn. Aber er hat angefangen, Erkundigungen über den ›Blauen Ring‹ einzuziehen.«

Ein langes Schweigen, und dann sagte Grazzini: »Und er ist an Krebs gestorben.«

»Ja«, sagte sie. »Sechs Monate später.«

»Glauben Sie, sie hatten irgend etwas damit zu tun? Der Alte glaubt es.«

Sie hob erneut die Schultern. »Ich glaube an Gift. Ich weiß nichts über Krebs.«

Grazzini setzte sich etwas aufrechter hin. Die Knie taten ihm allmählich weh. Er warf einen Blick auf seine Armbanduhr. »Wie könnte ich etwas mehr über den ›Blauen Ring‹ herausfinden, falls er noch existiert?«

»Sie sollten einen Priester fragen.«

Er hätte fast den letzten Cognac aus seinem Glas ausgespuckt. »Einen Priester?«

Wieder lächelte sie, verkniffen und bösartig.

»Ja, einen Priester. Aber einen besonderen. Haben Sie nicht gute Verbindungen zum Vatikan? Während der Zeit meines Vaters, meines Gatten und meines Sohnes war das stets der Fall.«

Jetzt lächelte Grazzini, doch auch sein Lächeln war kalt. »Ja, natürlich. Wir unterhalten sehr gute Verbindungen... insbesondere auf der finanziellen Seite. Das ist sehr wichtig.«

Sie nickte anerkennend. »Dann benutzen Sie diese guten

Verbindungen, um ein Gespräch mit einem Priester zu arrangieren, der sich mit dem Satanismus befaßt.«

»Was wüßte ein Priester über den Satanismus?«

Sie lachte. »Alles. Meinen Sie nicht, daß das Wichtigste bei jedem Kampf ist, seinen Gegner zu kennen?«

51

»Wirst du mir alles beibringen, was du Michael beigebracht hast?«

Creasy drehte sich um und sah sie. Er hatte diese Frage befürchtet, hatte gewußt, daß sie käme. Sie gingen an den Klippen von Ta Cenc entlang. Es war Vormittag, und eine warme Brise blies von Nordafrika herüber. »Bei dir ist das was anderes«, erwiderte er.

»Warum?«

»Zunächst einmal bist du ein Mädchen.«

»Und weiter?«

Er seufzte. »Hör zu, Juliet, ich habe Michael zu einem bestimmten Zweck adoptiert. Du weißt alles darüber.«

»Ja«, erwiderte sie. »Ich weiß alles darüber. Und als du ihn adoptiert hast, hättest du niemals gedacht, daß du ihn einmal wie einen Sohn lieben würdest, oder daß er dich wie einen Vater lieben würde.«

»Das stimmt«, gab er zu. »Aber so ist es am Ende gekommen.«

Sie gingen mehrere Schritte weiter, und dann traf ihn ihre Stimme wie ein Schlag zwischen die Augen. »Du hast mich adoptiert, weil du Schuldgefühle wegen all jener toten und sterbenden Kinder hast, denen du nicht geholfen hast.«

Er blieb stehen, drehte sich um und starrte sie an. Seine Stimme war verärgert. »Ich konnte ihnen nicht helfen.«

Sie war einige Schritte voraus stehengeblieben. »Ich weiß, aber das bedeutet nicht, daß du dich nicht schuldig fühlst. Creasy, gestern abend hast du mir gesagt, ich soll dir gegenüber stets ehrlich sein, und daß du mir gegenüber stets ehrlich wärst. Du hast mir auch gesagt, genauso bei Michael zu sein. Ich versuche, ehrlich zu sein. Heute morgen bin ich mit dem Wissen aufgewacht, daß ich einen Vater und einen Bruder habe. Aber ich wußte nicht, wie ich eine Tochter oder eine Schwester sein kann.«

»Das versteh' ich nicht.«

Sie breitete den Arm aus, als wolle sie die Insel umarmen.

»Ich habe ein Zuhause… ein wunderschönes Zuhause… ich fühle mich sicher. Ja, ich werde Montag zur Schule gehen, hart arbeiten, die Sprache erlernen und gehorsam sein. Ich werde groß werden, und ich werde eine Frau sein, auf die du und Michael stolz sein könnt. Aber ich habe den ganzen Morgen nachgedacht… in wenigen Tagen wirst du zu Michael fahren und diese bösen Männer jagen. Ich weiß, daß ich hier bei Laura und Paul bleiben muß. Ich mag sie, aber es fällt nicht leicht, hierzubleiben, während du weg bist und tust, was du tun wirst.«

»Du bist dreizehn Jahre alt, verdammt nochmal!«

Sie lächelte, drehte sich um und ging weiter. Er ertappte sich dabei, wie er ihr nacheilte.

»Mach es nicht schwerer für uns, Juliet«, sagte er.

»Werd' ich schon nicht«, gab sie zur Antwort. »Du sollst mir lediglich versprechen, daß ihr, du und Michael, mich nach eurer Rückkehr ausbildet, damit ich in Zukunft in der Lage sein werde, mich zu verteidigen.« Sie blieb erneut stehen, drehte sich um und fuhr sehr ernst fort: »Es ist wichtig für mich, Creasy. Ich möchte nie wieder hilflos sein.« Er war weitergegangen, und sie folgte ihm. »Verstehst du nicht? Es ist mir wichtig!«

Er nahm sie bei der Hand, und dann gingen sie zusammen weiter. Er war tief in Gedanken; sie war klug genug, den Mund zu halten. Schließlich drehte er sich um und sah sie an. »Ja, ich verstehe es. Wir werden dich in Selbstverteidigung ausbilden. Aber ich werde aus dir keine Modesty Blaise machen.«

»Wer ist das?«

»Eine fiktive Gestalt. Sehr jung und schön. Sie reist mit ihrem treuen Gehilfen in der Weltgeschichte herum und bringt Vernichtung für die Bösen und Gerechtigkeit für alle Opfer.«

»Ist das nicht das, was du tust?«

Er lachte laut heraus. »Nein, ich übe lediglich Vergeltung. Ich mag Leute nicht, die mir oder den Meinen wehtun.«

»Warum also der ›Blaue Ring‹?«

»Weil du eine der Meinen bist. Es hat nichts mit Schuldgefühlen zu tun.«

52

Diesmal hatte Creasy Vorsichtsmaßnahmen getroffen. Als er auf Roms Flughafen ›Leonardo da Vinci‹ durch den Zoll kam, trug er einen schwarzen Schnauzbart, der zu seinem frisch gefärbten kurzen schwarzen Haar paßte. Außerdem trug er eine dickrandige Brille mit Fensterglas. Nachdem er seine kleine Tasche in ein Schließfach gestellt hatte, ging er mit einem schwarzen Lederaktenkoffer zum Taxistand. Er trug einen dunkelblauen Anzug, ein cremefarbenes Hemd und eine kastanienbraune Krawatte. Er sah aus wie einer der vielen Geschäftsleute, die sich in jeder großen Stadt für eine Nacht zusammenscharten. Dem Taxifahrer gab er als Ziel Porta Cavalleggeri in Vatikanstadt an.

Rom war keine Stadt, in der es ihm gefiel, selbst im Frühherbst nicht. Sie schien stets zu hektisch, und ihre Einwohner wirkten unfreundlich. Der Anruf von Guido war die Nacht zuvor gekommen. Könnte er Papa am folgenden Tag im Restaurant L'Eau Vive in Rom zum Mittagessen treffen? Guido sollte Papa innerhalb einer Stunde zurückrufen. Der Romflug am folgenden Morgen war vollständig ausgebucht gewesen, doch Creasy hatte George Zammit angerufen, der seine Beziehungen spielen lassen und Creasy einen Sitzplatz besorgt hatte. Er hatte dies Guido vermeldet, der ihm sagte, er solle den Namen Henry Gould benutzen und nach einem Mr. Galli fragen.

Creasy hatte vom Restaurant L'Eau Vive gehört. Es wurde offensichtlich von Ordensfrauen betrieben und versorgte hauptsächlich Kleriker und deren Freunde aus dem Vatikan. Er fragte sich, was jemand wie Paolo Grazzini dort täte.

Während der fünfundvierzigminütigen Fahrt überdachte er die Situation. Er hatte drei gute Tage mit Juliet auf Gozo verbracht und eine Verbindung zu ihr aufgebaut, was ihm gefiel. Er hatte nicht lange gebraucht, um die Tiefe ihrer Intelligenz zu verstehen, die sie teilweise dazu benutzte, ihn herumzukriegen. Er fragte sich, ob sie dasselbe mit Michael täte.

Guido hatte auch berichtet, daß Jens angerufen hatte und daß er und die Eule Kopenhagen am folgenden Morgen verlassen und innerhalb von achtundvierzig Stunden wieder in Rom sein würden. Michael hatte sich von Brüssel aus ebenfalls gemeldet und damit angefangen, die Sache bei Korkenzieher Zwei anzuleiern. Er und Maxie warteten auf Creasys Anruf, ehe sie zurückfliegen würden. Aber sicher, hatte Creasy gedacht. Zweifellos wollte Michael so lange wie möglich bei der charmanten Lucette bleiben. Guido hatte auch die Telefonnummer des Hotels auf Capri, wo sich Frank und René aufhielten. Sie konnten wenige Stunden nach seinem Anruf in Rom zurück sein.

Das Taxi hielt an der Porta Cavalleggeri. Creasy bezahlte den Fahrer, gab ein angemessenes Trinkgeld, wartete, bis dieser davongefahren war, und schlenderte daraufhin nach links. Fünfzehn Minuten später schlüpfte er in eine schmale Gasse und fand das kleine Schild des Restaurants. Er schob sich durch die Tür hinein und war augenblicklich überrascht; es war nicht so, wie er es sich vorgestellt hatte. Es war eher wie ein einfaches Café. Viele der Gäste waren anscheinend Touristen mit geringem Budget. In einer Ecke stand eine kleine Statue der Jungfrau Maria. Nur die Kellnerinnen waren nicht gewöhnlich. Alle waren sie sehr groß, trugen lange Gewänder, die anscheinend gebatikt waren; alle waren sie schön, und alle waren sie schwarz. Creasy schaute sich nach Grazzini um, doch der war nirgendwo zu sehen.

Eine kleine weißgekleidete Frau mittleren Alters trat zu ihm. »Ich bin Schwester Maria«, sagte sie. »Kann ich Ihnen helfen?«

»Ich bin Henry Gould. Mr. Galli erwartet mich.«

»Ah ja. Bitte folgen Sie mir!«

Er folgte ihrer schlanken Gestalt durch das Restaurant nach hinten, wo sie einen schweren grünen Vorhang beiseite zog. Dahinter war eine große Mahagonitür. Sie klopfte an, öffnete sie und bat Creasy hindurch.

Dieser Raum war wie eine andere Welt. Er war reich möbliert. In der Mitte stand ein runder Tisch mit einer weißen Damastdecke und Servietten sowie antikem Tafelsilber und einem wunderschönen Kerzenhalter aus Gold und Silber. Darüber hing ein offenkundig kostbarer Kristallüster. Drei Stühle mit hohen Lehnen waren um den Tisch gestellt. Auf einem davon saß Paolo Grazzini. Auf dem anderen saß ein Priester Anfang Dreißig. Er trug eine dicke Brille und musterte Creasy mit jener angestrengten Konzentration, als sähe er sich ein seltenes Gemälde an, das gerade wiederentdeckt worden war. Die Tür schloß sich hinter Creasy, und beide Männer standen auf.

Grazzini übernahm die Vorstellung. »Henry Gould... Pater De Sanctis.«

Sie setzten sich. Creasy stellte seinen Aktenkoffer auf den dicken Teppich neben sich, wobei er gleichzeitig einen kleinen Knopf im Griff drückte. Der Kassettenrecorder im Innern würde eine vollständige Aufzeichnung des Gesprächs bewahren.

Grazzini deutete auf einen kleinen Beistelltisch, auf dem mehrere abgedeckte Servierteller standen. »Ich habe ein einfaches Buffet bestellt, damit wir ungestört reden können.«

Neben den Tellern standen mehrere Karaffen, Gläser sowie eine Flasche Rotwein. Grazzini stand auf, ging zu dem Tisch und fragte dabei: »Was möchten Sie als Apéritif haben? Ich empfehle Scotch – es ist ein vierzig Jahre alter Macallan.«

Sowohl der Priester als auch Creasy nickten zustimmend.

Grazzini schenkte die Drinks ein, brachte sie und setzte sich.

»Vielleicht sollten Sie besser erklären, worum es geht«, sagte Creasy.

Grazzini grinste selbstzufrieden. Er deutete auf den Priester. »Ich habe Pater De Sanctis von unserem kleinen Problem betreffs des ›Blauen Rings‹ berichtet.« Er lächelte ein wenig angesichts des eisigen Blicks, den er von Creasy erhielt. »Ich werde Ihnen Pater De Sanctis' Hintergrund erläutern. Wie Sie vielleicht wissen, unterhält der Vatikan einen eindrucksvollen Geheimdienst... einige sagen, er ist der Neid der CIA oder des Mossad.«

Der Priester hob die Schultern.

Grazzini fuhr fort: »Natürlich ist er seit dem Ende des Kalten Krieges und der religiösen Befreiung hinter dem ehemaligen Eisernen Vorhang beim Vatikan nicht mehr so wichtig«, fuhr Grazzini fort. »Innerhalb dieser Organisation gibt es jedoch eine spezielle Abteilung, die sich auf Satanismus und Schwarze Magie konzentriert.«

Creasy sah das fast unmerkliche Nicken, das ihm Grazzini über den Tisch hinweg zusandte. Er spielte mit. »Das ist sehr interessant. Ich weiß, daß Satanismus in verschiedenen Formen in Einzelfällen noch immer existiert, aber ich glaube kaum, daß der Vatikan deshalb besorgt sein müßte.«

Zum erstenmal lächelte der Priester. Das Lächeln veränderte sein Gesicht. Die Ernsthaftigkeit verflog, und er sah fast jungenhaft aus.

»Sie würden überrascht sein, Mr. Gould. Sicherlich ist meine Abteilung viel kleiner, als sie es im Mittelalter und sogar bis zum Ende des letzten Jahrhunderts war, aber wir müssen noch immer sehr aktiv sein, nicht nur in Südamerika, der Karibik und Afrika, sondern auch hier im sehr zivilisierten

Europa.« Er winkte zum Buffettisch hinüber. »Sollen wir essen, während ich es erkläre?«

53

»Mir fällt's noch immer schwer zu glauben«, sagte Creasy, »daß Grazzini so einfach einen Spezialisten des Vatikans herbestellen konnte, einfach so.«

Guidos Gelächter war ironisch. »Du müßtest es besser wissen. Die Verbindungen zwischen der Mafia und dem Vatikan reichen sehr weit zurück. Insbesondere auf der finanziellen Seite. Es ist noch gar nicht so viele Jahre her, da hat die Vatikan-Bank Hunderte von Millionen Drogendollar der Mafia gewaschen.«

»Das weiß ich«, erwiderte Creasy, »aber ich hatte gedacht, sie hätten sich seitdem distanziert.«

Guido schüttelte den Kopf. »Sie haben es nicht getan, und sie werden es nicht tun. Macht und Macht gesellt sich gern.«

Es war elf Uhr abends. Creasy hatte am späten Nachmittag einen Flug von Rom erwischt. Jetzt saßen sie auf der Terrasse und hatten gerade eine leichte Mahlzeit beendet. Die anderen Gäste waren alle gegangen.

»Dieser Priester, De Sanctis. Er ist ein Jesuit«, sagte Creasy.

Guido lächelte erneut und nickte. »Das sind die Cleveren immer.«

»Und er war jung... nicht älter als fünfunddreißig. Erstaunlich, daß er so jung schon soviel wußte.«

»Sag mir«, fragte Guido mit kaum verhohlener Neugier, »was weiß er?«

Schweigend sammelte Creasy seine Gedanken und lächelte dann bei der Erinnerung. »Ehe er mir irgend etwas gesagt hat, hat er mich darum gebeten, den Inhalt meines Aktenkoffers sehen zu dürfen. Es war peinlich. Ich hatte einen Kassettenrecorder darin. Nichts sonst, nur den verdammten Kassettenrecorder.«

Guido grinste. »Was ist passiert?«

Creasy schüttelte bei der Erinnerung den Kopf. »Zunächst hat er ihn bewundert. Natürlich war es ein hochmodernes Gerät, gerade mal acht mal sechs Zentimeter, aber es kann ein Gespräch aus zwanzig Metern Entfernung aufnehmen. Dann erzählte mir der verdammte Priester eine lange Geschichte darüber, wie knapp der Etat seiner Abteilung war und wie nützlich ein solches Gerät ihm bei seiner Arbeit sein könnte... Natürlich habe ich ihm das verdammte Ding geschenkt.«

Lächelnd sagte Guido: »Unterschätze niemals die Kirche.«

»Nie wieder!« antwortete Creasy mit Leidenschaft. Er fuhr fort zu berichten, was er von dem Priester erfahren hatte. Zunächst hatte er einer langen Lektion über Satanismus und dessen Vorläufer zugehört. Diese reichten natürlich bis vor die Christianisierung zurück und blühten in allen Stammesgemeinschaften auf der ganzen Welt. An diesem Punkt erklärte er, daß Pater De Sanctis, abgesehen von seinen sonstigen Qualifikationen, ein Diplom in Psychologie hatte. Dann hatte sich Creasy mehrere Theorien bezüglich der Mischung von Gut und Böse anhören müssen, die in der gesamten Menschheit existierte, sowie dem fortwährenden Kampf zwischen beiden. An dieser Stelle hatte der Priester einen Vortrag über Exorzismus gehalten und erklärt, daß die Kirche noch immer spezialisierte Exorzisten hätte, die viel zu tun hätten. Er selbst hatte drei Jahre mit dieser Arbeit verbracht. Erst über Kaffee und Cognac hatte der Priester über Satanismus und schwarze Magie in der heutigen Zeit gesprochen. Auf Creasys Vorschlag hin hatte er sich auf Europa und dessen Verbindungen zu angrenzenden Ländern beschränkt. Es gab mehrere Sekten, die sich von Skandinavien bis in den Mittelmeerraum hinein erstreckten; einige waren untereinander verbunden, andere operierten unabhängig. Ihre Wurzeln lagen im Mittelalter. Entschuldigend hatte De Sanctis erklärt, daß einige dieser Sekten von abtrünnigen Priestern und anderen Klerikern geleitet wurden, von denen einige sich dadurch tarnten, daß sie gleichzeitig den wahren Glauben praktizierten. Er beschrieb eine typische schwarze Messe mit dem sie begleitenden Gelage, den blasphemischen Gebeten, Tieropfern, dem Trinken abscheulicher Substanzen, der Initiation neuer Mitglieder und schließlich den sexuellen Orgien mit unglaublichen Perversionen. Stets spielten Tiere eine größere Rolle, manchmal in Gestalt von Kopfschmuck, den die Teilnehmer trugen, und manchmal als Objekte der Anbetung. Sehr oft entliehen diese Sekten ihre Namen von einer Tierart. Die Priester und Hohepriester oder -priesterinnen besaßen gewaltige psychologische Macht über die Sektenmitglieder, die nur mit ihrem Segen in der Hierarchie aufstiegen. Oftmals war Geld im Spiel, weil viele der Mitglieder aus reichen Familien stammten. Was wichtiger war: Um sich innerhalb der Sekte zu beweisen, mußte ein Mitglied zunehmend bestialischere und obszönere Akte begehen, bis seine ureigenste Seele für immer verloren war.

An diesem Punkt bekreuzigte sich Guido und brummte: »Ich habe von derlei Dingen gehört. Aber inwieweit ist der ›Blaue Ring‹ darin verstrickt?«

»Auf sehr einfache, jedoch offensichtliche Weise«, erwiderte Creasy.

Der Priester hatte erklärt, wie gewisse skrupellose und charismatische Personen, sehr häufig charismatische Priester, die ihrer wahren Berufung den Rücken gekehrt hatten, einigen Sekten beigetreten und sie manipuliert hatten, oder sie sogar selbst für ihr eigenes Ego oder einfach aus materiellen Gründen heraus gegründet hatten. Der Priester hatte die Ähnlichkeiten zu anderen modernen Kulten herausgestellt, insbesondere an der Westküste der USA, Kulte mit charismatischen, sogar hypnotischen Anführern, die eine Pseudo-Religion vorgaukelten, zum Beispiel die Moon-Sekte, Scientology und eine Vielzahl östlicher Gurus. Mit einem verkniffenen Lächeln hatte der Priester gesagt: »Der Leichtgläubigkeit der Menschen sind wirklich keine Grenzen gesetzt.«

»Er kennt den ›Blauen Ring‹«, konstatierte Creasy. »Vielleicht hat er mir nicht alles gesagt, was er weiß. Er existiert seit etwa achtzig Jahren. Er hat oder hatte Verbindungen zu einem Ableger der Koptischen Kirche und hat starke Wurzeln in Ägypten.«

Der Priester hatte festgestellt, daß der ›Blaue Ring‹, soweit ihre Aufzeichnungen reichten, schon früh Verbindungen zu einer französischen Gruppe namens ›Die Töchter des Ziegenbocks‹ gehabt hatte. Die französischen Behörden hatten jenen Ring angeblich 1934 zerschlagen, aber es hatte keine Festnahmen gegeben, weil seine Mitglieder unter anderem hochrangige Vertreter des Establishments gewesen waren. Sowohl religiöse als auch politische Zwänge waren im Spiel gewesen. In Italien hatte der ›Blaue Ring‹ in den 30er Jahren den Schutz gewisser faschistischer Größen genossen.

Der Geheimdienst des Vatikans hatte geglaubt, daß der ›Blaue Ring‹ während des Kriegs ausgestorben sei. In den späten 50er Jahren waren jedoch Gerüchte aufgetaucht, daß er noch immer existierte, daß er bei Wucher, Erpressung und einer extremen Form erzwungener Prostitution die Hand im Spiel hätte. Diese Gerüchte erhielten Substanz während der Untersuchung der sogenannten Freimaurerloge P2. Mehrere indirekte Bezüge zum ›Blauen Ring‹ fanden sich in beschlagnahmten Papieren oder ergaben sich während des Verhörs einiger seiner Mitglieder.

Guido war jetzt völlig fasziniert. »Warum haben die italienischen Behörden nichts dagegen unternommen?« fragte er.

Creasy lächelte grimmig. »Das ist genau das, was ich unseren Freund Satta fragen werde.«

54

Creasy mußte diese Frage nicht stellen. Am frühen Morgen kam ein Anruf von Satta. Er flog mit der Acht-Uhr-Maschine nach Neapel, und es war wichtig, daß ihn Creasy am Flughafen traf.

Sie nahmen *Cappuccini* und Brioches im Schnellrestaurant zu sich.

In den Augen des Colonel blitzte Zorn. »Ich überlege, vorzeitig in den Ruhestand zu gehen«, erklärte er verbittert.

»Was ist geschehen?«

Satta sah sich in dem fast verlassenen Raum um, beugte sich vor und sagte: »Gerade, als ich gestern nach Hause gehen wollte, wurde ich ins Büro eines sehr hochstehenden Generals der *Carabinieri* gerufen. Er hätte schon vor Jahren in Pension gehen sollen, aber der Mann hat feste politische Verbindungen quer durch das Parteienspektrum. Er wollte wissen, warum mein Assistent Bellu eine Rund-um-die-Uhr-Beschattung zweier Männer, Jean Lucca Donati und Anwar Hussein, befohlen hätte. Es war eine Überraschung, weil ich nicht erwartet hatte, daß irgend jemand weiter oben davon erführe. Aber das sind eben die *Carabinieri*!«

»Und wie hast du reagiert?«

Der Italiener spreizte vielsagend die Hände. »Zunächst habe ich meinen Ärger unter Kontrolle gebracht. Dann habe ich dem alten Furzknoten gesagt, daß ich einer Spur folge, die politische Korruption einschlösse. Er befragte mich darüber, aber ich konnte ihm offensichtlich keine Antwort geben. Er ist wütend geworden und hat mir zwei Befehle erteilt: Erstens sollte ich jegliche Beschattung dieser beiden Personen einstellen; zweitens sollte ich ihm einen schriftlichen Bericht abliefern, weshalb ich die Beschattung veranlaßt hätte.«

»Kannst du das zweite machen?« fragte Creasy.

Satta lächelte grimmig. »O ja. Es wird ein sehr kurzer Bericht sein und einfach einen Verdacht gegenüber einigen Freunden des guten Generals äußern. Aber ich habe das Überwachungsteam zurückziehen müssen, weil wir dafür eine spezielle Abteilung haben, und jetzt wird der General ein Auge darauf halten.«

Creasy trank einen Schluck Kaffee. »Ich könnte mir denken, warum dein General so gehandelt hat«, sagte er, und dann berichtete er von seinem Essen im L'Eau Vive mit Grazzini und dem Priester.

Während des Zuhörens war Sattas Gesicht düster. Sehr ruhig sagte er: »Mein Freund, du trittst da gegen etwas an, das tiefer reicht, als dir oder mir klar geworden war. Ich muß dir mitteilen, daß Paolo Grazzini gestern abend beim Verlassen eines Restaurants in Rom erschossen wurde. Zwei Kugeln ins Herz, aus einem geparkten Wagen heraus.«

»Ein Bandenkrieg?« fragte Creasy.

»Ich glaube kaum. Dazu besteht innerhalb der Organisation kein Grund. Aber Grazzini war nicht der einzige *Mafioso*, der gestern hat sterben müssen. Es gab einen weiteren. Er hatte sich zurückgezogen, doch noch immer für Grazzinis Klan gearbeitet. Sein Name war Torquinio Trento.« Die Stimme des Italieners wurde noch ruhiger. »Er wurde aus dem Tiber gefischt. Er ist gefoltert worden… ein umgekehrtes Kreuz war ihm mit einem scharfen Messer auf die Stirn geritzt. Seine Genitalien fehlten.«

55

»Es ist eine völlig andere Sache«, stellte Creasy fest. »Sie sind nicht bloß eine Bande böser Schweinehunde, die mit Mädchen handeln – diese Sache geht viel tiefer. Nicht nur, daß sie eine Ermittlung der *Carabinieri* auf höchster Ebene stoppen können, es sieht auch so aus, als könnten sie einen obersten Mafia-*Capo* auf dessen eigenem Territorium ausschalten.«

Das ganze Team war um den ovalen Tisch auf der Terrasse der Pension Splendide versammelt. Zwanzig Minuten lang hatte ihnen Creasy berichtet, was in den vergangenen Tagen geschehen war, während sie ihre Ruhpause eingelegt hatten. Jetzt hielt er es für nötig, jedem die Tür zu öffnen, der im Lichte dieser neuen Umstände den Wunsch verspürte, ehrenvoll aus der Sache auszusteigen.

Er fing mit Guido an, indem er ihn an dessen Versprechen seiner toten Frau gegenüber erinnerte, niemals mehr zu töten. Er schlug nachdrücklich vor, daß die Basis des Teams zukünftig woanders sein sollte.

Guido lächelte und schüttelte den Kopf. »Ich habe Julia nie versprochen, mich selbst und meine Freunde nicht zu verteidigen. Das hätte sie nicht von mir verlangt. Im Augenblick habe ich nur vier Gäste in der *Pensione*: ein altes deutsches Ehepaar, die morgen früh fahren, und zwei britische Rucksacktouristen, die nicht genau wissen, wann sie gehen. Ich werde ihnen morgen eine andere Unterkunft suchen. Dies wird eure Basis sein.«

Creasy warf Pietro einen Blick zu, der sofort wußte, was mit diesem Blick gemeint war. »Ich habe niemandem gegenüber ein Versprechen gegeben«, erklärte er ärgerlich. »Ich werde die Basis zusammen mit Guido bewachen.«

Als nächstes wandte sich Creasy an den Dänen. »Jens, diese ganze Sache hat gewaltige Dimensionen angenommen. Sie ist nicht bloß gefährlich, es ist so, als ginge man mit heißen Stiefeln über sehr dünnes Eis. Ich nehme an, der ›Blaue Ring‹ glaubt, alle Ermittlungen abgewürgt zu haben. Ich nehme an, daß sie von uns nichts wissen. Ich könnte mich irren.«

»Ich glaube, Sie haben recht«, antwortete Jens. »Es sei denn, Grazzini hat entweder Trento von Ihnen berichtet oder dem Priester etwas gesagt… Wenig wahrscheinlich.«

»Aber es ist trotzdem überaus gefährlich«, beharrte

Creasy. »Sie müssen an Ihre Frau und das Kind denken, auch an die Tatsache, daß Sie Polizist sind, kein ›Soldat‹.«

Der Däne hob verständnisvoll den Kopf. »In der letzten Nacht in Kopenhagen habe ich mit Birgitte gesprochen. Ich habe freiwillig die Gefahr übertrieben. Sie hat mich gedrängt weiterzumachen. Sie versteht, wie wichtig es für mich ist. Was den Polizisten betrifft... nun... nachdem wir Satta und Bellu verloren haben, bin ich jetzt der einzige Polizist, der Ihnen geblieben ist.« Er lächelte. »Ich bleibe.«

Creasy sah die Eule an, der in einem Tonfall, der jede Diskussion von vornherein ausschloß, erklärte: »Ich bleibe ebenfalls.« Ehe Creasy etwas zu den anderen hätte sagen können, erhielt er seine Antwort. Maxie warf Miller und Callard einen Blick zu, und sie nickten. »Hör auf, deinen Atem zu verschwenden«, sagte Maxie zu Creasy. »Sehen wir doch in die Zukunft!«

Michael ergriff zum erstenmal das Wort. »Wir haben unsere Ziele: Donati und Hussein. Wir müssen mit dem einen oder dem anderen ein kleines Gespräch führen... oder mit beiden.«

»Da ist noch was anderes...«, warf Creasy ein. »Ehe Satta die Beschattung einstellen mußte, sind seine Leute Hussein hierher zum Flughafen gefolgt. Er ist nach Rom geflogen und hat einen Anschlußflug nach Tunis genommen. Das war vor zwei Tagen.« Er sah den Dänen an und sagte grinsend: »Ok, Mister Detektiv. Warum fassen Sie es nicht für uns zusammen?«

Der Däne erwiderte das Grinsen, griff hinter sich nach seinem Aktenkoffer und holte einen liniierten gelben Schreibblock sowie einen goldenen Parker-Füller heraus. Er legte das Notizbuch sorgfältig vor sich, schraubte den Füller auf und sagte mit einem Lächeln: »Ein Geschenk der dankbaren Eltern eines Mädchens, das ich einmal gefunden und zurückgebracht habe... Glaubt nicht, ich könnte mir von meinem Gehalt so etwas leisten.« Wieder grinste er. »In Kopenhagen werden sich genügend Brauen erheben, wenn gewisse Leute sehen, wie ich in einem BMW umherfahre.« Er blickte auf das Notizbuch hinab. »Fangen wir von vorn an.« Er warf einen Blick auf den jungen Mann neben sich. »Michael hat zuerst von seiner sterbenden Mutter vom ›Blauen Ring‹ gehört. Er hat mich mehr oder weniger angeheuert, mit ihm nach Marseille zu fahren, wo wir Mist gebaut haben und uns von einem untergeordneten Lieferanten einer Abteilung des ›Blauen Rings‹ haben schnappen lassen, wie es momentan scheint. Creasy hat uns rausgeholt und dabei eine Tochter bekommen. Er hat sein Team zusammengestellt und ist dann selbst geschnappt worden und hat einen Finger verloren.« Er warf einen Blick auf Creasys rechte Hand. »Es sieht so aus, als könnte es der Verlust wert gewesen sein. Er hat uns einen Einblick in das verschafft, womit wir es hier zu tun haben. Den Aspekt des Satanismus bei der ganzen Sache sollten wir von vornherein unter Vorbehalt betrachten oder wenigstens in die richtige Perspektive rücken. Natürlich existiert er... Ich weiß von Fällen in Skandinavien. Was wir jedoch von dem Priester De Sanctis erfahren haben, deutet darauf hin, daß die Hierarchie des ›Blauen Rings‹ ihn zu ihren eigenen Zwecken benutzt und nicht, weil sie daran glaubt. Es ist ein cleveres, aber nicht ungewöhnliches Phänomen. Sie haben während der faschistischen Herrschaft eine neue Machtbasis errichtet. Damit waren sie nicht allein: Hitler und seine Gefolgsleute haben eine ähnliche Taktik angewandt, Mythen über die SS zu schaffen und sie mit mystischen Eiden und dem restlichen Brimborium zu binden.« Er schrieb ein Wort auf den gelben Notizblock.

Michael beugte sich vor und las: »Brimborium.« Er kicherte.

Der Däne blitzte ihn böse an und fuhr fort: »Wir können annehmen, daß es für den ›Blauen Ring‹ zwei Profitzentren gibt. Das eine ist der Mädchenhandel, und das andere sind Nötigung und Erpressung, indem sie wohlhabende Leute in ihren Kult locken.« Er schrieb ein weiteres Wort auf seinen Block: »Motivation.« Er blickte sich am Tisch um. »Ihre Motivation sind Geld und Macht. Beides geht Hand in Hand, aber bei solchen Leuten ist Macht gewöhnlich wichtiger... Meiner Meinung nach sollte unsere Strategie darauf abzielen, daß wir uns irgendwie beides vornehmen.«

»Wie?« fragte Michael.

Jens hob die Schultern. »Ich bin eher Detektiv denn Stratege.« Er zeigte auf Creasy. »Das überlasse ich dem Experten.«

Creasy war in Gedanken versunken. Jetzt blickte er den Dänen und dann alle übrigen an. »Wir müssen annehmen, daß sie nicht wissen, wer wir sind«, sagte er schließlich. »Sie mögen den Verdacht haben, daß jemand hinter ihnen her ist, aber ich denke, sie werden nach all den Jahren faktischer Immunität sehr arrogant in ihrer Macht sein. Wir müssen sie von hinten überfallen.«

»Wie?« fragte Guido.

Creasy lächelte. »Wir müssen den ›Blauen Ring‹ infiltrieren. Jemand muß den Satanismus in all seinen Aspekten studieren und dann... ihnen beitreten.«

Über den Tisch senkte sich erwartungsvolles Schweigen herab.

Miller brach es schließlich mit der Frage: »Wer zum Teufel soll diesen Sack Schlangen infiltrieren?«

Creasy blickte seinen Sohn an.

56

Für Michael war es eine völlig andere Welt. Zuerst nahm ihn Satta zu seinem Schneider mit. Ein älterer, eleganter Mann, der Michael mit einem Hauch Widerwillen musterte. Er umkreiste ihn zweimal und inspizierte ihn dabei von Kopf bis Fuß. Dann sprach er in rasend schnellem Italienisch auf Satta ein, der lächelnd übersetzte: »Signor Casseli sagt mir, daß er schon schlimmere Fälle gehabt hat. Du wirst wenigstens sechs Anzüge, ein Dutzend Hemden, zwei Dutzend Seidenkrawatten, zehn Paar Schuhe und natürlich elegante Unterwäsche benötigen, für alle Eventualitäten.«

Michael grinste, während Signor Casseli die Maße nahm. Er war am Abend zuvor in Rom eingetroffen, und Colonel Satta hatte ihn am Flughafen abgeholt und ihm auf dem Weg in seine Wohnung die Lage erklärt.

Ihm blieben lediglich zwei Wochen, um dort eingeführt zu werden, wo er vielleicht mit jenen Leuten zusammentraf, die Kontakt zum ›Blauen Ring‹ hatten oder dazugehörten. Michaels Tarnung bestand darin, daß er vorgab, der illegitime Sohn eines märchenhaft reichen arabischen Potentaten zu sein. Er war auf eine Elite-Schule nach England geschickt worden und verbrachte jetzt sechs Monate in Italien, um sich kulturell und gesellschaftlich den letzten Schliff zu geben, ehe er zur Harvard University weiterreiste.

Diese Tarnung war telefonisch zwischen Creasy und Satta arrangiert worden. Anschließend hatte Creasy Senator Jim Grainger in Denver angerufen, um die nötigen Einzelheiten zu arrangieren, damit die Tarnung jeder Überprüfung standhielt. Grainger hatte bei der Anfrage gekichert und Creasy gesagt, er solle sich keine Sorgen machen. Wenn jemand Michaels Hintergrund überprüfte, fände er heraus, daß der Name Adnan bin Assad tatsächlich auf der Liste derer stand, die im Sommersemester mit dem Studium der Politologie an der Harvard University anfingen. Jim Grainger würde aus eigener Tasche zehn Millionen US-Dollar auf ein Konto auf den Namen von Adnan bin Assad bei der Banco di Roma einzahlen. Das Geld würde von einer Bank in den Vereinigten Emiraten überwiesen. Der Direktor jener Bank würde den Direktor der Banco di Roma anrufen und herausstreichen, welch bedeutender Kunde Adnan bin Assad war, sowie andeuten, daß weitere Summen für den jungen Mann zu erwarten seien.

»Das ist ein Vermögen«, hatte Michael gemurmelt, als Satta ihm von der Summe berichtet hatte.

Der Colonel hatte gelächelt und gesagt: »Nicht in diesen Tagen und in diesem Zeitalter, aber beeindruckend genug, um die Haie anzulocken. Rom ist wie ein kleines Dorf, wenn es um finanzielle Angelegenheiten geht. Da du dich in gewissen gesellschaftlichen Kreisen bewegen wirst, wird es sich rasch herumsprechen, daß du Erbe eines gewaltigen Vermögens bist. Ich werde einen Ferrari für dich mieten und dich in einem Luxusappartement in der Nähe der Spanischen Treppe einquartieren, zusammen mit einem Koch und einem Butler.« Satta hatte gegrinst. »Der Butler wird dir gut bekannt sein.«

»Ich kenne keinen Butler«, hatte Michael bemerkt.

»Jetzt kennst du einen… Es ist René Callard.«

»René?«

Satta grinste. »Ja. Es funktioniert sehr gut, und es ist hier in Rom nicht ungewöhnlich. René wird mehr als lediglich ein Butler sein… so etwas wie ein Mädchen für alles… Butler, Chauffeur und Leibwächter.«

»Leibwächter?«

»Ja«, wiederholte Satta nachdrücklich. »Wie ich gesagt habe, das ist hier in Rom ziemlich normal, bei all den Entführungen. Einem extrem wohlhabenden jungen Mann, der hier studiert, würde ein solcher Mann zur Verfügung gestellt. Er mag nominell Butler oder Fahrer sein, aber in Wirklichkeit besteht sein Hauptjob darin, Leibwächter zu sein. René paßt perfekt zu diesem Bild. Zunächst einmal ist er von Haus aus tatsächlich Leibwächter, der zufällig bei einer Agentur in Italien registriert ist, die solche Leute zur Verfügung stellt. Er ist sprachkundig mit passablem Italienisch. Er ist elegant, doch diskret, und weiß aufgrund seiner Vergangenheit, wie man sich in diesen gesellschaftlichen Kreisen bewegt, wie man Cocktails mixt, Appetithäppchen serviert, und man kann ihm vertrauen, daß er der Gastgeberin nicht in den Hintern kneift.« Der Colonel hatte geseufzt. »Einen solchen Mann könnte ich selbst gebrauchen… Da ist jedoch nur ein weiterer wichtiger Faktor: Weil René in Italien bei einer Agentur registriert ist, ist er ebenfalls bei der Polizei registriert. Deshalb kann er eine Lizenz erhalten, eine Waffe zu tragen.«

»Das könnte nützlich sein«, hatte Michael nachdenklich gesagt.

»Ganz bestimmt«, hatte Satta beigepflichtet. »Jetzt hör genau zu. Du wirst zu einer Party eingeladen werden, und das wird Einladungen zu weiteren Parties zur Folge haben. Du wirst schöne Frauen kennenlernen und sie in die besten Restaurants zum Essen einladen. Du wirst ihnen teure Geschenke kaufen. Du wirst andeuten, daß du daran interessiert bist, einiges von deinem großen Vermögen in die Unterhaltungsbranche zu investieren, insbesondere in Filme.« Er hatte Michael einen Blick zugeworfen und gelächelt. »Du wirst dich höchst empfänglich für weiblichen Charme geben müssen… was kein Problem sein sollte. Genieß die Sache, Michael, aber sei stets auf der Hut. Denk stets daran, daß du Englisch mit einem britischen Akzent sprichst, weil du dort zur Schule gegangen bist. Dein Arabisch hat einen leichten libanesischen Akzent, weil dein erster Lehrer von dort stammte. Du mußt so aussehen, als würdest du bis zum Exzeß trinken, das jedoch natürlich nicht tun. Einige der Leute, denen du begegnest, werden versuchen, Geld von dir zu borgen. Leih ihnen bescheidene Summen. Frag sie nie nach einem Schuldschein. Es wird sich rasch herumsprechen, daß du ein Huhn bist, das bereit ist, gerupft zu werden.«

Bei diesem Gedanken hatte Michael gelächelt, und er hatte sich überlegt, was das wohl für Frauen wären, denen er begegnen würde.

57

Zunächst war das Gespräch angespannt verlaufen. Anwar Hussein war am frühen Morgen in Tunis eingetroffen. Er nahm ein Taxi zum Hilton-Hotel und hatte mehrere kurze

Geschäftstreffen. Um sieben Uhr abends wurde er von einem schwarzen Mercedes abgeholt und zehn Meilen zu einer abgeschiedenen Villa gefahren.

Man hatte ihn eine halbe Stunde lang warten lassen, was kein gutes Zeichen war. Schließlich hatte man ihn zum obersten Drahtzieher und Hohepriester des ›Blauen Rings‹ hineingebeten.

Auf den ersten Blick sah Gamel Houdris aus wie ein erfolgreicher und anspruchsvoller Geschäftsmann. Er saß hinter einem riesigen Mahagoni-Schreibtisch mit komplizierten Ebenholz- und Perlmuttintarsien. Er war dürr wie ein Gerippe, und sein dunkler Anzug hing an ihm herab wie an einem Garderobenständer. Die schwarzen Augen über den vorstehenden Wangenknochen waren tief in die Höhlen eingesunken. Seine Haut war glatt und fahl, und sein Haar pechschwarz.

Er stand nicht auf, als Hussein den Raum betrat, blickte noch nicht einmal auf. Er deutete einfach mit einer Hand auf einen Stuhl vor sich. Hussein setzte sich und wartete. Sein Gesicht war von der Farbe des Ebenholzes auf dem Schreibtisch, doch es glänzte leicht vor Schweiß.

Schließlich holte Gamel Houdris einen goldenen Cross-Füller aus der Innentasche des Jacketts, machte mehrere Notizen auf einer Akte vor sich, blickte dann auf und musterte seinen Besucher. »Es gefällt mir nicht«, sagte er. Seine Stimme war dünn und schrill und barg etwas von der Bedrohung eines Hochgeschwindigkeitsgeschosses in sich. »Es ist so viele Jahre her, seitdem jemand wegen unserer Aktivitäten Nachforschungen angestellt hat, und jetzt hören wir innerhalb eines Zeitraums von Tagen von der Mafia und Ermittlungen, die von den *Carabinieri* ausgehen.«

»Es mag einfach Zufall sein«, erwiderte Hussein. »Der alte Trento wußte nichts. Er ist unter der Folter gestorben, ohne ein Wort zu sagen, aber wir wissen, daß er zwei Tage zuvor beim *Capo* Grazzini gewesen ist. Er wollte den Inhalt des Gesprächs nicht preisgeben. Als Vorsichtsmaßnahme haben wir Grazzini eliminiert und es wie einen Bandenmord aussehen lassen. Wenn er an uns interessiert gewesen ist, dann ist dieses Interesse mit ihm gestorben... Und er war der oberste *Capo* in Mittel- und Norditalien.«

»Das war dein erster Fehler«, erklärte Houdris nüchtern. »Du hättest Grazzini entführen und ihn zum Reden bringen sollen.«

Hussein hob nervös die Schultern. »Wir haben das überlegt. Aber einen *Capo* in solch leitender Funktion zu entführen ist nicht einfach. Wir sind zum Schluß gekommen, daß der Mord an ihm ausreichend sei.«

Houdris beugte sich vor. »Bei einer solchen Sache hätte ich informiert werden sollen.«

»Natürlich«, stimmte Hussein bei, »und wie Sie wissen, haben wir es versucht; aber Sie waren achtundvierzig Stunden lang untergetaucht. Wir hatten das Gefühl, wir müßten eine schnelle Entscheidung treffen.«

Zum erstenmal wurde Houdris' Stimme etwas weicher. »Ich war in Albanien«, sagte er. »Ich habe eine Messe gehalten, die erste in jenem Land für den ›Blauen Ring‹ ...aber nicht die letzte.« Er lächelte leise bei der Erinnerung. »Große Armut und ein jäher Verlust der absoluten Macht ist eine wirksame Mischung.«

Hussein wagte eine Frage. »Darf ich fragen, wie sich das Waisenhaus macht?«

Houdris winkte mit einer Hand und sagte flüchtig: »Wirklich ausgezeichnet. Aber wir müssen vorsichtig vorgehen. Das Personal ist über jeden Verdacht erhaben, aber der Papierkram muß ebenso sauber sein.« Er lächelte. »Die ersten Insassen werden innerhalb weniger Tage eintreffen. Ich schätze, es werden schließlich zwischen vierzig und fünfzig dort sein, wobei jeden Monat zwanzig wechseln werden. Binnen sehr kurzer Zeit können wir anfangen, so etwa zwei pro Monat abzuzweigen... Aber kommen wir doch zur gegenwärtigen Angelegenheit zurück. Wir müssen herausfinden, wer hinter den Ermittlungen der *Carabinieri* steckt.« Er klopfte mit dem Füller gegen den Ordner. »Der ausführende Beamte war ein Major Massimo Bellu. Sein Vorgesetzter ist ein gewisser Colonel Mario Satta.«

Hussein nickte. »Höher geht die Sache nicht, laut unserem Informanten, der, wie Sie wissen, wirklich sehr weit oben steht... so weit oben, daß er imstande war, die Ermittlungen sofort zu beenden.«

»Das ist nicht der Punkt«, sagte Houdris scharf. »Ich bezweifle, daß dieser Colonel Satta auf eigene Faust gehandelt hat. Vielleicht wurde er vom italienischen Geheimdienst benutzt.«

Hussein schüttelte den Kopf. »Das denke ich nicht, Gamel. In jener Richtung haben wir unsere eigenen Quellen.«

»Du hast vielleicht recht, aber wer kann sich bei einer derart korrupten Institution wie dem italienischen Geheimdienst schon gewiß sein? Es mag jemand von außen gewesen sein. Wir müssen herausfinden, wer.« Fast eine Minute dachte Houdris nach, studierte erneut die Akte und fragte dann: »Meinst du, der Tod dieses Mannes, Boutin, in Marseille hat etwas damit zu tun?«

Erneut schüttelte Hussein den Kopf. »Sehr zweifelhaft.

Donati hatte einen soliden Mittelsmann. Donati ist sehr erfahren.«

»Es war eine Schande«, sagte Houdris nachdenklich. »Dieses Mädchen war perfekt für unsere Zwecke... völlig anonym. Haben wir irgendeine Vorstellung, was aus ihr geworden ist?«

»Haben wir nicht«, erwiderte Hussein bedauernd. »Sie ist einfach verschwunden.«

Houdris beugte sich vor und drückte einen Knopf auf seinem Schreibtisch. Sofort öffnete sich eine Tür, und ein weißgekleideter Diener erschien, in den Händen ein Kupfertablett. Er bediente sie mit Kaffee und Bonbons. Sie hörten in seiner Gegenwart nicht mit dem Reden auf, da er taubstumm war, wie alle Diener in der Villa. Wenn Houdris sie rief, drückte er Knöpfe, die verschiedenfarbige Lichter aufleuchten ließen, je nachdem, welcher Diener verlangt wurde.

»Wir brauchen einen raschen Ersatz«, erklärte Hussein. »Unser Adept ist bereit, und wir können es nicht zu lange hinauszögern. Im Augenblick ist er heiß, aber das schwindet mit der Zeit.«

Houdris nickte zustimmend. »Es muß innerhalb dreier Wochen sein. Ich werde versuchen, eine aus dem Waisenhaus zu bekommen. Aber sie muß jung und schön sein, und ich habe bei den ersten Aufgenommenen noch keine gesehen... Wenn das fehlschlägt, müssen wir das Risiko in Kauf nehmen, eine von den Straßen Neapels oder weiter südlich zu entführen... Das würde bedeuten, ihr das Haar blond zu färben.« Er kniff lustvoll die Augen zusammen bei diesem Gedanken. Er sah den riesigen Ebenholzmann vor sich an und murmelte: »Aber eine weiße Haut und echt blondes Haar ist stets am besten.« Er trank einen Schluck Kaffee und wechselte das Thema. »Vor allem müssen wir jetzt herausfinden, wer jene Ermittlungen in Gang gebracht hat. Vielleicht sollten wir eine Möglichkeit suchen, mit dem Colonel oder, noch einfacher, mit seinem Assistenten Major Bellu ein kleines Gespräch zu führen?«

58

Beide waren sie jung, mit eleganten Kleidern und schönen Gesichtern, aber ein genauer Blick in ihre Augen zeigte dieselbe Tiefe der Erfahrung, des Ehrgeizes und der Berechnung. Eine von ihnen war blond und blauäugig, die andere eine Brünette mit grünen Augen. Abgesehen von ihrer Farbe waren ihre Gesichter und Körper mehr oder weniger austauschbar. Sie beobachteten Michael von der anderen Seite des großen Raums auf eine Weise, wie Raubtiere ihre Mahlzeiten inspizieren.

»Sensationell!« murmelte die Blonde.

»Fast perfekt«, stimmte die Brünette zu. »Und er ist echt, nicht so wie die Kletten, die sich in diese Partys einschleichen. Die Armbanduhr ist eine echte Patek Philippe, der Opalring ist ebenfalls echt, und der Anzug ist ganz bestimmt von Casseli. Da siehst du auf ein Minimum von einhunderttausend Dollar.« Obgleich sie italienisch sprachen, bezogen solche Frauen Reichtum stets auf Dollar.

Ein älterer Mann, der ihr Gespräch mitbekommen hatte, stellte sich mit einem Lächeln hinter sie. Er trug einen brandneuen Seiden-Smoking, aber sein vernarbtes Gesicht würde niemals zu dessen Eleganz passen, selbst mit Hilfe eines Dutzends Schönheitschirurgen. »Das ist ein richtig dicker Fisch, *Signorine*. Giorgio hat mir erzählt, daß er vor zwei Tagen ein Konto bei der Banco di Roma eröffnet hat. Seine erste Einlage betrug zehn Millionen Dollar.«

Sie wandten sich zu ihm um. In ihren Augen blitzte Gier.

»Er ist ein Freund von Giorgio?« fragte die Blonde.

Der alte Mann schüttelte den Kopf. »Nein, lediglich ein neuer Bekannter.«

»Woher weiß er das dann?«

Der alte Mann lächelte erneut; er hatte seinen Spaß. »In dieser Stadt weiß Giorgio alles.«

»Was weiß er sonst noch?« fragte die Brünette.

Die Informationen des alten Mannes kamen heraus wie eine gut einstudierte Litanei. »Sein Name ist Adnan bin Assad. Er ist einundzwanzig Jahre alt, gilt als illegitimer Sohn eines sehr reichen Arabers. Offensichtlich stammte seine Mutter aus England, wo er erzogen worden ist. Er verbringt sechs Monate in Rom, wegen der Kultur und um sein Italienisch zu verbessern und vielleicht einige Investitionen zu tätigen. Er hat ein Luxusappartement in der Nähe der Spanischen Treppe gemietet, ausgestattet mit Butler und Koch… Er fährt einen Ferrari Dino.«

Schweigend drehten sich die beiden jungen Frauen um und warfen Blicke durch den Raum. Michael war in eine erste Unterhaltung mit einer älteren Frau vertieft, die vor Diamanten nur so strotzte. Sie war eine wohlbekannte römische Gastgeberin, der es gefiel, ihren Partys mit älteren Lebemännern durch schöne junge Leute Glanz zu verleihen. Für Satta war es sehr leicht gewesen, durch eine der legendären Verbindungen seiner Mutter eine Einladung zu arrangieren. Es war ebenfalls sehr einfach gewesen, die Einzelheiten und die Glaubwürdigkeit von Michaels neuer Persönlichkeit auszustreuen. Er hatte die Party sehr gut ausgesucht. Unter etwa fünfzig Gästen befanden sich Prominente aus Film und Fernsehen, andere Medienleute, niederer Adel, ein Modedesigner, ein leicht suspekter Bankier und etliche der ewig Jungen und Schönen.

Ihre Gastgeberin führte Michael langsam im Raum umher, stellte ihn vor und streichelte ihm dabei den Ellbogen. Die beiden jungen Frauen warteten ungeduldig. Sie sahen zu, wie er mit einem aufsteigenden Fernsehproduzenten und einem abgehalfterten Schauspieler plauderte; sowohl der Produzent als auch der Schauspieler gaben ihm ihre Karten.

Die beiden jungen Frauen hielten den Atem an, als die Gastgeberin ihn zu einer Schauspielerin weiterführte, von der sie wußten, daß diese wenigstens fünfundvierzig Jahre alt war, obgleich sie mit Hilfe von Schönheitschirurgie, auszeichnetem Make-up und einem roten Schmollmund nicht älter als fünfunddreißig aussah.

»Keine Sorge«, flüsterte der alte Mann hinter ihnen. »Es geht das Gerücht, daß er jüngeres Fleisch bevorzugt.«

Michael ging kurz nach Mitternacht, zusammen mit der Blonden und der Brünetten.

59

Während Michael in die römische Gesellschaft aufgenommen wurde, traf Creasy seine Vorbereitungen. Jens und die Eule sollten das Hauptquartier in der Pension Splendide besetzen. Maxie MacDonald und Frank Miller gingen nach Mailand, um Jean Lucca Donati zu beschatten; Creasy würde dasselbe in Neapel mit Anwar Hussein tun.

Jens hatte in einem kleinen Zimmer der *Pensione* ein Büro eingerichtet, komplett mit Fax und Telex sowie seinem leistungsstarken Compaq-Laptop. Creasy war beeindruckt gewesen von seiner Organisation und Gründlichkeit. Innerhalb von achtundvierzig Stunden hatte Jens jeden Fetzen Information gesammelt, den ihre vielfältigen Quellen übermittelt hatten. Creasy sah auf den kleinen Schirm des Compaq, während der Däne alles zusammenstellte und verglich, was sie wußten.

Creasy telefonierte regelmäßig mit Gozo und erfuhr, daß sich Juliet gut in ihrer Schule eingelebt hatte. Laura war über die Geschwindigkeit erstaunt gewesen, mit der das Kind Maltesisch lernte. Die Nonnen in der Schule hatten sie als intelligent und klug über ihre Jahre hinaus bezeichnet. Laura warnte jedoch, daß Juliet oftmals schweigsam und geistesabwesend sei und regelmäßig nach Creasy und Michael fragte. Creasy verstand, daß das Mädchen allmählich frustriert wurde und die beiden Männer vermißte, die ein so großer Teil ihres Lebens geworden waren. Von beiden wußte sie, daß sie in allerhöchster Gefahr schwebten, und sie konnte nichts tun, um zu helfen. Er dachte daran, sie jeden Tag anzurufen, überlegte es sich dann jedoch anders. Wenn es die Umstände bedingten, daß er keinen Kontakt zu ihr herstellen konnte, würde sie sich Sorgen machen. Statt dessen würde er ihr regelmäßig schreiben und Michael drängen, gleiches zu tun, selbst wenn es nur wenige Zeilen wären. Ein kurzer Brief könnte zufriedenstellender sein als ein langes Telefongespräch.

Er saß da und starrte auf das Telefon. Er konnte fast ihr Gesicht sehen, und ihm ging auf, wie sehr er sie vermißte.

60

Die Nonne sah zu, wie sich der Wagen die staubige Straße hinaufwand. Sie stand vor dem langen, niedrigen Gebäude, das bis vor drei Monaten eine verlassene Lagerhalle für eine landwirtschaftliche Kommune gewesen war.

Schwester Assunta erfüllte einen Auftrag für den Augustinerinnen-Orden auf Malta. Der Orden hatte eine lange Geschichte an Missionierungs- und Lehrtätigkeiten, und Schwester Assunta war es tatsächlich im Heimatkloster etwas langweilig geworden. Sie hatte fünf Jahre Missionsarbeit in Kenia hinter sich, was sie sowohl faszinierend als auch erfüllend empfunden hatte. Aber die letzten drei Jahre war sie wieder auf Malta gewesen, und obgleich es gut gewesen war, wieder daheim zu sein, hatte sie während der letzten Monate eine Unrast verspürt. Als die Mutter Oberin sie zu sich hatte rufen lassen, um ihr diese Aufgabe zuzuweisen, hatte sie keine Furcht verspürt, obgleich Albanien in Aufruhr war und die Aufgabe gefährlich sein konnte.

Zunächst war es gefährlich gewesen, jedoch gleichfalls belebend. Während der ersten Wochen hatte sie oftmals Gewehrfeuer aus Richtung Tirana gehört, zwanzig Meilen südlich. Mehrmals hatten bewaffnete Gruppen, einige in Uniform und einige in abgerissener Kleidung, das demnächstige Waisenhaus passiert. Aber sie hatten die Nonnen nicht belästigt, sondern einfach nur um Nahrung gebettelt und waren dann weitergezogen. Jetzt war es ruhig, und Schwester Assunta war imstande, den Frieden und die Aussicht auf das umgebende baumbestandene Land zu genießen. Welch ein Kontrast zu der öden braunen Kalkstein-Nacktheit ihres Geburtslandes.

Insgesamt betrieben fünf Nonnen das Waisenhaus. Sie war die einzige Malteserin und zugleich Oberin. Bei den anderen handelte es sich um eine robuste Irin unbestimmten Alters sowie drei junge italienische Nonnen. Dies war kein Problem für Schwester Assunta, weil sie sowohl Englisch als auch Italienisch fließend beherrschte.

Das Waisenhaus war mit Hilfe mehrerer Stiftungen aufgebaut worden, hauptsächlich einer privaten internationalen Organisation mit Sitz in Rom. Auf Malta hatte ihr die Mutter Oberin gesagt, daß diese, seltsam genug, von mehreren wohlhabenden Personen gesponsort wurde, die zumeist anonym bleiben wollten. Sie wußte jedoch, daß der näherkommende Wagen einen der größeren Wohltäter brachte, der kam, um das Vorankommen zu begutachten. Schwester Assunta und ihrem Personal war es in sehr kurzer Zeit gelungen, die grundlegenden Einrichtungen des Waisenhauses zu organisieren, und sie hatten bereits die ersten Mädchen hereinbekommen, deren Altersspanne von vier bis dreizehn reichte. Wie ihre Anweisungen besagten, waren alle diese Mädchen Waisen, stammten nicht aus zerbrochenen Familien und waren auch keine Streunerinnen. Alle ihre Mädchen waren bei der Geburt weggegeben oder verlassen aufgefunden worden.

Der Wagen fuhr heran. Der Fahrer war ein Albaner, den sie kannte. Auf dem Rücksitz saß ein Mann. Sein Gesicht war dunkel und hager. Eine Sekunde lang blitzte ihr etwas durch die Gedanken. Sie hatte ein Gefühl des *Déjà-Vu,* als hätte sie dieses Gesicht vor vielen Jahren einmal gesehen. Sie schüttelte den Gedanken aus dem Kopf. Der Mann stieg aus. Sie musterte ihn von oben bis unten, voller Neugier, die von der Tatsache genährt wurde, daß er einen arabischen Namen hatte. Er war in einen dunklen, maßgeschneiderten Anzug gekleidet. Ein extrem dünner Mann mit dunklem, eingesunkenem Gesicht und einer scharfen Hakennase. Sie fragte sich, weshalb ein Araber eine katholische Stiftung sponsern würde.

Da sie von Natur aus neugierig und direkt war, stellte Schwester Assunta diese Frage während des Essens, nachdem sie die Ausbauarbeiten inspiziert hatten. Während der Tour war sie von seinem Interesse und Scharfblick beeindruckt gewesen. Seine erste Frage war gewesen, ob sie selbst die albanische Sprache beherrschte. Sie hatte erklärt, daß sie bereits Grundkenntnisse habe, dank eines Crash-Kurses, und daß sie innerhalb weniger Wochen fließend sprechen könne. Daraufhin hatte er gefragt, ob sie und die anderen Nonnen bequeme Quartiere für sich selbst hätten. Sie hatte gelächelt und gesagt: »Ausreichend für unsere Bedürfnisse.« Er hatte das Lächeln erwidert und ihr gesagt, wie sehr er ihre Hingabe und die der übrigen Nonnen respektierte.

Also stellte sie ihre erste Frage, als sie sich zu einer einfachen Mahlzeit niederließen. Zu der Frage wurde sie wesentlich durch seine offensichtliche Freundlichkeit und sein Interesse an den Kindern gedrängt. Unter ihnen hatte sich ein zwölf Jahre altes Mädchen befunden, das einzige Kind von Eltern, die beide während der ersten Nacht des Aufstands von Maschinengewehren niedergemäht worden waren. Ihr Name war Katrin, und sie hatte blondes Haar, ein blasses Gesicht und die Augen eines Engels.

Er hatte ihr Gesicht in Händen gehalten, sie leicht auf die Wange geküßt, sich an Schwester Assunta gewandt und mit leiser Stimme gesagt: »Wir müssen ein Heim für dieses Kind finden, wo die Blume ihrer Seele auf eine Weise blühen kann, daß es unser beider Herzen erfüllt.«

Also hatte sie gefragt: »Sie sind nicht unseres Glaubens?«

Er schüttelte den Kopf. »Ich bin nicht Ihres Glaubens, Schwester.«

»Islamisch?« fragte sie.

Erneut schüttelte er den Kopf, und sein Mund formte jenes schmale Lächeln. »Ich habe meinen eigenen Glauben. Er hat keinen direkten Bezug zu irgendeiner etablierten Religion.«

Sie saßen an einem runden Tisch in dem neu errichteten Eßsaal; die anderen vier Schwestern hatten sich zu ihnen gesellt. Die sonstigen Angestellten aßen an einem getrennten Tisch. Alle Nonnen hörten genau zu, als er fortfuhr: »Natürlich glaube ich an ein höheres Wesen. Jeder Mann, der das nicht tut, ist ein Narr. Ich kann mein höheres Wesen nicht auf gewöhnliche Weise definieren. Ich habe alle größeren Religionen und viele kleinere durchforscht, und während ich in einigen Aspekten mit allen übereinstimme, kann ich das Ganze nicht akzeptieren.«

Schwester Assunta legte ihren Löffel nieder und fragte: »Sie sind ein Freimaurer?«

Er lachte und schüttelte den Kopf. »Bitte seien Sie versichert, Schwester, etwas Derartiges bin ich nicht... weit davon entfernt.«

Schwester Simona fragte: »Wenn Sie nicht unseres Glaubens sind, warum unterstützen Sie dann das Werk unseres Ordens hier?«

Er wandte sich der italienischen Nonne zu und erklärte: »Meine Organisation unterstützt viele gute Werke. Über die Jahre hinweg haben wir entdeckt, daß solche Werke von Leuten in die Welt hinausgetragen werden müssen, die eine Berufung haben. Es ist nicht notwendig, religiös zu sein, um eine solche Berufung zu haben.« Er lächelte und deutete auf sie alle. »Aber wir haben entdeckt, daß es einfacher ist, solche Leute innerhalb der religiösen Orden zu finden. Natürlich unterstützen wir ebenfalls den arabischen Roten Halbmond und mehrere interkonfessionelle Wohlfahrtseinrichtungen. Wir haben den Augustinerinnen-Orden wegen der Nähe seines maltesischen Zweigs zu Albanien gebeten, uns bei diesem Projekt zu helfen, und weil sie über die vergangenen Monate hinweg Erfahrungen in dieem aufgewühlten Land gewonnen haben.«

Schwester Assunta stellte eine weitere Frage: »Die Vorgaben für dieses Waisenhaus waren sehr klar. Es ist nur für Mädchen zwischen vier und vierzehn Jahren. Warum?«

Er hob entwaffnend die Schultern. »Natürlich sind wir sehr vorsichtig dabei, wo wir unsere begrenzten Mittel einsetzen. Wenn man sie Wohlfahrtseinrichtungen gibt, ist es wesentlich, daß jeder Cent zählt. Unsere Nachforschungen hier in Albanien haben gezeigt, daß sich Wohlfahrtsinstitute rasch etabliert haben, um die Leiden der sehr, sehr jungen Kinder zu lindern. Andererseits lautet meine eigene Überzeugung, daß jedes Mädchen über vierzehn Jahren eine Erwachsene und besser imstande ist, für sich selbst zu sorgen. Daher unsere Vorgaben.«

Schwester Assunta setzte zu einer weiteren Frage an, doch er unterbrach sie mit einer eigenen.

»Da Sie jetzt die ersten Insassen haben, sind Sie innerhalb der nächsten beiden Wochen für ein volles Haus bereit?«

Sie nickte bekräftigend. »Ja. Wir warten nur noch auf die Lieferung weiterer Betten, Wäsche und einer Grundversorgung an Medikamenten. Sie sind für Freitag versprochen worden.«

Er nickte zufrieden. »Gut. Wie Sie wissen, werden wir versuchen, die meisten unserer Waisen bei italienischen Familien unterzubringen. Italien ist nahe, und die Logistik ist einfach. Sie wissen ebenfalls, daß wir in Bari ein Büro eingerichtet haben, um die Adoptionen abzuwickeln. Jenes Büro ist bereits geöffnet, und Sie werden in wenigen Tagen einen Besuch von dessen Direktor erhalten. Unsere Politik und Philosophie basiert auf unzähligen internationalen Untersuchungen. Wir glauben nicht, daß Kinder zu lange in einem Waisenhaus bleiben sollten, weil es sehr rasch ein dauerhaftes Zuhause wird und deswegen der Trennungsschmerz bei einer Adoption umso größer ist. Als Konsequenz daraus sähen wir dieses Waisenhaus gern eher als ein Übergangsheim; und unser Büro in Bari plant entsprechend. Hoffentlich können unsere ersten Adoptionen innerhalb der nächsten Woche oder der nächsten beiden Wochen stattfinden.« Er wandte sich erneut an Schwester Assunta und sagte ernst: »Und daher, Schwester, ist es wichtig, daß weder Sie noch Ihre Schwestern noch die Angestellten sich emotional an diese Mädchen binden… Ich weiß, es ist schwierig, nicht

Ersatzmütter zu werden, insbesondere, da viele von ihnen sowohl seelisch als auch körperlich gelitten haben. Ich bin mir jedoch sicher, daß Sie, mit Ihrer Erfahrung, mir beipflichten werden.«

Schwester Assunta nickte. »Ja, natürlich, es ist schwierig ... aber ich pflichte Ihnen bei. Es kann schmerzlich für uns sein ... Doch je rascher für die Mädchen ein gutes Zuhause gefunden wird, desto besser. Es bedeutet auch, daß wir so vielen mehr helfen können. Und es sind so viele da draußen, die Hilfe brauchen.«

»Ja«, sagte er ruhig. »So viele.«

Schwester Assunta stellte mit Befriedigung fest, daß der Wohltäter ihres Waisenhauses sowohl intelligent als auch vorausschauend war. Aber sie konnte den Gedanken nicht loswerden, daß sie irgendwo und irgendwann sein Gesicht schon einmal gesehen hatte.

61

Michael unterdrückte den Aufschrei. Er packte ihre Hand. Sie fauchte ihn an, und die Fingernägel ihrer anderen Hand gruben sich in seinen Rücken. Michael griff hinter sich und packte ihr Handgelenk, zog ihr beide Arme über den Kopf und drückte sie grob auf das Kissen. Sie wand sich unter ihm, rammte ihr Becken gegen das seine. Sie öffnete die Augen, und er sah ihren Orgasmus darin, die geweiteten Pupillen. Hinter roten Lippen hatte sie die weißen Zähne fest aufeinandergebissen. Ein feuchtes Handgelenk entglitt seinem Griff, und sie zerkratzte ihm erneut den Rücken. Diesmal stöhnte er vor Schmerz und schlug ihr hart ins Gesicht. Sie grinste zu ihm auf, und er spürte, wie er kam.

Michael kreischte erneut fast auf, als René ihm das Antiseptikum auf den Rücken strich.

»Was für eine Frau«, bemerkte der Belgier. »War's die Sache wert?«

Michael saß auf einem Hocker in dem großen Badezimmer, das an das luxuriöse Schlafzimmer angrenzte. René saß auf dem Toilettensitz hinter ihm. Die Frau war eine halbe Stunde zuvor gegangen.

»Mir blieb keine Wahl«, brummte Michael. »Ich bin auf einem halben Dutzend Partys gewesen, und unsere kleine Party hier heute abend war der Höhepunkt. Diese Gina ist der Schlüssel zu dem, was wir suchen.«

René grinste und tupfte weiter Antiseptikum auf. »Die Pflicht kann schon ein hartes Brot sein… ich bin stolz auf dich, Michael.«

Der junge Mann stöhnte vor Schmerz. »Ich habe gerade gelernt, daß man manchmal im Leben den Schmerz mit dem Vergnügen hinnehmen muß.«

Es war acht Tage seit Michaels Ankunft in Rom. Hedonistische Tage. Er hatte einmal einen Film mit dem Titel *La Dolce Vita* gesehen und angenommen, er sei übertrieben. Jetzt wußte er es besser. Die erste Party hatte ihn zu weiteren geführt. Er war die Entdeckung der Saison. Jeder wollte ihn auf seinen Partys und Soireen haben. Jeder Mann wollte sein Ohr; fast jede Frau wollte seinen Körper. Er hatte alles mitgemacht, hatte zugesehen, zugehört und gelegentlich ausgewählten Leuten gegenüber Kommentare abgegeben, die andeuteten, daß er, so sehr er sich auch vergnügte, gern etwas

Bizarreres und Aufregenderes genießen würde. Er hatte Hasch geraucht und Koks geschnupft und Pillen eingeworfen, hatte mit Feuereifer bei einer ausgemachten Orgie mitgemacht; jetzt hatte er seine neuen Bekanntschaften schließlich auf eine Gruppe von Fünfen zusammenschrumpfen lassen. Er hatte jene fünf an diesem Abend zu einer Party in seinem eigenen Appartement eingeladen, zusammen mit weiteren zwei Dutzend Leuten, damit die Anzahl stimmte.

Während der vergangenen Tage hatte sich René als unschätzbar erwiesen. Er hätte einen brillanten Schauspieler abgegeben; er spielte seine Rolle als Michaels ›Freitag‹ bis zur Perfektion. So sehr, daß mehrere von Michaels neuen Bekanntschaften René einen Job angeboten hatten, wenn Michael schließlich Rom verließe. Natürlich wußte jeder, daß Renés Job den eines Leibwächters einschloß. Das hatte Michaels Reiz nur noch erhöht.

Die Party an jenem Abend war ein uneingeschränkter Erfolg. Der Koch hatte ein kaltes Büffet vorbereitet, das dem vornehmsten Restaurant gerecht geworden wäre. Der Champagner war ein Jahrgangs-Champagner, und die Drogen hatten Designer-Status. Die Frau, Gina Forelli, war natürlich zu spät eingetroffen. Michael war ihr nie zuvor begegnet, war jedoch von einem seiner neuen Freunde, Giorgio Cosselli, der den größten Teil seines Lebens auf der Überholspur lebte, dazu veranlaßt worden, sie einzuladen. Zwei Tage zuvor hatte Michael mit Giorgio im Sans Souci gespeist. Sie waren allein gewesen, und über Kaffee und Likör hatte Michael zugestimmt, Giorgio fünfzig Millionen Lire als Grundstock für ein neues Night-Club-Unternehmen zu leihen, das dieser im Kopf hatte. Er wußte, daß er das Geld nie wieder sehen würde, aber er wußte ebenfalls, daß Giorgio mehr über die dunkle Seite der römischen Gesellschaft wußte als jeder andere. Während des Essens hatte Michael durchblicken lassen, daß er gehört habe, Rom sei ein interessanter Ort für diejenigen, die neugierig auf das Okkulte seien. Giorgio war ein Mann Mitte Vierzig, der das Leben eines Blutsaugers gelebt hatte. Er war das schwarze Schaf einer schwarzen Familie, und sein größtes Vergnügen im Leben war der Flirt mit Gefahr und dem Unbekannten. Er war zu Michael hingezogen worden wie ein Blatt zu einem Strudel, und während er in einem enger werdenden Kreis um ihn herumwirbelte, hypnotisiert von dem unbezweifelten Ausmaß an Reichtum und Naivität des jungen Mannes, hatte er einen schier endlosen Strom von Informationen ausgeplappert.

Nach dem Essen waren sie die paar Blocks zu Jackie O's Disco zu Fuß gegangen, hatten sich an die Bar gestellt und Negronis getrunken. Giorgio hatte sie Michael auf der Tanzfläche gezeigt. Sie war groß und fast zu dünn. Langes, glänzendes schwarzes Kleid, langes glänzendes schwarzes Haar, schwarze Augen, roter Mund und weißes Gesicht.

»Gina Forelli«, hatte Giorgio geflüstert. »Sie ist diejenige, die dich dorthin führt, wohin du willst. Aber sei vorsichtig, mein Freund. Wenn es in Rom eine Hexe gibt, dann ist sie es.« Er gab Michael einen kurzen Lebenslauf. Gina Forelli war etwa dreißig Jahre alt, die Enkelin eines Faschisten-Generals, der Mussolini sehr nahe gestanden hatte. Ihre Mutter war in den fünfziger Jahren eine halbberühmte Schauspielerin gewesen, die an einer Überdosis Drogen gestorben war. Soweit er wußte, hatte Gina niemals gearbeitet. Ihr erster Gatte war der dritte Sohn eines wohlhabenden Industriellen gewesen, der bei einem Verkehrsunfall ums Leben gekommen war, bei dem Alkohol eine Rolle gespielt hatte. Einige sagten, es sei absichtlich gewesen, nachdem er seine Frau mit drei Männern im Bett ertappt hatte. Ihr zweiter Gatte war ein wohlhabender Geschäftsmann gewesen, zwanzig Jahre älter als sie. Er war im Bett gestorben. Die Polizei hatte ein halbes Dutzend zerbrochener Phiolen von Amylnitrit auf dem Schlafzimmerboden gefunden. Offensichtlich war sein Herz außerstande gewesen, der Kombination aus Gina und der Droge standzuhalten. Von Rechts wegen hätte sie eine wohlhabende Frau sein sollen, doch abgesehen von ihren anderen Leidenschaften hatte sie eine fatale Neigung zum Glücksspiel, und sie hatte nach dem Tod jedes Gatten ihr Geld in Monte Carlo verpulvert.

»Ihr Spitzname ist ›Zero‹«, hatte Giorgio mit einem Lächeln erklärt.

»Warum?«

»Weil zu viele Nullen ihr Leben bestimmt haben. Insbesondere die am Roulettetisch.«

»Was macht sie jetzt?« hatte Michael gefragt.

Giorgio hatte erneut gelächelt. »Sie öffnet die Tür zu dem, was du suchst.«

»Stell mich ihr vor«, hatte Michael gesagt.

Giorgio hatte den Kopf geschüttelt. »Das wäre hier keine gute Idee.«

»Wie kann ich sie kennenlernen?«

»Laß uns gehen«, hatte Giorgio geantwortet. »Ich sag's dir draußen.«

Der Eingang zu Jackie O's ist ein langer, überdachter Gang. Sie waren zum Ende geschlendert, nahe an der Straße. Dort war es dunkel. Giorgio war stehengeblieben, und Michael hatte sich umgedreht und ihn angesehen.

Der Italiener sagte: »Michael, dieses Geschäft, von dem wir

beim Essen gesprochen haben... kann nicht schiefgehen... Natürlich wirst du ein Partner mit fünfzig Prozent sein. Du bist sehr jung, aber du mußt wissen, daß man solche Geschäfte schnell abschließen muß. Wie schnell kannst du die fünfzig Mille auf mein Konto überweisen?«

Michael hatte ihn angeblickt und selbst in dem Dämmerlicht die Erwartung und Besorgnis in seinen Augen sehen können. Sehr ruhig fragte er: »Wären US-Dollar in Ordnung?«

»Natürlich... sogar noch besser!«

Michael hatte in die Innentasche seines Jacketts gegriffen und ein Bündel Banknoten hervorgezogen, zusammengehalten von einem dicken Gummiband. Sehr rasch und erfahren zählte er achtundvierzig der Scheine ab und zog sie aus dem Band. Er streckte sie Giorgio entgegen, und dieser starrte Michael mit leicht geöffnetem Mund an.

»Es sind Tausend-Dollar-Scheine«, erklärte Michael leichthin. »Ich habe den Wechselkurs nicht überprüft, aber es sollte in etwa hinkommen.«

Sehr langsam streckte Giorgio die Hand aus und nahm die Scheine. Er zählte sie nicht nach. Als er sie in die Gesäßtasche steckte, brummte er: »Natürlich schicke ich dir eine Quittung... und einen Vertrag. Mein Anwalt ist vertrauenswürdig.«

Michael hatte den Kopf geschüttelt. »Schick mir nichts, Giorgio. Es ist besser, daß nichts niedergeschrieben wird.«

Giorgio hatte das Weiß von Michaels Zähnen gesehen, als dieser lächelte. Er hatte das Lächeln erwidert und gesagt: »Ich werde sicherstellen, daß Zero zu deiner Party kommt.«

Sie hatte das Appartement spät und allein betreten. René wußte Bescheid. Er fragte sie nach ihrem Namen und geleitete sie durch das Zimmer zu Michael. Sie trug lediglich einen engen schwarzen Body unter einem kurzen elfenbeinfarbenen Wollrock. Das schwarze Haar war hoch auf dem Kopf aufgetürmt. An allen Fingern trug sie schlichte Goldringe sowie eine schlichte Goldkette. Keine Ohrringe. Michael war aufgefallen, daß die Färbung ihrer Haut genau zur Farbe ihres Rocks paßte. Er hatte sein Herz schlagen gespürt; nicht aus Furcht, sondern aus Erwartung.

René hatte sie vorgestellt und dann gefragt: »Champagner?«

Sie hatte den Kopf geschüttelt. »Wissen Sie, was ein ›Bullshot‹ ist?«

René hatte genickt. »Natürlich, *Signora.* Wollen Sie ihn halbe-halbe?«

Einen Moment lang hatte sie Renés Gesicht gemustert. »Nein. Machen Sie ihn ein Drittel ›Bull‹ und zwei Drittel ›Shot‹.«

Michael war verwirrt gewesen. »Was haben Sie gerade bestellt?« fragte er.

Sie lächelte. Ihre Zähne waren ebenfalls wie Elfenbein und ziemlich klein. Sie ließ ihre rosafarbene Zunge darüber gleiten. Ihre Stimme war sehr leise, und er mußte sich vorbeugen, um etwas über dem Lärm zu hören.

»Ein ›Bullshot‹ ist halb Fleischbrühe und halb Wodka; gewöhnlich in gleichen Mengen. Ich habe Ihren Butler gebeten, einiges mehr an Wodka in die Mischung zu geben.« Sie legte den Kopf leicht zur Seite und musterte ihn, während sie mit ihrer heiseren Stimme fragte: »Stimmt es, was man so hört?«

»Was hört man denn so?«

»Man hört, Adonis sei in der Stadt... Warum hat Adonis mich zu seiner Party eingeladen?«

Zum erstenmal, seitdem er in Rom das Flugzeug verlassen hatte, fühlte sich Michael verloren. Er war sich schmerzlich bewußt, daß er erst neunzehn Jahre alt war. Sein gesamtes Wissen beschränkte sich auf Waffen und kämpferische Fähigkeiten. Tatsache war, daß er Leute getötet hatte, die versucht hatten, ihn zu töten, und dabei selten Furcht verspürt hatte. Jäh verspürte er Furcht. Sie währte nur einen Augenblick und wurde dann von einem Gefühl der Erleichterung weggeschwemmt. Er hatte gehofft, daß er seine Furcht hatte verbergen können.

»Mir ist gesagt worden, daß man Sie Zero nennt.«

Sie lächelte erneut. »Giorgio redet zuviel. Was hat er Ihnen sonst noch erzählt?«

»Daß Sie gefährlich sind.«

Ihr Lächeln wurde breiter. »Haben Sie mich deswegen eingeladen?«

»Klar.«

Sie hob den Kopf und lachte. Wie ihre Stimme war es ein heiseres Gelächter. René kam mit ihrem Drink auf einem Silbertablett durch die Menge auf sie zu. Sie nahm das Glas, trank und nickte würdigend. René wies auf den überladenen Büffett-Tisch. Sie schüttelte den Kopf und hob das Glas. »Dies hier und jene, die folgen, werden mein Abendessen sein.« Noch immer René anblickend fragte sie: »Wann werden die anderen Gäste gehen?«

Leicht überrascht hatte René Michael einen Blick zugeworfen, der bloß lächelte, einen Blick auf seine Patek Philippe warf, René zunickte und sagte: »Komplimentiere sie in etwa einer Stunde hinaus.«

Im Badezimmer stand Michael auf, streckte sich und verzerrte leicht das Gesicht vor Schmerz.

René stand ebenfalls auf; er grinste noch immer. »Was ist der nächste Schritt?« fragte er.

Michael drehte sich um und sagte: »Der nächste Schritt ist morgen abend. Ich werde mit ihr essen gehen, allein. Anschließend wird sie mich zu einem Ort auf dem Land mitnehmen.«

»Einfach eine weitere Orgie?« fragte René.

Michael schüttelte den Kopf. »Das habe ich sie auch gefragt… Sie sagte: ›Nein, es wird mehr als das sein.‹« Er bemerkte das Aufflackern von Besorgnis auf Renés Gesicht. »Mir wird schon nichts passieren. Und es gibt keinen anderen Weg, außer, einige Risiken in Kauf zu nehmen.«

»Irgendeine Vorstellung, wo die Party stattfinden wird?« fragte René.

Michael schüttelte den Kopf. »Nein, aber sie hat mir gesagt, von hier aus wäre es lediglich eine halbe Stunde Fahrt, also schätze ich, es wird irgendwo am Stadtrand sein. Keine Sorge, René. Bislang bin ich über jeden Verdacht erhaben. Die wirkliche Gefahr wird später kommen.«

62

Creasy streckte das linke Bein und zuckte leicht in der Dunkelheit zusammen. Ganz bestimmt die ersten Anzeichen von Arthritis. Er fluchte stumm. Er hatte sich nie um das Älterwerden geschert, aber vor kurzem hatte er angefangen, seine Knochen zu spüren, insbesondere, wenn er draußen endlose

Stunden lang völlig still sitzen mußte. Er hatte die letzten vier Stunden auf diesem Hügel gesessen und dabei eine Villa etwa einen Kilometer unter sich beobachtet.

Guido hatte eine gestochen scharfe Luftaufnahme des Anwesens erhalten, und als er eingetroffen war, wußte Creasy, daß ein hoher Stacheldrahtzaun mit einem Radius von etwa achthundert Metern die Villa umgab. Er hatte ein Trillux-Nachtsichtgerät aus den voluminösen Taschen seiner schwarzen Lederjacke gezogen und rasch die hohen Stahlpfosten des Zauns ausgemacht. Er nahm an, daß der Zaun mit einem ausgetüftelten Alarmsystem verbunden war und möglicherweise unter Strom stand. Er kam zu dem Schluß, daß Anwar Hussein bei den Kosten für den Zaun geknausert hatte. Er hätte ihn über den Hügel hinaus führen sollen. Von dort, wo er saß, hatte Creasy einen guten Blick auf den Eingang der Villa. Von seiner Position aus konnte jeder einigermaßen fähige Heckenschütze jeden erwischen, der hereinkam oder hinausging.

Bei seinem Eintreffen waren zwei Wagen in der Nähe des Eingangs geparkt. Vier weitere trafen während der nächsten halben Stunde ein. Alles in allem stiegen sechs Männer und vier Frauen aus. Als sie durch den beleuchteten Eingang gingen, sah Creasy, daß sie alle formell gekleidet waren. Es mußte eine Dinner-Party sein; die italienische Gesellschaft bevorzugte ein spätes Mahl.

Die Villa selbst war ein weißes zweistöckiges Gebäude mit einem roten Ziegeldach. Die einzigen Lichter brannten im Erdgeschoß. Er vernahm schwach die Klänge klassischer Musik. Sie aßen möglicherweise auf der offenen Terasse auf der anderen Seite der Villa. Es bestand keine Möglichkeit, auf die andere Seite zu kommen, um einen guten Blick zu erhalten. Die Nacht war kühl, und er verspürte erneut das Ziehen in seinem linken Bein.

Er fragte sich, was Michael tat. Die letzte Nachricht war ein Telefonanruf von René an diesem Morgen gewesen. Er hatte nur gesagt, daß Michael Fortschritte machte und innerhalb weniger Tage Resultate erwartete. Creasy spürte seine Ungeduld wachsen. Es gefiel ihm nicht, einen untergeordneten Part zu übernehmen, während Michael sich an vorderster Front befand. Er zügelte seine Ungeduld. Es hatte keinen anderen Weg gegeben. Michael war die logische Wahl zum Unterwandern des ›Blauen Rings‹. Creasy versuchte, sich vorzustellen, was er in jenem Augenblick täte, und ein Stich des Neids vertrieb alle Reste der Ungeduld. Er schätzte, daß Michael zu dieser späten Stunde wahrscheinlich mit irgendeiner schönen jungen Römerin zusammen war, entweder mit ihr im Bett oder auf dem Weg dorthin. Wehmütig versuchte sich Creasy daran zu erinnern, wie lange es her war, seitdem er mit einer Frau geschlafen hatte. Er kam zu dem Ergebnis, daß es zu lange her war.

In Mailand waren Maxie MacDonald und Frank Miller mit der gleichen Arbeit beschäftigt. Sie saßen am Fenster eines Appartements an der Ecke einer Seitenstraße des Corso Buenos Aires und beobachteten Donatis Appartement im vierten Stockwerk eines Gebäudes in zweihundert Metern Entfernung.

Das Gebäude, das sie beobachteten, war klein und alt und bestand lediglich aus sechs Luxusappartements. Während der vergangenen zwei Stunden hatte Frank jeden fotografiert, der hineinging oder herauskam. Bislang waren es erst vier gewesen. Die Arbeit war langweilig, aber sie waren daran gewöhnt, da beide ihre Zeit als Leibwächter und beim militärischen Abschirmdienst abgedient hatten.

Frank rülpste und warf dem grinsenden Maxie einen entschuldigenden Blick zu. An jenem Abend hatte Maxie einen riesigen Topf *Spaghetti alle vongole* gemacht.

Eine lange schwarze Limousine fuhr vor dem Eingang des Wohnhauses vor. Ein livrierter Chauffeur stieg aus und öffnete die hintere Tür. Maxie stellte den Fokus des Fernglases neu ein und beobachtete, wie der große grauhaarige Mann im dunklen Mantel auf die Tür zuging. Er hörte das Summen und Klicken des Motorantriebs der Nikon.

Frank rülpste erneut und sagte: »Es muß der Chianti gewesen sein.«

Creasy beobachtete die ersten Gäste, die die Villa verließen. Die Entfernung war zu groß und das Licht nicht stark genug, um die Gesichter zu erkennen, aber er sah, daß sie alle dem großen kahlköpfigen Mann die Hand schüttelten, bei dem es sich um den Gastgeber handeln mußte – Hussein. Nachdem der zweite Wagen abgefahren war, entschloß sich Creasy, dem dritten zu folgen. Er schlüpfte durch das Unterholz den Hügel hinab zu seinem gemieteten Fiat, der unter den Bäumen in einer Seitenstraße versteckt war.

Zehn Minuten später sah er die Scheinwerfer des Wagens vorüberhuschen. Es war ein hellblauer Lancia. Creasy wartete einige Sekunden, fuhr auf die Straße und folgte ihm die fünzehn Kilometer nach Neapel. Der Lancia hielt vor einer herrschaftlichen Villa in der Via San Marco. Das Tor zum Anwesen öffnete sich, und der Wagen fuhr hinein. Creasy fuhr langsam an dem Haus vorbei und merkte sich die Autonummer und die Anschrift.

Es war drei Uhr morgens, als er in die Pension Splendide zurückkehrte. Sie waren noch alle wach und spielten Poker. Keiner sah auf, als Creasy hereinkam. Sie waren mit ihren Karten beschäftigt, und im Pott lag ein großer Haufen Scheine. Creasy ging langsam um den Tisch und blickte auf ihre Blätter. Jens hatte ein Paar Königinnen und ein Paar Zehnen; Pietro hielt ein Full House, Buben und Achten; die Eule hatte einen Herz-Flash; Guido hatte einen Running-Flash in Pik.

Jens stieg mit einem unverständlichen Fluch auf Dänisch als erster aus. Pietro hielt zwei weitere Runden und warf dann seine Karten hin. Die Eule und Guido sahen einander an. In einem respektlosen Augenblick dachte Creasy, Guido sähe aus wie eine feiste Katze. Schließlich wollte die Eule sehen, und Guido legte mit entschuldigendem Lächeln seine Karten auf den Tisch. Die Eule fluchte auf Französisch, als Guido den Pott einstrich.

Er sah grinsend zu Creasy auf. »Ihr Burschen könnt so lange bleiben, wie ihr wollt. Ich mache mehr Geld, als wenn ich mich um eine Bande Touristen kümmere ... und die Arbeit ist leichter.«

Creasy grinste und legte ihm einen Zettel hin. »Das sind Auto- und Hausnummer einer Villa in der Via San Marco. Kannst du die am Morgen überprüfen?«

Guido hob den Zettel auf, blickte darauf und nickte, dann deutete er über den Tisch und fragte: »Möchtest du dich dazu setzen?«

Creasy schüttelte den Kopf. »Da würd' ich lieber in einen Backofen springen.«

63

Juliet brütete über dem Essen. Laura fiel auf, daß sie nicht mit ihrer üblichen, zielgerichteten Konzentration aß. Seit ihrer Ankunft hatte das Kind gegessen, als wäre es eine Pflicht und eine Lebensaufgabe, und sie hatte tatsächlich zugenommen und war bemerkenswert rasch gewachsen.

Es war Samstagabend, und Joey und Maria waren zum Essen gekommen. Zunächst war Juliet frohen Muts und entspannt gewesen, aber während des frühen Abends hatten sie viel über Guido und die häufigen Besuche auf Gozo vor und nach Julias Tod gesprochen. Jedes Jahr hatte er das Geld geschickt und erklärt, daß es lediglich ein Trick sei, um seine Steuern in Italien zu verringern. Aber sie hatten es besser gewußt. Sie waren keinesfalls arme Leute, aber sie lebten ein einfaches Leben. Sie hatten das Geld dazu benutzt, am Bauernhaus einen Gästeflügel anzubauen, und Guido wohnte während seiner jährlichen Ferien üblicherweise dort. Creasy hatte ebenfalls schon dort gewohnt, und zwar die beiden Male, als er sich auf Gozo von seinen Verwundungen erholt hatte. Jetzt wohnte Juliet dort. Sie hatten auch über die Pension Splendide in Neapel gesprochen, die Guido zusammen mit Julia geführt hatte und die er nun mit Pietro betrieb. Juliet wußte, daß die *Pensione* jetzt Creasys und Michaels Basis war. Wegen der Stimmung des Mädchens wechselte Laura rasch das Thema.

Nach dem Essen half ihr Juliet beim Abwasch, und dann entschuldigte sie sich mit Kopfschmerzen. Sie gab ihnen allen einen Gute-Nacht-Kuß, ging ins Gästezimmer und setzte sich auf das breite Bett. Es war ein wunderschönes Zimmer, aus alten Steinen errichtet und in der alten Weise mit hohen Bögen konstruiert. Sie stellte sich Creasy in dem Zimmer vor, und plötzlich sah sie sein Gesicht lebhaft vor sich. Das kurzgeschnittene graue Haar, die mahagonifarbenen Wangen und die Narben. Leise begann sie zu weinen. Sie hörte auf, sobald sie das leise Pochen an der Tür und Lauras Stimme hörte, die sie beim Namen rief. Sie wischte sich mit dem Arm übers Gesicht und rief: »Komm rein!«

Laura öffnete die Tür und sah sie an. Dann kam sie ins Zimmer, setzte sich neben Juliet und legte einen Arm um sie.

»Ich weiß, du vermißt sie«, sagte Laura. »Wir hätten daran denken und nicht soviel reden sollen.«

Juliet schüttelte den Kopf. »Nein ... ist schon gut. Ich vermisse sie nicht so sehr. Nun, natürlich tue ich's ... aber ich weiß, was sie tun, und ich mache mir Sorgen. In der Schule ist es nicht so schlimm, weil ich mich konzentrieren muß; aber später denke ich darüber nach ... vielleicht zuviel.«

»Das ist nur natürlich«, erklärte Laura. »Natürlich fehlen sie dir. Aber du mußt dir nicht soviel Sorgen machen, Juliet. Die beiden kommen immer durch ... glaub mir. Können wir sonst noch was tun? Vielleicht sollten wir mehr unternehmen. Morgen ist Sonntag, und Joey wird mit einigen Freunden zum Fischen fahren. Würdest du gern mitfahren?«

Juliet schüttelte den Kopf und lächelte dann. »Nein ... ich weiß, sie würden mich mitnehmen, aber ich weiß auch, daß sie nicht gern Mädchen beim Fischen dabeihaben. Sie glauben, es bringt Unglück.«

Laura nickte. »Ja, das stimmt. Wir sind auf dieser Insel mit einer Bande sehr abergläubischer Männer gesegnet. Würdest du sonst gern etwas Bestimmtes tun?«

»Ja. Meinst du, ich könnte den Tag oben im Haus verbringen? Ich könnte im Pool schwimmen und vielleicht ein Picknick machen.«

»Du möchtest allein dort sein?«

»Ja. Macht es dir was aus?«

Laura lächelte. »Natürlich nicht. Ich versteh' schon. Paul wird dich nach der Messe hinauffahren, und ich werd' dich am Abend abholen.«

Es war gerade zehn Uhr morgens durch, als Juliet den großen Schlüssel in der riesigen Gartenpforte umschloß. Sie winkte Paul zu, der zurückwinkte und davonfuhr.

Sie ging über die Veranda zum Pool und stand einen Augenblick lang da und schaute ihn an. Dann hob sie den Blick und betrachtete die Aussicht über die Hügellandschaft, die Dörfer, das Meer und die Inseln dahinter. Augenblicklich verspürte sie Frieden.

Sie ging in die Küche, legte ihr kaltes Mittagessen in den Kühlschrank und zog sich den Badeanzug an. Es war ein warmer Herbsttag. Sie schwamm zwanzig Pool-Längen, trocknete sich dann ab, holte ein Buch aus ihrer Tasche und legte sich auf einen Liegestuhl in die Sonne. Die nächste Stunde studierte sie das Buch, das Lektionen in Maltesisch enthielt. Anschließend entsann sie sich an etwas und ging in Michaels Schlafzimmer. Direkt neben seinem Bett stand ein tragbarer Sony-Kassettenrecorder sowie eine Auswahl von Bändern. Sie sah sie kurz durch und wählte dann etwas Disco-Musik.

Zehn Minuten später hallte die Musik über den Pool, und Juliet tanzte unter dem Gitterwerk. Michael hatte ihr versprochen, daß er sie nach seiner Rückkehr in die Disco mitnehmen und mit ihr tanzen würde. Sie war entschlossen, ihn nicht zu enttäuschen. Sie tanzte etwa eine Stunde lang, wechselte die Musik und probierte neue Schritte aus. Dann ging sie in die Küche, holte ihren Imbiß und packte ihn auf dem Tisch aus. Laura hatte ihn zubereitet, und es gab genügend für drei starke, erwachsene Männer. Räucherschinken in Scheiben, eine Portion Lampuki-Pastete, gekochte Eier, hiesige Würstchen, Kartoffelsalat, Tomaten, Gurke und natürlich einen Laib Krustenbrot.

Aus einem Impuls heraus sprang sie auf und ging in den Weinkeller. Nach ihrem Martyrium dort hatte Michael ihn wieder mit Creasys großer Sammlung von Weinen aufgestockt. Er hatte ihr die verschiedenen Sorten erklärt und auf die Etiketten der besonders guten hingewiesen. Sie suchte die Reihen ab, bis sie sie fand: eine Flasche Margaux. Ehe sie die Türe zum Weinkeller schloß, sah sie sich noch einmal um und erinnerte sich. Eine große Woge der Liebe zu Michael überkam sie. In der Küche fand sie einen Korkenzieher sowie ein langstieliges Glas und trug beides hinaus zu dem Tisch unter dem Gitterwerk. Eine Stunde später war sie pappsatt und leicht beschwipst. Sie bemerkte, daß die Flasche halb leer war, und kicherte.

Die nächste Stunde verbrachte sie damit, sich in dem alten Haus umzuschauen. Zuerst ging sie die Treppe hinauf zu Creasys Arbeitszimmer. Sie bestaunte die Reihen und Aberreihen von Büchern und zog ein paar herab, um einen Blick darauf zu werfen, einige alt, einige neu, Romane, Nachschlagewerke und viele Biographien und Autobiographien. Sie fragte sich, ob er sie alle gelesen hatte. Es gab Schränke voller Zeitschriften und Schubladen voller detaillierter Landkarten. In einem kleinen Alkoven standen ein IBM-Computer und ein Faxgerät und mehrere mit Vorhängeschlössern versehene metallene Aktenschränke. Dann wanderte sie durch das

Wohnzimmer mit seinem großen Steinkamin, den bequemen Sesseln und der alten Mahagoni-Bar in der Ecke. Sie kehrte in Michaels Schlafzimmer zurück und lächelte angesichts all der Poster an den Wänden, zumeist Rockgruppen und einige halb-erotische Frauen. Schließlich kam sie zu Creasys Schlafzimmer. Dort gab es zwei große Fenster; eines blickte über die Hügelkette in Richtung Zeggub, und das andere hatte außen einen kleinen Balkon und einen Ausblick über Gozo. Sie fühlte sich wie auf Wolken. Sie drehte sich um und sah wieder auf das Bett und die Wand dahinter. Ihr Blick wanderte zur rechten Ecke eines der großen Steine, die die dicke Mauer bildeten. Sie erinnerte sich.

Sie ging um das Bett herum zu dem Stein und drückte mit dem Handballen gegen die rechte obere Ecke. Lautlos schwang er auf und enthüllte die stahlgraue Safetüre. Juliet schloß nachdenklich die Augen, dann erinnerte sie sich wieder. Sie griff hinauf und stellte die Kombination ein: 83... 02... 91. Aus dem mittleren Fach holte sie mehrere Ordner. Sie wußte, daß diese Ordner Details von vielen Leuten enthielten, einige davon Freunde, einige Feinde. Für die nächsten zwei Stunden saß sie auf dem Bett und las sie durch; dann legte sie sie zurück. Sie saß grübelnd da und traf dann ihre Entscheidung. Unter dem untersten Fach war eine metallene Schublade. Juliet zog sie heraus, blickte hinein und sah die fest gebündelten Scheine. Sie zählte fünf Millionen italienische Lire und zweitausend US-Dollar ab. Dann suchte sie den Umschlag, der ihren neuen Paß enthielt, und holte ihn heraus. Sie schloß den Safe, setzte den Stein zurück, ging in die Küche und suchte das Telefon.

Laura traf kurz nach sechs Uhr ein. Sie öffnete das Tor und fand das Mädchen schlafend im Liegestuhl am Pool. Sie trug Jeans und T-Shirt, die Tasche neben sich. Lange stand Laura da und betrachtete das Mädchen. Ihr Gesicht war friedlich. Laura rief ihren Namen, sah, wie sich ihre Augen öffneten, sah die jähe Panik darin; aber sobald das Mädchen sie erkannte, lächelte es.

»Hast du einen guten Tag gehabt?« fragte Laura.

»Wundervoll«, antwortete Juliet mit einem Lächeln. »Kann ich das wieder mal tun?«

»Natürlich.«

64

Colonel Satta ging die 20 x 25-Fotos durch. Er saß mit Maxie MacDonald und Frank Miller in einer verschwiegenen Nische eines eleganten Restaurants in Mailand. Er kam zum letzten Foto, starrte und fluchte dann leise. Er fluchte etwa eine halbe Minute, während er das Foto betrachtete.

»Wer ist das?« fragte Maxie.

Grimmig antwortete Satta: »General Emilio Gandolfo... Möge er in der Hölle schmoren.« Maxie und Frank warteten geduldig, während der Italiener das Foto erneut angewidert studierte. »Gandolfo ist einer meiner Vorgesetzten bei den *Carabinieri*«, erklärte er schließlich. »Wie andere seines Ranges hat er faschistische Vorfahren. Er war der Mann, der mir befohlen hat, die Beschattung von Jean Lucca Donati und Anwar Hussein einzustellen.«

Frank beugte sich vor. »Es ist nicht sicher, daß er zu Donatis Appartement gegangen ist. In diesem Gebäude befinden sich fünf andere.«

Satta hob die Schultern und lächelte sarkastisch. »Wenn mir das Wetten läge, und das tut es, würde ich tausend zu eins darauf setzen, daß er zu Donatis Appartement gegangen ist.«

»Hat er viel Macht?« fragte Maxie.

Sattas Miene verfinsterte sich.

»Leider ja. Er hat einflußreiche Verbindungen, politisch, gesellschaftlich, sowie innerhalb des Militärs und des Geheimdienstes.«

Frank hatte sich auf einem Block Notizen gemacht. Er riß das Blatt ab, stand auf und sagte: »Ich geh' zu einer Telefonzelle und gebe das an Jens weiter.«

»Was möchtest du essen?« fragte Maxie. »Ich bestelle für dich.«

»Ach, bloß einen Teller *Spaghetti*«, antwortete der Australier. »Gieß einfach ein bißchen braune Soße drüber.«

Satta verdrehte die Augen, und Maxie kicherte.

Guido kehrte nach sechs Uhr abends in die *Pensione* zurück. Er fand Creasy, Jens und die Eule Negronis trinkend in der kleinen Bar. Guido nickte und erhielt sein übliches Glas Chivas Regal mit Soda. Er zog ein Blatt Papier aus der Tasche und legte es Creasy hin. »Das ist der Besitzer des hellblauen Lancia und des Hauses in der Via San Marco.«

Creasy sah auf den Zettel und las den Namen ›Franco Delors‹.

»Was weißt du über ihn?« fragte Creasy.

»Persönlich nichts«, antwortete Guido. »Wie du jedoch weißt, habe ich hier Freunde bei der Polizei und Verbindungen zur Mafia. Franco Delors ist ein interessanter Mann,

Sohn einer italienischen Mutter und eines französischen Vaters. Er hat sich vor etwa zwölf Jahren in Neapel niedergelassen. Kurz darauf wurde er wegen seiner Rolle in einem Ring von Pädophilen angeklagt. Irgendwie ist er mit einer Bewährungsstrafe davongekommen. Danach hat er sich, meinen Quellen zufolge, Gott zugewandt und gute Werke getan. Seitdem ist seine Weste blütenweiß, und er wird als Tugendbold betrachtet. Er sitzt im Vorstand mehrerer Wohlfahrtsorganisationen und setzt sich sehr für die Flüchtlinge ein, die aus den Wirren in Osteuropa nach Italien kommen… insbesondere aus Albanien.«

»Sonst noch was?« fragte Creasy.

Guido schüttelte den Kopf. »Ich grabe noch, und vielleicht kommt später etwas heraus.«

Jens streckte die Hand aus, nahm den Zettel und ging mit den Worten zur Tür: »Ich gebe das hier in den Computer ein, zusammen mit den Informationen, die wir von Frank über General Gandolfo erhalten haben.« Als er die Tür erreichte, hielt ihn Guidos Stimme zurück.

»Oh, da ist noch eine Sache. Offensichtlich hat eine der Wohlfahrtsorganisationen, bei denen Delors im Vorstand sitzt, kürzlich ein Büro in Bari eröffnet, um ein Zuhause für albanische Waisen zu suchen.«

»Bari?« fragte Jens.

»Ja«, antwortete Guido. »Es ist der nächstgelegene italienische Hafen zu Albanien… Offensichtlich verbringt er dort viel Zeit.«

65

Manche Menschen leben in ihrer eigenen Welt und genießen diese. Sie sind zufrieden innerhalb einer geordneten, logischen Umgebung und fühlen sich außerhalb dieser Ordnung unbehaglich. Solche Menschen haben für gewöhnlich körperliche oder geistige Mängel; manchmal wirklich und manchmal eingebildet.

Massimo Bellu war ein solcher Mann. Er hielt sich für unattraktiv für das andere Geschlecht. Er war klein und etwas füllig, gleich, wie sehr er Diät hielt. Sein Haar war glatt und nicht ganz schwarz genug, um interessant zu sein. Er würde sich stets an die Bemerkung einer Friseuse erinnern, die sich mit seinem Haar befaßt hatte, als er neun Jahre alt war. Seine Mutter hatte ihn dorthin gebracht. Die Friseuse war eine attraktive junge Frau gewesen. Sie hatte ihn dreimal umkreist und dann festgestellt: »Entweder rasieren wir alles ab und versuchen, ihn wie Kojak aussehen zu lassen, oder wir machen das Beste draus.«

Seine Mutter war wütend, Massimo traurig geworden. Er hatte sich in seinen Intellekt zurückgezogen, der, selbst in jenem Alter, beträchtlich gewesen war. In der Schule war er die Zielscheibe des Spotts der Gleichaltrigen gewesen. Ungelenk beim Sport, ungeschickt im sozialen Umgang, erfolglos bei Mädchen. Sein einziger Anker war sein Kopf gewesen, und in ihn hatte er sich geflüchtet.

Sein Verstand hatte ihn durch die Schule gebracht und über ein Stipendium auf die Universität in Rom, wo er Sozialwissenschaft studierte. Von dort aus war er in die intellektuellste Abteilung der *Carabinieri* gegangen, wo er sich auf gesellschaftliche Entwicklungen spezialisierte, insbesondere die Analyse krimineller Denk- und Verhaltensmuster. Innerhalb weniger Jahre war er so etwas wie der wissenschaftliche Assistent von Colonel Mario Satta geworden, dem er die Analysen zur Verfügung stellte, die sich auf das Phänomen Mafia bezogen. Wenn er auf sein Leben zurücksah, so hatten es nur zwei Menschen grundlegend berührt: Der eine war Colonel Satta, und der andere war Creasy. Innerhalb der Auswüchse und Korruption der italienischen Gesellschaft und deren sozialer Struktur waren sie die einzigen beiden Menschen, die irgendwelchen Wert für ihn hatten.

Er lebte in einer kleinen Studiowohnung in Trastevere. Abgesehen von seinem schmalen Bett, dem winzigen Bad und der noch kleineren Küche war die ganze Wohnung von Wand zu Wand mit Büchern gefüllt, und in einer Ecke stand sein Computer, der in letzter Zeit das Zentrum seines Lebens geworden war. Er hatte seit langem die Hoffnung aufgegeben, ein Salonlöwe zu werden. Gelegentlich sonnte er sich im reflektierten Schein von Sattas Glanz; er genoß das stets, aber für ihn war das auch genug. In dieser Nacht war er eins mit seinem Computer. Manchmal hatte er das Gefühl, er sei über eine Art Nabelschnur mit ihm verbunden.

Sie kamen kurz nach elf Uhr. Ein leises Klopfen an der Tür. Zunächst dachte er, es müsse sein Nachbar über ihm sein, ein älterer Witwer und Beamter im Ruhestand, der oft herunterkam, um sich eine Tasse Zucker zu borgen, der jedoch in Wirklichkeit nur plaudern wollte, um seine Langeweile zu vertreiben. Bellu war seit langem der Überzeugung, daß der alte Mann mehrere tausend Kilo Zucker angesammelt haben mußte. Eines Tages würde die Decke einstürzen, und Bellu würde von den Zuckermassen erstickt werden. Er gab die Tastenbefehle zum Sichern und Kodieren seiner Informationen und schaltete den Computer ab. Dann öffnete er die Tür. Es war nicht der alte Mann. Es waren zwei junge, dunkel gekleidete Männer, die Pistolen in den Händen hielten.

Sie gestatteten ihm, einen Mantel überzustreifen, ehe sie ihn mitnahmen. Sein Verstand sagte ihm, daß er sterben werde. Sie verbanden ihm nicht die Augen; das war das erste Anzeichen. Über die Jahre hinweg hatte seine Nase einen Instinkt für die Mafia entwickelt. Sie gehörten nicht zur Mafia; das war das zweite Anzeichen. Sie führten sich auf, als stünden sie über und weit jenseits aller behördlichen Autorität; das war das dritte Anzeichen.

Sein Ziel war ein Keller in Focene. Er wehrte sich nicht, als sie ihn aus dem Wagen und die Stufen hinabstießen. Er verspürte keine böse Vorahnung, lediglich ein Gefühl des Unausweichlichen. Sie fesselten ihn an einen Stuhl vor einem Tisch und warteten. Er stellte keine Fragen. Zehn Minuten verstrichen, dann öffnete sich die Tür, und Jean Lucca Donati trat ein. Bellu erkannte ihn von den Fotos in seinen Akten wieder. Donati setzte sich auf die andere Seite des Tischs, zog einen Füller und ein kleines Notizbuch aus der Jackeninnentasche. Er legte beides vor sich, sah Bellu an und sagte: »Sie haben Nachforschungen über mich und ebenfalls über einen Mann namens Anwar Hussein angestellt. Warum?«

»Das ist meine Aufgabe«, antwortete Bellu.

Donati schüttelte den Kopf. »Es war nicht Ihre Aufgabe. Zweifellos haben Sie Anweisungen von Colonel Satta ausgeführt, aber es war auch nicht seine Aufgabe. Von wo oder wem gingen diese Anweisungen aus?«

Bellu zuckte die Schultern. Er senkte die Stimme und erwiderte: »Ich weiß, wer Sie sind und wen Sie repräsentieren.

Sie sind der Abschaum der Erde. Sie werden nichts von mir erfahren.«

Sie verbrachten vier Stunden damit, ihn zu foltern. Er saß blutüberströmt und körperlich gebrochen da. Ihm waren langsam die Fingernägel ausgerissen worden, ebenso wie vier seiner Zähne. Seine Nase und beide Kieferknochen waren zertrümmert. Seine Hoden zerquetscht. Aber Massimo Bellu war nicht dort in seinem Körper. Sein ganzes Wesen hatte sich in seinen Kopf zurückgezogen. Am Ende hatte er dem frustrierten Donati nur ins Gesicht gegrinst und dadurch die Botschaft gesandt, daß solche Methoden nichts erreichen würden.

Donati erhielt die Botschaft und verstand sie deutlich. Er gab einem der jungen Männer Anweisungen; dieser verließ den Keller. Donati und der andere junge Mann lösten die Fesseln von Bellus zerschundenem Körper, hoben ihn hoch und legten ihn auf den Tisch. Er hatte weder die Kraft noch den Wunsch, sich zu wehren.

Nach wenigen Minuten kehrte der junge Mann zurück, in der Hand einen kleinen Aktenkoffer. Er legte ihn neben Bellus Kopf auf den Tisch und öffnete ihn. Donati schwebte daneben wie ein Geier. Der junge Mann holte eine Spritze aus dem Aktenkoffer.

Donati nickte. »Zwanzig Milligramm… nicht mehr. Sei sehr vorsichtig. Zuwenig ist nicht genug, zuviel kann tödlich sein.« Er blickte auf Bellus blutüberströmtes Gesicht hinab. Seine Stimme war grausam sanft. »Dein Körper kann also alles ertragen. Jetzt versuchen wir es mit deinem Verstand. In wenigen Augenblicken wirst du keinen Schmerz mehr verspüren… nur Wonne. Ich gebe dir reines Valium. Nicht die

Dosis, die neurotische Damen der oberen Zehntausend nehmen, um ihre eingebildeten Traumata zu lindern, sondern genügend, um dein Gehirn auf eine Reise zu schicken, die du dir in deinen kühnsten Träumen nicht ausmalen könntest. Ich bedauere, daß du von dieser Reise niemals zurückkehren wirst.«

Durch den Schmerz hindurch verspürte Bellu den leichten Stich einer Nadel. Es dauerte nur Sekunden. Dann war er plötzlich wieder das Kind, das in den Feldern hinter dem Haus seines Großvaters in der Toskana spielte. Er sah das Gesicht Mariellas, seiner jungen Base, die ihn auslachte und gemein hänselte. Er sah das Gesicht seiner Mutter, die ihn ausschimpfte, weil er Mariella geschlagen hatte. Durch Wolken von Blau und Grün vernahm er die leise Stimme.

»Wer hat dir den Auftrag gegeben, den ›Blauen Ring‹ auszuspionieren?«

In den nächsten Minuten erfuhr Donati viel über Bellus Kindheit. Er erfuhr von seinen Enttäuschungen, Ängsten und Ambitionen. Er erfuhr, daß zwanzig Milligramm Valium nicht ausreichten. Mit einem Gefühl der Beklommenheit wies er den jungen Mann an, weitere zehn Milligramm zu injizieren. Danach erfuhr er von Bellus Verbundenheit und Liebe zu zwei Männern, aber irgendwie war Bellu außerstande, deren Namen auszusprechen.

»Woher stammen sie?« knurrte Donati frustriert.

Bellus zerschundener Mund hatte sich zu einem Lächeln verzerrt. »Einer ist aus Rom«, sagte er.

»Und der andere? Woher ist der andere?«

Donati hörte ein Wort aus dem zerschlagenen Mund und beugte sich näher heran. »Woher? Von woher?« fragte er beharrlich.

»Aus einem Steinhaus auf einem Steinhügel«, sagte Bellu, und es hörte sich beinahe wie ein Kichern an.

»Wo ist es?« fragte Donati. »Wo ist das Haus auf dem Hügel?«

Sie hörten alle das Wort.

»Gozo... natürlich Gozo.« Und dann hob sich Bellus Brust, er stieß einen letzten rasselnden Atemzug aus und starb.

66

Es waren nur Bellus Schwester, Satta und ein Priester da. Andere aus dem Büro hatten zur Beerdigung kommen wollen, doch Satta hatte sie davon abgehalten.

Der Sarg wurde in das Grab gesenkt; der Priester sprach ein Gebet. Bellus Schwester warf ein wenig Erde auf den Sarg, und dann gingen sie und der Priester. Die Totengräber kämen später, um das Loch im Boden aufzufüllen und den einfachen Grabstein zu setzen.

Ein kalter Wind fegte über den Friedhof und riß letzte Blätter von den kahlen Bäumen. Satta blieb, eingehüllt in seinen dunklen Mantel und den Seidenschal. Er saß auf einem Grabstein in der Nähe. Mehr als eine Stunde saß er da und blickte auf das Grab vor sich und ließ die Wut in sich langsam hochkommen. Er war nicht der Mann, der Trauer oder Schicksal analysierte. Er hatte keine Kinder, und die Liebe war niemals wirklich in sein Leben getreten; aber in diesem Augenblick wußte er, daß der verstümmelte Leichnam, der in dem offenen Grab vor ihm lag, das Wesen jeglicher wirklichen Liebe darstellte, die er je erfahren hatte. Ihm wurde klar, daß Massimo Bellu mehr als ein Sohn, Bruder, Freund oder Geliebter gewesen war. Es waren gerade Bellus Diskretion und Distanz, die er geliebt hatte. Vor allem wußte er, daß Bellu ihn, Mario Satta, geliebt hatte, und darüber hinaus vielleicht ein wenig mehr.

Die Kälte fraß sich durch seinen Mantel, durch seine Haut in die Knochen. Schließlich blickte er auf und sah einen Mann auf der anderen Seite des offenen Grabs stehen. Er war in Jeans, eine Segeltuchjacke und ein schwarzes Polohemd gekleidet. Sein Haar war kurz und stahlgrau. Er blickte hinab in das Grab.

Satta stand auf und ging langsam um das Grab herum. Der Mann hob den Kopf und die Arme und zog Satta an seine Brust. Zum erstenmal, seitdem er erwachsen geworden war, weinte Satta.

Der Mann hielt ihn eine lange Zeit und sprach dann leise: »Morgen früh wirst du deinen Abschied von den *Carabinieri* einreichen. Ich werde Maxie und Frank zu dir schicken. Wir werden uns General Emilio Gandolfo vornehmen und ihm den Pfad zur Hölle weisen. Auf jenem Pfad werden wir die übrigen finden und sie ihm nachschicken.« Creasy blickte wieder auf das Grab, und seine Stimme wurde kälter als der Wind. »Wenn du müde wirst, wenn dir kalt ist, wenn du völlig entmutigt bist, dann stell dir im Geiste das Gesicht von Bellu vor … Stell dir das Mitleid in seinen Augen vor und die Sanftmut und Stärke seiner Liebe, die er für dich empfand. Ich werde mir dieselben Augen und dieselbe Liebe vorstellen … Dann wirst du wissen, was du und ich zu tun haben, um sein Andenken zu ehren.«

67

Sie stellten eine telefonische Konferenzschaltung her. Die Verbindung bestand zwischen Jean Lucca Donati in Mailand, Anwar Hussein in Neapel und Gamel Houdris in Tunis.

Donati erklärte, was sie von Massimo Bellu erfahren hatten. Nur einen Ort... Gozo. Er hatte den Namen ins Telefon gesprochen und keine Reaktion erwartet. Er selbst hatte niemals von diesem Ort gehört. Anwar Hussein ebenfalls nicht, doch Gamel Houdris erkannte ihn sofort.

»Das ist eine kleinc Insel«, sagte er. »Teil der maltesischen Inselgruppe.«

»Was tun wir also?« fragte Hussein.

»Wir schicken sofort jemanden zum Nachprüfen hin«, antwortete Houdris.

»Wen schicken wir hin?« fragte Donati.

»Schicken Sie Franco Delors. Er ist der Beste, den wir haben, und er ist in Neapel. Heute ist Dienstag. Morgen geht eine Fähre von Neapel nach Malta. Stellen Sie sicher, daß er drauf ist. Dann nimmt er die Fähre nach Gozo hinüber und schnüffelt herum.«

Alle Leitungen der Konferenzschaltung schwiegen. Schließlich sagte Donati: »Ich werde ihn anweisen, sehr, sehr vorsichtig zu sein. Inzwischen müssen wir unserem Adepten schnellstmöglich die letzten Weihen geben. Ich würde sagen, innerhalb einer Woche ... Wir reden von fünfzig Millionen US-Dollar. Minimum. Er ist eine reife Frucht, die nicht vom Baum fallen darf. Sie muß gepflückt werden. Wir benötigen das Objekt für das Opfer.«

»Ich glaube, ich habe sie«, erklärte Houdris. »Wie Sie wissen, war ich vor ein paar Tagen in Albanien bei unserem neuen Waisenhaus. Dort ist eine erstklassige Kandidatin an der Hand. Franco Delors hat die nötigen Papiere für die Adoption besorgt. Wir werden sie innerhalb der nächsten Tage nach Bari bringen, nachdem Delors von Gozo zurückgekehrt ist. Ihr Name ist Katrin. Sie ist noch nicht in der Pubertät. Zwölf Jahre alt, blond und sehr hübsch. Arrangieren Sie die Messe für den folgenden Sonntag.«

Es folgte ein zufriedenes Schweigen.

68

Michael entschloß sich, die Logik beiseitezuschieben. Er ließ die Instinkte übernehmen. Er wußte, daß er die Frau unter sich dominieren mußte. Es war ein kritischer Moment. Ihm wurde klar, daß sie dominiert werden wollte, sich unterwerfen mußte. Mit dieser Unterwerfung würden sich die Türen öffnen. Bei seinem Verständnis von Liebe und seinem Charakter nach war er im Bett stets sanft zu Frauen gewesen. Aber bei dieser Gelegenheit wußte er, daß Sanftheit wie eine Feder im Sturm wäre.

Er nahm ihre Handgelenke in eine Hand und drehte sie auf den Bauch. Sie wehrte sich, aber er packte mit der anderen Hand ihren Nacken und zwang ihr Gesicht in das Kissen. Sie fluchte auf Italienisch, und ihr Körper wand sich unter ihm. Er ließ sie ihre Kraft gebrauchen, gestattete ihr, sich auf den Rücken zu wälzen. Sie versuchte, ihm in die Schulter zu beißen, und er versetzte ihr einen harten Klaps auf die Wange. Sie stieß mit einem Bein zwischen die seinen, aber er hatte das erwartet, und ihr Knie prallte von seinem Oberschenkel ab. Einen Moment später hatte er sie erneut auf den Bauch gedreht, ließ einen Arm unter ihre Hüften gleiten und zog ihren Hintern hoch. Sein Penis war bereits naß von ihren Säften. Er rammte ihn ihr ins Hinterteil, und sie wurde jäh sehr ruhig. Es brauchte nur noch ein paar weitere Sekunden. Sie kamen zusammen.

Der Instinkt übernahm wieder. Er zog sich aus ihr heraus und tappte wortlos ins Bad. Er nahm ein kleines Handtuch und hielt es unter den Heißwasserhahn, wrang es dann aus. Sie lag auf dem Bauch in den Kissen, völlig still. Michael drehte sie sanft um und wischte ihr den Schweiß und das verbliebene Make-up aus dem Gesicht, wobei er bemerkte, daß sie ohne schöner aussah. Dann wischte er ihr sanft die Genitalien, warf das Handtuch auf den Boden, legte sich neben sie und wartete.

»Du verstehst Frauen wie mich«, hauchte sie. »Wie kann das bei jemand so Jungem sein?«

Er lächelte und erwiderte: »Ich war lediglich jung, ehe ich dich getroffen habe. Diese vergangenen beiden Nächte habe ich wie tausend Tage gelebt.«

Sie lachte vor Vergnügen und glaubte, ihn jetzt unter Kontrolle zu haben.

Es benötigte zwei Brandys und viele zärtliche, unterwürfige Küsse, ehe sie zum Schlagen der Beute ansetzte. Sie tat es in der Überzeugung, daß sie nun, da sie ihm den geheimsten Teil ihres Körpers geschenkt hatte, seine Seele kontrollierte. Sie spielte mit seinem Ego. »Niemand hat das zuvor mit mir gemacht. Auf erschreckende Weise macht mich das zu deiner Sklavin. Was möchtest du sonst noch von mir?«

Er schmunzelte innerlich. »Ich möchte, daß du mich in die

tiefsten Tiefen mitnimmst. Du bist mein Tor dazu... und meine Führerin. Ich möchte mehr als diesen Witz von neulich Nacht sehen. Ich möchte an die Grenze gehen.«

Einen Augenblick lang dachte sie nach, wog die Risiken gegen die Gewinne ab und hauchte dann: »Es ist möglich... Und ich glaube, du hast die Kraft, es zu sehen. Aber es wird sehr viel Überredung brauchen, und für mich wird es sehr riskant sein... Wenn ich vom Risiko rede, rede ich vom Tod.«

»Was kostet das Risiko?« fragte er.

Sekunden tickten vorüber, dann ließ sie eine Hand seine Brust hinabgleiten, über seinen Penis und auf seine Hoden. Sie lächelte in dem Halbdunkel. »Fünfzigtausend Dollar könnten das Risiko kompensieren.«

69

Creasy mußte reden. Es war etwas sehr Seltenes in seinem Leben; er war stets imstande gewesen, mit sich selbst zu Rate zu gehen. Er betrachtete das Abladen von Gedanken als eine Art Schwäche. Er saß an einem Ort, der einer seiner Lieblingsplätze war, die Terrasse der Pension Splendide, spät in der Nacht. Eine halbvolle Flasche Johnnie Walker Black Label vor sich und hinter sich die Lichter der Bucht; und dahinter die Dunkelheit des Meers.

Er verspürte ein starkes Gefühl des *Déjà-Vu*. Es war fast wie vor sechs Jahren, mit derselben Flasche, denselben Lichtern und derselben Dunkelheit. Nach jener Nacht hatte er sich aufgemacht und viele Menschen getötet. Ihm war, als wäre er wieder zu eben jenem Augenblick zurückgekehrt.

Natürlich war Guido derjenige, mit dem er hätte reden sollen. Guido, mit dem er so viel durchgemacht hatte. Guido, sein engster Freund. Guido, der Spiegel seiner eigenen Gedanken. Aber Guido lag tief schlafend im Bett, lächelte vielleicht über all die Lire, die er im Pokerspiel dieses Abends gewonnen hatte.

Er hörte, wie sich die Tür hinter ihm öffnete, eine Gestalt heraustrat, zum Rand der Terrasse ging und sich die Aussicht betrachtete. Der Mond stand nur als Sichel am Himmel, aber Creasy erkannte den Dänen. Er selbst war nicht bemerkt worden.

Fünf Minuten verstrichen schweigend, und dann rief Creasy leise: »Trinken Dänen Whisky?«

Er sah, wie Jens' Kopf überrascht hochfuhr und sich umdrehte. Dann kam seine Stimme ebenso leise: »In einer Nacht wie dieser trinken Dänen alles … Sogar Schierlingsbecher.«

Creasy lächelte im Halbdunkel. »Komm her und setz dich zu mir und erzähl mir, was die Welt am Laufen hält.«

Der Däne trat aus der Dunkelheit, zog einen Stuhl heran und setzte sich.

Sie tranken einige Minuten lang schweigend, dann sagte Creasy: »Du hast mir und den anderen gesagt, warum du hier bist. Du hast uns deinen Job erklärt, deine Berufung und daß deine Frau das akzeptiert. Aber du hast mir niemals wirklich erzählt, warum du hier bist.«

Der Däne füllte sein Glas neu und sprach, als kämen die Worte aus seinen Zehen, durch die Füße, die Beine hinauf und passierten dann seinen Thorax und träten über die Lippen. »Um zu verstehen, warum ich hier bin, müßtest du die Psyche der Leute des Nordens verstehen. Wir tun die Dinge nicht logisch. Wenn ich diese Situation logisch betrachten würde, würde ich nicht bloß zurück nach Kopenhagen laufen. Ich würde weiterlaufen, bis ich am Nordpol wäre, und dann würde ich mich nach einem Raumschiff umsehen, das mich zum Mond bringt.«

Creasy kicherte. »Warum also? Sag mir den Grund.«

Der Däne ließ die Flüssigkeit in seinem Glas kreisen, während er nachdachte, dann sagte er leicht, jedoch mit Nachdruck: »Oh, vor etwa tausend Jahren haben meine Vorfahren zerbrechliche Boote zu Wasser gelassen, sind hineingesprungen und davongefahren, um ihre bekannten Welten zu erobern. Vielleicht sehe ich nicht wie ein Wikinger aus, aber ich fühle wie einer. Ich weiß, daß ich in diesem Augenblick in absoluter Gefahr lebe. Ich bin von Killern umgeben, und ich werde von Killern verfolgt... Es konzentriert meine Gedanken wie nie zuvor. Mein Herz schlägt rascher denn je zuvor... Und mir gefällt es.«

Creasy kicherte erneut. »Aber du hast meine Frage noch immer nicht beantwortet.«

Ein weiteres Schweigen, und dann sagte der Däne: »Ich bin wegen dreier Menschen hier. Zunächst Michael; er ist in mein Leben getreten, in mein Haus, und hat mich nach Marseille mitgenommen. Dieses Kind ist fast jung genug, daß er mein Sohn sein könnte. Zweitens: Während ich bis zum Hals in der Scheiße steckte, bist du gekommen und hast rings um mich her den Tod gebracht. Drittens: Ich habe Gesicht und Augen eines Kindes in der Hölle gesehen und war Zeuge, wie du und Michael sie aus jener Hölle geholt und ihr ein Leben geschenkt habt... Warum sollte ich nicht hier sein?«

Unterhalb von ihnen glitt ein großer Kreuzer aus der Bucht in die See hinaus. Er war erleuchtet wie ein Christbaum. Minutenlang sahen sie, wie seine Lichter scheinbar körperlos zum Horizont trieben, und dann stellte der Däne seine Frage.

»Warum bist du hier? Und warum ist es möglich, daß du so verschiedene Männer anziehst, die buchstäblich für dich sterben würden?«

Creasys Antwort kam sofort. »Weil sie wissen, daß ich für sie sterben würde. Das ist Teil der Führerschaft.«

Der Däne überdachte das und bemerkte dann: »Offensichtlich ist da mehr als das.«

»Ja«, antwortete Creasy bestimmt. »Und Gott sei Dank ist da mehr als das. Sie sind nicht bloß wegen mir hier – das wäre nie genug für Menschen wie Maxie, René, Frank oder dich, Michael, Guido, Satta, Pietro oder viele andere, die Anstand mit einem Gehirn kombinieren können. Sie sind hier, weil ihre Wut kein Maß kennt. Was also jetzt, mein Wikinger?«

Der Däne sah den letzten Lichtschimmer am Horizont. »Was hast du wegen Gozo unternommen? Ist es möglich, daß Bellu vor seinem Tod geredet hat?«

»Ich habe einige Anrufe getätigt«, antwortete Creasy. »Innerhalb von vierundzwanzig Stunden werden fünf Männer vom Kaliber von Maxie, René und Frank auf Gozo eintreffen. Sie werden die schützen, die ich liebe. Es ist nur eine Vorsichtsmaßnahme, weil ich bezweifle, daß Bellu vor seinem Tod geredet hat. Der Pathologe berichtet, daß er zunächst körperlich bis ins Extrem gefoltert worden ist. Offensichtlich hat er da nicht geredet, weil sie ihm später eine massive Dosis reines Valium verpaßt haben, ein Versuch, seinen Verstand zu beeinflussen. Er mag unter diesem Einfluß geredet haben, aber das wäre bestenfalls unzusammenhängend gewesen. Er muß bald darauf gestorben sein.«

Der Däne war begierig darauf, in Creasys Gedanken zu

stochern; die Idee allein faszinierte ihn. »Was war deine Reaktion auf Bellus Tod? Wie hast du das auf dem Soll und Haben deines Moralempfindens verbucht? Rechtfertigen die Mittel das Ergebnis?«

Creasy schob sein leeres Glas von sich, und seine leise Stimme klang verärgert. Sein Ärger galt nicht dem Dänen und auch nicht sich selbst, sondern den Drehungen und Wendungen, Unebenheiten und Schlaglöchern seines gesamten Lebens. »Bellus Tod hat meinen Freund Satta erschüttert. Das berührt mich mehr als der Tod selbst.« Er beugte sich in dem Halbdunkel vor und ergriff den Arm des Dänen. »Ich sag' dir, ich habe genügend vom Tod gesehen, daß ich mich fühle, als ginge ich ständig über Knochen. Das ist nichts Neues. Wenn das Fleisch verschwunden ist, sehen die Knochen immer gleich aus. Mir macht der Tod nichts aus. Ich kann Bellus Gesicht nicht mehr vor mir sehen. Ein Gesicht ist ein Gesicht, und ein Knochen ist ein Knochen. Das Gesicht gleitet in der Nacht vorüber. Ein Freund am Grat, der in der einen Sekunde ein Gesicht hat und in der nächsten eine blutige Masse Knochen ist. Das Gesicht eines Kindes, einstmals strahlend vor Leben und eine Sekunde später schwarz von Napalm. Gesichter, die sich in Reihen von Särgen oder Plastiksäcken verwandeln. Offene Gräber und weiße Grabsteine... Kannst du das verstehen?«

Der Däne schüttelte den Kopf. »Natürlich kann ich das nicht... Und ich glaube, du quälst dich unnütz, Creasy. Du hörst dich an wie Stahl in dieser ruhigen Nacht. Aber ich sehe oder spüre den Stahl nicht... Ich sitze bei einem Mann, der mehr Liebe kennt, als er versteht. Mehr Liebe, als er anerkennt. Mehr Liebe, als er akzeptieren kann. Wenn du meine ernsthafte Meinung hören willst, so glaube ich, daß dein ganzes Gerede Scheiße ist.«

Creasy lachte leise. »Da habe ich mir ja einen weisen Wikinger geangelt… Was tun wir dann jetzt?«

Jens richtete sich gerade im Stuhl auf, und seine Stimme veränderte ihren Tonfall. »Alles beschleunigt sich«, sagte er. »Etwa jetzt machen sich Satta, Maxie und Frank bereit, diesen Hurensohn General Gandolfo zu schnappen. Darauf wird viel folgen. In der Zwischenzeit ist Michael dabei, den ›Blauen Ring‹ zu infiltrieren. Wir kennen die Hauptdarsteller. Wir kennen deren Philosophie und die Parameter ihrer Operation. Zweifelsohne wird es morgen losgehen. Das einzige, was wir noch nicht kennen, ist der Name des Mannes hinter all dem… Die Spinne im Zentrum des Netzes… Dort muß eine Spinne sein… In allen solchen Dingen ist eine Spinne. Ich habe das Gefühl, daß wir sehr bald wissen werden, wer diese Spinne ist. Während dein Team das Netz verbrennt… wirst du die Spinne töten.«

Der Horizont war jetzt völlig schwarz; der Christbaum hatte ihn überschritten. Beide starrten in die Dunkelheit, und dann sagte der Däne fast flüsternd: »Ich bin fast überzeugt, daß du diese Spinne töten wirst. Dann werde ich heimkehren, und wieder Gatte sein und Vater… und ein guter Polizist.«

70

In eben jener Nacht begannen zwei Kinder ihre verschiedenen Reisen.

Auf Gozo gähnte Juliet heftig, während sie Laura beim Abwasch half.

Laura warf ihr einen Blick zu und lächelte. »Das macht die Seeluft«, sagte sie. »Sie sorgt für einen guten Schlaf.«

Es war ein Samstagabend, und früh an jenem Morgen war Juliet zusammen mit Joey und seinen Freunden fischen gewesen. Entgegen ihres Aberglaubens hatten sie zehn Kisten Lampuki gefischt, und Juliet hatte mehr als ihren Anteil gefangen. Die Männer hatten ihr das höchste Kompliment gemacht, während sie den Fang an der Mole entluden.

»Komm wieder«, hatten sie gerufen. »Jederzeit.«

In der Bar hatte Tony sie mit unverhohlenem Respekt behandelt und ihr ein Glas eigenen Weins spendiert. »Du bist ein Fischer«, hatte er stolz gesagt.

»Fischerin«, hatte sie ihn korrigiert.

Feierlich hatte er den Kopf geschüttelt. »Nein, auf dieser Insel bist du jetzt ein Fischer, selbst wenn du einen Rock anziehst und Lippenstift trägst.«

Jäh hatte sie sich sehr erwachsen gefühlt.

Jetzt, als sie die letzten Teller abtrocknete und diese in den Schrank stellte, sagte sie zu Laura: »Morgen ist Sonntag... Kann ich ausschlafen?«

»Natürlich«, antwortete Laura. »Schlaf so lange, wie du möchtest, aber vergiß nicht, daß wir bei Joey essen. Maria macht Lampuki-Pastete, und sie macht sie fast so gut wie ich.«

Auf ihrem Zimmer zählte Juliet sorgfältig noch einmal das Geld und packte es, zusammen mit ihrem Paß, in ihre Geldbörse. Sie wählte die Kleider aus, die sie benötigen würde, steckte sie in die Segeltuchtasche und legte ihre Börse oben drauf. Dann setzte sie sich geduldig aufs Bett und wartete, da sie wußte, daß der Rest des Hauses innerhalb der nächsten Stunde schlafen würde.

Sie wußte, sie würde sehr leise hinausschlüpfen müssen. Die Hunde wären kein Problem, das hatte sie in den vergangenen beiden Nächten ausprobiert, indem sie nach Mitternacht in den Hof hinausgegangen war. Die Hunde waren Tal-Fenecks, eine Rasse, die es fast nur auf Malta gab; Jagdhunde, berühmt für ihre Fähigkeit, Kaninchen auf den steilsten Hängen zu fassen. Jedesmal waren sie schweigend zu ihr gekommen, hatten geschnuppert und sie am Geruch erkannt und vor Vergnügen gewinselt, als sie sie getätschelt hatte. Aber der verdammte Hahn war ein Problem. Er hockte fünfzig Meter entfernt in einem alten Johannisbrotbaum und verkündete jedes Geräusch der ganzen Welt. Also entschied sie sich, aus der Vordertür hinauszuschlüpfen und einen schmalen Pfad zur Küste zu nehmen.

Zunächst schrieb sie eine Notiz an Laura und Paul, worin sie ihnen sagte, sie sollten sich keine Sorgen machen. Sie erklärte, warum sie bei ihrem Vater und Bruder sein wollte, gleich, wie groß die Gefahr sei. Wenn sie die Notiz fanden, wäre sie schon in Rom. Sie hatte ihren Flug vom Haus auf dem Hügel aus telefonisch gebucht. Sie würde die frühe Fähre um vier Uhr nach Malta nehmen, einen Bus nach Valette und einen weiteren Bus zum Flughafen und rechtzeitig für den Sieben-Uhr-Flug nach Rom dort sein, mit dem sie um acht Uhr zwanzig in der Hauptstadt ankommen würde. Dann würde sie ein Flugzeug oder einen Zug nach Neapel nehmen. Sie hatte die Anschrift der Pension Splendide. Sie wußte, daß Creasy und Michael ärgerlich sein würden, aber sie war zu der Überzeugung gekommen, sie wäre mehr als ein Kind; sie würde mit ihrem Ärger fertig werden. Schließlich könnte sie für sie kochen und allgemein in der *Pensione* helfen. Sie würde daran teilhaben.

Kurz nach zwei Uhr morgens schlüpfte sie aus dem Haus, die Tasche über die Schulter geschlungen. Der Hahn hörte nichts, aber sie war noch keine hundert Meter gegangen, da tauchten zwei Gestalten hinter ihr auf. Sie blieb stehen und tätschelte sie und spürte, wie ihre kalten Schnauzen ihr ins Gesicht stießen. »Geht nach Hause«, flüsterte sie scharf.

Sie hätte zu den Felsen rings um sie her reden können. Die beiden folgten ihr den Pfad zur Küste hinab und dann um die Küste herum zu dem kleinen Hafen, als wären sie ihre Komplizen.

Die Nachtfähre von Neapel legte um drei Uhr morgens im Grand Harbour von Valetta an. Franco Delors passierte rasch den Zoll und die Paßkontrolle, winkte ein Taxi heran und fragte den Fahrer: »Können Sie rechtzeitig nach Cirkewwa kommen, um die Fünf-Uhr-Fähre nach Gozo zu erreichen?«

»Kein Problem«, sagte der Fahrer munter. »Halten Sie sich nur am Sitz fest!«

Juliet kaufte eine Fahrkarte und ging zusammen mit einer Menge Bauern und Fischern, die ihre Waren und Fänge zu den frühen maltesischen Märkten brachten, auf die Fähre.

Eine halbe Stunde später lief die Fähre in Cirkewwa ein. Sie war als eine der ersten von Bord. Als sie die Rampe hinabging, ging ein Mann an ihr vorbei auf die Fähre. Er warf ihr einen Blick zu und ging weiter, aber zehn Meter weiter blieb er abrupt stehen, drehte sich um und sah ihr zu, wie sie auf den wartenden grünen Bus zueilte. Mehrere Sekunden lang stand er da, wobei ihn die übrigen Passagiere umströmten. Dann folgte er ihr. Er sah sie den Bus besteigen. Ein Taxi war herangefahren und hatte mehrere Touristen ausgespuckt, deren Augen trübe von fehlendem Schlaf waren. Der Bus fuhr gerade davon.

Franco Delors packte den Taxifahrer und fragte: »Wohin fährt dieser Bus?«

»Valetta«, kam die Antwort.

»Folgen Sie ihm!« sagte Delors und stieg auf den Rücksitz.

Am Flughafen bezahlte Juliet ihr zuvor gebuchtes Ticket am Alitalia-Schalter. Delors hielt sich im Hintergrund. Anschließend ging sie in die Cafeteria, trank Tee und aß Toast mit Marmelade.

In der Zwischenzeit hatte Delors ebenfalls ein Ticket nach Rom gekauft und Jean Lucca Donati angerufen. »Ja, sie ist es... Ich habe keinen Zweifel. Sie ist von der Fähre heruntergekommen, als ich hinaufging... Ich bin ihr zum Flughafen gefolgt... Ich habe denselben Flug gebucht... Halten Sie am Fiumicino einige Leute bereit. Nein, sie hat mich nicht wiedererkannt... sie stand völlig unter Heroin, als sie mich das einzige Mal in Marseille gesehen hat. ... Nein, ich habe mich nicht geirrt. Sie hat das Gesicht eines Engels. Ich würde es nie vergessen... Natürlich. Der Flug kommt um acht Uhr zwanzig an. Halten Sie Ihre Leute bereit.«

Katrin hatte keinen Nachnamen, wie es einer Waise zukam. Selbst dieser Name war ihr willkürlich gegeben worden; mit dem Trauma, gesehen zu haben, wie ihre Eltern erschossen wurden, konnte sie sich an ihren Taufnamen nicht erinnern. Aber sie hatte sich gut ins Waisenhaus eingelebt. So gut, daß Schwester Assunta sie ausgewählt hatte, der erste ihrer Schützlinge zu sein, der zur Adoption freigegeben wurde.

Schwester Assunta hatte das Kind selbst vorbereitet, hatte

ihr das lange blonde Haar gewaschen und ihr die neuen Jeans und das T-Shirt angezogen, Teil einer großen Kleiderspende aus Malta. Sie hatte ihr beruhigend zugesprochen, hatte ihr gesagt, daß sie zum erstenmal in ihrem Leben eine Schiffsreise antreten würde, zu einem wundervollen Land namens Italien, wo sie ihre neuen Eltern treffen würde. Sie würde ein neues Zuhause bekommen und viel Liebe und würde auf eine gute Schule gehen und eines Tages zurückkehren, um Schwester Assunta und die anderen Nonnen zu besuchen und ihnen jede Menge gute italienische Schokolade mitzubringen.

Katrin hatte gelacht und versprochen wiederzukehren.

71

An Sonntagen gestatteten sich Joey und Maria den ungewöhnlichen Luxus, lange zu schlafen. Sie standen um halb zehn auf, statt um sechs Uhr, nahmen ein leichtes Frühstück zu sich, gingen zur Elf-Uhr-Messe und dann für ein spätes Mittagessen zu Joeys Eltern.

An diesem Sonntag jedoch stand Joey knurrend um sechs Uhr dreißig auf, weil sie englische Freunde hatten, die ihren Urlaub hier verbracht hatten und heute mit der Sieben-Uhr-Fähre abreisten. Joey fühlte sich verpflichtet, ihnen zum Abschied zuzuwinken. Er ließ eine schlafende Maria zurück, kletterte in den Land-Rover und fuhr fast den ganzen Weg zum Hafen hinab im Leerlauf.

Nachdem er seine Pflicht getan hatte, ging er über den freien Platz zu der Pit-Stop-Snack-Bar und bestellte bei seinem Freund Jason einen *Cappucino.*

Er hatte gerade den ersten Schluck genommen, da sagte Jason: »Dieses Mädchen, das bei deinen Eltern wohnt...«

»Was ist mit ihr?« fragte Joe, auf der Stelle wach.

»Nun, sie ist heute morgen nach Malta gefahren.«

Joeys Kopf fuhr in die Höhe. »Wovon redest du, zum Teufel?`«

»Ich bin mir sicher, sie ist's gewesen«, erwiderte Jason. »Ich habe gerade aufgemacht und sie vorbeigehen sehen, um die Vier-Uhr-Fähre zu bekommen. Sie trug eine Tasche bei sich. Ich hätte es womöglich nicht bemerkt, aber sie hatte deine beiden Tal-Fenecks bei sich.« Er lachte. »Sie wollten mit ihr auf die Fähre, und sie mußte sie herunterscheuchen. Ich habe sie zurück zum Hügel laufen sehen, nachdem die Fähre abgefahren ist.«

Einen Augenblick lang stand Joey an der Bar und starrte auf seine Tasse, dann fragte er drängend: »Bist du dir sicher, daß sie es war, Jason?«

Der junge Mann nickte. »Ich bin mir sicher. Ich habe sie nur einmal gesehen, aber das war genug... Die Art von Mädchen, die man noch drei oder vier Jahre lang im Gedächtnis behält... Sie wird eine Schönheit werden.«

Im nächsten Augenblick hetzte Joey durch die offene Tür und lief zu seinem Land-Rover.

Laura war auf und werkelte in der Küche herum. Sie blickte überrascht auf, als Joey hereingerannt kam.

»Was bist du schon so früh auf?«

»Egal. Wo ist Juliet?«

»Schläft fest. Sie wollte heute morgen ausschlafen. Warum?«

»Ich war gerade unten an der Fähre«, keuchte er. »Jason am

Pit Stop hat mir gesagt, er hätte sie die Vier-Uhr-Fähre nehmen sehen. Die Hunde waren bei ihr.«

»Die Hunde sind hier«, sagte sie verwirrt.

»Ja, natürlich. Sie sind zurückgekommen, nachdem sie abgefahren ist... Laß uns nachsehen.«

Sie eilten die Außenstufen zum Gästeflügel hinauf. Laura drückte die Klinke. Die Tür war abgeschlossen. Laura hämmerte dagegen und rief mehrmals: »Juliet!« Es kam keine Antwort, und Joey schob Laura mit dem Ellbogen beiseite, hockte sich hin und spähte durch das Schlüsselloch.

»Da ist kein Schlüssel«, sagte er. »Sie muß von außen abgeschlossen haben.«

Paul kam die Stufen herauf, das Haar zerzaust und die Augen schläfrig. »Was zum Teufel geht hier vor?«

Joey erklärte es, während Laura hinab in die Küche lief, um den Ersatzschlüssel zu holen.

Das Bett war sauber gemacht. Auf dem Nachttischchen lag ein Zettel.

Laura hob ihn hoch und las laut vor: »Bitte macht euch keine Sorgen. Ich bin hier sehr glücklich bei euch, aber ich bin so nervös wegen Creasy und Michael und fühle mich so nutzlos, wenn ich nur warte. Vielleicht gibt es dort etwas, das ich tun kann. Ich weiß, wo sie sind, und wenn ihr dies hier lest, werde ich schon in Italien sein. Ich habe etwas Geld, und ich kann auf mich selbst aufpassen. Alles Liebe, Juliet.«

Sie sahen einander an, und Joey sagte: »Wo in aller Welt würde sie Geld finden?«

»Oben im Haus«, fauchte Laura. »Sie war letzten Sonntag den ganzen Tag dort oben. Creasy hat viel Geld in dem Wandsafe in seinem Schlafzimmer. Er oder Michael müssen ihr gezeigt haben, wie man ihn öffnet.«

Paul blickte auf seine Armbanduhr. Es war sieben Uhr fünfzehn. »Sie muß den Sieben-Uhr-Flug nach Rom genommen haben«, sagte er. »Manchmal hat er Verspätung. Vielleicht können wir sie aufhalten.«

Sie liefen allesamt in die Küche, und die stets praktische Laura übernahm das Kommando. Sie rief George Zammit zu Hause an und bekam seine Frau an den Apparat, die sie informierte, daß er gerade ins Polizeipräsidium gefahren war. Da er ein leitender Inspektor in einer zunehmend modernisierten Polizei war, sprach Laura innerhalb einer Minute mit ihm über sein Handy. Sie war klar und präzise. George sagte ihr einfach, sie solle einhängen und warten. Er werde sie zurückrufen.

Die drei Schembris saßen in der Küche und starrten auf das Telefon. Zwei Minuten später läutete es. Ja, der Computer der Paßkontrolle zeigte, daß eine Juliet Creasy den Alitalia-Flug nach Rom genommen hatte. Planmäßig hätte er um sieben Uhr abheben sollen, war jedoch erst um sieben Uhr vierzig gestartet. Seine Ankunftszeit in Rom wäre acht Uhr achtunddreißig. Laura sah auf ihre Armbanduhr. Das Flugzeug würde in genau einer Stunde und drei Minuten landen.

»Ich kann Rom anrufen«, sagte George, »und veranlassen, daß die Polizei auf sie wartet und sie mit dem nächsten Flug zurückschickt.«

Laura dachte nur wenige Sekunden nach. »Nein«, sagte sie. »Creasy ist in Neapel bei Guido. Ich werde ihn jetzt anrufen und sehen, was er tun möchte. Ich werde dich in ein paar Minuten zurückrufen.«

72

Creasy hörte das Telefon klingeln, während er frühstückte. Er hörte leise Guidos Stimme in der Küche antworten. Wenige Augenblicke später hob sich die Stimme.

»Creasy. Komm her. Es ist Laura... Ein Notfall!«

Creasy hörte Lauras beherrschten Worten zu und sagte dann: »Warte!« Er legte die Hand über die Sprechmuschel und erklärte Guido eilig die Lage. Beide warfen einen Blick auf ihre Armbanduhren.

»Gerade noch eine Stunde«, sagte Guido. »Rechne weitere zwanzig Minuten oder dreißig Minuten für Abfertigung und Zoll hinzu. Soll George Zammit seinen Amtskollegen in Rom anrufen?«

Creasy schüttelte den Kopf. »Nein, halten wir die Polizei heraus. Die Frage ist, ob sie aus dem Grund gegangen ist, den sie in ihrer Notiz erwähnt hat oder ob da etwas anderes dahintersteckt.«

»Was?«

Creasy hob die Schultern. »Wer weiß, vielleicht hat Bellu unter dem Einfluß dieses Valiums geredet. Vielleicht haben sie Gozo bereits im Visier. Vielleicht steckt das dahinter. Meine Leute kommen erst heute nachmittag in Gozo an.«

»Aber die Information lautet, daß sie allein die Fähre betreten hat«, sagte Guido skeptisch. »Hört sich nicht wie eine Entführung an.«

»Stimmt«, pflichtete Creasy bei. »Aber sie könnten am römischen Flughafen auf sie warten. Sie ist bloß ein Kind. Vielleicht wurde sie irgendwie dazu verführt.«

Guido warf erneut einen Blick auf seine Armbanduhr.

»Wie dem auch sei, Michael ist mit René in Rom, und Maxie und Frank sind vergangene Nacht dort eingetroffen.«

Creasy warf ebenfalls einen Blick auf seine Armbanduhr. »Ich möchte Michael nicht da hineinziehen. Er ist jetzt sehr nah dran, und ich darf nichts tun, um seine Tarnung auffliegen zu lassen. Ich werde Maxie und Frank schicken. René kann ihnen aus dem Hintergrund Deckung geben. Wie lautet Michaels Nummer?«

Jens stand in der Küchentür. Er hatte dem letzten Teil des Gesprächs zugehört. Er pflückte die Nummer aus seinem fotografischen Gedächtnis und rief sie laut. Beide Männer drehten sich überrascht um, und dann tätigte Creasy den Anruf.

Michael schlief fest, wachte jedoch in Sekundenschnelle auf. Er hörte ruhig zu, ohne Fragen zu stellen, dann sah er ebenfalls auf seine Armbanduhr und sagte: »Ich werd' mich dahinterklemmen. René ist hier, und Maxie und Frank werden in einem Hotel in der Nähe sein. Sie sollten Satta erst um elf treffen. Ich plane die Operation und rufe dich wieder an.«

73

Sie war zu aufgeregt gewesen, um das Plastikfrühstück von dem Plastiktablett zu essen. Das Flugzeug war halb leer, und sie hatte eine Reihe von drei Sitzen für sich. Sie trank den guten Kaffee, und eine Stewardeß füllte ihr den Becher nach, setzte sich auf den Rand des Sitzes und plauderte einige Minuten mit ihr. Sie beugte sich hinüber und deutete aus dem Fenster. Es war ein klarer Morgen, und Juliet konnte die grünen Felder und die ansteigenden Berge des Appenin sehen.

»Bist du vorher schon mal in Rom gewesen?« fragte die Stewardeß.

»Nein, ich bin das erste Mal in Italien.«

»Holt dich jemand ab?«

»Nein, ich nehme den Zwölf-Uhr-Zug nach Neapel. Ist der Bahnhof in der Nähe des Flughafens?«

Die Stewardeß lächelte. »Nein, das ist eine wenigstens einstündige Fahrt in die Stadt, aber alle halbe Stunde fahren direkte Busse vom Flughafen ab, Non-Stop bis zum Bahnhof… Oder bist du reich genug, ein Taxi zu nehmen?«

Juliet lächelte und schüttelte den Kopf. »Nein, ich nehme den Bus.«

Die Stewardeß stand auf und strich sich den Rock glatt. »Dann also so: Nachdem du durch den Zoll bist, wendest du dich nach links und gehst etwa hundert Meter. Du wirst den Schalter sehen, wo du eine Fahrkarte kaufen kannst. Der Bus wartet gleich draußen. Sei vorsichtig in Neapel, junge Dame… es ist eine gefährliche Stadt.«

Juliet lächelte erneut. »Machen Sie sich keine Sorgen. Mein Vater und mein Bruder sind dort.«

Franco Delors folgte ihr durch die Abfertigung und dann durch die grüne Spur am Zoll, wobei er ein stummes Gebet sprach, daß er nicht für eine Stichproben-Überprüfung herausgebeten wurde. Er hatte im hinteren Teil des Flugzeugs gesessen und war zuversichtlich, daß sie ihn nicht bemerkt hatte, weder während des Flugs noch in der Ankunftshalle.

Beide passierten ungehindert den Zoll, und er verlangsamte den Schritt und durchsuchte die wartende Menge. Das Mädchen war stehengeblieben. Sie suchte niemanden in der Menge, sondern spähte nach links. Delors entdeckte seinen Mann, der am Avis-Mietwagenschalter lehnte. Sie tauschten Blicke aus, und Delors nickte in Richtung auf das Mädchen. Sie ging jetzt langsam die Wandelhalle hinab. Erleichterung durchzuckte Delors, als ihm klar wurde, daß sie niemand abholte. Er beschleunigte seine Schritte und trat neben sie. Ihre Segeltuchtasche hatte sie sich über die rechte Schulter gehängt.

»Hallo«, sagte er fröhlich. »Habe ich dich nicht im Flugzeug von Malta gesehen?«

Sie blickte zu ihm auf. »Ja, ich war auf diesem Flug... aber ich habe Sie nicht gesehen.«

Er lächelte ermutigend. »Ich habe hinter dir gesessen. Bleibst du in Rom?«

Sie schüttelte den Kopf. »Nein, ich fahre zum Bahnhof. Ich will jetzt nur den Bus erreichen.«

»Nun, ich kann dir etwas Geld sparen«, sagte er. »Ich fahre ebenfalls zum Bahnhof. Ein Freund trifft sich mit mir... er ist da drüben. Wir fahren mit dem Wagen, und da drin ist jede Menge Platz für dich.«

Sie warf dem Mann, der sich ihnen näherte, einen Blick zu. Er war jung, groß und dunkelgesichtig. Seine Augen waren durchdringend auf sie gerichtet. Sie hatten den Fahrkartenschalter erreicht, als Juliet jäh das Kribbeln von Gefahr verspürte. In Gedanken ging sie all die Wochen zurück, als sie das letzte Mal ein Fremder angesprochen hatte, und zu dem, was gefolgt war. »Nein, vielen Dank. Ich nehme den Bus.«

»So eine Geldverschwendung«, sagte Delors. »Und der

Bus braucht viel länger.« Er streckte die Hand aus, um ihr die Tasche von der Schulter zu nehmen.

Sie faßte den Riemen fester und schüttelte heftig den Kopf. »Nein! Ich nehme den Bus.«

Plötzlich stand ein anderer Mann neben ihnen. Er war mittleren Alters, kahl, mit rundem Gesicht und einem stämmigen Körper. »Hallo, Juliet«, sagte er. »Tut mir leid, daß ich zu spät bin ... der verdammte Verkehr.« Er sprach perfektes Englisch, jedoch mit einem Akzent, den sie nie zuvor gehört hatte.

Der kahle Mann wandte sich an Delors und sagte: »Alles in Ordnung, Kumpel, sie kommt mit mir.«

Delors sah den verwirrten Ausdruck auf dem Gesicht des Mädchens und faßte sie rasch beim Ellbogen. »Kennst du diesen Mann?« fragte er. »Du mußt hier vorsichtig sein.«

Dann ging alles rasend schnell. Der kahle, stämmige Mann machte zwei kurze Schritte nach vorn, und seine rechte Faust schlug in Delors' Bauch. Mit einem schmerzvollen Knurren ließ Delors Juliets Ellbogen los und schwang den rechten Arm. Seine Faust pfiff über den Kopf des kahlen Mannes hinweg, und Juliet hörte ein Geräusch, als würde ein nasses Handtuch auf einen gekachelten Boden klatschen. Delors ging rücklings zu Boden. Jemand fing an zu schreien, dann legte ihr der kahle Mann einen Arm um die Taille und hob sie von den Füßen. Sie setzte zum Schreien an, doch dann hörte sie seine harte Stimme an ihrem Ohr: »Creasy hat mich geschickt. Sei ruhig und lauf!«

Ihre Füße setzten wieder auf dem Boden auf, und der Mann faßte sie bei der Hand und zog sie auf den Eingang zu. Rechts von ihr sah sie, wie der große, dunkelgesichtige Mann auf sie zulief, wobei er mit der Hand unter das Jackett griff.

Dann lag er ebenfalls ausgestreckt auf dem Fußboden, gefällt von einem Schlag von hinten. In der rasenden Geschwindigkeit und dem Durcheinander erkannte sie das Gesicht des Mannes, der den Schlag ausgeführt hatte. Sie erkannte es von einem Foto in einem der Ordner aus Creasys Safe her wieder, die sie studiert hatte. Sie entsann sich des Namens, der unter dem Gesicht gestanden hatte: »Maxie MacDonald.« Einer der Guten. Sie lief weiter, während sie sah, wie Maxie die Pistole hervorzog und sein Blick die Wandelhalle absuchte. Dann waren sie draußen, und ein schwarzer Wagen fuhr rückwärts vor, die nächstgelegene Tür offen. Sie spürte, wie sie hochgehoben und hineingestoßen wurde, dann wurde ihr die Luft abgeschnürt, als ein Körper auf ihr landete. Sie hörte, wie die Tür zugeschlagen wurde, dann das Quietschen von Reifen und eine Stimme, die drängend über ihr sagte: »Bleib unten, Juliet! Bleib unten! Wir sind Freunde von Creasy.«

Sie hatte keine andere Wahl, als unten zu bleiben. Der kahlköpfige Mann lag quer über ihr; sie roch den Knoblauch in seinem Atem. Sie hörte eine andere Stimme vom Beifahrersitz sagen: »Alles klar. In etwa einer Minute wechseln wir den Wagen.«

Das Gewicht hob sich von ihr, und sie mühte sich in eine sitzende Position. Maxie MacDonald saß neben dem Fahrer, die Schußwaffe noch immer in der Hand. Er sah aus dem Rückfenster. Sein Blick huschte zu ihr, und er sagte: »Ich bin Maxie MacDonald.« Er deutete mit der Pistole auf den Mann neben ihr. »Das ist Frank Miller... Der Fahrer ist René Callard. Wir sind Freunde von Creasy und Michael.«

Sie sammelte sich und murmelte: »Ich kenne Ihre Namen... Was ist geschehen?«

»Warte«, sagte Maxie. »Ich erklär's später.«

Sie kamen schlitternd neben einem anderen schwarzen Wagen zum Stehen, der in einer Parkbucht stand. Innerhalb von Sekunden hatten sie sie in den anderen Wagen gebracht, und zwei Minuten später waren sie von der Autostrada in eine Nebenstraße abgebogen.

Maxie ließ die Pistole wieder unter seinem Jackett verschwinden und sagte zu René: »Sie werden zwanzig Minuten brauchen, um Straßensperren zu errichten. Wir werden längst verschwunden sein.«

»Was ist geschehen?« wiederholte Juliet angespannt.

Frank Miller neben ihr sagte: »Was geschehen ist, war, daß du dumm gewesen bist. Du wirst es mit einem wütenden Vater und einem wütenden Bruder zu tun bekommen. Ich erwarte – und ich hoffe es –, daß sie dir den Hintern versohlen.«

Sie sah ihm in die eisigen Augen. »Was haben Sie für einen Akzent?« fragte sie.

»Australisch«, antwortete er aggressiv.

Sie nickte, als erklärte das alles.

74

Die kleine Katrin war aufgeregt. Sie hatte nie zuvor das Meer gesehen. Sie hatte niemals ein Schiff gesehen. Jetzt sah sie das Meer – und ein Schiff – so groß und weiß. Sie lachte einfach vor Vergnügen, und Schwester Assunta und Schwester Simona lachten mit ihr.

Katrin trug eine Plastiktüte mit ihren einzigen Habseligkeiten: Unterwäsche zum Wechseln, zwei Paar Socken, ein rosafarbenes Kleid, zwei T-Shirts und ein weiteres Paar Jeans.

Zusätzlich ein großes Reisenecessaire mit einem Stück Seife, einer Nagelbürste, einer Tube Zahnpasta sowie einer Zahnbürste.

Die Paßkontrolle prüfte die Papiere sorgfältig. Natürlich waren sie in Ordnung. Alles perfekt; unterschrieben und notariell beglaubigt. Schwester Simona sollte Katrin nach Bari begleiten und dem Direktor der Wohlfahrtsorganisation und ihren neuen Eltern übergeben und dadurch eine Verbindung für die Zukunft aufbauen.

Das weiße Schiff fuhr mit Katrin, die ihre Plastiktasche fest umklammert hielt, und Schwester Simona, jung, entschlossen und nervös, los. Schwester Assunta wandte sich ab, stieg in den Wagen und wurde zum Waisenhaus zurückgefahren. Sie hätte ein Gefühl der Zufriedenheit verspüren sollen, aber in den vergangenen Tagen hatte ein Schatten auf ihren Gedanken gelegen. Ein Meißel, der einen verschütteten Winkel ihres Gedächtnisses freilegte. Ein Jucken an einer Stelle, wo sie sich nicht kratzen konnte. Es hatte mit dem Besuch des Wohltäters angefangen. Sie hatte ihm ins Gesicht und in die Augen gesehen und seiner ruhigen, überzeugenden Stimme gelauscht und hatte entschieden, daß eine eng definierte Religion wie die ihre das Gute in Menschen, die einem anderen Glauben anhingen, nicht ausschloß.

Eben die Tatsache, daß Gamel Houdris nicht ihres Glaubens war, hatte ihren Respekt hervorgerufen. Er verschenkte seinen Wohlstand über religiöse Grenzen hinweg. Im Geiste sah sie erneut sein Gesicht, während sie vor dem Waisenhaus aus dem Wagen stieg. Sie sah die schmalen Gesichtszüge und die dunklen Augen, und sie hätte sich die leise überzeugende Stimme ins Gedächtnis zurückrufen sollen. Statt dessen jedoch verspürte sie ein eisiges Kribbeln auf der Haut.

Es war dunkel und spät, aber sie entschloß sich, durch den Schlafsaal zu gehen. Es brannten zwei Nachtlichter und warfen fahle, flackernde Schatten über die lange Decke.

Die Kinder schliefen, außer einem. Vom anderen Ende des Raums vernahm sie ein leises Wimmern. Sie ging ruhig zwischen den Betten auf den Laut zu. Es war die kleine Hanya. Sie war am Morgen aus Tirana eingetroffen. Fünf Jahre alt, und man hielt sie für geistig zurückgeblieben. Aber die Zurückgebliebenheit rührte von einem Trauma her, und Schwester Assunta wußte, daß Liebe und Geborgenheit das Trauma heilen würden.

Die Nonne wiegte das wimmernde Kind in den Schlaf und fragte sich wieder einmal, ob ein Kind, das in ihrem eigenen Leib empfangen worden wäre, nicht erfüllender gewesen wäre. Doch als sie Hanyas Kopf zurück auf das Kissen legte und die Decken um den kleinen Körper feststeckte, entschied Schwester Assunta wieder einmal, daß ihr Leib ihre Liebe in einer Weise beschränkt hätte, die ihr übervolles Herz nicht hinnehmen konnte. Deswegen war sie Nonne geworden.

Sie ging zwischen den Betten zurück. Alles war ruhig. Sie verspürte Frieden. Die erste ihrer Schutzbefohlenen war auf dem Weg zu einem richtigen Zuhause. Die anderen würden folgen. Sie fühlte sich unendlich müde, hatte jedoch Trost bei dem Gedanken gefunden, daß sie am Morgen selbst nach Malta zurückfahren würde, ins Mutterhaus ihres Konvents, für zwei kurze, jedoch erbauende Wochen der Ruhe. Sie würde den Garten pflegen und vorgeben, den Limonen an den zahllosen Bäumen in dem Garten beim Wachsen zuzusehen, und Frieden finden, bis sie zurückkehrte, um ihre Aufgabe zu erfüllen.

Ihr Zimmer war klein, und ihr Bett schmal. Sie zog sich aus

und wusch sich das Gesicht im kalten Wasser der metallenen Waschschüssel. Sie putzte sich die Zähne und hüllte sich dann in einen ihrer unangemessenen bunten *Kikus*, ein Abschiedsgeschenk ihrer Gemeinde in Nordkenia. Es schien ihr, als wäre es in einem anderen Leben gewesen.

Sie hatte stets gut geschlafen – mochte es auf dem Erdboden, einem Strohsack oder einer schmalen Metallpritsche sein. Aber in dieser Nacht fand sie keine Ruhe. Sie drehte und wälzte sich auf der dünnen Matratze. Bilder traten vor ihr geistiges Auge und verschwanden ebenso rasch wieder. Sie sah die großen Augen der kleinen Katrin, wie sie Schwester Simonas Hand ergriff und zu dem weißen Schiff aufsah. Sie sah die Augen der anderen Kinder, als sie von der Ladefläche eines großen Lastwagens in ihre Obhut übergeben wurden. Sie sah die Liebe und die Sorge in den Augen der anderen Nonnen, als sie die Kinder in Empfang nahmen.

Als die Dämmerung ein wenig Licht auf die Decke ihres kleinen Zimmers warf, sah sie jäh Gamel Houdris' Augen, wie sie vom Rücksitz des schwarzen Wagens zu ihr hinaussahen.

An Schlaf war nicht mehr zu denken, als das Bild sich ihr in den Kopf bohrte und eine lang zurückliegende Erinnerung wachrief. Sie warf die Decken von sich und setzte die Füße auf den kalten Steinfußboden. Ihre Haut wurde feucht und kalt, während ihre Gedanken Botschaften an ihren Körper sandten. Aus der Vergangenheit sah sie erneut das Bündel zu ihren Füßen. Sah den Wagen, der eilig davonfuhr. Sah das bleiche Gesicht und die leidgeprüften Augen der jungen Frau und dahinter jenes Gesicht, ein anderes. Dunkler, männlich. Augen so schwarz und kalt wie gefrorenes Ebenholz. Es war zwanzig Jahre her, aber das Bild war untrüglich.

75

Zwei Stunden lang warteten sie auf dem Parkplatz des zur Straße gelegenen Cafés. Maxie ging hinein, um Kaffee und Gebäck zu kaufen. Juliet schlief, den Kopf auf Franks Schoß.

Die Männer waren lange geübt in Geduld, der Geduld des Beobachtens und Horchens, immer in dem Wissen, daß Gefahr nie weit entfernt war. Während sie tranken und die Kuchen aßen, unterhielten sie sich, und jedem, der nicht zu ihrem Kreis gehörte, wäre ihre Unterhaltung unverständlich gewesen.

»Der Große heute abend«, bemerkte Frank.

»Nur ein Windhauch«, kommentierte René.

»Hat Satta umgehauen«, fügte Maxie hinzu.

»Das ist schon einer«, stellte Frank fest.

»Drückt sich verkehrtrum durch die Hecke«, beobachtete René.

»Bleibt aber ungeschoren«, fügte Maxie durch einen Mundvoll Kuchen hinzu.

Frank kicherte.

»Was zum Teufel tun wir da? Soviel Spaß hab' ich schon seit etlichen Jahren nicht mehr gehabt.«

»Wie läuft's bei Michael?« fragte Maxie René.

Der Belgier grinste. »Er pflügt eine Furche, und dabei gibt's 'ne Menge Seufzen und Stöhnen und spitze Schreie. Der Junge macht eine Gratwanderung... Ich liebe diesen Mistkerl!«

Der BMW fuhr heran. Sie blickten in die Brillengläser der Eule.

Frank griff hinab und schloß mit Daumen und Zeigefinger

Juliets Nase. Sie öffnete den Mund und dann die Augen. Der Australier beugte sich herab, küßte sie auf die Stirn, lächelte und sagte: »Du verläßt diese drei Onkel und gehst zu ein paar anderen. Sag ›hallo‹ zu deinem Papa und zu Guido und Pietro... *Ciao*, Kind.«

Sie setzte sich auf, rieb sich die Augen und sah durch das Fenster auf den BMW. »Wer ist das?« fragte sie.

»Freunde«, sagte Maxie vom Beifahrersitz. »Einen davon kennst du. Du fährst jetzt nach Neapel.«

Frank griff an ihr vorbei und öffnete die Tür. Sie spürte die kühle Luft. Sie beugte sich zum Beifahrersitz vor, küßte Maxie auf die Wange und dann René. Sie hob ihre Segeltuchtasche vom Boden auf, streckte eine Hand aus und berührte mit den Fingern Franks Lippen, lächelte und sagte: »Ich finde Ihren Akzent süß.«

Sie sahen ihr hinterher, als sie in den BMW schlüpfte und dieser davonfuhr. René drehte den Zündschlüssel, und sie machten sich auf den Rückweg nach Rom.

»Das ist ein Kind«, schwärmte Frank vom Rücksitz.

»Kann man wohl sagen«, pflichtete Maxie bei. »Es hat sie etwa zehn Sekunden gekostet, aus dir ein schnurrendes Kätzchen zu machen.«

»Miau«, fügte René hinzu.

Frank rollte sich auf dem Rücksitz ein und brummelte: »Burschen wie ihr bringen einen Aussi dazu, in buntem Technicolor zu spucken.«

René sah mit einer gehobenen Braue zu Maxie.

Maxie grinste und übersetzte: »Wir bringen ihn zum Kotzen.«

76

Der Schwarze kam als erster. Er war sehr groß.

Laura öffnete die Tür, seufzte und sagte: »Creasy hat Sie geschickt.«

Das schwarze Gesicht teilte sich zu einem weißen Lächeln. »Sicher, Ma'am. Und man hat mir gesagt, Sie würden den tollsten Kaninchenschmortopf nördlich des Äquators machen.« Er trug einen schwarzen Samsonite-Aktenkoffer bei sich. Sie öffnete die Tür weit und bat ihn herein. Der Mann setzte seinen Aktenkoffer ab, musterte das Innere des großen Zimmers und seufzte zufrieden. »Wie alt ist es, Ma'am?«

»Dieses Zimmer? Etwa vierhundert Jahre, aber es gibt natürlich neuere Anbauten. Kann ich Ihnen Tee oder Kaffee anbieten, oder ein Glas Wein?«

Er lächelte sie erneut an und sagte: »Kaffee wäre schön, Ma'am. Tut mir leid zu sagen, daß ich ziemlich viel davon trinke.«

Sie ging in die Küche, wobei sie über die Schulter hinweg fragte: »Sind Sie Amerikaner?«

»Ja, Ma'am. Aus Memphis, Tennessee. Obgleich ich viele Jahre nicht mehr in den Staaten war.«

Er war ihr zur Küchentür gefolgt. Sie drehte sich um und sagte: »Dieser ›Ma'am‹-Quatsch wird mir zuviel. Mein Name ist Laura. Mein Mann heißt Paul.«

Er senkte anerkennend den Kopf. »Freut mich, Sie kennenzulernen, Laura. Mein Name ist Tom … Sawyer.«

Sie schmunzelte, und er erwiderte das Lächeln.

»Nun, eigentlich ist mein Vorname Horatio, aber ich wurde irgendwie seit eh und je Tom genannt.«

Sie füllte die große Kaffeekanne bis zum Rand und deutete auf einen Stuhl. »Wie viele werden Sie sein?«

Er setzte sich, und der Rohrstuhl ächzte bedrohlich. »Bis heute abend werden wir zu fünft sein«, antwortete er.

Das Erschrecken zeigte sich auf ihrem Gesicht. »Werden Sie alle hier bleiben?«

Er lachte und schüttelte den Kopf. »Nein, Laura, nur ich werde hier bleiben. Ein weiterer wird bei Ihrem Sohn Joey und dessen Frau unten im Tal bleiben. Drei weitere werden in der Gegend herumlungern.«

»Wo werden sie ›herumlungern‹?« fragte sie neugierig.

Er winkte lässig mit einer Hand zum Fenster. »Oh, dort draußen, Laura. Wissen Sie, einfach so'n bißchen herumlungern, sich die Aussicht ansehen.«

Sie lachte und setzte sich ihm gegenüber an den Küchentisch. »Tom, dies ist eine kleine Insel. Wenn hier drei bärbeißig aussehende Fremde herumlungern, wie Sie es ausgedrückt haben, dann werden die Einheimischen anfangen zu reden.«

Er schüttelte den Kopf. »Kein Problem, Ma'am… Laura. Wir haben alle eine gute Tarnung.«

»Und die wäre?«

Er lächelte. »Wir sind alle leidenschaftliche Vogelbeobachter.«

Sie warf den Kopf in den Nacken, lachte schallend zur Decke und sagte daraufhin ernsthaft zu ihm: »Es gibt nicht mehr allzu viele Vögel auf Gozo, dank unserer passionierten Jäger. Sie schießen auf alles, was sich bewegt.«

Er hob die Schultern und erwiderte ebenso ernst: »Wie ich gesagt habe, wir sind leidenschaftlich. Das macht es zu einer größeren Herausforderung.«

»Was ist mit nachts?« fragte sie. »Werden Sie alle nachts herumlungern?«

»Sicher.«

»Und nach Vögeln Ausschau halten?«

Erneut grinste er. »Nach Eulen, Laura... ich und die Jungs sind wirklich scharf darauf, Eulen zu entdecken.«

Sie schüttelte belustigt den Kopf. Der Kaffee war durchgelaufen. Sie erhob sich und schenkte ihm einen großen Becher und sich selbst einen kleineren ein. »Milch und Zucker?« fragte sie.

»Nein, danke. Ich nehme ihn einfach so, wie er kommt... so schwarz wie ich.«

Er trank einen Schluck und nickte anerkennend, da klingelte das Telefon.

Sie hob den Hörer ab und führte ein kurzes Gespräch mit Joey. Es endete mit ihren Worten: »Nein, meiner ist ein Amerikaner... so schwarz wie der Kaffee, den ich ihm gerade eingeschenkt habe.«

Sie legte den Hörer auf und erklärte: »Mein Sohn hat gesagt, bei ihm sei gerade ein Chinese hereingeschneit.«

»Vietnamese«, korrigierte Tom. »Do Huang... wir nennen ihn Dodo.«

»Ein vietnamesischer Vogelbeobachter?«

»Sicher.«

»Woher kommen die anderen drei?«

»Zwei Briten und ein Südafrikaner... Gute Männer... Sie und Ihre Familie werden in Sicherheit sein, Laura. Wir erwarten nicht, daß wir lange hier sind. Nur eine Sache von Tagen. Ich versuche, so unaufdringlich wie möglich zu sein.«

Sie nickte nachdenklich und sagte: »Sie werden im Gästeflügel schlafen, aber natürlich werden Sie die Mahlzeiten mit uns einnehmen, und, bitte, fühlen Sie sich völlig wie zu Hause. Morgen werde ich ein Kaninchen zubereiten. Heute Abend gibt es gebratenes Lamm.« Ein Gedanke kam ihr. »Übrigens, was erzähle ich den Leuten? Schließlich erhalten wir normalerweise keinen Besuch von übergroßen schwarzen Amerikanern.«

»Ich schätze, Sie sagen ihnen einfach, daß ich ein Freund von Guido bin... Was zufällig stimmt.«

»Sie kennen ihn gut?«

»Sehr gut.« Plötzlich wurde sein Gesicht ernst. »Ma'am... Laura... ich kannte auch Ihre Tochter Julia. Ich habe sie ein paarmal in Neapel besucht. Sie hat mir viel Freundlichkeit erwiesen... Sie war eine sehr feine Lady.«

Schweigen senkte sich herab. Schließlich sagte Laura: »Sie sind ganz besonders willkommen, Tom Sawyer.«

77

»Ist er sehr wütend auf mich?«

Eine Sekunde lang nahm Jens die Augen von der Straße, um Juliet einen Blick zuzuwerfen. Sie hatte sich im Sitz neben ihm zusammengerollt, und in ihren Augen las er Angst. Die Eule saß auf dem Rücksitz, die großen Kopfhörer seines Discman über den Ohren. Ziemlich regelmäßig drehte er sich um und sah aus dem Rückfenster. Sie würden in etwa zwanzig Minuten in Neapel eintreffen.

»Das drückt es noch milde aus«, sagte er.

»Ich sehe nicht, warum«, verteidigte sich Juliet trotzig. »Ich habe nur helfen wollen. Ich meine, ich kann beim Kochen, Putzen, Waschen und sonst allem in der *Pensione* helfen – ich bin gut darin.«

Der Däne seufzte und erklärte ihr kurz und bündig: »Wir stecken mitten in einer halsbrecherischen Operation, die sich rasend schnell dem Höhepunkt nähert. Alle, die daran beteiligt sind, sind in Gefahr. Einige mehr als andere. Alles hätte gestoppt werden müssen, falls sie dich erwischt hätten ... und sie hatten dich erwischt. Das letzte Mal habe ich dich in Marseille gesehen. Du hast in einem schlimmeren Zustand auf einem Bett gelegen, als ich je einen Menschen zuvor gesehen habe. Wenn unser Team nur fünf Minuten zu spät am Flughafen gewesen wäre, wärst du jetzt auf dem besten Weg zurück in jenen Zustand. Creasy hat Frank und Maxie schicken müssen, während sie bereits eine sehr heikle Operation planten. Er mußte René zu einem sehr kritischen Zeitpunkt von der Überwachung Michaels abziehen. Ich und die Eule mußten unsere Arbeit im Hauptquartier im Stich lassen und nach Norden eilen, um dich von den anderen zu übernehmen ... Zweifellos sind die Leute auf Gozo, die sich um dich gekümmert haben, krank vor Sorge gewesen und werden noch immer krank vor Sorge sein, bis wir zur *Pensione* kommen und Creasy sie anruft, um ihnen zu sagen, daß du in Sicherheit bist. Ja, ich schätze, Creasy ist wütend auf dich.«

Spät in der Nacht weinte sie in einem kleinen Zimmer der *Pensione*. Sie weinte nicht, weil Creasy sie angeschrien hätte oder wütend gewesen wäre, denn keines von beidem war der Fall gewesen. Sie weinte wegen der Enttäuschung in seinen Augen, als er sie angesehen hatte. Sie hatte sofort angeboten, umgehend nach Gozo zurückzukehren, aber er hatte den Kopf geschüttelt und gesagt: »Es ist unmöglich, daß ich

Laura und Paul noch einmal die Verantwortung übertrage. Sie haben genügend Tragödien in ihrem Leben gehabt.«

Sie war auf ihr Zimmer gegangen, hatte das Essen verweigert, die Tür abgeschlossen und sich aufs Bett geworfen, und ihr Herz war nahe daran gewesen zu brechen. Schlaf tröstete sie, doch nach Mitternacht stand sie auf und fing an, in dem kleinen Zimmer auf und ab zu gehen, und sie faßte den Entschluß, morgens als erste aufzustehen und sich nützlich zu machen, mochte kommen, was da wollte.

78

General Emilio Gandolfo war Jäger. Die Pirsch auf einen Vogel oder einen Hirsch oder einen Keiler war seine größte Leidenschaft. Er hatte in Schottland, Rumänien und Botswana gejagt, hatte jedoch niemals das Ritual geändert, die letzten beiden Septemberwochen mit seinem engsten Freund Julio Bareste, einem rechtslastigen Anwalt mit ebensolchen tadellosen Verbindungen wie er selbst, in den Bergen auf die Jagd nach Rebhühnern zu gehen.

Jedes Jahr am fünfzehnten September beluden sie Gandolfos Range Rover mit Lebensmitteln, Wein, Gewehren und der modischsten Jagdkleidung, die in dieser Saison erhältlich war. Sie gaben ihren Frauen einen Abschiedskuß und fuhren zu der einsamen Hütte in den Bergen, die sie jedes Jahr mieteten. Abgesehen von einem anderen Jäger dann und wann sahen sie niemanden. Sie kochten sich ihre Nudelgerichte selbst, komponierten ihre eigenen Soßen und genossen den Vorrat an Schinken, Käse und guten Weinen. Bei Sonnenaufgang standen sie auf, und bei Sonnenuntergang kehrten sie zurück. Die Abende wurden mit Essen, Trinken und der Rettung der Welt verbracht; was bedeutete, diese scharf nach rechts zu lenken. Die seltenen Störungen kamen lediglich über das Handy, das Bareste mitnahm und in der Hütte liegen ließ.

Colonel Satta kannte Gandolfos jährlichen Jagdausflug gut. Er diskutierte ihn ausführlich mit Maxie und Frank.

79

Creasy kam sich allmählich wie ein General vor, der in einem Kommandobunker sitzt, während sich draußen alle auf die Schlacht vorbereiten. Er erhielt täglich telefonische Berichte von René oder Michael. Er sprach regelmäßig mit Laura auf Gozo und mit Tom Sawyer und war im Stillen zuversichtlich, daß die Situation auf Gozo unter Kontrolle war, gleich, was der ›Blaue Ring‹ tat.

Juliet hatte alle dadurch überrascht, daß sie sich in der *Pensione* auf die körperlichen Arbeiten gestürzt hatte. Jeden Morgen war sie bei Sonnenaufgang auf, putzte zunächst die Küche, machte sich dann über den kleinen Speisesaal her und nahm sich eines nach dem anderen die Gästezimmer vor. Sie schrubbte die Fußböden, putzte die Fenster und polierte das Holz. Zunächst hatten die Männer belustigt zugeschaut, als sie jedoch ihre Entschlossenheit gesehen hatten, hatten sie sie mit Respekt behandelt.

Nach und nach hatte sie sich in ihren Kreis eingeschlichen.

Sie fingen an, offen vor ihr zu sprechen und Pläne zu schmieden. Sie beobachtete und horchte, während Creasy das Telefon benutzte, um Informationen zu erhalten und zu geben und Befehle zu erteilen. Auf einen Außenseiter hätte alles entspannt gewirkt, aber sie konnte die Spannung verspüren, die sich aufbaute, insbesondere in Guido und Pietro. Sie hatte das Creasy gegenüber erwähnt, als sie allein waren.

Er hatte genickt und es erklärt. »Pietro ist noch nie in eine solche Operation verwickelt gewesen. Nicht einmal am Rande. Guido andererseits ist sehr erfahren, hat sich jedoch viele Jahre lang zurückgezogen. Bei ihm ist es eher Aufregung als Anspannung.«

Der Anruf von Satta kam gerade vor dem Essen. Creasy nahm ihn allein auf seinem Zimmer entgegen.

»Ich habe mich entschlossen, nicht meinen Abschied einzureichen«, erklärte Satta. Er wartete auf Creasys Reaktion, erhielt jedoch keine; daher fuhr er fort: »Um Lyndon Johnson zu zitieren, ich bin nützlicher, wenn ich im Zelt stehe und hinauspisse, als wenn ich draußen stehe und hineinpisse... Nachdem Gandolfo aus dem Weg geräumt ist, werde ich mich auf die Jagd nach anderen seines Schlages machen. Ich stelle im Geiste schon eine Liste zusammen.«

»Sie wird endlos sein«, kommentierte Creasy.

»Vielleicht, aber Name um Name von der Liste zu streichen wird mir mehr Befriedigung verschaffen, als herumzusitzen und meine Füße zu betrachten.«

»Wie wirst du die Informationen aus Gandolfo herausbekommen, ohne dich selbst zu kompromittieren?« fragte Creasy.

Der Italiener erklärte die Jagdgewohnheiten des Generals

und den Plan, den er mit Maxie und Frank ausgearbeitet hatte.

Creasy ging ihn in Gedanken durch und fragte dann: »Du kannst diese Drogen ganz bestimmt bekommen?«

»Ja. Ich habe den richtigen Kontakt, den du ja auch kennst, und einen Mittelsmann dazwischen.«

»Ist er sich gewiß, daß sie wirken werden?«

»Ja, wenn man Gandolfos Alter und seine Krankengeschichte berücksichtigt.«

»Hört sich gut an, es sei denn, der General entschließt sich, mit seinem Freund nach Rom zurückzukehren.«

»Ist unwahrscheinlich. Wenn er's tut, haben wir einen zweiten Plan in der Hinterhand. Wir schnappen uns beide unterwegs und arrangieren dann später einen tödlichen Unfall... Das ist eine gefährliche Straße, insbesondere nachts.«

Creasy ging in Gedanken alle Möglichkeiten durch. Er hatte viel Bewunderung übrig für die Subtilitäten von Sattas Verstand; und in Maxie und Frank legte er sein vollstes Vertrauen. Er fragte: »Wer wird diese kleine Bombe werfen?«

»Darüber haben wir uns gestritten«, sagte Satta. »Ich wollte kurzzeitig jemanden anheuern, aber Maxie und Frank hatten was dagegen. Sie hielten es für unklug, jemanden von draußen hineinzuziehen.«

»Sie hatten recht.«

»Ja, auf jeden Fall. Ich habe René vorgeschlagen, wurde jedoch wieder überstimmt. Sie haben gesagt, Sie wollten nicht, daß Michaels Tarnung in diesem späten Stadium auffliegt.«

»Da hatten sie wiederum recht«, sagte Creasy. »Nicht, weil er mein Sohn ist, sondern weil er jetzt in der Schlüsselposition für die Operation steckt... Wer wird's also tun?«

»Ich habe mich dazu angeboten, aber die Mistkerle haben

bloß gelacht... Also wird's Frank tun. Er wird eine kleine Splittergranate benutzen. Sie wird einen ziemlichen Bums verursachen, jedoch wenig Schaden anrichten.«

Creasy kicherte. »Ok. Ich schätze, Frank hat ein bißchen mehr Erfahrung als du. Aber wie berührt das den Zeitplan?«

»Kein Problem. Maxie und ich werden am späten Nachmittag hinauf in die Berge fahren. Es braucht etwa zwei Stunden. Wir werden die Hütte observieren. Frank wird seine Granate um punkt acht Uhr werfen und zu uns kommen. Ich habe ein Handy, er ebenso. Wenn sich Gandolfo dazu entschließt, mit Bareste nach Rom zurückzukehren, dann wird Maxie an einem vorausbestimmten Platz eine Straßensperre errichten. Er wird die Uniform eines Hauptmanns der *Carabinieri* tragen. Maxie und Frank haben alles ausgearbeitet... es hat ihnen anscheinend einen diebischen Spaß gemacht.«

»Darauf wette ich«, sagte Creasy mit einer Spur Enttäuschung. »Es macht einen fertig, hier zu sitzen und das Telefon anzustarren... Ok, Mario, bleiben wir in Verbindung. Viel Glück!«

80

Julio Bareste fand, daß sein Freund mit dem Jägerkäppi lächerlich aussah, sagte jedoch nichts. General Gandolfo war extrem empfindlich, was seinen Geschmack in den meisten Dingen des Lebens betraf, und insbesondere bei der Wahl seiner Kleidung. Beide Männer trugen Tweed, die Knickerbockerhosen steckten in wadenlangen Tartansocken.

Sie sahen sich als erhaben über die anderen italienischen

Jäger, und dies spiegelte sich in ihren Gewehren wider. Gandolfo trug eine doppelläufige Holland-and-Holland-Schrotflinte, Kaliber zwölf, die ein Geschenk seines Vaters zum einundzwanzigsten Geburtstag gewesen war. Viele Jahre lang hatte er mit ihrer zunehmenden Seltenheit und dem steigenden Wert angegeben, bis Bareste vor zehn Jahren bei einem Besuch in London klammheimlich zu Purdey, dem Büchsenmacher, gegangen war und ein wahres Vermögen für ein anderes Exemplar bezahlt hatte. Er hatte fünf Jahre darauf warten müssen und erzählte jedem, der es hören wollte, daß er während der Anfertigung zu zwei »Anproben« nach London reisen mußte.

Der Tag war wenig erfolgreich gewesen, und sie kehrten im Dämmerlicht zur Hütte zurück. Sie hatten lediglich vier Rebhühner in ihren ledernen Schultertaschen. Aber was sollte es. Es war ihr erster voller Tag, und der Wetterbericht für die nächsten Tage war gut. Sie hatten eine Münze geworfen, um zu entscheiden, wer das Essen kochen mußte, und Gandolfo hatte verloren, was ihn freute, weil er sich mit seinen Kochkünsten brüstete.

Sie erreichten die Hütte vor Einbruch der Dunkelheit. Sie war klein, jedoch komfortabel: Zwei Schlafzimmer, eine gut ausgestattete Küche, ein Wohn-/Eßzimmer mit einem offenen Kamin und eine geräumige Veranda nach Süden.

Sie legten ihre Jagdkleidung ab, nahmen eine heiße Dusche und zogen warme Designer-Trainingsanzüge an. Gandolfo zündete das Feuer an, während Bareste Negronis mixte. In der Hütte gab es keinen Strom. Beleuchtung, Heizung, der Herd und der Kühlschrank liefen alle über Gasflaschen. Bareste machte es sich vor dem knisternden Kaminfeuer bequem, während Gandolfo in der Küche herumfuhrwerkte.

Der General hatte gerade einen Topf Nudeln auf den Tisch gestellt, da klingelte das Handy auf dem Kaminsims.

Mit einem gemurmelten Fluch hob Bareste es auf, drückte einen Knopf und bellte: »*Pronto!*« Sein Ausdruck beim Zuhören wechselte von Gereiztheit zu Besorgnis.

Gandolfo eilte zu ihm und fragte: »Was ist, Julio?«

Bareste hielt eine Hand hoch und fragte ins Telefon: »Bist du in Ordnung? Ja... Gut... Natürlich habe ich keine Ahnung... Beruhige dich doch... Warte einen Augenblick.« Er wandte sich an Gandolfo. »Vor etwa fünfzehn Minuten wurde eine Bombe auf mein Haus geworfen.«

»Jemand verletzt?«

»Nein, nur Carla war zu Hause. Offensichtlich wurde die Vordertür beschädigt und ein Fenster eingedrückt. Carla ist sofort zum Haus unseres Sohnes in der Nähe gelaufen. Sie ist jetzt mit unserer Schwiegertochter und den Kindern dort. Paolo hat natürlich die Polizei gerufen und ist schnurstracks zum Haus gegangen.«

Der General übernahm das Kommando. Er ergriff das Telefon und sagte Carla, sie solle zurückrufen, sobald Paolo zurückgekehrt sei. Dann rief er das Hauptquartier der *Carabinieri* an und gab eine Reihe von Anweisungen. Anschließend nahm er Bareste beim Arm und führte ihn mit den Worten zum Eßtisch: »Natürlich müssen wir zurück, aber iß erst mal. Jetzt kümmern sich die besten Leute darum. Der Colonel, der unsre Abteilung für Bombenattentate leitet, kümmert sich persönlich darum. Er wird uns von dort aus anrufen. Glücklicherweise ist niemand verletzt.«

Bareste ließ zu, daß man ihn auf den Stuhl drückte.

Gandolfo häufte Nudeln auf die Teller und schenkte den Wein ein. »Ahnst du, wer dahinterstecken könnte?«

Bareste schüttelte den Kopf. »Du weißt, wie das bei Männern wie uns ist – wir machen uns Feinde. Ist unausweichlich.«

»Wie dem auch sei«, sagte Gandolfo fest, »wer dahintersteckt, dem wird es sehr leidtun. Offensichtlich wissen sie nichts von unserer Freundschaft. Sie werden für ihre Unwissenheit bezahlen.«

Die beiden Männer aßen schweigend, bis das Telefon erneut läutete. Es war Barestes Sohn, der aus dem Haus anrief. Er sagte seinem Vater, daß es eine kleine Bombe oder Granate gewesen sei. Sehr wenig Beschädigungen. Überall schwärmten Polizei und *Carabinieri* umher. Neben ihm stünde ein Colonel, der mit General Gandolfo sprechen wolle.

Bareste reichte das Telefon hinüber und machte sich wieder an seine Nudeln, während der General zunächst zuhörte, dann Fragen stellte und daraufhin weitere Instruktionen gab. Bareste merkte, daß ihm der Colonel ein wenig leidtat. Es war schließlich nur ein kleiner Zwischenfall in einem Land, wo Bombenattentate und Schießereien an der Tagesordnung waren. Das sagte er auch, nachdem er noch einmal mit seinem Sohn gesprochen und ihm gesagt hatte, er wäre innerhalb von drei Stunden in Rom zurück.

Gandolfo winkte abwehrend mit einer Gabel.

»Natürlich schenken wir der Sache besondere Aufmerksamkeit. Dafür sind Freunde da.« Er warf einen Blick auf seine Armbanduhr. »Wir werden in einer halben Stunde auf der Straße sein.«

Bareste hielt eine Hand hoch. »Jetzt hör mal zu. Ich werde allein fahren. Es besteht kein Grund für dich, deinen Urlaub zu unterbrechen… Weiß Gott, du erlaubst dir so wenig Freizeit! Dies ist eine Lappalie, und du hast genug getan. Natürlich muß ich zurückfahren... Carla würde wütend werden, wenn ich's nicht täte. Aber ich muß nicht lange weg sein... höchstens ein oder zwei Tage.« Er deutete auf das Handy. »Ich werd' dir das hier lassen, damit du in Verbindung bleiben kannst, aber ich weigere mich, dir den Urlaub zu verderben.«

Einige Minuten lang tat Gandolfo so, als würde er darauf bestehen mitzufahren, aber sein Freund war stur.

»Carla hat sowieso geplant, in ein paar Tagen ihre Schwester in Florenz zu besuchen, also ist's kein Problem«, erklärte Bareste. »Ich werde spätestens am Mittwoch zurücksein... laß mir einfach nur etwas Wild übrig.«

So wurde es abgemacht. Eine halbe Stunde später umarmten sie sich neben dem Range Rover, und Bareste stieg ein und fuhr in die Dunkelheit davon. Gandolfo kehrte in die Hütte zurück, spülte die Teller und Töpfe und stapelte sie ordentlich. Er entschied sich, vor dem Kamin einen Cognac zu trinken, hatte jedoch erst wenige Schlucke genommen, da fing er zu gähnen an. Die ungewohnte körperliche Anstrengung sowie die Bergluft hatten ihn schläfrig gemacht. Er nahm das Handy vom Kaminsims, legte es auf den Nachttisch, zog sich seinen seidenen Pyjama an und schnarchte drei Minuten später zufrieden.

81

Michael rief kurz nach zehn Uhr an.

In der Pension Splendide hatten sie ihr Abendessen beendet, saßen an der kleinen Bar und tranken *Espressi* und *Stregas.* Juliet war gerade zu Bett gegangen. Creasy nahm den

Anruf entgegen. Er war kurz. Die schwarze Messe würde in der Nacht des kommenden Sonntags stattfinden. Michael hatte keine Ahnung, wo, außer daß es im Umkreis einer Autostunde um Rom wäre. Die Frau würde ihn abholen. Er würde allein sein und nach Waffen oder Sendern durchsucht werden. Er hatte zugestimmt, der Frau die eine Hälfte des Geldes vorher und die andere Hälfte am Tag danach zu geben.

Creasy sagte ihm, daß sie Pläne mit mehreren Optionen ausarbeiteten, daß sie jedoch noch abwarteten, was Satta während der nächsten Stunden aus Gandolfo herausbekäme. Er werde Michael am Morgen anrufen.

Creasy legte auf und sagte: »Es ist lebensnotwendig, daß wir einen Hinweis auf den Ort des Treffens bekommen. Sonst werden wir Michael und der Frau folgen müssen. Sie werden sehr vorsichtig sein, und daher wird es schwierig sein.«

Jens saß neben ihm. Die Eule saß am Tisch und hatte die Kopfhörer aufgesetzt; er war nicht so sehr an Strategie interessiert. Guido stand auf der anderen Seite der Bar und polierte ein Glas.

»Ich würde nicht gern ohne Waffe in so eine Situation hineingehen, oder ohne jemand, der mir den Rücken deckt«, bemerkte er.

Creasy hob die Schultern und sagte: »Du würdest das nicht gern … Aber du tust es. Ich habe dich in der Vergangenheit genügend verrückte Dinge tun sehen, daß du für geisteskrank erklärt werden könntest.«

Guido lächelte, zwinkerte Jens zu und sagte: »Sicher, wir hätten in der Klapsmühle enden sollen … wir beide.«

»Ich glaube, da bist du auch geendet«, bemerkte der Däne. »Sie wird Pension Splendide genannt. Was mir Sorgen macht... Ich bin ebenfalls ein Insasse.« Er grinste und bat um einen weiteren Drink.

Eine halbe Stunde und zwei *Stregas* später läutete das Telefon erneut. Es war Satta. Er war zu gerissen, um über ein Handy in die Einzelheiten zu gehen, also sagte er einfach: »So weit, so gut. Sein Freund ist weg. Die Lichter sind aus. Die Jungs gehen jetzt 'rein. Ich werd' dich anrufen, wenn es vorbei ist und wir auf der Straße sind.«

»Der Ort ist alles«, sagte Creasy. »Wir müssen zumindest eine Vorstellung davon haben, wo es geschehen wird... Es wird Sonntagnacht sein.«

»Verstanden«, erwiderte Satta.

Es klickte, und die Verbindung war unterbrochen.

Creasy legte auf, trank einen Schluck seines Drinks, warf einen Blick auf seine Armbanduhr und sagte: »Maxie und Frank gehen jetzt 'rein. Der andere Bursche ist wie geplant nach Hause gefahren. Satta wird zurückrufen, wenn er was hat. Könnte eine Stunde dauern.«

Guido griff nach der Flasche *Strega* hinter sich.

82

Der General schlief gewöhnlich nicht tief, aber er hörte nichts. Das erste, was seine Sinne überwältigte, war Licht; es drang durch seine Lider. Er schlug die Augen auf, war jedoch geblendet von der Helligkeit. Er drehte den Kopf, seine Gedanken in völliger Verwirrung; einen Moment lang wußte er nicht, wo er war.

Das Licht bewegte sich, und ihm wurde klar, daß es der

Strahl einer Taschenlampe war. Er sah ihn im Raum umherhuschen, sah ihn über die Holzwände wandern. Mit einem Schlag wußte er wieder, wo er war. Er lag im Bett, in der Hütte in den Bergen, und jemand war im Raum. Er richtete sich im Bett auf, während sich seine Gedanken klärten. Er erinnerte sich an Barestes Abfahrt. Vielleicht war er zurückgekehrt. »Julio… bist du's?« rief er zaghaft.

Der Lichtstrahl richtete sich wieder auf seine Augen, und er mußte sie erneut schließen.

Eine Stimme sagte: »Nein, es ist nicht Julio. Seien Sie sehr still. Ich habe eine Waffe auf Ihren Kopf gerichtet.«

»Wer sind Sie?« keuchte er.

»Halten Sie den Mund und rühren Sie sich nicht«, kam die scharfe Erwiderung.

Gandolfos Gehirn setzte sich in Gang. Einbrecher. Das war in den Bergen nicht unbekannt. Im Jahr zuvor hatte es zwei Einbrüche weiter südlich gegeben.

»Ich bin ein General der *Carabinieri*«, sagte er ärgerlich. »Damit werdet ihr nicht davonkommen.«

»Halten Sie den Mund«, widerholte der Mann. Er sprach Italienisch mit einem sehr fremden Akzent.

Gandolfo versuchte, ihn zu erkennen, da spürte er, wie ein anderer Mann den Raum betrat. Es gab mehr Licht, jedoch gedämpfter. Der grelle Lichtstrahl verließ seine Augen, und er öffnete sie. Er sah zwei Männer, beide völlig in Schwarz gekleidet. Sie waren mittleren Alters. Einer war kahl mit einem runden Gesicht. In einer Hand hielt er eine schwarze schallgedämpfte Pistole und eine dünne Taschenlampe in der anderen. Die Pistole war auf Gandolfos Gesicht gerichtet. Der andere Mann war klein und vierschrötig und hatte kurzgeschnittenes schwarzes Haar. Sein Gesicht paßte zum Körper.

In einer Hand trug er eine Gaslaterne, die Gandolfo aus der Küche her wiedererkannte. In der anderen Hand hielt er eine Segeltuchtasche.

An ihrer Haltung und dem Ausdruck auf ihren Gesichtern erkannten Gandolfos Instinkt und Erfahrung, daß die beiden Männer Profis waren. Seltsamerweise beruhigte ihn das. »Ich habe sehr wenig Geld bei mir«, erklärte er. »Und nichts sonst von Wert.«

In diesem Augenblick fiel ihm seine Holland-and-Holland-Schrotflinte ein, die ein Vermögen wert war. Dann wurde ihm klar, daß sie an der Wand lehnte, etwa einen Meter von seiner linken Hand entfernt. Instinktiv drehte er den Kopf, um sie anzusehen.

»Vergessen Sie's«, knurrte der Kahlkopf; dann sagte er auf englisch zu dem anderen Mann: »Machen wir weiter.«

Überrascht davon, diese Sprache zu hören, brach es aus Gandolfo hervor: »Wer zum Teufel sind Sie? Was wollen Sie?«

Der vierschrötige Mann trat näher ans Bett. Er stellte die Lampe auf den Nachttisch und die Segeltuchtasche auf den Fußboden. Der Kahlkopf ging zur anderen Seite des Betts. Die Pistole war nun sehr nahe, der fette Schalldämpfer einen halben Meter von Gandolfos Augen entfernt, und er deutete genau dazwischen. Gandolfo drückte sich nach hinten gegen das Kopfteil, und seine Furcht wuchs.

»Wir erledigen hier nur einen Job«, erklärte der Kahlkopf tonlos. »Kooperieren Sie, und Ihnen wird nichts passieren... andernfalls sind Sie tot. Uns ist es so oder so egal.« Er sprach, als wäre er gekommen, um die Wasserleitung zu reparieren.

Gandolfo setzte zu sprechen an, aber da war die Pistole plötzlich nur noch Millimeter von seiner Stirn entfernt. Er bemerkte, daß die Hand, die sie hielt, ruhig war und in einem schwarzen Handschuh steckte.

Die Stimme wurde härter. »Halten Sie den Mund und tun Sie genau das, was man Ihnen sagt.«

Der General schloß den Mund und schluckte schwer. Die Pistole wurde etwa einen Meter zurückgezogen.

Der verschrötige Mann zog den Reißverschluß der Segeltuchtasche auf und holte eine Plastiktüte mit Verbandsmull und eine große Rolle schwarzes Isolierband heraus. »Legen Sie Ihre Handgelenke zusammen«, befahl er auf Englisch.

Gandolfo zögerte, und plötzlich bewegte sich die Pistole wieder nach vorn. Langsam brachte der General die Hände zusammen. Sie zitterten leicht. Der vierschrötige Mann setzte sich auf die Bettkante. Er zog einen Wattebausch aus der Tüte und drückte ihn Gandolfo zwischen die Handgelenke. Der General sah ihm gebannt zu. Dann nahm der Mann die Rolle Isolierband, zog ein langes Stück davon ab und schlang es mehrmals um Gandolfos Handgelenke. Arme und Schultern waren jetzt bewegungsunfähig. Der Kahlkopf trat zurück, schraubte den Schalldämpfer ab und steckte ihn in eine Tasche seiner schwarzen Lederjacke. Die Pistole verschwand in einem Halfter unter der linken Schulter. Der vierschrötige Mann zog die Decken weg und legte Gandolfos in Seide gekleideten Körper frei. Dann holte er mehrere Rollen dicken Schaumgummis aus der Segeltuchtasche. Er arbeitete zügig. Zunächst zog er Gandolfos Beine auseinander und wickelte mehrere Lagen Schaumgummi um das linke Bein, von der Hüfte bis zu den Zehen. Er verklebte es fest mit dem Isolierband und wiederholte den Vorgang beim rechten Bein und klebte dann beide Beine zusammen. Dasselbe tat er mit beiden Armen des Generals, von den Handgelenken bis zu den

Achselhöhlen. Gandolfos Furcht hatte jetzt einen Beigeschmack von Verwirrung. Er wollte eine Frage stellen, sah jedoch in die dunklen, kalten Augen des vierschrötigen Gesichts und hielt den Mund.

Als nächstes nahm der Mann einen kleineren Streifen Schaumgummi, zog den Kopf des Generals vor und drückte es ihm in den Nacken. Er verklebte die Enden fest über der Stirn, gerade oberhalb der Augen. Schließlich verband er das Isolierband an den Handgelenken mit dem um die Fußknöchel. Der General war jetzt völlig bewegungsunfähig.

Der Mann trat zurück, betrachtete sein Werk und sagte zu seinem Gefährten: »Er sieht aus wie das Michelin-Männchen.«

Der Kahlkopf nickte. »Ja... völlig verschnürt und bereit für den Ofen.«

Sie gingen durch die offene Tür hinaus. Gandolfo hörte die Stimme des Kahlkopfs rufen: »Er gehört ganz Ihnen. Rufen Sie, wenn Sie was brauchen.«

Zehn Sekunden verstrichen, während derer sich Gandolfo zu konzentrieren und zu beruhigen versuchte. Er hatte teilweise damit Erfolg, da kam ein dritter Mann durch die Tür. Er war ebenfalls in Schwarz gekleidet, die Handschuhe eingeschlossen. Zunächst erkannte ihn Gandolfo in dem Dämmerlicht nicht, als er jedoch einen Stuhl heranzog, sah er das Gesicht.

Gandolfo stockte der Atem. »Satta! Um Gottes willen, Satta... Was ist los?«

Satta starrte dem Mann wortlos in die Augen, dann beugte er sich vor. Seine Stimme war sehr leise und wurde vom Haß getragen.

»Sie haben den Bericht des Pathologen über Bellus Leichnam gesehen. Sie wissen genau, welche unmenschlichen Dinge man ihm angetan hat, ehe er getötet wurde… Vielleicht wird eben jener Pathologe auch Ihren Leichnam untersuchen. Eine Autopsie ist beim Tod eines hochrangigen Beamten der *Carabinieri* üblich… Aber sie werden keine Anzeichen für eine Folterung finden… nicht mal den kleinsten blauen Fleck.«

Er deutete auf die Polster um Gandolfos Arme, Beine und Hals. »Egal, wie sehr Sie sich wehren oder Widerstand leisten, kein Pathologe wird jemals auch nur einen blauen Fleck an Ihnen finden.« Er holte eine kleine Plastikschachtel aus seiner Tasche. Er öffnete sie und zeigte dem General ihren Inhalt: eine kleine Spritze, von einem dicken Elastikband festgehalten. Gleich daneben war eine durchsichtige Plastikphiole, die weiße Pillen enthielt. »Die Pillen sind Amiodaron«, erklärte er. »Oral eingenommen verursacht eine Pille einen schweren und tödlichen Herzinfarkt. Die Droge in der Spritze ist Digoxin. Sie hat denselben Effekt, muß jedoch injiziert werden. Vor sechs Jahren hatten Sie einen leichten Herzanfall, und drei Jahre später einen schweren. Sie haben acht Monate Genesungsurlaub genommen. Man hat Ihnen den Rat gegeben, sich vorzeitig pensionieren zu lassen, aber Sie haben sich geweigert… zweifellos unter dem Druck Ihrer Freunde. Wie dem auch sei, diesmal werden Sie diese Wahl nicht treffen müssen. Natürlich ziehe ich es vor, daß Sie die Pille nehmen, weil ein sehr geschickter und gewissenhafter Pathologe eventuell die Einstichstelle einer Spritze entdecken könnte, selbst wenn sie sich an einer sehr ungewöhnlichen Stelle befände.«

Gandolfo schloß die Augen. Sein Atem ging keuchend. Er vernahm erneut Sattas Stimme.

»Sie wissen, wie nahe Bellu mir gestanden hat. Sie sind gerissen, aber Sie sind dumm. Haben Sie wirklich geglaubt, daß das, was Sie getan haben, ungesühnt bliebe?«

Gandolfo riß die Augen weit auf und sagte, wie unter Schmerzen: »Ich hatte nichts damit zu tun.«

»Sie hatten alles damit zu tun! Sie haben ihn verpfiffen, in vollem Bewußtsein, was sie tun würden… Ihre Freunde im ›Blauen Ring‹ – Donati, Hussein und zweifelsohne andere. Sie haben für das Böse gelebt, Gandolfo, und Sie werden heute nacht sterben. Sie werden nicht allein sein. Ihre Freunde werden Ihnen bald folgen.«

Der General starrte zur Decke. Unvermittelt wandte er den Kopf und sah Satta in die Augen. »Ich hatte keine andere Wahl… selbst am Anfang nicht. Ihr Griff war wie ein Schraubstock. Ich mußte an meine Familie denken… lassen Sie mich gehen, und ich werde Ihnen helfen.«

Satta beugte sich vor und spuckte ihm ins Gesicht. »Dies sind die letzten Minuten Ihres Lebens.« Er stand auf und ging vor dem Bett auf und ab. Mit kalter, harter Stimme erklärte er Gandolfos Alternativen. Er gebrauchte den Kodex der Mafia als Parallele. Wenn ein *Mafioso* dabei erwischt wurde, umgedreht worden zu sein, gab man ihm die Wahl, Selbstmord zu begehen oder getötet zu werden. Wenn er Selbstmord beging, wurde seine Familie verschont. Wenn er sich widersetzte, erwartete auch seine ganze Familie der Tod. Am Anfang seiner Laufbahn als Mafia-Jäger hatte es Satta überrascht, daß sich so viele inhaftierte *Mafiosi* die Pulsadern aufschnitten. Später hatte er erfahren, daß einige dies getan hatten, weil sie nicht wollten, daß irgend jemand draußen auch nur argwöhnte, sie hätten den Kodex der *Omertà* gebrochen. Er wußte, daß Gandolfo diesen Kodex kannte; aber er malte es ihm noch einmal in den deutlichsten Farben aus. In seinem Ärger ging Satta am Fußende des Betts immer schneller auf und ab. Dann drehte er sich abrupt um und sah den gefesselten General an. »Ihre Frau ist vor zehn Jahren gestorben, und Sie haben sie kaum betrauert. Als sie noch lebte, haben Sie sie wie ein Stück Dreck behandelt, und Sie haben ihren Tod kaum bemerkt, so beschäftigt waren Sie mit Ihren Huren und Geliebten. Aber Sie hat Ihnen drei Söhne und eine Tochter geboren. Sie haben alle geheiratet und Sie mit neun Enkelkindern beschenkt sowie einem zehnten, das Ihre Tochter nächsten Monat bekommen wird.« Er deutete auf die offene Tür. »Jene Männer, die Sie gefesselt haben... es sind zwei von vielen, und sie sind im Vergleich zu einigen anderen die reinsten Kätzchen. Wie ich hat ihr Anführer Bellu als Blutsverwandten angesehen... Ihre Kinder und Enkelkinder werden gar nicht wissen, was ihnen geschieht... diese Männer werden über Ihre Kinder und Enkelkinder wie die Pest kommen.«

Er blieb am Fußende des Betts und starrte auf den absurd aufgeblasenen Mann.

Gandolfo sah zur Decke. Die Zeit verstrich, und dann fragte er heiser: »Was wissen Sie noch nicht?«

Satta holte aus seiner Jackentasche ein kleines Notizbuch und einen Füllhalter. Er setzte sich und sagte: »Von Anfang an... Ihrem Anfang. Und bis zum Ende... über Ihr Ende hinaus. Zuerst möchte ich wissen, wo die schwarze Messe kommenden Sonntag stattfinden wird.«

Was von Gandolfos Gesicht zu sehen war, hatte die Färbung unpolierten Elfenbeins. Satta sah, wie seine Lippen ein trauriges Lächeln formten. Seine Stimme klang bereits dem Tode nah.

»Ich werde es Ihnen erzählen – und Sie werden mir nicht glauben – aber wenn ich Ihnen alles erzählt habe … dann werden Sie es glauben.«

83

In Neapel spielten sie Poker, jedoch nur um Streichhölzer. Als Guido genügend gewonnen hatte, um jeden Brandstifter in Italien damit versorgen zu können, hörte er angewidert auf und ging zur Kaffeemaschine; sie hatten schon seit langem aufgegeben, *Strega* zu trinken.

Jens sah Creasy mit einem schmerzlichen Gesichtsausdruck an. »Ich habe gedacht, einem Gewinner beim Pokern sei nicht erlaubt, das Spiel zu verlassen.«

Creasy lächelte.

»Stimmt. Guido ist sehr unhöflich.« Er war mit den Gedanken nicht beim Spiel gewesen. Sie waren weit weg, in einer Hütte in den Bergen.

Auf Gozo saß Tom Sawyer auf dem Dach des Bauernhauses und blickte über den Comino-Kanal hinweg. Er sah die Lichter der Fischerboote, die sich hinaus in die Dunkelheit bewegten, um Kalmare zu fangen. Er reinigte seine Maschinenpistole und fragte sich, wie lange dieser Job dauern werde. Er hoffte, er werde sich über viele Tage erstrecken. Er mochte die Leute, die er bewachte; er mochte das Essen, und er mochte die sanfte Wärme der Luft. Gelegentlich hörte man in der fernen Dunkelheit eine Eule schreien. Dann lächelte Tom. Seine Jungs waren wach und taten ihren Job.

In Rom spielten Michael und René Gin-Rommé, um Geld. René lag vorn. Er legte seine Karten ab und sagte grinsend: »Was für ein Glück, daß du so viel Geld auf der Bank hast.«

Michael seufzte und erklärte: »Ich höre auf.« Er sah auf seine Armbanduhr und dann aufs Telefon. Mit den Gedanken war er ebenfalls weit weg.

Satta kam aus dem Schlafzimmer, das Notizbuch in den Händen.

Frank saß am Tisch und las eine Jagdzeitschrift. Er blickte auf und erhob sich dann langsam. »Geht's Ihnen gut?« fragte er.

Sattas Gesicht war bleich und abgespannt. Er hielt das Notizbuch hoch und sagte bitter: »So gut, wie es jemandem geht, der in Exkremente getaucht und fast darin erstickt wäre.« Er holte tief Luft und entließ sie dann langsam wieder aus der Lunge. Er zeigte mit dem Daumen über die Schulter auf die offene Schlafzimmertür. »Der gute und ehrenwerte General hat sich entschieden, die Pille zu nehmen.«

»Ausgezeichnet!« erwiderte Frank herzlich, so als hätte man ihm berichtet, daß ein verstocktes Kind doch noch seinen Spinat aufgegessen hätte. »Dann bringen wir's hinter uns.«

Satta setzte sich an den Tisch, warf das Notizbuch darauf und fragte entschuldigend: »Frank, würd's Ihnen was ausmachen, wenn Sie das tun? Ich versteh's wirklich nicht… ihm die Pille in den Mund zu stecken, sollte einer der großen Augenblicke meines Lebens sein… aber… ich möchte nicht wieder hineingehen.«

Der Australier nickte düster. Er wußte, daß Worte und Offenbarungen manchmal ebensoviel Wucht hatten wie ein

Hochgeschwindigkeitsgeschoß. »Sicher«, sagte er. »Ich werde Maxie rufen. Soll ich Ihnen zuerst einen Kaffee machen?«

Satta schüttelte den Kopf. »Nein... Danke, Frank.« Sein Blick ruhte auf dem kleinen Tisch neben dem Kamin. Darauf stand eine Auswahl an Flaschen. Er stand auf, ging hinüber und nahm eine Flasche Cognac hoch. Frank sah zu, wie er sie entkorkte, an die Lippen setzte, sie dort hielt und die bernsteinfarbene Flüssigkeit die Kehle hinabrinnen ließ. Dann verschluckte Satta sich und hustete, verschloß die Flasche, stellte sie auf den Tisch zurück, drehte sich um und sagte: »Ich möchte einfach nur so schnell wie möglich 'raus.«

»Kein Problem«, erwiderte Frank unbekümmert. »Ich werde Maxie rufen. Sie gehen hinaus und machen einen Spaziergang. Schnappen etwas frische Luft und halten Wache.« Er ging zum Vordereingang, öffnete die Tür und pfiff leise. Aus der Dunkelheit ertönte ein Antwortpfiff. Maxie tauchte auf. Ruhig erklärte Frank die Situation.

Maxie nickte, ging zu dem Italiener und klopfte ihm kameradschaftlich auf die Schulter. »Gut gemacht, Mario. Wir erledigen den Rest. Schnappen Sie etwas frische Luft.«

Satta nickte benommen, dann umarmte er den Mann unvermittelt.

Maxie lächelte Frank über Sattas Schultern hinweg an und sagte dann mit einem leisen Lachen: »Diese Italiener werden wirklich gefühlsselig.«

»Ja... Das saugen sie mit der Muttermilch ein«, gab der Australier zurück.

Satta löste sich mit einem Fluch auf sie beide aus der Umarmung. »*Vaffanculo*!« Aber es wurde voller Zuneigung gesagt. Er hob sein Notizbuch auf und ging hinaus in die Nacht.

Die beiden Männer sahen einander an.

»Das ist ein harter Bursche, der eine Menge gesehen hat«, bemerkte Maxie. »Was dort drin auch geschehen ist, es hat ihn wirklich erschüttert.«

»Ja«, stimmte Frank zu und blickte zur Schlafzimmertür. Mit einem zynischen Lächeln fragte er: »Hast du je einen General getötet?«

Der Rhodesier schüttelte den Kopf. »Nein, ich bin bloß bis zu einem Oberst gekommen… Du schon mal?«

»Nein«, erwiderte Frank wehmütig. »Obgleich mich einer oder zwei ernsthaft in Rage gebracht haben. Bringen wir's hinter uns.«

Frank holte ein Glas Wasser aus der Küche, und dann gingen sie beide ins Schlafzimmer.

Er sah sie kommen. Er sah ihnen in die Augen und sah keine Gnade. Er sah, wie ihre Augen auf einen toten Mann zurückblickten.

Sie richteten ihn in eine sitzende Haltung auf. Die Schachtel mit den Pillen und der Spritze lagen offen auf dem Nachttisch, neben dem Handy. Maxie reichte Frank über das Bett zwei Pillen und hielt dann erwartungsvoll das Glas hoch. Gandolfos Augen blickten in die Ferne.

Frank legte die Hand auf den Schaumgummi hinter Gandolfos Hals, packte fest zu und sagte leichthin: »Weit aufmachen. Ich lege sie Ihnen weit hinten auf die Zunge. Dann wird Ihnen mein Freund das Glas an die Lippen setzen und kippen… Nehmen Sie einen tüchtigen Schluck.«

Gandolfo starrte vor sich hin. Sein Mund schloß sich zu einer schmalen Linie.

Franks Stimmer verlor ihre Leichtigkeit. »Machen Sie, was

Sie wollen. Ich muß Ihnen bloß die Nadel verpassen. Dann werden sich mein Freund und ich nach Rom aufmachen und damit anfangen, uns um Ihre Bambinos zu kümmern. Das kommt uns gut zupaß... Zusätzliches Geld... Gutes Geld.«

Gandolfo sah Frank ins Gesicht. Sekunden verstrichen, und dann öffnete sich allmählich sein Mund. Dann schloß er sich. Dann öffnete er sich wieder. Gandolfo fragte heiser flüsternd: »Wird es lange dauern?«

»Es geht sehr schnell«, erwiderte Frank.

»Sie werden nicht das Geringste spüren«, log Maxie.

Langsam öffnete sich der Mund weiter. Die Augen schlossen sich.

»Weiter«, drängte Frank und beugte sich vor.

Der Mund öffnete sich sehr weit.

Mit zwei Fingern ließ Frank die Pille zwischen die Lippen gleiten. Er zog die Finger zurück, und Maxies Hand hob Gandolfo das Glas an die Lippen. Er schluckte zweimal, wobei ihm ein wenig von dem Wasser das Kinn hinablief. Frank sah zu, wie sein Adamsapfel zweimal auf- und niederging. Er faßte den Hals fester und drückte mit der rechten Hand die Wangen, um den Mund zu öffnen. Er spähte hinein und nickte Maxie zu. Er legte den Kopf auf das Kissen, und sie traten beide zurück. Gandolfo lag mit geschlossenen Augen da. Maxie blickte auf seine Armbanduhr.

Der erste Krampf kam nach gerade neunzig Sekunden. Gandolfo stöhnte vor Schmerz. Krampf folgte auf Krampf, und Gandolfo fing an, sich im Bett umherzuwerfen. Sein Mund öffnete sich und spie Erbrochenes aus. Die beiden Männer sahen schweigend zu, denn der Tod war ihnen nichts Fremdes. Schließlich blieb der Körper reglos liegen. Sie traten beide vor. Maxie zog den Verbandsmull zurück und tastete nach dem Puls am Handgelenk. Frank fühlte am Hals. Nach einer halben Minute sahen sie einander an und schüttelten den Kopf.

»*Kufa*«, sagte Maxie. Ein Wort auf Suaheli, das häufig von den Söldnern der afrikanischen Ära gebraucht wurde. Es bedeutet ›tot‹ in einem sehr positiven Sinne.

Sie räumten rasch auf, befreiten den Körper von dem Schaumgummi. Der seidene Pyjama war von Erbrochenem beschmutzt. Frank legte den linken Arm des Generals auf den Nachttisch, als hätte er versucht, das Handy zu greifen. Maxie packte Schaumgummi, Isolierband und Schachtel in die Segeltuchtasche, während Frank in der Küche das Glas abspülte, trocknete und wieder in den Küchenschrank stellte. Er legte die Jagdzeitschrift in den Ständer zurück.

Aus zweihundert Metern Entfernung sah Satta die Lichter der Hütte erlöschen. Er hielt ein Handy in der Hand und tippte die Zahlen. Einen Moment später vernahm er Creasys Stimme.

»*Pronto?*«

»Erledigt«, sagte Satta. »Perfekter Plan… Wir haben alles, was wir brauchen. Wir werden in einigen Stunden bei euch sein… *Ciao.*«

»*Ciao.*«

84

Das Schiff aus Albanien legte kurz nach Mitternacht in Bari an. Es war eine rauhe Überfahrt gewesen, und sowohl Katrin als auch Schwester Simona waren seekrank gewesen. Also hatten die näherkommenden Lichter des Hafens und sein Schutz eine zusätzliches Maß des Willkommens angenommen.

Sie passierten Paßkontrolle und Zoll mit einer Leichtigkeit, die Schwester Simona überrascht hatte. Sie war wohl vertraut mit der italienischen Bürokratie. Obgleich ihre Papiere völlig in Ordnung waren, hatte sie wegen Katrins Status als ausländische Waise eine längere Verzögerung erwartet. Aber als sie sich bei der langen Schlange anstellten, war ein Zollbeamter vorbeigekommen. Er machte Schwester Simona in ihrem weißen Habit aus, stellte sich vor, nahm ihren großen Koffer und Katrins kleine Tasche und ihre Papiere und führte sie glatt durch das Labyrinth der Bürokratie. Wenige Minuten später führte er sie in einen Raum, der für spezielle Immigranten reserviert war. Katrin umklammerte den kleinen Strauß Wiesenblumen, den sie an jenem Nachmittag auf dem Grundstück des Waisenhauses gepflückt hatte. Sie waren von der Reise vertrocknet.

In dem Raum waren drei Leute: Franco Delors und ein gutgekleidetes Paar mittleren Alters. Mit strahlendem Gesicht trat Delors heran und stellte sich vor. Man hatte Schwester Simona gesagt, daß er sie abholen werde. Er stellte das Paar als *Signor* und *Signora* Maccetti vor: Katrins neue Adoptiveltern.

Zunächst war die Atmosphäre im Raum natürlich angespannt. Katrin sprach sehr wenig Italienisch, aber als sie das Paar anblickte, das sie nervös anlächelte, wurde ihr klar, wer sie waren. Scheu ging sie auf sie zu und hielt der Frau die welken Blumen hin.

Signora Maccetti war eine große, stämmige Frau. Sie strahlte das Kind an, beugte sich hinunter und umarmte sie, wobei sie die Blumen zwischen ihnen zerdrückte. Ihr Gatte nickte lächelnd.

Delors wandte sich mit einem breiten Lächeln an Schwester Simona. »Es hat eine leichte Änderung der Pläne gegeben. Eigentlich hätten sie die Kleine morgen von Ihrem Augustinerkloster hier in Bari abholen sollen.« Er hob die Schultern. »Aber natürlich waren sie so ungeduldig, sie zu sehen ... Sie würden gern gleich morgen früh mit ihr nach Rom fliegen, damit sie sich so bald wie möglich eingewöhnt.«

Auf Schwester Simonas Gesicht zeigte sich Unsicherheit. Sie sah, wie *Signor* Maccetti Katrin umarmte, während seine Frau mit mütterlichem Lächeln zuschaute.

Beruhigend sagte Delors: »Ich habe heute nachmittag mit der Mutter Oberin hier gesprochen. Sie hat gesagt, Sie überlasse Ihnen die Entscheidung.«

»Ich werde mit Katrin reden«, erklärte Schwester Simona. »Sie ist ein verständiges Mädchen und wird ihre eigene Wahl treffen.«

Aus einer großen Handtasche hatte *Signora* Maccetti ein in Geschenkpapier verpacktes Paket hervorgeholt. Sie blickte zu Schwester Simona hinüber und sagte: »Würden Sie bitte Katrin sagen, daß dies ein kleines Geschenk ist, das sie in ihrem neuen Zuhause willkommen heißt?«

Schwester Simona übersetzte das ins Albanische. Katrin sah das Paket an, lächelte und streckte die Hand aus. Sie nahm das Paket und drehte sich damit zur Nonne um. Schwester Simona lächelte und nickte. In dem Paket war ein wunderschöner rosafarbener Kaschmirpullover mit komplizierten vielfarbenen Seidenapplikationen.

Das Kind befühlte die weiche Wolle und schrie entzückt auf, dann warf sie die Arme um die Frau.

»Ich glaube, es wird ihr hier gefallen«, bemerkte die Nonne zu Delors.

Schwester Simona erklärte Katrin, die postwendend ihren grauen gestifteten Second-Hand-Pullover gegen den neuen ausgetauscht hatte, die Änderung des Plans. Beim Zuhören hielt sie die Hand ihrer Adoptivmutter. Sie lächelte und nickte zustimmend.

Die Nonne umarmte sie und sagte dann zu den Maccettis: »Ich mache zehn Tage Ferien, ehe ich nach Albanien zurückkehre. Ich besuche nächste Woche meine Eltern, die in der Nähe von Rom leben ... Ich käme gern vorbei und sähe nach, wie sie sich eingewöhnt.«

»Das wäre wundervoll«, sagte *Signora* Maccetti, »aber wir haben geplant, am Sonntag nach Florida zu reisen, um meinen Bruder zu besuchen, der dort lebt. Er hat Kinder in Katrins Alter.«

Erneut bemerkte Delors die Unsicherheit auf dem Gesicht der Nonne.

»Ist ein bißchen plötzlich«, sagte sie. »Schließlich spricht Katrin kaum Italienisch, ganz zu schweigen von Englisch.«

Signora Maccetti lachte leise. »Daran haben wir gedacht. Mein Bruder hat ein Dienstmädchen albanischer Abstammung engagiert, das in seiner Familie leben wird. Es wird kein Problem mit der Sprache geben ... Wir haben geglaubt, daß die Aufregung einer Reise und der Sonnenschein in Florida gut für sie wären.« Sie tätschelte dem Kind das bleiche Gesicht. »Sie braucht Sonnenschein und das Meer, und Kinder in ihrem Alter.«

Die Nonne war beruhigt. »Wann werden Sie zurücksein?« fragte sie.

»In ein paar Wochen«, antwortete *Signor* Maccetti. »Natürlich werden wir mit *Signor* Delors in enger Verbindung bleiben. Wenn Sie das nächste Mal in Italien sind, müssen Sie Katrin besuchen… und unser Gast sein.«

»Sie werden uns sehr willkommen sein«, fügte seine Frau warm hinzu.

Und so stand Schwester Simona schließlich neben dem von einem Chauffeur gelenkten Mercedes und umarmte ihren Schützling ein letztes Mal und sah zu, wie sie zu einem neuen Leben davongefahren wurde.

Delors nahm die Nonne zum Kloster mit. Unterwegs sagte er munter: »Schwester Assunta wird erfreut sein, daß es mit der ersten so gut gegangen ist.«

»Sie kennen Schwester Assunta?«

»Nur brieflich. Ich weiß von der wundervollen Arbeit, die sie tut… Sie alle, natürlich.«

»Sie ist ein Engel«, murmelte die Nonne und sagte dann abwesend: »Sie ist heute nacht nach Malta gefahren.«

Delors warf ihr einen Blick zu. »Tatsächlich?«

»Ja… sie hat so hart gearbeitet. Sie braucht eine Pause. Sie wissen, wie das ist.«

»Ja, das weiß ich«, stimmte er inbrünstig zu. »Wann wird sie zurückkommen?«

»Sie hat gesagt, in einigen Tagen.«

»Grüßen Sie sie von mir, wenn Sie sie sehen.«

Sie drehte sich um und lächelte ihn an. »Das werde ich tun.«

85

Die Buchten spiegelten den Glauben der Menschen wider, wie das klare Blau des Mittelmeers die Sonne widerspiegelte: St. Julian, St. Thomas, St. George und St. Paul, wo der Apostel Schiffbruch erlitten hatte und dann von den heidnischen Maltesern willkommen geheißen worden war; und als Gegenleistung für dieses Willkommen hatte er die christliche Botschaft gebracht.

Schwester Assunta saß auf der Nordterrasse des Klosters und blickte hinaus über die St.-Pauls-Bucht. Das Wasser war aufgewühlt. Hochgezüchtete Rennboote, Kreuzer und Segeljachten zogen kreuz und quer über das Meer. Die Turbulenzen des Wassers spiegelten Schwester Assuntas eigene Gemütsverfassung wider. Sie war einer eingehenden Befragung ausgesetzt gewesen. Die Mutter Oberin war eine Frau von Charakter, die Erfahrung und Ernüchterung zynisch gemacht hatten. Schwester Assuntas Geschichte, daß sie sich an ein Gesicht hinter dem Wagenfenster nach zwanzig Jahren noch erinnerte, hatte ihr eine hochgezogene Braue und eine Flut von Fragen eingebracht. Die Nonne hatte sich nicht beirren lassen, hatte auf ihrem Erinnerungsvermögen beharrt, bis die Oberin sie kopfnickend entlassen hatte.

Ein Leben der Demut gleicht einem steinigen Pfad, aber gelegentlich verleiht es Momenten einen besonderen Glanz. Schwester Assunta hatte einen jener Momente, als sie hinter sich ein leises Räuspern vernahm und den Kopf wandte.

Sie erkannte den Priester wieder. Es war Pater Manuel Zerafa, der leitende Priester des Waisenhauses auf Gozo.

Er zog einen Stuhl heran, setzte sich schweigend neben sie

und schaute ebenfalls über die Bucht. Schließlich sagte er sehr schüchtern: »Schwester, bitte erzählen Sie mir, woran Sie sich bei diesem Gesicht im Wagen erinnern.«

Schwester Assunta holte tief Luft, und ihr Herz hob sich. Die Mutter Oberin hatte ihr geglaubt.

86

»Da gibt es einen Mann. In diesem Augenblick schläft er vermutlich in einer Luxusvilla in den Hügeln der Toskana. Sein Name ist Benito Massaro.« Mit diesem Namen hatte Colonel Mario Satta die ungeteilte Aufmerksamkeit seiner versammelten Freunde geweckt.

Es dämmerte in Neapel. Sie saßen in dem kleinen Speisesaal der Pension Splendide. Ein böiger Westwind peitschte Regen gegen die Fenster.

Auf der Fahrt nach Neapel hatte Satta zuerst beschlossen, seine Information nur an Creasy weiterzugeben; aber während sie durch die naßkalte Nacht fuhren, hatte er einen Blick auf Maxie am Steuer geworfen und die Gegenwart von Frank hinter sich auf dem Rücksitz gespürt. Seine Gedanken waren zu all den anderen weitergewandert, die Teil dessen waren, was für ihn ein persönlicher Alptraum geworden war. Er hatte entschieden, sie alle in sein Vertrauen einzubeziehen.

Jetzt saßen sie um den langen Tisch, während Juliet Kaffee und Brioches verteilte. Sie waren alle müde. Entweder vom Warten oder von der Anspannung der Aktivität. Doch ein einziger Blick auf Sattas ernstes, entschlossenes Gesicht hatte genügt, daß ihnen klar war, daß er ihnen etwas Bedeutsames mitzuteilen hatte. Der Name Benito Massaro bestärkte das.

Für jene, die nicht völlig vertraut mit dem Namen waren, führte er folgendes aus: »Benito Massaro war die treibende Kraft hinter der Freimaurerloge P2. Vergeßt die anderen Namen, auf die sich die Zeitungen eingeschossen haben; Benito Massaro ist ein General. Vor zehn Jahren saß er dem Komitee vor, das alle Sicherheitsdienste unseres Landes kontrollierte und überwachte. Er brachte es fertig, eine erstaunliche Anzahl der mächtigsten Leute Italiens in seine Loge zu ziehen. Er hat seine Gönnerschaft auf einer immensen Bandbreite verteilt. Als P2 aufflog, haben seine Untergebenen die Schuld auf sich genommen. Er ist unantastbar geblieben.« Er forschte in den Gesichtern rund um den Tisch und ließ dann den Blick auf Creasy ruhen. Er sagte ruhig: »Letzte Nacht habe ich etwas von General Emilio Gandolfo erfahren, das mir Kummer bereitet, ein Gefühl der Demütigung, der Verlegenheit und des Schmerzes verschafft. Da ich so viele Jahre meines Lebens dem Versuch gewidmet habe, das Verbrechen in meinem Land aufzuspüren, wird es nicht schwierig sein zu begreifen, welchen Schock es mir versetzte, als ich erfuhr, daß Benito Massaro nicht nur seine frühere Macht in meinem kranken Land wiedererlangt, sondern sie fortwährend weiter ausgebaut hat.« Er sah erneut zu Creasy und ließ dann seinen Blick langsam über die anderen schweifen. Seine Stimme wurde gefühlvoller. »Dies mag sich dramatisch anhören… es ist sicherlich Ironie, daß die Instrumente, die diese Macht zerschmettern werden, hier mit mir zusammen in diesem Raum sitzen. Es ist ebenfalls Ironie, daß nur zwei davon, Guido und der junge Pietro, Italiener sind.«

Kein Publikum hatte je einem Vortrag gebannter gelauscht.

»Es hat Gerüchte gegeben«, fuhr Satta fort, »daß während der Untersuchung der Loge P2 eine Liste mit über fünfhundert Namen auf mysteriöse Weise verlorengegangen ist. Unter den bekannt gewordenen Namen befanden sich neunhundertzweiundsechzig führende italienische Bürger. Darunter vier Minister aus dem Kabinett, nicht weniger als achtunddreißig Parlamentsabgeordnete und einhundertneunzig höhere Offiziere und Geheimdienstoffiziere. Darunter war auch Michele Sindona, ein führender Bankier mit Verbindung zur Mafia, der später auf mysteriöse Weise im Gefängnis vergiftet wurde. Und Roberto Clavi, Chef der Banco Ambrosiano, bekannt als Gottes Bankier, weil er die Vatikan-Bank beriet und tief in sie verstrickt war. Er wurde 1982 in London unter der Blackfriars-Brücke hängend aufgefunden, nachdem seine Bank anderthalb Milliarden Dollar verloren hatte.« Er seufzte. »Letzte Nacht habe ich entdeckt, daß Benito Massaro imstande gewesen ist, eine neue Loge aufzubauen, die wir ebensogut P3 nennen können … Sie bedroht unmittelbar die Substanz meines Landes.«

Die Männer rund um den Tisch warfen einander Blicke zu, und Creasy stellte die Frage, die alle im Kopf hatten. »Mario, wir verstehen die Sache mit Benito Massaro. Was hat das mit uns zu tun?«

Sattas Gelächter ließ sie frösteln. Er zeigte auf Creasy. »Das, wo ihr, du und dein Sohn, hineingestolpert seid, könnte für mich eine kleine Chance sein, Benito Massaro und die Bedrohung, die er für mein auf den Hund gekommenes Land darstellt, zu brechen und zu vernichten.«

87

Der Regen hatte aufgehört, und eine schwache Sonne erhellte den Himmel. Die übrigen waren ins Bett zurückgekehrt, doch Guido und Creasy gingen hinaus auf die Terrasse, vielleicht im Bemühen, den Kopf klarzubekommen.

»Wenn ich Satta nicht während dieser vergangenen sechs Jahre gekannt hätte«, sagte Guido, »und nicht seinen Verstand und seine Integrität zu schätzen gelernt hätte, würde ich ihn für wahnsinnig halten.«

Creasy lächelte. »Wir haben beide lange genug gelebt und genügend gesehen, um zu wissen, daß er die Wahrheit gesagt hat. Nicht bloß über Gandolfo oder die anderen alle, sondern auch hinsichtlich seiner These, daß er selbst als hochrangiger Beamter bei den *Carabinieri* völlig machtlos ist, etwas wegen dem zu unternehmen, was er erfahren hat.«

Guido knurrte frustriert. »Stimmt«, sagte er. »Wem zum Teufel kann er vertrauen? Er hat von vier weiteren Generälen erfahren, die seine Vorgesetzten bei den *Carabinieri* und Mitglieder der P3 sind. Er hat erfahren, daß zwei Kabinettsmitglieder, die nicht auf der ursprünglichen P2-Liste standen, Mitglieder der P3 sind...« Er lächelte zynisch. »Außerdem hat er von einem Kardinal, zwei Erzbischöfen und fünf obersten Richtern erfahren. Wem sollte er daher Bericht erstatten? Wie könnte er eine Untersuchung in Gang setzen? Zweifelsohne hat ihm Gandolfo die Wahrheit gesagt. Ein Mann, der mit absoluter Sicherheit weiß, daß er sterben wird, sagt stets die Wahrheit... Aber Gandolfo wußte nur einen Teil... vielleicht einen kleinen Teil.«

»Davon kann man ausgehen«, pflichtete Creasy bei. »Laß

uns die Informationen im Lichte unserer eigenen Operation und im Lichte dessen betrachten, was genau Gandolfo Satta erzählt hat. Zunächst einmal ist Gandolfo während der letzten drei Jahrzehnte vom ›Blauen Ring‹ erpreßt worden. Erpreßt mit Jugendsünden, sexuellen und finanziellen Verfehlungen. Er hat auch gewußt, daß viele mächtige Männer gleichermaßen erpreßt worden sind. Er hat die Verbindung zwischen Massaro und dem ›Blauen Ring‹ hergestellt, obgleich Massaro den ›Blauen Ring‹ vielleicht mehr benutzt hat als dieser ihn. Gandolfo war sich gewiß, daß sie innerhalb des ›Blauen Rings‹ irgendwo die fehlende Liste der P2-Mitglieder hatten – das allein wäre Millionen wert.« Er drehte sich zu Guido um und lächelte ihn müde an. »Aber laß uns doch alles vereinfachen. Gott sei Dank hat Satta seine eigenen Verbindungen, sowohl durch seine Arbeit und, seltsam genug, durch seine Mutter. Er kann nicht handeln, bevor ihm ein *fait accompli* präsentiert wird. Wenn wir Sonntagnacht den ›Blauen Ring‹ zerschlagen, wird ihm das diesen *fait accompli* liefern. Sein Plan ist gut. Er wird ein Team von untergeordneten Beamten der *Carabinieri* in der Nähe haben, die angeblich dabei sind, im Heim eines verdächtigen Industriellen eine Razzia durchzuführen. Wenn wir Sonntagnacht den Krieg gegen den ›Blauen Ring‹ eröffnen, ist er der hochrangigste Gesetzesvertreter vor Ort. Er wird alarmiert werden. Er wird mit seinem Team der erste am Tatort sein. Wir sind verschwunden. Er hat die Namen von wenigstens zwei ehrbaren Richtern, die vage vorgewarnt sein werden. Sie werden kurz danach am Tatort auftauchen. Niemand, nicht einmal der Premierminister oder der Leiter des Geheimdienstes oder der Leiter von sonst etwas, wird imstande sein, Satta und die Richter aufzuhalten.«

Guido schüttelte den Kopf und lachte. »Was für ein Land!« sagte er. »Ich kann ein Surren hören... Das muß Garibaldi sein, der sich im Grabe herumdreht.«

Creasy lachte ebenfalls. »Der größte Schock für Garibaldi wäre wohl zu erfahren, daß die De Muros Teil dieser ganzen kranken Szenerie gewesen sind. Hat nicht diese aristokratische Familie ihn bei der Finanzierung seines Kreuzzugs zur Vereinigung Italiens unterstützt?«

»Haben sie«, pflichtete Guido bei. »Und die vergangenen hundert Jahre über sind sie eine Stütze der italienischen Gesellschaft gewesen. Jetzt erfahren wir, daß ihre Nachkommen unter dem Einfluß Massaros und, was schlimmer ist, des ›Blauen Rings‹ stehen. Als uns Satta erzählt hat, daß die schwarze Messe am Sonntag in der Privatkapelle der De Muros stattfände, geleitet von einem echten katholischen Bischof, habe ich mir nicht um Sattas geistige Gesundheit Sorgen gemacht, sondern um meine eigene. Dann erinnerte ich mich daran, daß die De Muros ein Ableger der Medici-Familie sind... Vor einigen Jahrhunderten hatten sie ihren eigenen Papst, und zum Zeitvertreib haben sie ihre Gegner vergiftet.«

»Es muß stimmen«, sagte Creasy grimmig.

»Ja«, pflichtete Guido bei. »Niemand, nicht einmal ein dem Tod geweihter General, könnte das erfinden.«

»Wir kennen den Ort«, sagte Creasy. »Wir wissen die Zeit. Wir wissen, wer dort sein wird. Was wir jedoch noch nicht wissen, ist, ob Satta seine Mutter davon überzeugen kann, diese Waffe für Michael im Palazzo der De Muros zu deponieren.«

88

Tom Sawyer streckte die verkrampften Gliedmaßen und sah zu, wie die Sonne zu seiner Linken aufging; sie badete den Comino-Kanal in Rot. Er hörte den Ruf einer Eule. Er hob das Fernglas und richtete es auf eine Gruppe von Johannisbrotbäumen rechts hinter ihm.

Er sah keine Eule, lediglich die dunkle Gestalt eines geduckten Mannes, der sich von den Bäumen entfernte. Wenige Sekunden später ersetzte eine weitere dunkle Gestalt die erste. Sawyer warf zufrieden einen Blick auf seine Armbanduhr. Seine Männer waren, wie üblich, wach und pünktlich. Für ihn war es Schlafenszeit. Er stand von dem flachen Dach des Bauernhauses auf, wobei ihm das Fernglas vom Hals baumelte. Laura war mittlerweile sicher aufgestanden, um das Frühstück zuzubereiten.

Als er die steinerne Außentreppe hinabstieg, klapperte ein verbeulter alter Ford den staubigen Weg herab. Er hielt auf dem Hof, und ein untersetzter Priester stieg aus.

Er begrüßte Sawyer und fragte: »Hat der Vogelbeobachter irgend etwas entdeckt?«

Sawyer grinste und nickte. »Ein paar Turmfalken, die nach Würmern suchten… oder vielleicht nach Mäusen.«

Der Priester lächelte vielsagend und fragte: »Ist Laura greifbar?«

»Denke schon«, erwiderte Sawyer. »Dieses Haus steht mit der Sonne auf.«

Laura war auf und in der Küche. Sie begrüßte den Priester herzlich und stellte ihn Sawyer als Pater Manuel Zerafa vor. Das Gesicht des Priesters hatte sich verfinstert. Er faßte

Laura am Arm und führte sie davon, sprach drängend auf Maltesisch zu ihr. Sawyer hörte das Wort *Uomo*. Er versorgte sich selbst mit Kaffee.

Creasy nahm den Anruf wenige Minuten später entgegen. Laura sagte ihm einfach, daß Pater Zefara dringend mit ihm sprechen müßte.

Creasy hörte Pater Zefara zu, unterbrach lediglich, um zu fragen: »Ist sie sich gewiß?«

Fünf Minuten später war Creasy zurück auf der Terrasse der Pension Splendide und sprach mit Guido. Seine Worte tropften wie Säure in ihrer beider Ärger. »Ich weiß jetzt, wer der Kopf des ›Blauen Rings‹ ist. Es ist ein Araber. Es sieht so aus, daß er höchstwahrscheinlich Michaels biologischer Vater ist.«

89

Während seines gesamten Lebens hatte sich Colonel Mario Satta niemals wirklich mit seiner Mutter gestritten. Sie war eine Dame, die Position, Wohlstand, Intelligenz und Stolz in sich vereinigte, woraus ein furchteinflößender Charakter erwuchs.

Für die Konfrontation hatte er seinen älteren Bruder, Professor Giovanni Satta, von seinen chirurgischen Pflichten im Cardarelli-Krankenhaus in Neapel herbeigerufen. Dieser sollte ihn in der Familienvilla in Rom unterstützen. Es hatte eine Stunde gedauert, Giovanni über alles zu unterrichten; aber am Ende dieser Stunde war auch er überzeugt, und sie gingen zusammen in den Salon, um mit ihrer Mutter zu sprechen.

Signora Sophia Satta war vierundsiebzig Jahre alt und hatte einen Verstand, bei dem Machiavelli dunkelgrün vor Neid geworden wäre. Es ging das Gerücht, daß kurz vor dem Krieg Mussolini während eines Staatsempfangs einen Annäherungsversuch bei ihr unternommen hatte. Sie war eine große Frau. Sie hatte ihm den kahlen Kopf getätschelt, dann hinabgegriffen und durch seine maßgeschneiderte Uniformhose seine Genitalien befühlt, gelächelt und gesagt: »Sie sind sowohl ober- als auch unterhalb der Taille überheblich.«

Ergebnis war, daß die Familie Satta den Krieg auf ihrem Landsitz verbrachte und sich selten nach Rom wagte.

Sie sah ihre beiden Söhne an, wie sie ihr gegenübersaßen. Sie versuchte, Zuneigung und Stolz aus dem Blick zu halten. Sie hatte sie stets scharf wegen ihrer Berufswahl kritisiert; ihren Intimfreunden gegenüber hatte sie jedoch stets ihre Freude gestanden.

Natürlich wußten sie das. Aber Colonel Mario Satta hatte Sorge, daß sie nicht glauben oder nicht darauf reagieren würde, was er ihr sagen wollte. Wenn er mit anderen Menschen von Welt zu tun hatte, irrte er sich selten, wenn er jedoch mit seiner Mutter zu tun hatte, unterliefen ihm oftmals Fehleinschätzungen.

Sie hörte in völligem Schweigen zu, warf gelegentlich einen Blick auf ihren älteren Sohn, Giovanni. Marios Informationen benötigten mehr als eine halbe Stunde. Am Ende nickte sie bloß und sagte: »Ich muß dir sagen, es ist für mich kein Geheimnis, daß Emilio Gandolfo seit dem Tag, da er aus seiner Mutter Leib gekommen war, für jeden eine Marionette gewesen ist. Ich muß dir sagen, daß viele der von dir erwähnten Leute ebenfalls als Marionetten geboren wurden. Dein Vater ist jung gestorben, aber der Grund dafür, daß er mich angezogen und überzeugt hat, ihn zu heiraten, bestand darin, daß er niemals jemandes Marionette sein konnte.« Sie lächelte stolz. »Nicht einmal meine.«

Ihre Söhne schmunzelten.

»Mama, ich erinnere mich nur vage an meinen Vater«, sagte Giovanni. »Aber an eines erinnere ich mich: daß er dir gegenüber niemals die Stimme erhoben hat.«

»Er hatte andere und bessere Wege«, sagte sie knapp. »Nun sagt mir, was ich alte Frau bei all diesem Schlamassel tun kann.«

Mario beugte sich vor. »Sonntagnacht wird es eine schwarze Messe in der Privatkapelle der De-Muro-Villa geben. Die schwarze Messe findet statt, um Pino Calveccio in die Gemeinde des Teufels zu initiieren. Die Messe wird von Bischof Caprese abgehalten. Laß es mich erklären.«

Seine Mutter hob eine Hand. »Du mußt nichts erklären. Pino Calveccio hat vor drei Jahren von seinem korrupten Vater ein großes Vermögen geerbt. Während jener drei Jahre hat er alles von minderjährigen Mädchen bis hin zu Drogen ausprobiert. Es war sicher nur eine Frage der Zeit, daß er den Satanismus für sich entdeckte... Bischof Caprese war schon verderbt, bevor er die Priesterweihen erhielt. Sein Vater war genauso verderbt. Mit einer derartigen Information kannst du mich nicht überraschen. Was soll ich also tun?«

»Es ist einfach«, sagte Mario, »jedoch ein wenig gefährlich.«

Sie hob den Kopf und lachte. »Mein Junge, in meinem Alter ist Gefahr fast so erregend wie ein perfektes Aphrodisiakum... Was willst du von mir?«

Mario warf seinem Bruder einen Blick zu, der leicht schockiert wirkte. Er sah wieder zu seiner Mutter und sagte: »Ich habe von Gandolfo das Procedere bei solchen Gelegenheiten erfahren. Die Versammlung wird sich um etwa elf Uhr nachts in der De-Muro-Villa treffen. Drinks und Canapés werden bereitgestellt. Etwa um halb zwölf werden sie ihre Roben anziehen. Dann werden sie dreihundert Meter zu der Privatkapelle gehen und dort die schwarze Messe zelebrieren. ›Der Blaue Ring‹ wird einen Wachtposten auf dem Grundstück abstellen.« Er hielt zum Nachdenken inne und sagte dann: »Du hast mich schon früher von meinem Freund Creasy sprechen hören?«

Sie nickte. »Habe ich, in der Tat... Er ist ein Mann, den ich gern einmal kennenlernen würde. Er ist ein Mann, den ich gern vor dreißig Jahren kennengelernt hätte.«

Beide Söhne schmunzelten. Ihr Vater war vor einunddreißig Jahren gestorben.

Mario fuhr fort: »Du verstehst, warum ich unmöglich eine *Carabinieri*-Operation gegen die schwarze Messe oder die daran Beteiligten vorbereiten kann.«

»Ich verstehe das völlig«, sagte sie. »Wie ich annehme, wird dein Freund Creasy genau dies tun.«

Mario nickte. »Er hat ein sehr starkes Team. Darüber hinaus hat sein Adoptivsohn Michael den ›Blauen Ring‹ infiltriert und wird an der Messe teilnehmen. Natürlich wird jeder, der in dieser Nacht die De-Muro-Villa betritt, sorgfältig durchsucht. Es ist lebensnotwendig, daß Michael, wenn er von der Villa zur Kapelle geht, bewaffnet ist und einen winzigen Radiosender bei sich trägt. Ich sage dir jetzt...«

Seine Mutter hielt eine Hand hoch. »Nein, Mario, ich sage

es dir. Du möchtest, daß ich diese Waffe und einen Sender in der De-Muro-Villa verstecke... Kein Problem.«

Giovanni lachte. »Mama, es ist gefährlich. Hör dir Marios Plan an.«

Sie lächelte und schüttelte den Kopf. »Wenn ich es tue, dann werde ich meinem eigenen Plan folgen. Für mich besteht keine Schwierigkeit, die De-Muro-Villa zu betreten. Ich werde morgen nachmittag vorbeischauen. Obgleich sie einen Namen haben, einen verblaßten Ruf, werden sie sich von meinem Besuch geehrt zeigen. Man wird mich zu einem Kaffee und einem Drink einladen. Ich werde ein bißchen Klatsch mitbringen, um ihren beschränkten Verstand zu kitzeln. Trotz ihrer Familiengeschichte sind sie während der letzten einhundert Jahre ziemlich provinziell geworden.« Sie zwinkerte lächelnd. »Ein Besuch von Sophia Satta wäre in ihrem gesellschaftlichen Kalender weitaus wichtiger als eine schwarze Messe.« Sie schloß nachdenklich die Augen. »Ich versuche, mich an die Anlage der Villa zu erinnern. Es ist einige Jahre her, seitdem ich dort gewesen bin. Ich entsinne mich, daß es rechts vom Eingang eine Garderobe gibt. Ich nehme an, daß sich die Versammlung dort umziehen wird.«

Mario Satta erfaßte sofort, worauf sie hinauswollte. »Du wirst die Waffe und den Sender dort verstecken.«

Sie schenkte ihm jene Art mütterlichen Blicks, der die Botschaft in sich barg: Hoffentlich wirst du eines Tages erwachsen. Dann lächelte sie, um diese Spitze etwas zu mildern, und sagte: »Mario, du wirst mir zwei Waffen und zwei Sender geben. Ich werde sie an zwei verschiedenen Stellen verstecken, unter anderem in der Garderobe. Das gibt Creasys Sohn zwei Gelegenheiten. Ich werde dich morgen abend anrufen und dir die Stellen sagen.«

»Ich bin dir dankbar, Mama«, erklärte Mario Satta sehr leise und wollte sich erheben.

Sie schüttelte gereizt den Kopf. »Setz dich und hör mir zu, Mario, und du auch, Giovanni. Gebt mir nicht diese Aufgabe und vergeßt mich dann. Was du von dem *Puta* Gandolfo erfahren hast, ist nur ein Teil davon. Ihr seht mich als eine alte Frau, aber ich höre und sehe mehr, als ihr euch vorstellen könnt. Wenn du in diese Jauchegrube hineintauchst, ist das erst der Anfang. Mächtige Leute werden versuchen, alles zu vertuschen. Benutze mein Wissen und meine Kontakte. Welchen Untersuchungsrichter wirst du nehmen?«

Mario sagte es ihr, und sie nickte zufrieden.

»Er ist ehrbar und entschlossen. Sein Vater ist in den Händen der Mafia gestorben, sein Großvater durch die Hände Mussolinis. Du hast eine gute Wahl getroffen.« Sie beugte sich vor, und ihre kleinen intelligenten Augen blitzten, als sie sagte: »Es gibt einige Dinge, die ich dir zu tun befehle.«

Erneut warf Mario seinem Bruder einen Blick zu. Giovanni hob die Schultern und grinste.

»Und die wären?« fragte Mario.

»Wenn alles vorüber ist, wünsche ich diesen Freund von dir, Creasy, kennenzulernen. Wenn du das nächste Mal mit ihm sprichst, muß du ihm von mir diesen Befehl erteilen… Wenn er die Privatkapelle stürmt, sollte er wenigstens einen der führenden Köpfe des ›Blauen Rings‹ am Leben lassen… obwohl vielleicht verwundet. Dieser Mann wird der Dosenöffner für dich und deinen Richter sein, der diese Büchse der Fäulnis öffnen wird.« Ihr Tonfall wurde schärfer. »Das erste, was Creasy oder sein Sohn tun müssen, ist, den Bischof zu töten.«

»Warum?« fragte Mario.

In ihrem Tonfall schwang Frustration mit. »Höre, mein Sohn. Was du auch tust, versuch zu vermeiden, die in Verlegenheit zu bringen, die du brauchen wirst... den Vatikan.«

90

Die Diskussion war hitzig, doch es konnte nur ein Ergebnis geben. Das Team verließ die Pension Splendide und war auf dem Weg nach Rom. Maxie und Frank fuhren in einem Wagen. Jens fuhr zusammen mit der Eule in dem BMW. Creasy folgte ihnen allein in dem dritten Wagen.

Die ersten beiden Wagen waren abgefahren; alle Männer umarmten Guido, Pietro und Juliet und gaben ihnen die rituellen Küsse. Guido war von der Bar verschwunden. Creasy umarmte Pietro fest, küßte ihn und wandte sich dann zu Juliet.

»Sobald alles vorüber ist, wird dich Pietro zurück nach Gozo bringen, zu Laura und Paul«, erklärte er ihr. »Michael und ich werden einige Tage später folgen.«

Sie klammerte sich fest an ihn und sagte: »Mach dir um mich keine Sorgen. Ich werd' keine Dummheiten mehr machen.«

Er sah sich nach Guido um, aber als sein Freund in der Tür erschien, verdüsterte sich Creasys Gesicht. Guido trug ausgeblichene alte Jeans, ein Jeanshemd und eine Jeansjacke. In der linken Hand hielt er eine große Segeltuchtasche. Creasy erkannte diese Tasche wieder. Sie war sehr abgewetzt. In den vergangenen Jahren hatte Guido sie von einem Krieg zum nächsten getragen.

Creasy schüttelte bestimmt den Kopf. »Nein, Guido ... Du hast ein Versprechen abgegeben.«

Guido schüttelte ebenfalls den Kopf.

»Du hast Julia gekannt, und du weißt, wie sie jetzt empfinden würde.« Er sah auf die Tasche hinab und sagte: »Meine alte MP ist da drin ... Natürlich ist es nicht die neueste oder die modernste, aber es ist keine Zeit mehr, mich mit neuen Waffen vertraut zu machen.«

»Nein, Guido«, wiederholte Creasy. »Ich habe bereits ein gutes Team.«

Der Italiener schüttelte den Kopf. »Gut, jedoch nicht perfekt ... Jetzt hast du das perfekte Team.« Er ließ die Tasche fallen, wandte sich an Pietro, umarmte und küßte ihn. »Achte auf Juliet. Du weißt, wo das Geld ist. Zieh morgen nacht in eine Suite in der obersten Etage des Regina-Hotels um. Sie ist bereits gebucht. Nimm deine Waffe mit und verlaß die Suite nicht, bis du von mir hörst.« Er umarmte Juliet und küßte sie, dann sagte er lächelnd: »Mach dir keine Sorgen, Kleine. Guido wird auf deinen Vater und deinen Bruder aufpassen.«

Juliet drückte sich fest an ihn.

Über ihren Kopf hinweg sah Guido Creasy an und sagte schlicht: »Ich bin Italiener.«

91

Sie sahen alle erwartungsvoll auf, als Creasy ins Wohnzimmer des Unterschlupfs in Rom trat. Und dann waren sie alle sehr überrascht zu sehen, daß Guido ihm folgte, in der Hand seine Segeltuchtasche.

»Wir haben ein weiteres aktives Mitglied im Team«, erklärte Creasy.

Es folgte ein schockiertes Schweigen. Und dann standen Maxie und Frank breit grinsend auf.

»Verdammter Hund!« sagte Frank. »Wir sind gerade den Plan durchgegangen, und ich habe darauf hingewiesen, daß eine echte Versicherung ein Maschinengewehrposten auf dem kleinen Hügel östlich der Kapelle wäre.«

Er wandte sich um und sah Maxie an, der sagte: »Die beste der Welt. Ich habe gerade aufgehört, mir Sorgen um meine Rückendeckung zu machen.«

Satta sah Guido an. Der Blick barg sowohl ein Willkommen als auch Mitgefühl in sich. Der Blick trug ebenfalls eine Frage in sich.

Guido gab ihm dieselbe Antwort, die er Creasy gegeben hatte: »Ich bin Italiener.«

Satta trat vor, und die beiden Italiener umarmten sich.

Es waren die letzte Planungsphase und der letzte Informationsaustausch. René war aus dem Luxusappartement in der Nähe der Spanischen Treppe geschlüpft und brachte die Nachricht, daß Michael bereit und gut in Form sei. Mit einem Grinsen fügte er hinzu: »Wenn auch leicht erschöpft von seinen kürzlichen Strapazen.«

Sie saßen allesamt um den runden Tisch und sahen auf die Skizze der De-Muro-Villa, des Grundstücks und der Privatkapelle. Der Däne hatte einen gelben, liniierten Schreibblock vor sich liegen, dessen Blätter mit seiner schwer entzifferbaren Handschrift bedeckt waren. Er gab einen kurzen Abriß: »Ich habe alle Informationen zusammengefügt, die wir haben, sowohl von Gandolfo und anderen Quellen als auch natürlich von Colonel Sattas unerschrockener Mutter.« Er sah auf seine Notizen. »Zunächst einmal hat mich Colonel Satta darüber informiert, daß der Bericht des Polizeipathologen ohne jeden Zweifel zeigt, daß General Gandolfo an einem Herzinfarkt gestorben ist... und daher besteht kein Grund zu der Annahme, daß der ›Blaue Ring‹ irgendeine Gefahr für seine schwarze Messe argwöhnt. Zweitens: Colonel Sattas Mutter hat zwei Pistolen und zwei Sender in der DeMuro-Villa versteckt.« Er wies mit dem Kinn auf den Belgier. »René ist darüber informiert worden, wo sie genau liegen, und wird diese Information an Michael weitergeben. Es sind natürlich codierte Sender, und Michaels Signal zum Angriff wird in drei kurzen und einem langen Piepton bestehen. Von Gandolfo wissen wir, daß dort wenigstens ein Dutzend Wächter inner- und außerhalb des Grundstücks sein werden. Colonel Satta und sein Team werden drei Kilometer entfernt sein und können darauf zählen, die Kapelle innerhalb weniger Minuten nach Empfang unseres Signals zu erreichen.« Er blickte zu Creasy, deutete mit einer ausholenden Geste auf den Plan vor sich und sagte: »Jetzt liegt's an dir, Boß.«

Creasy streckte sich und setzte sich dann. Endlich war er in seinem Element. Guido zog einen Stuhl heran und setzte sich neben ihn.

Mehr als eine Minute lang studierte Creasy die detaillierte Zeichnung. Die Villa lag etwa fünf Kilometer vom Lago di Bolsena entfernt in den Hügeln. Das Grundstück war dicht bewaldet und hügelig. »Wir haben Trilux-Nachtsichtgeräte, über die die Wächter nicht verfügen werden«, begann er. »Wir werden uns in zwei Teams aufteilen. Ein Team wird als erstes auf das Grundstück vordringen. Dieses Team wird aus Maxie, Frank und René bestehen. Sie werden den Standort der Wächter auskundschaften und diese Information an das zweite Team weiterleiten, das aus mir, Guido und der Eule besteht. Es ist notwendig, daß wir erst angreifen, wenn die Messe begonnen hat und alle Teilnehmer ganz darauf konzentriert sind... um genau zu sein, kurz vor der Opferung. Michael wird das Signal geben, und wenn wir eintreffen, wird er den Bischof erschießen. Mein Team wird die Kapelle stürmen, während Maxies Team draußen bleibt und die Wächter auslöscht.« Er drehte sich um und sah Jens an. »Du wirst zwei Kilometer entfernt in einem Minibus warten. Wir werden deine Ankunft an der Kapelle zeitlich so legen, daß du eine Minute vor Colonel Satta und dessen Team eintriffst. Drei bis vier Kilometer entfernt werden wir vier Wagen plazieren, in die wir umsteigen. Den Minibus werden wir dort zurücklassen. Wir stürmen mit Leuchtbomben und Betäubungsgranaten. Ich möchte ein Minimum an Handwaffenfeuer in der Kapelle. Das Töten, abgesehen vom Bischof, werde ich übernehmen.« Er sah Satta an. »Das wird Donati und Hussein einschließen. Ich werde Delors verwunden, jedoch für Sie am Leben lassen. Er ist derjenige, der das Reden übernehmen wird.«

Satta nickte zustimmend und fragte dann: »Was ist mit dem Rest der Versammlung?«

Nach kurzem Überlegen erklärte Creasy: »Ich werde den Adepten töten. Den Rest überlasse ich Ihnen, zum Reden.«

»Das paßt mir gut«, sagte Satta.

92

Die kleine Katrin kicherte. Das war etwas, das sie die meiste Zeit über getan hatte, wenn sie nicht schlief. Es hatte nichts mit einem natürlichen Vergnügtsein zu tun, sondern lag einzig an den Tabletten, die ihr von ihren Adoptiveltern in regelmäßigen Abständen gegeben worden waren. Sie sah das wunderschöne Haus und ihre lächelnden Gesichter durch einen glückseligen Schleier. Vielleicht, dachte sie, fühlten so alle Kinder ihres Alters, die einem Alptraum entkommen waren.

An dem Sonntagnachmittag, als ihr ihre neue Mutter gesagt hatte, daß sie eine Autofahrt unternehmen würden, um einige Freunde auf dem Land zu besuchen, kicherte sie glücklich.

93

Die Türklingel ging um neun Uhr dreißig abends.

René öffnete. Gina Forelli fegte in den Raum, wobei sie ihm ein langes kastanienbraunes Cape reichte, und sagte: »Einen deiner wundervollen Bullshots bitte, René.«

Michael sah sich im Fernsehen ein Fußballspiel an. Er stand auf, und sie umarmten sich.

»Ich bin zufrieden mit dir«, verkündete sie.

»Warum?«

»Weil du echt bist«, antwortete sie strahlend.

»Wovon redest du eigentlich?«

Sie ging zum Fernseher und schaltete ihn ab. Sie trug einen dunkelblauen, knöchellangen Rock und einen hochgeschlossenen blutroten Kaschmirpullover. Michael bezweifelte, daß sie etwas darunter trug. Sie drehte sich um, sah ihn an, den Kopf leicht zur Seite geneigt, und sagte dann heiser: »Du mußt verstehen, Adnan. Eine Menge Schwindler kommen nach Rom. Einige davon haben Geld, und einige haben lediglich clevere Tricks, um so zu tun, als hätten sie Geld. Da ich dich heute abend zu diesem Ereignis mitnehmen werde, war es notwendig, daß dich einige sehr wichtige Leute völlig durchleuchtet haben. Glaub mir, es ist die Art von Leuten, die die Verbindungen und die Macht haben, das zu tun.«

Mit gereiztem Tonfall fragte Michael: »Und du – und sie – ihr wart überrascht davon zu entdecken, daß ich echt war?«

»Nicht überrascht«, antwortete sie, »lediglich zufrieden. Natürlich habe ich Gerüchte gehört, daß du zehn Millionen Dollar auf dein Konto hier bei der Banco di Roma überwiesen hättest... Ich weiß jetzt, von welcher Bank im Mittleren Osten du das Geld überwiesen hast. Ich kenne sogar den Namen des Bankdirektors, der die Überweisung veranlaßt hat. Ich weiß auch, daß auf dich ein Platz an der Harvard University wartet, wenn du Rom verläßt. Ich kenne sogar die Namen deiner zukünftigen Professoren.«

Michael zwang sich dazu, beeindruckt auszusehen. »Also wird dieses kleine Spiel heute nacht ernst werden. Vielleicht ist alles ja doch nicht nur ein großer Humbug, um mich um fünfzigtausend Dollar zu erleichtern.«

Sehr ernst schüttelte sie den Kopf. »Es ist bestimmt kein Spiel, Adnan. Was du heute nacht siehst... woran du teilnimmst, ist etwas so Einzigartiges, daß es auf immer in deinen Gedanken lebendig sein wird... Vielleicht wirst du nie mehr derselbe sein.«

René erschien mit ihrem Drink und sah Michael fragend an, der den Kopf schüttelte. René verließ das Zimmer.

»Du wirst heute abend nicht trinken, Adnan?« fragte Gina.

»Noch nicht… ich hebe es mir für später auf.«

Sie lächelte. »Ja. Später wird es jede Menge zu trinken geben… Es wird alles da sein, um deinen Körper und deinen Geist zu übersättigen… Alles.«

Er sah auf seine Armbanduhr. »Wann gehen wir?«

»In etwa zehn Minuten«, antwortete sie. »Aber zuerst mußt du zwei Dinge tun.«

»Und was?«

Sie setzte das Glas nieder. »Gib mir die erste Hälfte der fünfzigtausend Dollar… und dann zieh dich aus.«

»Was für ein Spiel treibst du da, zum Teufel?«

Sie lachte, trat nahe an ihn heran und küßte ihn fast züchtig auf den Mund. »Ich muß dich gründlich am ganzen Körper durchsuchen. Es muß so sein… Es wird eher vergnüglich als schmerzhaft sein.«

Er lächelte sarkastisch. »Natürlich habe ich nichts dagegen… Was das Geld betrifft: Ich werde dir die andere Hälfte morgen nach dem Ereignis geben.«

Sie nickte ernst. »Ich vertraue dir. Das ist für mich etwas riskant, weil es bedeuten könnte, daß ich mich in dich verliebe.«

Er blickte sie zweifelnd an, griff in die Innentasche und holte einen Umschlag heraus. Er reichte ihn ihr mit den Worten: »Das sind fünfundzwanzigtausend Dollar in Eintausend-Dollar-Scheinen.«

Sie zählte das Geld nicht nach. Sie faltete den Umschlag, hob ihren Pullover und steckte ihn in den Bund des Rocks. »Zieh dich aus«, sagte sie mit einem Grinsen.

Es war die gründlichste Durchsuchung, die Michael sich hätte vorstellen können. Sie hatte ihre Anweisungen offensichtlich von einem Profi bekommen. Sie untersuchte methodisch jedes Teil seiner Kleidung, prüfte die Säume und den Bund seiner Hose und sogar die Knöpfe seines Jacketts. Sie befühlte jeden Zentimeter des Stoffs seines Anzugs, des Hemds und der Unterwäsche. Sie prüfte seine Schuhe aus jedem Winkel, knallte die Absätze gegen einen Tisch und horchte auf ein Echo.

Michael und Creasy hatten die Möglichkeit diskutiert, einen winzigen Sender an irgendeinem Teil seines Körpers oder seiner Kleider zu verbergen. Er war erleichtert, daß sie sich entschlossen hatten, das Risiko nicht in Kauf zu nehmen.

Als nächstes untersuchte sie seinen Körper, spähte ihm zunächst in den geöffneten Mund und prüfte, ob es keine neuen Füllungen gab. Dann bohrten sich ihre Finger in seine Ohren. Schließlich bat sie ihn, sich breitbeinig hinzustellen, sich nach vorn zu beugen und die Zehen zu berühren. Er tat es im Wissen, was käme. Er spürte, wie ihr Finger in seinen Anus eindrang und herumtastete. Sie küßte ihm das Kreuz und sagte: »Adnan, du bist in jeder Hinsicht sauber.«

Sie fuhr einen Wagen, einen Mercedes, den Michael zuvor noch nicht gesehen hatte. Ein kleiner, dunkler Mann saß auf dem Rücksitz. Sie machte sich nicht die Mühe, ihn vorzustellen. Michael wurde klar, daß den ganzen Weg über eine Pistole auf seinen Rücken gerichtet wäre.

Sobald sie das Zentrum Roms verlassen hatten, wandte sie sich ihm zu und sagte: »Wir müssen dir von hier an die Augen verbinden. Du verstehst natürlich.«

»Natürlich«, antwortete Michael. Er hörte, wie sich der

Mann hinter ihm bewegte, und spürte dann das schwarze Seidentuch über seine Augen gleiten.

94

Die Mondsichel wurde von Wolken verdeckt. Sie hielten unter einer Baumgruppe etwa einen Kilometer entfernt von der Villa an. Sie waren identisch gekleidet: alle in Schwarz, mit hohen, gummibesohlten Stiefeln. Schwarze Wollmützen bedeckten ihr Haar; ihre Gesichter waren ebenfalls geschwärzt.

Abgesehen von der Eule waren alle miteinander vertraut. Die Eule war der einzige, der niemals in einer regulären Armee gedient hatte, aber er hatte sich leicht eingefügt, hatte sogar einen Witz gerissen, als sie sich im Unterschlupf bereit gemacht hatten. Jens hatte sich gerade schwarze Schuhcreme auf Wangen, Stirn und Kinn geschmiert. Er war zurückgetreten und hatte seinen Freund begutachtet. Die Eule sah von Kopf bis Fuß wie der perfekte Soldat aus. Granaten waren am Stoff über seiner Brust festgeclipt, eine Schußwaffe steckte im Halfter an seiner Hüfte, eine Maschinenpistole hing ihm von der rechten Schulter herab, und die Taschen waren voller Ersatzmagazine; an seinem Hals baumelte ein Trilux-Nachtsichtgerät. Jens hatte zufrieden genickt, aber die Eule hatte wehmütig gesagt: »Creasy will mich meinen Discman und die Kopfhörer nicht mitnehmen lassen.«

Der Däne hatte einige Sekunden benötigt, bis ihm aufgegangen war, daß er gerade einen Scherz gehört hatte.

Unter den Bäumen hatten sie sich alle hingehockt. Creasy deutete auf Maxie und dann in Richtung auf die Villa. Lautlos glitt Maxie in die Dunkelheit. Er war die offensichtliche Wahl gewesen, um die Villa und das Grundstück auszukundschaften. Fünf Jahre lang hatte er bei den Elite-Selous-Scouts der rhodesischen Armee gedient und konnte ohne Bedenken in zehn Schritten Entfernung an einem bösartigen Einzelgänger von Elefanten vorbeischlüpfen. Creasy hob die Abdeckung seiner Armbanduhr und blickte prüfend auf die Leuchtanzeige. Es war zehn Uhr fünfzehn. Sie hatten entschieden, erst im allerletzten Augenblick auf ihre endgültigen Positionen zu gehen.

Maxie kehrte um zehn Uhr fünfundvierzig zurück. Er schlüpfte zwischen Creasy und Guido und flüsterte: »Ich habe sieben Wächter gezählt: vier stationäre und drei mobile. Sie tragen alle MPs. Auf der anderen Seite der Villa könnten weitere sein. Die Umgrenzungsmauer besteht aus Bruchstein und ist etwa zwei Meter fünfzig hoch. Kein Stacheldraht oder Alarm darauf. Ich bin bis auf zweihundert Meter an die Villa und die Kapelle herangegangen. Keine Stolperdrähte, keine Hunde. Leute treffen ein – sieben, während ich zugesehen habe; drei Männer und vier Frauen. Zwischen der Villa und der Kapelle sind keine Lampen, obgleich ich eine nicht angeschaltete Außenbeleuchtung zwischen beiden und über beiden Türen bemerkt habe. Ein Licht aus dem Inneren der Kapelle zeigt sich durch ein hohes Fenster. Es ist ein Rotlicht, aber das könnte von Glasmalerei herrühren.«

Creasy beugte sich vor und blickte Guido an. Er sah die weißen Zähne des Italieners, als dieser flüsterte: »Es gefällt mir nicht, nicht zu wissen, was auf der anderen Seite der Villa ist.«

»Mir auch nicht«, antwortete Creasy. Erneut sah er auf seine Armbanduhr.

»Wir teilen uns in zwei Teams auf und setzen uns in zwanzig Minuten in Bewegung. Wir sollten auf Position sein, ehe sie von der Villa zur Kapelle gehen. Das wird Maxie genügend Zeit geben, um hinter die Villa zu kommen und nachzusehen, was dort los ist.« Er tippte Maxie leicht auf die Schulter. »Anschließend kehrst du zu meiner Position zurück und erstattest Bericht. Dann haben wir noch etwa zwanzig Minuten, um, falls nötig, den Plan zu ändern.«

Drei Kilometer weiter saß Colonel Mario Satta in seinem Kommandofahrzeug auf einer Lichtung etwa zweihundert Meter von einer schmalen Seitenstraße entfernt. Daneben standen sechs weitere Fahrzeuge in einer Reihe: drei Jeeps mit festem Dach, ein weiteres Auto und zwei schwarze, gepanzerte Einsatzfahrzeuge, in denen je zwölf Männer saßen.

Sein Vizekommandant, Hauptmann Brisci, saß neben ihm und trommelte ungeduldig mit den Fingern auf seine Knie.

»Warum setzen wir uns nicht jetzt in Bewegung, Colonel?« fragte er. »Wir wissen, daß Giardini bereits zu Hause ist und vielleicht mit seiner Frau zu Abend ißt.«

Satta warf ihm einen Blick zu. In der erneuten Hoffnung, daß er so ehrlich und so klug war wie sein Ruf, erklärte er: »Bei solchen Angelegenheiten weiche ich manchmal von den Regeln ab. Es ist zum Beispiel möglich, daß unser Freund Giardini kompromittierende Unterlagen bei sich zu Hause hat. Wenn wir jetzt an der Tür läuten, während er zu Abend ißt, könnten er, seine Frau, seine Kinder oder sonst jemand im Haus Zeit haben, diese Dokumente zu verstecken oder zu vernichten. Ich ziehe es vor zu warten, bis sie alle zu Bett gegangen und fest eingeschlafen sind. Dann werden wir die Türen eintreten, und ehe er noch richtig wach ist, sind wir in seinem Arbeitszimmer.«

»Woher wissen wir, wann er schläft?«

Satta seufzte. Vielleicht war der Mann am Ende doch nicht so intelligent. »Wir haben Leute, die das Haus aus jeder Richtung beobachten«, erklärte er. »Sie berichten, daß die einzigen Lichter im Erdgeschoß brennen. Wenn die Lichter im Erdgeschoß aus- und die Lichter oben angehen, werden wir über Funk informiert. Wenn die Lichter oben ausgehen, können wir annehmen, daß die Familie dabei ist, schlafen zu gehen. Eine halbe Stunde später stürmen wir das Haus.«

Der Hauptmann war nicht so dumm. »Was passiert«, fragte er, »falls eines der Lichter oben bis spät in die Nacht anbleibt? Vielleicht hat einer aus der Familie Schlafstörungen … liest ein Buch oder sieht sich ein Pornovideo an?«

Satta grinste. »In diesem Fall warten wir bis zwei Uhr früh und stürmen dann.« Er warf einen Blick auf seine Armbanduhr und tastete dann in seiner Uniformtasche nach der kleinen schwarzen Schachtel, die ihm Creasy gegeben hatte. Sie sollte innerhalb der nächsten Stunde piepsen, und dann konnten *Signor* Giardini, seine Frau und seine Familie eine ungestörte Nachtruhe genießen.

95

Sie führte ihn an der Hand. Einige wenige Schritte spürte und hörte er das Knirschen feinen Kieses unter den Schuhen. »Vier Stufen«, sagte sie und faßte seine Hand fester.

Er fand die erste Stufe, und die anderen waren einfach. Er verspürte Wärme, als sie durch eine offene Tür schritten. Er hörte, wie sich die Tür hinter ihm schloß. »Du kannst sie abnehmen«, sagte sie.

Er zog die schwarze seidene Augenbinde ab und blinzelte ins Licht. Sie standen in der Eingangshalle einer großen Villa. Unter ihren Füßen lag ein dicker Teppich, über ihnen hingen Kronleuchter und an den Wänden alte Porträts. Vor ihnen war eine offene Tür; Stimmengemurmel drang daraus hervor.

Sie faßte ihn erneut bei der Hand, führte ihn weiter und sagte dabei: »Es werden keine Namen gebraucht.« Ihre Stimme senkte sich zu einem Flüstern. »Du wirst überrascht sein... schockiert, einen echten Bischof hier zu sehen. Er wird die Messe abhalten.«

Michael war weder überrascht noch schockiert. An jenem Nachmittag hatte er mehrere Fotos von Bischof Caprese studiert. Den schwarzen Ziegenbart, die buschigen Augenbrauen und das gelockte schwarze Haar würde er überall wiedererkennen.

Als sie den Korridor hinabgingen, bemerkte er die Tür zu seiner Linken. Das mußte die Herrengarderobe sein. Rechts von ihm war ein Treppenhaus. Er wußte, daß es hinauf zum Schlafzimmer und zu einer weiteren Garderobe führte. Sie betraten den Raum vor ihnen. Darin befanden sich ein Dutzend Leute mit Sektflöten in den Händen. Alle drehten sich um, um das ankommende Paar zu betrachten. Es waren sieben Frauen und fünf Männer. Einige davon nickten Gina zu. Alle Augen taxierten Michael sorgfältig.

Ein älterer Butler näherte sich mit gefüllten Champagnergläsern auf einem Silbertablett. Jeder von ihnen nahm eines. Michael nickte und gab die Taxierung offen zurück. Er war in der Tat überrascht zu bemerken, daß Bischof Caprese im purpurnen Ornat seines Ranges erschienen war. Er war größer, als Michael erwartet hatte. Michael sah ihm in die Augen, und ihn überkam der Gedanke, daß er etwa um Mitternacht eine Kugel zwischen diese Augen jagen würde. Er konnte das schwarze, leicht verschwitzte Gesicht Anwar Husseins nicht übersehen, der neben dem anderen wiedererkennbaren Gesicht, Jean Lucca Donati, stand.

Die Männer waren alle in dunkle Anzüge gekleidet; die Frauen trugen lange Kleider oder lange Röcke und Blusen. Zwei der Frauen waren in den Zwanzigern und sehr attraktiv; zwei weitere waren etwa zehn Jahre älter und ebenfalls attraktiv. Drei überschritten gerade das mittlere Alter; eine davon war eine Schönheit geblieben, aber den anderen beiden war nicht mehr zu helfen, nicht einmal mit dem üppig aufgelegten Make-up. Abgesehen vom Bischof, Hussein und Donati erkannte Michael keinen der beiden anderen Männer, die mittleren Alters und übergewichtig waren.

Er sah sich um und sagte zu Gina: »Ein schönes Zimmer in einem offenkundig schönen Heim. Sind die Besitzer anwesend?«

Sie lächelte und schüttelte den Kopf. »Bei solchen Gelegenheiten fahren sie übers Wochenende weg.«

Sie faßte ihn bei der Hand und führte ihn mit den Worten zum Bischof hinüber: »Du gibst lediglich Pfötchen und übst dich in Smalltalk. Stell keine direkten Fragen. In etwa zwanzig Minuten ziehen wir uns um und gehen zur Kapelle.«

Er schüttelte dem Bischof die Hand und machte erneut eine Bemerkung über den schönen Raum.

Der Bischof nickte und wies auf ein großes Landschaftsgemälde an der Wand. »Kein Caravaggio«, sagte er mit einem

Lächeln, »aber ebensoviel wert, und es datiert hundert Jahre weiter zurück.« Er warf Gina einen verschwörerischen Blick zu und sagte, wobei er die Lautstärke seiner Stimme um einen Dezibel absenkte: »Was für eine Freude, Sie wiederzusehen, meine Liebe. Ihre Schönheit ist ein besonderer Schmuck dieser seltenen Gelegenheiten.« Er deutete auf Michael. »Und Ihr junger Begleiter verleiht unserer Versammlung ebenfalls Glanz.«

Michael lief es kalt den Rücken hinab bei der Erinnerung daran, was normalerweise nach der Messe geschah; die Orgie würde bisexuell sein. Er schüttelte anderen die Hände. Donatis Händedruck war schlaff, doch Husseins Griff war wie ein Schraubstock. Der Butler servierte Cocktailhappen. Michael sah sich um und kam zu dem Ergebnis, daß er ebensogut auf irgendeiner langweiligen Cocktailparty sein könnte. Er konzentrierte sich lediglich auf das Kommende, da tauchte Hussein neben ihm auf, faßte ihn beim Ellbogen und schlug vor, daß sie sich umziehen sollten. Alle gingen aus dem Raum in die Halle. Die Frauen wandten sich nach links, die Treppe hinauf. Gina warf ihm einen aufmunternden Blick zu. Die Männer schritten den Korridor hinab und gingen durch die Tür rechts. Es war ein sehr großer Raum mit Damastwänden und möbliert mit brokatbezogenen Sesseln. Ein halbes Dutzend langer schwarzer Roben mit Kapuzen und Gürteln mit Quasten lagen auf einem der Sessel bereit. Auf dem Fußboden stand eine Auswahl schwarzer Sandalen. Michael sah sich im Raum um und entdeckte erleichtert die beiden Türen, die ihm von René beschrieben worden waren. Er wußte, daß es sich bei beiden um Badezimmer handelte und daß er in das Bad rechts gehen mußte.

Donati und Hussein fingen ohne Umschweife damit an,

ihre Kleider abzulegen. Die anderen folgten. Michael wußte, er mußte ins Bad gehen, nachdem er seine Robe angelegt hatte. Donati und Hussein waren nackt. Donati hatte einen Bierbauch, aber Husseins schwarzer Körper war hart wie ein Fels. Hussein hob eine der Roben hoch und hielt sie an Michaels Schultern.

»Gut geschnitten«, sagte Michael mit einem Lächeln. »Mein Schneider würde es zu würdigen wissen.«

»Wer ist Ihr Schneider?« fragte Donati.

Michael warf ihm einen Blick zu und erwiderte: »Man hat mir gesagt, keine direkten Fragen zu stellen oder zu beantworten.«

Sowohl Donati als auch Hussein nickten anerkennend.

Michael wurde klar, daß er gerade einen Test bestanden hatte. Er fand ein Paar Sandalen, das so aussah, als hätte es die passende Größe, setzte sich hin und zog sie an. Beim Aufstehen sagte er: »Ich müßte das Bad aufsuchen... Ich nehme an, daß es in der Kapelle keins gibt.« Mit einem Lächeln in Richtung Hussein bemerkte er: »Ich muß gestehen, daß ich doch etwas nervös bin.«

Hussein erwiderte das Lächeln und zeigte auf die beiden Türen.

Fast wäre eine Katastrophe geschehen. Einer der Männer, der völlig nackt war, ging ebenfalls auf die Türen zu. Michael eilte hinter ihm her und fragte: »Welche ist welche?«

Der Mann hob die Schultern und sagte: »Da wir alles Männer sind, wird's jede tun.«

Michael beschleunigte den Schritt und erreichte die rechte Tür. Dahinter lag das größte Badezimmer, das er je gesehen hatte. Eine riesige emaillierte Badewanne stand auf vier Füßen an einer Wand, ein gleichermaßen riesiges Waschbecken daneben. Am Ende war eine Toilette und gleich daneben ein Bidet. Rechts stand das Möbelstück, um dessen Anblick Michael gebetet hatte. Ein sehr hoher weißer Garderobenschrank mit geschwungenen Goldblattintarsien. Er fragte sich, wie Sattas alte Mutter so hoch hatte greifen können. Dann sah er den zerbrechlichen Stuhl, der daneben an der Wand stand. Rasch zog er den Stuhl heran und stellte sich darauf. Ein ominöses Knarren ertönte unter seinen Füßen. Er setzte sie auf die Kanten, streckte die Hand hoch und tastete über die Garderobe. Er stieß tatsächlich einen Seufzer der Erleichterung aus, als er das kalte Metall fühlte. Er holte die Waffe, die beiden fünf Zentimeter dicken Gummibänder und die schwarze Metallschachtel mit dem darin befindlichen Sender herunter. Innerhalb von Sekunden waren die Gummibänder um seine Taille geschlungen und hielten den Colt 1911 und den Sender fest am Platz. Mit einem weiteren Seufzer ging Michael zur Toilette und erleichterte sich.

96

Creasy beobachtete alles durch sein Nachtsichtgerät; es verwandelte die Gestalten in ein schwaches Gelb und machte die Prozession noch obszöner und böser. Aus ihrem Gang konnte er schließen, daß die Frauen führten, dunkel und mit Kapuzen. Die Männer folgten. Da sie ebenfalls die Kapuzen aufgesetzt hatten, konnte er Michael nicht identifizieren, sah jedoch plötzlich, wie einer von ihnen am Ende eine Hand zur Taille seines Gewandes hob. Zwei Sekunden später piepte die kleine schwarze Schachtel in dem Segeltuchbeutel um Creasys Taille zweimal.

Guido lag neben ihm und sah ebenfalls durch sein Nachtsichtgerät. Er stieß Creasy sanft an der Schulter an und flüsterte: »Dein Balg ist bewaffnet und sendet.«

Creasy knurrte und flüsterte zurück: »Meine Stimmung hat sich um tausend Prozent gehoben. Wenn wir ohne das hätten stürmen müssen, wäre ihr erster Verdacht auf Michael gefallen. Wir haben keine Ahnung, ob jemand von ihnen bewaffnet ist. So wie die Sache jetzt liegt, hat Michael ihnen wenigstens was entgegenzusetzen.« Er richtete das Nachtsichtgerät auf die rückwärtige Ecke der Villa. Er suchte Maxie, der die andere Seite des Gebäudes ausgekundschaftet hatte. Er sah nichts. Er wandte sich um und sah Guido sowie, hinter ihm, die Eule. Beide hatten sie ihre Ferngläser in dieselbe Richtung gerichtet. Sie waren etwa dreihundert Meter entfernt. »Siehst du ihn?« flüsterte Creasy.

Die Eule knurrte in seinem Französisch mit dem Mailänder Akzent: »Ich schwöre, daß während der letzten zehn Minuten niemand um die Ecke gekommen ist.«

Guidos Tonfall barg eine Spur Sorge. »Ich hoffe nicht, daß Maxie etwas Unerwartetem in die Arme gelaufen ist.«

Creasy wollte gerade ein paar aufmunternde Worte zu ihm sagen, da ertönte ein dumpfes Klatschen neben ihm.

Es war Maxie, auf dem Bauch, und er atmete nur ein wenig schwer. »Bloß ein Wachposten, der auf einem Stuhl in der Einfahrt der Garage schläft«, vermeldete er. »Ich hätte ihm die Kehle durchschneiden können.«

Die Eule robbte auf den Ellbogen nach vorn und flüsterte über Guido und Creasy hinweg: »Welchen Weg hast du zurück genommen, Maxie?«

»Denselben wie hin«, antwortete Maxie. »Um diese Ecke da.«

»Scheißdreck!« fluchte der Franzose. »Ich hatte die ganze Zeit über meinen Feldstecher auf diese Ecke gerichtet. Ich habe dich nicht hingehen, und ich habe dich nicht zurückkommen sehen.«

Creasy hörte Maxie kichern und dann der Eule zuflüstern: »Hör zu, Kätzchen. Ich hätte hierher zurückkehren und euch allen die Hosen herunterziehen können, ohne daß ihr was bemerkt hättet.«

»Genug«, flüsterte Creasy. »Dieser Wächter wird hellwach sein, sobald der erste Schuß fällt. Wie willst du ihn ausschalten?«

Maxie kicherte erneut. »Ich werd's nicht tun müssen. Ich habe ihm den alten Wecker hinterlassen.«

Creasy und Guido lachten leise. Die Eule verstand nichts.

Guido erklärte es. »Maxie hat eine Splittergranate aufgestellt. Ich schätze, etwa einen halben Meter vor dem Burschen. Er hat den Stift abgezogen, den Abzug zweimal klicken lassen und ihn mit einer Schnur und einem Laufknoten befestigt, dann hat er die Schnur um das Bein des Burschen geschlungen. Wenn der Mistkerl aufwacht und aufsteht, löst sich der Laufknoten, der Abzug klickt ein weiteres Mal, und wir haben einen Wächter weniger, um den wir uns sorgen müßten.«

Der Franzose hatte nur ein Wort in seinem Vokabular. »*Merde!*«

»Dafür wird er keine Zeit mehr haben«, sagte Creasy. Er beobachtete die Kapelle durch sein Fernglas. Die Versammlung war vollständig darin verschwunden. Er wandte sich an Maxie. »Zeit, zurück zu deinem Team zu gehen. Wir wissen, daß es an der Kapelle einen Hinterausgang gibt, der zu einem Vorraum führt. Wenn wir stürmen, muß sich jemand um den Hinterausgang kümmern.«

»Das wird René besorgen«, erklärte Maxie. »Frank und ich werden uns die mobilen Wachen vornehmen. Die stationären Wachtposten werden genau das sein. Es wird soviel Durcheinander geben, daß sie sich wenigstens zehn Sekunden nicht von der Stelle rühren werden. Wir haben die Zeit, uns dann um sie zu kümmern.«

Creasy durchdachte noch einmal die Gefechtsformation seiner Männer. Er streckte sich und sagte dann zur Eule: »Geh mit Maxie.« Er wandte sich wieder an Maxie. »Stell ihn so auf, daß er zwei der Stationären ausschalten kann; dann ist es eine Eins-gegen-eins-Situation für dich und Frank. Guido und ich werden in der Kapelle zuschlagen.«

»Was bedeutet, daß niemand hier oben ist, der ihnen Rückendeckung gibt«, bemerkte Guido.

Ehe Creasy antworten konnte, trat Maxie dazwischen. »Das ist nicht nötig«, sagte er. »Ich habe mir das gesamte Grundstück angesehen. Es wird uns niemand von hinten aufs Korn nehmen... es sei denn, einer der Wächter entkommt, und das ist nicht sehr wahrscheinlich.«

Guido nickte und studierte die Kapelle erneut durch sein Nachtsichtgerät. Er wandte sich an Creasy und flüsterte: »Sieht gut aus... Also warten wir jetzt auf Michael.«

»Gut«, antwortete Creasy. »Ich schätze, es wird etwa zwanzig Minuten dauern.«

Maxie schlüpfte davon, hinter sie, tippte der Eule auf die Schulter und flüsterte: »Folg mir ganz dicht... ich möchte dich nicht verlieren.«

97

Gina Forelli warf über das Mittelschiff hinweg einen Blick auf Michaels Gesicht. Licht und Schatten von den Kerzen flackerten darüber. Es war, als wäre sein Gesicht aus Eisen gemacht. Sie nahm an, seine Starrheit rühre von Furcht oder Schock her. Sie irrte sich. Sein Gesicht war eine Maske glühend heißer Wut. Er blickte auf das Kernstück der Messe, einen Altar, bedeckt von einem schwarzen Seidentuch. Darauf war der Körper eines auf dem Rücken liegenden Kindes. Ihr langes blondes Haar war wunderschön gekämmt, so daß es sich über ihre Ohren wellte. Ihre Augen waren geschlossen. Ihr makelloser Körper war mit schwarzen Seidenschlingen an Hand- und Fußgelenken am Altar festgebunden.

Zunächst hatte er geglaubt, auf einen Leichnam zu blicken, dann jedoch sah er, wie sich ihre kleinen Brüste sanft im Rhythmus ihres Atems hoben und senkten. Nahe dem Kopf befand sich ein aufgerichtetes, goldenes Messer, dessen Spitze in einem schwarzen Korkblock steckte. Hohe, flackernde schwarze Kerzen bildeten einen Halbkreis hinter ihr. Bischof Caprese stand auf der anderen Seite des Altars. Er hatte seine purpurfarbene Robe gegen eine schwarze Robe getauscht. Der Mund oberhalb seines Barts war eine gerade, starre Linie. Über seinem Kopf hing an einem unsichtbaren Faden ein umgekehrtes schwarzes Kreuz. An jeder Seite des Altars standen ein schwarzgewandeter Mann und eine ebenso gekleidete Frau, die Michael nicht in der Villa gesehen hatte. Er vermutete, daß dies die Pseudo-Adoptiveltern waren. Der Adept lag vor dem Altar auf den Knien.

Michael blickte sich im Raum um und bemerkte das Geschick in der Organisation. Die Stimmung war perfekt. Aus verborgenen Lautsprechern hoch an den Wänden scholl ein Gregorianischer Choral herab, tief, rhythmisch und hypnotisch. In der Luft lag Weihrauch, der zweifelsohne von verborgenen Ventilatoren in der Kapelle verteilt wurde. Kein Filmregisseur hätte die Stimmung dieses Augenblicks übertreffen können.

Die schmalen Lippen des Bischofs bewegten sich. In einem vollen Bariton rezitierte er das Vaterunser rückwärts. Die Versammlung sang unisono mit.

Michael drehte sich um und blickte hinter sich. Im Hintergrund der Kapelle stand ein langer Tisch, bedeckt von einem schwarzen Tuch und beladen mit Schüsseln. Obst, fast überreif; riesige Berge grauen Kaviars, eingebettet in Eis; halbgare Stücke Schinken, Rind, Lamm und Wild. Umringt war alles von Krügen, die schweren roten Wein enthielten. Es gab weder Messer noch Gabeln noch Teller. Michael wußte, daß die erregte Versammlung sich nach dem Opfer nackt ausziehen und schlemmen würde, wobei sie nur die Hände benutzen und die Obstsäfte und das Blut über ihre Körper laufen lassen würde... ehe sich diese Körper vereinigten.

Links des Altars standen drei Männer. Er erkannte Donati und Hussein. Er erkannte ebenfalls den dritten Mann aus Renés Beschreibung, die Satta weitergereicht hatte, der sie seinerseits von Gandolfo erhalten hatte. Das Gesicht unter der Kapuze war dunkel, und die tiefliegenden Augen waren noch dunkler. Er wußte, daß er Gamel Houdris ansah, das Oberhaupt des ›Blauen Rings‹. Er sah, wie die dunklen Augen seinen Blick erwiderten.

Plötzlich wurde Michael klar, daß dies keine lange Zeremonie werden würde. Es bestand keine Notwendigkeit für kleinere Tieropfer, um die erwartungsvolle Spannung in dieser Versammlung noch höher zu schrauben. Er blickte sich um und war imstande, einige ihrer Gesichter zu sehen, von denen trotz der Kühle der Schweiß tropfte. Die Münder waren geöffnet und die Augen halb glasig. Tage, vielleicht Wochen der Erwartung und Vorfreude hatten aus ihnen ausgehungerte Tiere gemacht, deren Gier nach dem Bösen dringend nach Sättigung verlangte.

Erneut sprach der Bischof und deutete auf den Adepten und anschließend auf das Messer. Michael konnte die Worte nicht verstehen, wußte jedoch, daß es Latein war. Zur selben Zeit wurde ihm klar, daß er womöglich zu lange gewartet hatte.

Auf einmal verwarf er den sorgfältig berechneten Zeitplan. Er griff zur Taille hinab und spürte den Umriß des winzigen Senders. Er drückte den Knopf und schickte den Code ab: drei rasche Piepser und einen langen. Der Adept war aufgestanden. Er trat vor den Altar, stand da und blickte auf das nackte Kind hinunter.

Michaels Gedanken waren eiskalt. Sie spulten sich wie ein Computer ab. Er konnte fast sehen, was in der Dunkelheit draußen geschah: Creasys Team kam rasch auf die Kapelle zu, Maxies Team nahm sich die Wachen vor, Jens brachte den Motor eines Lasters in einem Kilometer Entfernung auf Touren, Satta hörte die Piepser aus seinem eigenen Empfänger drei Kilometer entfernt und befahl seinen Männern, sich in Bewegung zu setzen.

Der Adept griff nach dem Messer. Er zog es aus dem Kork und hielt es mit beiden Händen hoch über das Herz des Kindes. Der Bischof intonierte ein Gebet auf Latein, zweifelsohne rückwärts. Seine Augen waren ebenfalls auf die Brüste des Kindes fixiert. Michael sah sich in der Versammlung um. Aller Augen blickten gebannt auf den Altar. Mit der linken Hand hob er den Saum seiner Robe über die Knie und zur Taille hoch. Mit der rechten Hand zog er den schweren Colt heraus. Der Adept hob das goldene Messer höher.

Michael schoß ihn in den Hinterkopf. Die ungedämpfte Explosion hallte in der Kapelle. Der Adept wurde nach vorn über den Körper des Kindes geschleudert. Blut und Gehirnmasse spritzten über das Gesicht des Bischofs mit der schwarzen Kapuze. Michael feuerte zwei Schüsse in dieses Gesicht. Beide in den offenen Mund. Panik brach aus, Schreie erschollen.

Michael sprang von seiner Bank auf und rannte durch das Mittelschiff nach hinten. Er drehte sich am Tisch um und rief auf Italienisch die Worte, die er geübt hatte. »Stillgestanden! Wer sich bewegt, stirbt!«

Die Teams hatten sich in dem Augenblick in Bewegung gesetzt, da Michaels Signal über den Äther kam. Maxie war lediglich zehn Meter von einem der mobilen Wächter entfernt. Ein einsekündiger Feuerstoß aus seiner MP wirbelte den Mann um die eigene Achse und brachte ihn zu Fall. Ein weiterer mobiler Wächter in zwanzig Metern Entfernung schrie panikerfüllt. Ein zweisekündiger Feuerstoß erledigte ihn. In einer einzigen blitzschnellen Bewegung wechselte Maxie das Magazin und lief auf einen der stationären Wächter zu. Zweihundert Meter entfernt eröffnete Frank ebenfalls das Feuer mit seiner MP. Er war in einer glücklichen Position. Die anderen beiden mobilen Wächter waren lax gewesen; sie waren zu einem geflüsterten Plausch und einem Zug an einer verborgenen, geteilten Zigarette dreißig Meter von seinem Versteck entfernt stehengeblieben. Sie war nicht verborgen genug. Er erwischte beide mit einem vollen Feuerstoß. Wie bei Maxie war der Wechsel seines Magazins eine Sache von Sekunden. Er wandte sich ebenfalls der Villa und seinem ins Visier genommenen stationären Wächter zu.

Von der Rückseite der Villa vernahmen sie das *Wumm* einer Granate. Der stationäre Wächter hatte gerade seinen Weck- und Abschiedsruf vernommen. Weder Maxie noch Frank hatten Zeit, sich um die anderen stationären Wächter zu kümmern. Das tat die Eule. Sie hörten drei kurze Feuerstöße aus seiner MP, einen einzelnen Schrei und dann eine weitere Salve.

Maxie duckte sich und blickte zur Kapelle hinüber. Das rote Licht hinter dem hohen Fenster wurde jäh zu einem grellen Weiß. Er wußte, daß Creasy und Guido drin waren. Er lief auf die Rückseite der Kapelle zu.

98

Nur Gamel Houdris entkam. Er vereinigte in sich die Überlebensinstinkte einer Schlange, eines Fuchses und eines hungrigen Hais. Als der Vordereingang zur Kapelle aufgestoßen wurde und die ersten Blendgranaten den Raum mit gleißendem Licht erfüllten, zog er seine Kapuze tiefer ins Gesicht und rief Donati und Hussein zu: »Der Hintereingang! Geht zum Hintereingang!«

Sie konnten nichts sehen, aber er stieß sie darauf zu. Hinter sich hörte er Delors vor Schmerz aufschreien, als ihn eine Kugel ins rechte Knie traf. Sobald sie sich hinter und unterhalb des Altars befanden, funktionierten ihre Augen wieder. Donati riß die Tür auf und rannte hinaus, gefolgt von Hussein. Houdris blieb stehen, beobachtete und wartete. Sie waren nicht fünf Meter weit gekommen, da mähte sie René nieder. Hussein starb nicht auf der Stelle. Er mühte sich auf die Füße, umklammerte dabei seinen zerrissenen Unterleib und griff mit der Wut eines verwundeten Bullen seinen Angreifer an. Ein weiterer Feuerstoß aus Renés MP schleuderte ihn rücklings zu Boden. Houdris hörte das Klicken eines Magazins, das gewechselt wurde. Geduckt rannte er in die Dunkelheit hinaus, auf die fernen Bäume zu.

Hinter sich hörte er das Rattern der MP. Er warf sich zu Boden. Eine Kugel schlug durch seine Robe und versengte ihm die Haut an der Taille. Er wälzte sich weiter, bis er gegen einige niedrige Büsche prallte. Kugeln peitschten ihm über den Kopf hinweg. Er robbte in den Schutz der Bäume. Minuten später zog er sich auf die Bruchsteinmauer hinauf. Er blickte auf die Villa und die Kapelle zurück. Die Außenbeleuchtung war jetzt angegangen. Er sah einen schwarzen Minibus vorfahren und schwarzgekleidete Männer hineinspringen, dann hörte er das Kreischen seiner Räder, als der Motor aufheulte und der Transporter davonraste.

Er wartete, überdachte seine Möglichkeiten. Er war in die schwarze Robe gekleidet und trug nichts sonst. Offensichtlich waren die schwarzgekleideten Männer nicht die Polizei gewesen. Er sah einige der Versammlung aus der Kapelle kommen und wie die Zombies umhertaumeln. Er wollte zurückkehren, änderte jedoch blitzschnell seine Meinung, als die Scheinwerfer mehrerer Fahrzeuge in sein Blickfeld kamen. Er sah die beiden Wagen, die drei Jeeps und die drei Mannschaftswagen. Er sah die uniformierten *Carabinieri*, die von den Fahrzeugen ausgespuckt wurden. Er drehte sich um und sprang von der Mauer.

Ein Westwind hatte die Wolken vertrieben, und die dünne Sichel des Monds warf ein wenig Licht auf die Lichtung vor ihm. Ein schwarzgekleideter Mann stand dort, fünf Meter entfernt. Ein Mann mit einem vierschrötigen, vernarbten Gesicht, der eine Maschinenpistole im Arm hatte.

Houdris lehnte sich gegen die Steinmauer. Er erkannte den Mann als denjenigen wieder, der in die Kapelle gestürmt war und die Blendgranaten geworfen hatte.

Der Mann kam langsam auf ihn zu, bis er einen Meter entfernt stand. Seine Stimme war tief, und die Spur eines amerikanischen Akzents lag darin. »Sie sterben heute nacht. Sie sterben, weil Ihre Vergangenheit Sie eingeholt hat. Sie sterben nicht für das Böse, das Sie heute abend getan haben, oder für das Böse, das Sie während der letzten zwanzig Jahre getan haben. Sie sterben für das Böse, das Sie vor zwanzig Jahren einer Frau auf Malta angetan haben. Sie sterben für eine Frau, die so oft auf einer Steinmauer gesessen hat, um einen Blick auf ihren Sohn zu erhaschen, den Sie gezeugt und verstoßen haben.«

Gamel Houdris versuchte noch den Sinn dieser Worte zu verstehen, da warf der Mann die Maschinenpistole beiseite, streckte seine fleischigen Pranken aus und erwürgte ganz langsam das Oberhaupt des ›Blauen Rings‹.

Epilog

Die Mädchen waren längst nach Hause gegangen. Blondie saß in ihrer plüschigen Suite und drehte sich die letzten Lockenwickler ins Haar. Die Türklingel ging. Sie fluchte beredt in drei Sprachen, warf einen Blick auf ihre Uhr und ging zur Zimmertür. Beim Öffnen hörte sie Raoul den Korridor hinabgehen. Er fluchte ebenfalls leise. Welcher sexhungrige Betrunkene da auch immer um vier Uhr morgens Einlaß verlangte, Raoul würde kurzen Prozeß mit ihm machen.

Sie stand auf dem oberen Treppenabsatz und hörte zu, wie Raoul die Vordertür öffnete. Dann vernahm sie leises Stimmengemurmel. Raouls Stimme war nicht wütend. Blondie zog ihren geblümten Morgenmantel über und ging die Treppe hinab. Die Stimmen kamen jetzt aus der Küche. Creasy saß am Küchentisch. Sie hatte seine Augen niemals so müde gesehen. Sein ganzer Körper wirkte blutunterlaufen. »Michael?« fragte sie.

»Er ist ok.«

»Dann geh zu Bett. Erzähl's mir morgen früh.«

Er seufzte und schob sich erschöpft auf die Beine, brachte ein Lächeln zustande und fragte: »Wirst du mit mir frühstücken?«

Sie lächelte. »Ich werde dir das Frühstück bereiten und mit dir essen.«

Es war wie in alten Zeiten. Er sah auf seinen Teller: sechs Speckscheiben, vier Spiegeleier, Bratkartoffeln und gegrillte

Tomaten. Er verputzte alles auf dem Teller, trank zwei Tassen Kaffee, sah Blondie an und sagte: »Du möchtest es ganz von Anfang an hören?«

»Natürlich.«

Es dauerte fast eine Stunde. Einiges davon wußte sie, jedoch nur den frühen Teil. Er führte sie durch die ganze Geschichte des ›Blauen Rings‹, ohne eine einzige Unterbrechung.

Als er zu Ende war, sagte sie: »Natürlich habe ich in der Zeitung von der letzten schwarzen Messe gelesen. Es hat ganz Europa erregt. Ich war wütend, daß du zwei Wochen gebraucht hast, um herzukommen und mir davon zu erzählen.« Sie fing an, ihre Fragen zu stellen. »Wie kommt Satta voran?«

Er hob den Kopf und sah sie erschöpft an. »Colonel Satta wird bald zu General Satta befördert werden. Das wird den ständigen Schmerz nicht kompensieren, den er um Bellu verspürt, aber er hat viel, das ihn beschäftigt hält. Er fährt wie eine Sense durch die eingefahrene italienische Korruption. Er hat einen neuen Assistenten, einen Hauptmann Brisci. Ich hoffe, daß das in gewisser Hinsicht wie beim Verlust eines alten und treuen Hundes ist: Die beste Therapie besteht darin, sich einen neuen Welpen anzuschaffen.«

»Was ist mit dem Kind auf dem Altar?«

Creasy seufzte befriedigt. »Sattas Mutter, die ehrwürdige Sophia, hat Interesse angemeldet. Ihr älterer Sohn Giovanni ist seit zehn Jahren verheiratet und kann noch immer kein Kind vorweisen.« Er hob die Schultern. »Ich denke, seine Mama wird etwas arrangieren.«

Blondie nickte bekräftigend, als wäre ein solches Vorgehen sowohl praktisch als auch korrekt. »Ich weiß, daß Maxie seit zehn Tagen zu Hause ist, aber das ist auch alles.«

»Maxie geht's prächtig. Gestern abend habe ich mir mit ihm in seinem Bistro einen angetrunken. Aber er kann mein Problem nicht lösen, und deshalb bin ich zu dir gekommen.«

Sie winkte ab. »Was ist mit Frank und René?«

»Sie machen Ferien auf Gozo, wohnen in meinem Haus und werden von Juliet völlig verdorben. Sie hat aus den beiden ein Paar gefühlsduseliger Kätzchen gemacht.«

»Was ist mit dem Dänen und der Eule?«

In Creasy Augen blitzte Heiterkeit. »Sie sind in Kopenhagen. Jens hat die Polizei verlassen. Sie haben eine Privatdetektei eröffnet und sich auf vermißte Personen spezialisiert.«

Sie lächelte. »Ich mag diesen Polizisten... diesen Ex-Polizisten. Sag ihm, daß er und sein Freund hier stets willkommen sind.«

»Werd' ich tun.«

»Was ist mit Michael?«

Creasy trank einen Schluck Kaffee und sagte: »Das ist mein Problem.«

»Du verdienst ein Problem«, erwiderte Blondie scharf. »Worin besteht es?«

Creasy seufzte. »Ich habe den Mann erwürgt, Gamel Houdris. Michael weiß nicht, daß Houdris sein biologischer Vater war. Mein Problem ist, daß ich nicht weiß, ob ich es ihm sagen soll.«

Blondie hob gelangweilt die Schultern. »Welche Rolle spielt das? Er muß den Mann sowieso gehaßt haben.«

»Das hätte ich auch gedacht«, erwiderte Creasy ruhig. »Aber ich habe auch vermutet, daß er seine biologische Mutter haßt. Ich habe mich geirrt... Ich hätte Michael fast verloren.«

Die alte Frau drückte ihren Lockenkopf in Form. Es war

eine Geste, die sie stets vollführte, wenn sie angestrengt nachdachte. »Wo ist Michael jetzt?« fragte sie.

»Nicht weit von hier. Er ist in Deutschland, in Wiesbaden.«

»Und tut was?«

Creasy sah von seinem Becher auf und erklärte nüchtern: »Er tötet Juliets Stiefvater.«

Blondie rollte die Augen zur Decke und murmelte: »Was seid ihr für ein Paar!« Ihr Gesicht wurde sehr ernst. »Creasy, ich verstehe dich, und ich verstehe Michael, der dein Geschöpf ist. Ich lebe schon eine ganze Weile und habe viel von Leben und Tod gesehen… Ich habe die Sorge, daß für dich und Michael der Tod seine wirkliche Bedeutung verloren hat… Ich habe die Sorge, daß du und Michael den Tod austeilt, wie ein Pokerspieler Karten austeilt.«

Creasy sah sie an und schüttelte den Kopf. »Blondie, verurteile mich nicht und verurteile Michael nicht. Wir reagieren auf das, was die Leute uns und denen, die wir lieben, antun.«

Sie seufzte. »Creasy, die Schwierigkeit ist, daß ich euch verstehe, und ich weiß, was dich antreibt, und ich weiß, was Michael antreibt… Aber deshalb schlafe ich nicht besser. Ich würde so gern eine weichere Seite an euch beiden sehen.«

Creasy hob die Schultern. »Vielleicht werden wir eines Tages beide diese weichere Seite finden. Ich habe gedacht, Michael sei hier. Er hätte den Job vor einigen Tagen erledigen sollen.«

»Du hast nichts gehört?« fragte sie.

Er schüttelte den Kopf. »Ich habe ihm angeboten mitzugehen, aber er wollte es allein tun.«

Die Türklingel ging. Zwei Minuten später trat Michael in die Küche. Er sah besorgt aus. Er umarmte Blondie und küßte sie auf beide Wangen, dann setzte er sich Creasy gegenüber. Blondie ging zum Herd und fing an, für Michael ein Frühstück zuzubereiten.

Der junge Mann blickte über den Tisch und sagte: »Ich hab's irgendwie vermasselt.«

»Erzähl!«

Michael war offensichtlich verlegen. »Von Korkenzieher Zwei habe ich eine Bombe bekommen. Ich habe sie unter dem brandneuen BMW des Scheißkerls befestigt und dreihundert Meter entfernt mit dem Auslöser gesessen. Ich habe dort gesessen und den Augenblick genossen, da ich auf den Knopf drücken würde. Ich habe da gesessen, an Juliet gedacht und daran, was dieser Scheißkerl ihr angetan hat. Ich habe auch über die Hure von Mutter nachgedacht, die daneben gestanden und nichts getan hat. Ich habe an diesen BMW gedacht, wie er in einem gewaltigen Blitz hochginge.«

»Und?«

Michael lehnte sich in seinem Stuhl zurück, sah zur Decke und sagte: »Ich hab's nicht tun können.«

»Warum nicht?«

Der junge Mann beugte sich vor, stützte das Gesicht in seine Hände und sah seinen Adoptivvater an. »Während ich dort mit dem Auslöser in der Hand gesessen habe, hatte ich das Gefühl, daß wir in der letzten Zeit genügend Leute getötet haben. Ich fand heraus, daß mein Rachedurst sehr abgekühlt war.«

Creasy beugte sich ebenfalls vor und sagte: »Das hab' ich schon mal wo gehört. Also hast du den Knopf nicht gedrückt.«

Michael lächelte. »Aber natürlich. Ich habe diesen schönen neuen BMW ohne jemanden drin in die Luft gejagt. Er wird

Schwierigkeiten haben, wenn er das der Versicherung erklären muß.«

Beide lachten. Blondie beobachtete sie vom Herd aus. Sie sah, wie die Heiterkeit von ihren Gesichtern verschwand, und hörte Creasy ruhig sagen: »Michael… ich habe Gamel Houdris erwürgt.«

»Ich weiß das.«

»Du weißt nicht, daß Gamel Houdris der Mann war, der die Frau auf der Mauer dazu gezwungen hat, dich auszusetzen… Er war dein biologischer Vater.«

»Bist du sicher?«

»Ja.«

Michael lehnte sich in seinen Stuhl zurück und blickte erneut an die Decke. Er atmete aus und rief zugleich: »Halleluja!«